MW00612700

BAJO
LA
PIEL

BAJO LA PIEL

SUSANA RODRÍGUEZ LEZAUN

Editado por HarperCollins Ibérica, S.A.
Núñez de Balboa, 56
28001 Madrid

Bajo la piel
© Susana Rodríguez Lezaun, 2021
www.susanarodriguezlezaun.com
© 2021, para esta edición HarperCollins Ibérica, S.A.

Diseño de cubierta: CalderónStudio
Imágenes de cubierta: IStock y Dreamstime.com

ISBN: 978-84-9139-559-1

A mi padre y a su risa, ahora sí, eterna. Gracias

1

«Calla, por favor. Calla…, calla… Necesito pensar. Shhhh…».
Ajeno a sus súplicas mudas, el bebé que viajaba en el asiento del copiloto lanzaba al aire sus estridentes berridos. El pequeño habitáculo del coche funcionaba como una caja de resonancia.

«Calla, mi niño, por favor, por favor…».

El vehículo que la seguía ya había intentado dos veces sacarla de la carretera. Durante un instante fugaz pudo ver el odio y la inquebrantable decisión en los ojos de quien conducía, y supo que estaba a punto de morir. Y su hijo también.

Pisó el acelerador hasta clavar el pie en la alfombrilla, pero el perseguidor se mantenía pegado a su parachoques trasero. Reconoció la carretera. Había tomado tantos desvíos en los últimos kilómetros que por un momento ni siquiera sabía dónde estaba, pero ahora el despoblado paraje le resultaba familiar. Había una bifurcación no muy lejos de allí.

«Mantente pegado a mí, grandísimo hijo de puta».

Apretó el volante y calculó los metros que le quedaban por delante. No aceleró. Intentó ignorar el llanto desesperado de su hijo y concentrarse en la carretera, cada vez más estrecha. Hacía rato que había oscurecido. Eso la ayudaría. Sólo tendría una oportunidad.

Los faros iluminaron los apenas dos metros del camino que se abría a su izquierda. No había señalización, era un sendero privado que terminaba en un depósito de aguas.

Dio un violento volantazo cuando ya estaba a punto de pasar de largo. El coche describió un arco cerrado y las dos ruedas izquierdas perdieron el contacto con el asfalto. La sensación de estar volando la asustó, pero no llegó a paralizarla. A esas alturas ya no tenía nada que perder. Enderezó el volante y apretó el acelerador. El coche se lanzó cuesta arriba por la pista asfaltada llena de baches y socavones.

Como esperaba, su perseguidor se dio cuenta demasiado tarde de la maniobra y siguió recto. «Ahora o nunca». Calculó que su ventaja no superaría los dos minutos. Aceleró al máximo de las posibilidades del modesto utilitario, revolucionando el motor para superar el pronunciado desnivel.

«Unos metros más…».

Ante ella apareció el enorme y compacto edificio de hormigón que albergaba el depósito de aguas del valle. La carretera terminaba allí. A su espalda, de momento sólo había oscuridad. Giró a toda velocidad hacia la parte trasera de la construcción circular y frenó en seco junto al muro exterior.

Le temblaban las manos. Soltó con dificultad el cinturón de seguridad de la sillita del bebé, lo pasó por encima de su propio cuerpo, abrió la puerta del coche y lo dejó en el suelo, lo más cerca que pudo de la pared. Olvidó darle un beso. El último. Volvió a cerrar la puerta, dejando fuera el llanto desgarrado del niño, y aceleró de nuevo.

Completó la vuelta al edificio y encaró la pista por la que había llegado.

Allí estaba ya.

Dos brillantes haces como cuchillos se acercaban a ella a toda velocidad.

No dudó. Se lanzó cuesta abajo con la misma decisión con la que había subido, convencida de que no se atrevería a una colisión frontal. Quería matarla, no morir.

Como esperaba, el deportivo se hizo a un lado en el último

momento, dio media vuelta, arrojando una lluvia de guijarros, y aceleró tras ella.

El silencio era tan doloroso… El único sonido que ahora podía oír era el de su corazón latiéndole en las sienes, sus jadeos y una oración que no recordaba haber empezado a entonar. Se concentró en la plegaria para amortiguar el miedo que le agarrotaba los músculos e intentó pensar.

La carretera.

Derecha… No, izquierda, lejos de allí. Lejos…

El asfalto recibió a los neumáticos con un golpe seco. Oscuridad y silencio. A lo lejos, las luces de la ciudad. Delante, nada.

La carretera le otorgó ventaja al deportivo. Aceleró e intentó adelantarla. Ella dio un volantazo para evitar que la superara, pero le faltó rapidez de reflejos. De pronto, sus ojos estaban casi a su lado. Y la sonrisa perversa.

Fue consciente del movimiento brusco de sus brazos, del coche que se lanzaba sobre ella, del ruido de la carrocería al colisionar, de las chispas metálicas que iluminaron la noche.

Abrió la boca e intentó terminar la plegaria. Luego todo empezó a dar vueltas. Soltó el volante y gritó. Se golpeó la cabeza contra la ventanilla y después rebotó en el techo. Rodó, gritó y repitió el nombre de Dios, pero al instante dejó de invocarlo. Prefería que su Señor se quedara al lado de su pequeño. Dijo «amén» e intentó volver a coger el volante, pero ya no pudo.

Y luego, todo terminó. Las vueltas, las chispas, el sonido, el dolor y la vida.

2

Todos los cementerios huelen igual. Ese aroma dulce, empalagoso, de los cipreses enhiestos hacia el cielo, como si apuntaran la dirección que debían tomar las almas que iniciaban allí su incierto viaje. La tierra fresca, removida y amontonada a un lado de la fosa, tenía un olor acre, húmedo.

Marcela siempre había tenido un olfato fino, muy agudo, pero su madre le hizo prometer años atrás que le daría sepultura en tierra, y no en uno de esos nichos que el ayuntamiento había levantado en un lateral del camposanto. Prefería apretujarse entre las lápidas de sus amigos, de sus antepasados y de decenas de personas cuyos descendientes habían formado parte de su vida. Los conocía a todos. En el pueblo todo el mundo sabía quién era quién. Eso era lo bueno y lo malo de los sitios tan pequeños, y una de las razones por las que se marchó. Demasiada gente conocida y demasiada poca intimidad.

El cura levantó las manos hacia el cielo, murmuró unas cuantas frases más y volvió a cruzar los brazos delante del pecho. Luego la miró, y todos los presentes le imitaron. Cincuenta pares de ojos la observaban sin pestañear. ¿Qué querían? ¿Por qué nadie miraba a su hermano, de pie junto a ella? Porque a él estaban acostumbrados a verlo, pero ella era esa *rara avis* que asoma el pico una vez cada diez años, con suerte. Aquello no era del todo cierto, porque acudía a visitar a su madre con relativa regularidad, sobre todo desde que enfermó, pero apenas ponía un pie en la calle como no fuera para salir del coche el día de su llegada y volver a entrar cuando se iba. El resto del tiempo lo pasaba entre las cuatro paredes de la casona que un día fue su hogar. Su hermano, sin embargo, se había quedado a vivir allí, trabajaba en una fábrica cercana, había formado una familia y sus tres hijos crecían medio asilvestrados, libres y un poco gamberros. Como ellos mismos hacía no tantos años, recordó.

Sintió un golpe en el brazo. Su hermano acababa de darle un codazo. Quizá pudiera leerle la mente y no le gustaba nada lo que estaba pensando.

—La tierra —murmuró en voz baja.

Sí. La tierra. Lo había olvidado.

Avanzaron juntos un par de pasos y se colocaron frente a la fosa a la que ya habían bajado el brillante féretro en el que descansaba su madre. Sesenta años y una cruel enfermedad que la había ido devorando poco a poco por dentro. Fue duro verla empequeñecer, retorcerse, maldecir su suerte. Porque lo peor fue que permaneció lúcida hasta el último día. Incluso tuvo el temple de llamarla a Pamplona para despedirse. Marcela a punto estuvo de no coger el teléfono, pero al final, después de cinco tonos, pulsó el círculo verde y saludó.

—Mamá, me pillas con un lío tremendo.

—Sólo será un momento, de verdad. Estoy con el médico, ha venido esta mañana. Me querían llevar a Huesca, al hospital, pero les he dicho que no, que me quedo aquí, así que ha venido tu tía Esperanza y se quedará conmigo hasta que llegue tu hermano.

—¿Estás peor? ¿Has tenido una recaída?

—No te preocupes, chiqueta, tú tranquila. Yo estoy bien. Cansada, pero bien. Me temo que en mi saco ya no cabe ni un día más.

—Vamos, mamá, te queda cuerda para rato.

Escuchó un largo suspiro al otro lado del teléfono, y luego la voz de un hombre que pronunciaba palabras ininteligibles.

—Bueno, mi niña, te paso con el médico, que quiere hablar

contigo. Este es nuevo, no le conoces. —Otro suspiro—. Chiqueta, cuídate mucho. Te quiero.

Marcela se quedó un momento en blanco antes de responder. Nada de aquello era normal.

—Yo también te quiero, mamá.

No estaba segura de si su madre la oyó, porque un segundo después le llegó la voz del hombre, ahora clara y rotunda.

—Señora Pieldelobo, soy el doctor Betés, el médico de su madre.

Oyó el sonido de los pasos del hombre sobre la madera de su casa. Luego una puerta. Se estaba alejando en busca de intimidad. Sólo las malas noticias necesitan privacidad.

—Hola —saludó ella, lacónica, expectante.

—Me temo que el estado de su madre ha empeorado gravemente y de manera irreversible.

—¿A qué se refiere? Acabo de hablar con ella y está bien. Cansada, pero bien —afirmó, repitiendo las palabras de su madre.

—Me llamó ayer a la consulta porque se sentía más agotada de lo normal y vine a verla por la tarde. Una simple auscultación ya me indicó que su corazón está… Bueno, está en las últimas. Insistí en trasladarla a Huesca para hacerle unas pruebas, proceder quizá con un cateterismo, observar el estado de las válvulas coronarias y del resto de los órganos… Podríamos probar con inmunoterapia o algunas sesiones más de quimio, pero se ha negado. Dice que no se quiere mover de aquí. Es tozuda como una mula. De todos modos —suspiró—, como supongo que sabe, el cáncer está muy extendido… Lleva mucho tiempo en paliativos…

Al otro lado del teléfono, Marcela asentía en silencio. Su madre era terca, pero también fuerte. Habían llegado hasta allí y seguirían adelante. No podía estar muriéndose. De ninguna manera. Una madre nunca muere. No hasta que su hija está preparada para despedirse y, desde luego, ella no lo estaba en absoluto. Su madre siempre estuvo allí, incluso en la lejanía, a través del teléfono. Esas carcajadas sonoras, que le retumbaban en el pecho y la obligaban a sonreír. Su madre era una figura inamovible, perenne, segura. Su ancla. Alguien que había formado parte de todas las etapas de su vida, y que seguiría allí para siempre.

Y ahora le estaban diciendo que no, que eso no iba a ser así.

—Su corazón no aguantará demasiado.

—¿Cuánto es «no demasiado»? —consiguió preguntar por encima del nudo de su garganta.

—Unas cuantas horas, un día... No puedo decírselo con exactitud.

—Estaré allí en dos horas. Tres a lo sumo.

Colgó el teléfono y lo dejó sobre la mesa. Le temblaban las manos. Observó su reflejo en la pared acristalada.

Inspectora Marcela Pieldelobo. Treinta y cinco años. Divorciada. Sin hijos. Destinada en la comisaría de Pamplona desde hacía casi una década. Ninguno de aquellos datos decía nada sobre ella. Frías realidades que apenas raspaban la superficie. Letras y números en el documento de identidad. Nada más.

Se pasó la mano por la cabeza y la dejó caer por la nuca hasta el cuello. La camisa la estaba asfixiando. Hacía mucho calor allí dentro. Inspiró, espiró y apretó los dientes. Luego irguió la espalda y se puso en marcha.

Descolgó el teléfono de su despacho, informó a su superior de que necesitaba ausentarse de inmediato por motivos personales, habló brevemente con el subinspector Bonachera y corrió hasta el coche.

Voló por la carretera, sorteó las curvas y el tráfico. Voló, pero no lo bastante deprisa. Cuando llegó, casi a la vez que su hermano Juan, su madre ya había muerto. No recordaba haberse despedido, no estaba segura de si la había oído decirle que la quería, y esas dudas abrieron en su pecho un agujero tan grande que estaba segura de que jamás sería capaz de cerrarlo.

Y allí estaba ahora, con un tormo húmedo y acre en la mano, contemplando desde arriba el féretro de su madre. Su hermano lanzó la tierra que guardaba en el puño y esperó a que ella hiciera lo mismo. Unos segundos después la tocó suavemente en el brazo para animarla a soltar la tierra sobre el ataúd.

—Marcela… —susurró Juan.

—No puedo —respondió ella, que había cerrado los ojos para no seguir viendo la caja marrón, tan brillante que parecía una incongruencia que estuviera allí abajo—. Si echo la tierra, es como si la enterrara yo misma, y no puedo…

—Eso es una tontería —la urgió su hermano, consciente de las miradas perplejas de todos los asistentes—. Es un símbolo, nada más.

Marcela no respondió. Soltó la tierra a sus pies, lejos de la fosa, y dio un paso atrás. Bajó la cabeza y hundió las manos en los bolsillos de su abrigo. Su hermano no dijo nada, se limitó a colocarse a su lado y a meter la mano en el bolsillo de Marcela, como cuando de niños volvían del colegio en invierno. En lugar de darle la mano, Juan colaba sus pequeños dedos en el bolsillo de Marcela, que los rodeaba con su mano enguantada y los calentaba hasta casa. El pequeño gesto infantil pudo con ella. Ya no era capaz de rodear la mano de su hermano, mucho más alto y robusto que ella, así que apretó el puño y lo colocó en la palma de Juan, que lo envolvió con cariño. Apoyó la cabeza en su hombro y dejó escapar todo el dolor y la pena que la atenazaban desde que salió de Pamplona.

No se quedaron a ver cómo los operarios del cementerio cubrían la fosa de tierra. Su hermano y su cuñada se cogieron del brazo y ella los siguió unos pasos por detrás hasta la salida del camposanto. Agradeció alejarse del olor de los cipreses, de sus sombras bailarinas y de la tierra suelta que se le metía en los ojos, arrastrada por el viento procedente de las montañas. Viento helado que le congelaba las lágrimas antes de que pudiera derramarlas. Mejor así. Llorar era uno de los actos más dolorosos a los que se había enfrentado nunca.

Caminaron hasta el coche y poco después llegaron a la gran casa en la que hacía apenas dos días había muerto su madre. Un grupo de vecinas se había encargado de despejar el salón de la planta baja y llenar las mesas con platos de jamón, queso, chorizo casero, frutos secos y ensaladilla rusa. Además, habían desplegado un número considerable de vasos de plástico que esperaban perfectamente alineados junto a las botellas de vino tinto listas para ser descorchadas. Hacía demasiado frío como para quedarse de pie en la iglesia o en el cementerio a recibir las condolencias de todo el pueblo, como era costumbre, así que decidieron adoptar una tradición extravagante para muchos, pero que cada vez se repetía con mayor frecuencia por aquellos lares, sobre todo cuando la muerte llegaba en invierno.

Los hijos de Juan, sobrinos de Marcela, se habían quedado con su otra abuela, la madre de Paula, su cuñada. Eran demasiado pequeños para entender expresiones como muerte, vida eterna, dolor o desaparición, aunque Marcela creía que en realidad no estaban preparados para reconocer ante sus hijos que la muerte era indefectible, un paso del que no había posibilidad de dar marcha atrás y que obligaba a utilizar expresiones tan drásticas como «nunca más».

Cogió un vaso de plástico, se sirvió vino de una botella recién descorchada y se recordó una vez más que debía guardarse sus opiniones para sí misma.

El vino, oscuro y áspero, le calentó primero la garganta y luego el resto del cuerpo, aunque seguía teniendo las manos heladas y las uñas de un curioso tono azulado. Se moría por un cigarrillo, pero se obligó a esperar un poco. Ese sería el reto del día.

Los dolientes empezaron a llegar poco a poco, un goteo constante y silencioso de personas vestidas de negro, con la cabeza gacha, la espalda combada y un gesto apesadumbrado en la cara. Se arremolinaron alrededor de las mesas bien surtidas y comenzaron a comer, beber y charlar en voz baja. Marcela los observaba desde la puerta que daba al pasillo. Algunos rostros le eran vagamente familiares, pero a muchos estaba convencida de no conocerlos de nada. El vino, tibio y peleón, le dejó un desagradable regusto agrio, aunque al menos ya no tenía tanto frío. Necesitaba un pitillo. Fin de la prueba de fuerza de voluntad.

Se escabulló hacia el jardín trasero y se agachó para colarse en lo que un día fue un pequeño gallinero, después un productivo huerto y hoy sólo un hueco baldío cubierto de malas hierbas. Su hermano le había prometido mil veces a su madre que adecentaría ese rincón, pero las palabras, como las buenas intenciones, se las lleva el viento. Y ahora ya no corría ninguna prisa.

Retiró con la mano la tierra que cubría el enorme tocón que ocupaba la parte más alejada del desvencijado cercado, se sentó y sacó la cajetilla de tabaco y el mechero del bolsillo del abrigo. Cerró los ojos para disfrutar de la primera calada. Lo de aguantarse las ganas de fumar era una tontería. No conseguiría dejarlo así. Primero, porque el sufrimiento injustificado y sin recompensa era una solemne estupidez. Y segundo y más importante, porque a día de hoy, fumar era el único placer que se permitía y no pensaba renunciar a él. Hacía mucho que beber dejó de ser un placer. Bebía por prescripción facultativa, la suya propia. Era su anestésico, su antibiótico, su vendaje compresivo.

La sobresaltó el ruido de la portezuela al abrirse con un quejido agudo. Vio a su hermano agacharse aún más que ella para poder acceder al descuidado parterre. Se hizo a un lado para hacerle un hueco sobre la madera húmeda y le pasó el pitillo que le pedía sin palabras.

—¿Te escondes para fumar? —le preguntó Juan.

—La costumbre. No me hago a la idea de encenderme un cigarrillo en esta casa. No lo hacía ni cuando venía de visita. ¿Y tú? Ya no eres un crío.

—No conoces a mi mujer. Tiene peor genio que mamá. Me olisquea cada tarde cuando vuelvo de trabajar, dice que para calcular cuánto he fumado. Dios, me he casado con un sabueso.

Apuraron el pitillo en silencio, con largas caladas y media sonrisa en los labios, cómodos uno al lado del otro a pesar de la distancia que los separaba después de tantos años sin apenas tratarse más allá de lo que marcaban las fórmulas sociales. Las cenas de Navidad, un par de días en verano, algún fin de semana esporádico y las rápidas visitas de ida y vuelta cuando su madre enfermó. Pero se querían, y ambos sabían que el otro siempre estaría ahí para lo que hiciera falta.

Aplastaron las colillas en la tierra y las ocultaron debajo del tocón, junto a los restos amarronados de viejas boquillas y jirones claros del interior de los filtros. Marcela dedujo que su hermano visitaba con frecuencia el destartalado gallinero.

Permanecieron unos minutos sentados sin decir nada. Hacía frío allí fuera, pero era agradable escuchar el sonido del viento sobre sus cabezas.

—Has pasado un mal rato en el cementerio —empezó su hermano. Su tono se parecía al de una disculpa.

—Estoy bien —le aseguró Marcela—. ¿Sabías que los neandertales ya enterraban a sus muertos y llevaban flores a su tumba? Y en la cultura Bo, en China, colgaban los féretros de las paredes de una montaña para acercarlos más al cielo.

—WikiMarcela —bromeó Juan—. Deberías ir a un concurso de la tele.

—No doy el perfil —respondió con una sonrisa— y, además, entonces todo el mundo sabría que soy un poco friki.

—Un poco, dice...

Empujó a su hermano y escondió las manos entre las piernas para hacerlas entrar en calor. Permanecieron mudos, Juan contemplando el suelo, Marcela siguiendo con la mirada el combado recorrido del alambre que rodeaba el gallinero. No había ni un solo rombo igual a otro. Los picos de las aves, las pequeñas garras de los roedores, el óxido y sus propios dedos se habían entretenido durante muchos años en deformar lo que un día fue una alambrada casi perfecta.

—¿Qué tal te va todo? —preguntó Juan después de un largo suspiro, consciente, quizá, de que su hermana no tenía intención de acabar con el prolongado silencio.

—Bien —respondió ella, lacónica—. Ya sabes. Trabajo, trabajo y más trabajo. Si es cierto que el trabajo es salud, yo voy a vivir mil años.

—Te veo más delgada.

—Llevo los mismos pantalones de hace tres años.

—No lo dudo, pero te quedan grandes.

—Ya te he dicho que estoy bien, en serio. Mamá estaría orgullosa de mi dieta —añadió, y le dio un codazo a su hermano en las costillas que les arrancó una sonrisa—. ¿Y vosotros? ¿Qué tal van las cosas por aquí?

Juan sacó otro cigarrillo de su propia cajetilla y le ofreció uno a Marcela, que aceptó el pitillo y lo cebó con su mechero.

—Bien, supongo. La falta de noticias son buenas noticias, y aquí nunca pasa nada.

El aire olía a tabaco rubio, a tierra mojada y a excrementos de animales. Marcela hinchó los carrillos y soltó el humo que guardaba en la boca, formando una densa nube gris frente a la cara de Juan.

—¿Qué es lo que va mal? Me ha parecido que todo está como siempre.

—Eso es lo malo, que todo está como siempre.

Marcela guardó silencio, esperando que continuara. Sin embargo, su hermano apuró el pitillo, lo apagó en el suelo y lo hundió en la tierra oscura. Ella le imitó.

—Será la crisis de los treinta —dijo por fin—. O de los treinta y tres. Chorradas, sólo chorradas. Y será por el día. Muchas emociones y ninguna buena.

Juan se inclinó sobre ella y le dio un beso en el pelo. El gesto de ternura la pilló tan desprevenida que su primera reacción fue la de alejarse de él. Vio la tristeza en sus ojos. La reconoció porque era la misma que veía cada día en el espejo.

—Tú también no, por favor —le suplicó en un susurro.

—Nunca —le prometió ella. Se acercó y le besó en la frente—. Yo siempre estaré aquí.

La noche ya era un hecho y dentro de la casa la gente pronto empezaría a despedirse. Paula se enfadaría mucho si la dejaban sola en el velatorio de su suegra. Se levantaron y volvieron a la casa.

Nada más entrar en el salón se toparon con la mirada nerviosa y ofendida de su cuñada. Caminó hacia ellos con brío y se detuvo a un paso de su marido. Husmeó el aire, torció el gesto y soltó un bufido. Quedaba al menos una veintena de personas en el salón. Al parecer, casi nadie se había marchado mientras ellos fumaban y disfrutaban de la soledad en el viejo gallinero.

Marcela esquivó el reproche mudo y enfiló hacia las escaleras.

—Me voy a mi habitación —le dijo a su hermano—. Estoy cansada y me duele la cabeza, no tengo ganas de hablar con toda esa gente. Avisadme cuando estéis listos para iros.

Había pasado allí la noche anterior, pero después de horas dando vueltas en la cama, escuchando los quejidos del edificio y aspirando olores que la hacían fruncir la nariz, decidió aceptar la invitación de su hermano y dormir en su casa.

—Toda esa gente es tu familia. Rosa y Pedro han venido desde Zaragoza para despedirse de mamá, y Ana, Antonio e Ignacio han viajado desde Madrid.

—¿Quiénes?

—Tus primos, por Dios, que parece que vives en otra galaxia.

—No me encuentro bien. Tengo una jaqueca horrible y mañana debo madrugar para volver a Pamplona.

—¿Te vas mañana? Tenemos muchas cosas de las que hablar, hay asuntos que solucionar, decisiones que tomar... Y tú tienes que asimilar lo ocurrido. No me parece que estés muy bien.

—Lo estoy, de verdad, y lo que tú hagas y decidas me parecerá perfecto. Sé que será lo mejor. Avísame cuando me necesites, cuando tenga que venir a firmar lo que me pongas delante, y vendré. Además, no me he traído ropa, y tu mujer no puede seguir prestándome bragas y camisas indefinidamente. Ya llevo aquí dos días...

Su hermano la observó un buen rato en silencio. Luego se acercó y le plantó un beso en la mejilla. Su barba incipiente le produjo un cosquilleo y evocó en su mente una imagen que no pintaba nada en ese momento.

—Me parece que no te voy a ver mucho a partir de ahora, tata —le dijo con los ojos brillantes.

—Siempre que quieras —le desdijo ella—. Ya sabes dónde estoy.

Él sonrió y movió despacio la cabeza de un lado a otro. Luego le pasó un brazo por los hombros y se encaminaron juntos hacia la escalera, dando la espalda a los invitados. Marcela suspiró aliviada y miró agradecida a su hermano pequeño. Le pareció ver en sus ojos un rastro del chiquillo inquieto y travieso que había sido, el joven simpático y extravertido que se reía como un crío con un tebeo entre las manos. Pero el velo de tristeza no acababa de desaparecer. Quizá fuera por la muerte de su madre. O quizá hubiera algo más.

El brillo nostálgico duró una fracción de segundo y luego dejó paso al Juan adulto, responsable, que se esforzaba por ser un buen padre, el hermano preocupado por su hermana mayor, tan sola, tan desgraciada...

—¿Qué tal llevas lo de...? —Ahí estaban, la preocupación y el recelo. Le extrañaba que no hubiera sacado todavía el tema—. Ya sabes, lo de Héctor.

La miró de hito en hito, con cautelosa atención, estudiando hasta su más mínima reacción. Lo que él no sabía era que, después de tres años, Marcela había perfeccionado mucho su cara de esfinge. Levantó los ojos sin pestañear, alzó un poco las cejas, relajó las mejillas para que ninguna mueca la delatara y se encogió de hombros con desdén.

—No lo llevo ni bien ni mal. Me limito a no pensar en él.

—No puedes hacer como si nunca hubiera existido.

—Claro que puedo, y de hecho lo hago. Es fácil. ¿Quién es ese Héctor?

—Tu marido.

—Exmarido, gracias. Y gracias también por recordármelo. Te enviaré la factura del psiquiatra.

—¿Estás yendo a un psiquiatra? —preguntó Juan, atónito.

—¡Por supuesto que no! ¿Por quién me has tomado? ¿Por una niñita que no sabe controlar sus sentimientos y que ha perdido el rumbo de su vida? Fue duro en su momento, pero ahora estoy bien. De hecho, es cierto que apenas pienso en él. Sólo cuando algún capullo como tú me lo recuerda.

Juan levantó las manos en señal de rendición. Desde pequeño temía las explosiones de ira de su hermana y no tenía intención de provocarla ahora, con la casa llena de gente.

—Si tú estás bien, yo también —accedió—, pero no puedes irte mañana. Apenas hemos tenido ocasión de hablar, y no me refiero al papeleo. Tranquila, yo me ocuparé de todo eso, no te preocupes. Me refiero a charlar sin más. Desde que murió mamá no hemos hecho más que atender cuestiones… desagradables. Y no has visto a los chicos. No los vas a reconocer, están enormes. Aitor me recuerda mucho a ti, es muy listo, inquisitivo, y tiene un carácter del demonio.

—¡Yo no tengo mal carácter! —protestó.

—A la vista está —zanjó él con una sonrisa vencedora—. Quédate un par de días en casa, sólo para descansar, para que asimilemos juntos lo ocurrido. Ya nos ocuparemos de la ropa; esto es un pueblo, pero también tenemos tiendas de bragas.

Se imaginó a sí misma paseando por las calles de Biescas, respondiendo educada a los saludos de la gente, aceptando nuevos pésames y condolencias de compromiso, repartiendo sonrisas corteses y breves cabeceos, jugando con sus sobrinos, intentando hablar con ellos de forma que la entendieran, o ayudando a su cuñada y a su hermano a poner y quitar la mesa. La sola idea le provocó un escalofrío.

—De acuerdo —accedió, sin embargo—. Me quedaré un día más. Me vendrá bien desconectar y ver a esos engendros del diablo.

—No llames así a tus sobrinos, y menos delante de Paula. Ella no acaba de entender tu sentido del humor.

—Ni ella, ni nadie —se lamentó.

Terminaron de subir las escaleras y su hermano se despidió con un beso delante de su habitación. Calculó que podría pasar un par de horas a solas, hasta que todo el mundo se fuera y el salón y la cocina volvieran a estar como una patena. Juan y Paula se ocuparían de eso, estaba segura.

Entró, cerró la puerta y empezó a arrepentirse de haber cedido con tanta facilidad. Tenía muchas cosas que hacer, casos pendientes, declaraciones en el juzgado, testificales que repasar… Mañana pensaría una excusa para irse por la tarde.

Se quitó los zapatos y se tumbó vestida sobre la cama. No tenía intención de dormirse, pero un cansancio inesperado se apoderó de su cuerpo y la dejó clavada sobre la colcha, sin fuerzas ni para meterse debajo del edredón.

Se rindió, cerró los ojos y le tendió la mano a su madre, que la esperaba detrás de sus párpados, sonriente, con su pelo castaño cayéndole sobre los hombros, como antes de que el cáncer y la quimio hicieran estragos en su organismo.

Sonrió al sentir en su mano la fina piel de su madre, respiró despacio y se dejó ir.

3

El día siguiente amaneció frío y despejado, brillante, absolutamente inadecuado en una jornada de duelo como la que estaba viviendo, en la que las emociones le arañaban la piel y las lágrimas amenazaban en todo momento con hacer acto de presencia.

No recordaba la última vez que alguien la había visto llorar. Ni cuando estalló el escándalo de Héctor dejó entrever en ningún momento su dolor, su frustración, su furia, el miedo a que la arrastrara aquella ola de mierda que acabó con los huesos de su marido en la cárcel y con su foto en todos los periódicos e informativos. Ella logró mantenerse al margen y apenas fue mencionada en un par de ocasiones por los medios más sensacionalistas, pero, aun así, la vergüenza propia y la suspicacia, real o imaginada, que creía ver en los ojos de sus compañeros la hundió en un pozo de ignominia y humillación del que hacía poco que había empezado a sacar la cabeza.

Y ahora, esto…

La casa de su hermano seguía sumida en el sueño cuando salió a la calle. Aún no había amanecido y el sol era apenas una promesa, pero llevaba horas despierta y había empezado a notar cada arruga de la sábana, cada protuberancia en el colchón.

Su sombra se fue haciendo más patente conforme regresaba a la casa de su madre. A su casa, en realidad. Marcela había nacido allí y vivió entre esas cuatro gruesas paredes hasta que se marchó a Ávila, a la Academia de Policía, con veintitrés años, nada más terminar la carrera de Psicología. Es cierto que mientras estuvo en la universidad de Zaragoza no vivía propiamente en aquella casa, pero Biescas seguía siendo su punto de referencia, el lugar al que regresaba casi cada fin de semana, al que se refería cuando anunciaba que volvía a casa.

Todo cambió cuando llegó a Ávila. La distancia, la exigencia de la preparación, los nuevos colegas, aficiones recién descubiertas... Luego vinieron las prácticas, el primer destino, y el segundo, siempre lejos de casa, hasta que su hogar sólo fue un ente indefinido, indeterminado, difuso en la memoria, una casa vieja con una mujer mayor y un hermano sonriente en su interior.

La de su madre era una casa grande, esquinada, muy cerca del río Gállego. Recordaba que, siendo niña, se dormía en verano con la ventana abierta para poder escuchar el murmullo del agua golpeando contra los guijarros de la orilla.

La enorme fachada de piedra estaba horadada por dos enormes balcones de madera, uno en cada planta, perfectamente ubicados en el centro exacto sobre la gran puerta ovalada; la segunda fachada encaraba la carretera que llevaba al río. En ella, una hilera de tres ventanas por piso y un pequeño balcón en la esquina contrarrestaban la dureza de la mole grisácea.

Se detuvo en la acera de enfrente y contempló el pétreo y consistente edificio. Era consciente de que estaba vacía, por supuesto. Nunca había sido una mujer fantasiosa ni creía en los milagros ni en los espíritus. Allí dentro no había nadie y, sin embargo, habría jurado que el visillo de una de las ventanas se acababa de mover, como cuando volvía de Zaragoza y su madre esperaba tras el cristal a que se bajara del autobús para salir a recibirla. Antes incluso de que consiguiera sacar las llaves del bolso, su madre estaba en la puerta, sonriente y lista para plantarle dos sonoros y apretados besos en las mejillas.

Hoy no habría ruido de cerrajas, ni besos, ni pellizcos en la cintura para comprobar si había adelgazado desde la última vez, ni alegres exclamaciones, ni «dame la maleta, anda, que pareces cansada; te he preparado una cena capaz de resucitar a un muerto».

Abrió la puerta con una sola vuelta de la llave. Con las prisas de la noche anterior nadie se había acordado de asegurar la entrada. Este era un pueblo tranquilo, pero, aun así, bien sabía ella que la maldad y la violencia podían aparecer incluso en los lugares más recónditos, bucólicos y supuestamente pacíficos.

Entró, cerró la puerta a su espalda y respiró en la oscuridad.

Se quedó en el vestíbulo, tan congelada como aquellos muros. Giró sobre sí misma en el recibidor de la casa vacía, observó las paredes llenas de fotos y los bodegones de flores que a su madre tanto le gustaban. Intentó dar un paso adelante, pero no pudo. Era como profanar un cadáver. La casa estaba muerta. Su madre era el corazón de ese lugar, y había dejado de latir. Allí no había nada que ver ni que sentir, salvo dolor, y de eso tenía más que suficiente.

Abrió de nuevo la puerta, salió a la luminosa mañana y se encendió un pitillo. La calle ya era un hervidero de personas que iban y venían, niños camino del colegio, señoras con el carro de la compra y jubilados que balanceaban el bastón dispuestos a vigilar un día más el cauce del río. El agua nunca era la misma, como el aire que respiraban.

También en casa de su hermano estaban todos levantados. Sus sobrinos no irían hoy a clase. Sus padres habían decidido tomarse las cosas con calma y disfrutar de un día en familia para hablar de lo sucedido. Por las explicaciones de Juan, Marcela dedujo que, básicamente, no les iba a quedar más remedio que desdecirse y rectificar todas las pequeñas mentiras piadosas que les habían contado desde pequeños cada vez que la muerte salía a relucir.

—Vais a quedar como unos mentirosos, lo sabes, ¿no?

—No, si se lo explicamos bien —se defendió su hermano.

—No hay forma de evitar el dolor. La abuela ya no está, ahora ocupa un agujero en el cementerio. No volverán a verla, ni ahora, ni nunca.

—Les hablaremos del cielo…

—… ¿y del infierno?

—Qué graciosa eres. Se trata de minimizar el dolor en lo posible, sin más. Sólo son niños…

—Vamos, Juan, sabes tan bien como yo que mamá nunca habría aceptado los paños calientes que les queréis aplicar. Ella les contaría la verdad, y punto. No tienes por qué regodearte en la parte macabra, pero tampoco mentir.

—Si tú lo dices…

—La muerte es parte de la vida.

—El final —replicó él.

—Sí, pero ineludible. No les mientas. Ahora, o dentro de unos años, vais a quedar fatal, y vuestras mentiras de hoy no les evitarán el dolor de mañana. Al revés, lo multiplicará, porque no estarán preparados. Les hacéis vivir en el país de las hadas y los superhéroes hasta que la magia se desvanece de golpe y llega la cruda vida real. —Bajó un poco la voz, consciente de la presencia de su cuñada en la habitación—. Y, por favor, no los animéis a que pongan el nombre de mamá a una estrella y le hablen cuando la echen de menos…

La rápida mirada que Juan le echó a Paula y la boca abierta de ella le dejó bien claro que esa idea no sólo se les había pasado por la cabeza, sino que formaba parte del plan.

—Vamos a desayunar —propuso su hermano para cambiar de tema. Los tres chicos llevaban un rato armando jaleo en la cocina, excitados ante la idea de no ir a clase.

—Me han llamado de Jefatura —mintió. No quería seguir allí ni un minuto más. Empezaba a sentirse incómoda de verdad—. Tengo que marcharme.

—¿Ahora?

—Cuanto antes, sí.

—Eso no era en lo que habíamos quedado.

—Lo sé, pero al comisario mis planes le importan una mierda. Incluso el hecho de que no haga ni veinticuatro horas que enterré a mi madre se la trae al pairo.

—Eres funcionaria, tienes unos derechos, un sindicato…

—Sí, eso está muy bien sobre el papel, pero cuando ocurre algo gordo no hay horario, ni festivos, ni permisos, ni nada de nada. Sólo la obligación de acudir, y punto. Lo siento mucho —añadió ante la mirada compungida de su hermano. Para su sorpresa, no se sentía mal por mentirle, sino aliviada ante la puerta de escape que se había abierto inesperadamente ante ella y que pensaba cruzar a toda velocidad—. Te prometo que vendré el primer fin de semana que tenga libre.

Se llevó los dedos índices cruzados a los labios, como cuando eran niños, y logró exprimir una sonrisa de su circunspecto hermano. Qué poco quedaba en él del niño que la seguía como un perrillo faldero y al que hacía cosquillas hasta que le dolía la tripa de reírse. Tampoco él encontraría mucho en ella de la niña que fue, pensó. En el capítulo de las decepciones estaban empatados.

Desayunó con sus sobrinos, bromeó con ellos y respondió como pudo al interrogatorio del pequeño Aitor, que sin duda apuntaba maneras de policía, como le había advertido Juan.

Poco después de las once de la mañana, se despidió con un abrazo de su hermano y de su cuñada, les dio una pequeña propina a sus sobrinos con la consigna de que se la gastaran íntegramente en chucherías y puso rumbo a Pamplona.

No le dijo adiós a su madre. A ella no la dejaba atrás, la llevaba consigo ahora, y así sería siempre desde ese momento.

4

Abrió mucho la boca para aflojar la pinza de la mandíbula. No se había dado cuenta de que llevaba todo el camino apretando los dientes y dos horas después, mientras aparcaba en la zona reservada frente a la comisaría, el dolor le llegaba hasta el oído.

Era la una del mediodía. En lugar de entrar en la Jefatura, giró a la izquierda y caminó en busca de un bar lo bastante alejado como para garantizar que no habría ningún uniforme dentro. Eligió un garito de luces anaranjadas inmerso en un anochecer eterno. Aparte de la camarera, una anodina cincuentona de generosos pechos y pelo de un negro imposible, el resto de los allí reunidos se situaba en la indefinida franja que va de los veinte a los treinta. Perfecto. A esa edad no les interesa nada ni nadie que no fueran ellos mismos y su mundo, lo que le aseguraba la tranquilidad que necesitaba.

Pidió un café y un Jägermeister. La camarera le preguntó si lo prefería con hielo o en un vaso de chupito congelado. Lo segundo, respondió ella. Un minuto después tenía ante sí tres dedos de líquido ambarino ondulándose con la cadencia del paso de la mujer y una taza humeante de café solo. No dudó ni un instante por dónde empezar. Dos tragos después, la bebida alemana era historia. Exhaló despacio el aire caliente de sus pulmones, templándose de paso la boca y el cerebro, y cogió la tacita blanca.

Llevaba un par de horas sin pensar en su madre, pero de pronto, sin previo aviso ni venir a cuento, su imagen empezó a perseguirla sin tregua en el fondo de su cabeza. Su madre en Navidad, su madre comprándole un abrigo, su madre regando las plantas, su madre enseñándole a planchar, su madre regañándola por llegar tarde a casa, su madre haciéndole una trenza en el pelo... No importaba que abriera o cerrara los ojos; el rostro de su madre seguía allí, amable y sonriente, en la luz y en las sombras.

Dejó la taza vacía en el mostrador y pidió otro Jäger y un bocadillo de lo que fuera que estuviera caliente. Le castañeteaban los huesos. Sólido y líquido la templaron por dentro incluso más que el café, pero no consiguieron despejarle la cabeza ni espantar las ideas irracionales y las visiones indeseadas.

Se odiaba a sí misma por haber huido de Biescas. Quizá debería haberse quedado un par de días con su hermano, con la única familia que le quedaba aparte de una retahíla de primos a los que a duras penas reconocería si se los cruzara por la calle. Sin embargo, necesitaba poner tierra de por medio y empezar a restañar las heridas del único modo que le funcionaba: sola, en privado, sin demostraciones públicas de pesar, lágrimas en la almohada ni llamadas a horas intempestivas. El alcohol era un estupendo antiséptico para el alma, y el dolor del día siguiente, tanto el real como el del espíritu, se arreglaba con un par de ibuprofenos.

Pero lo que de verdad necesitaba era volver a casa; no a Pamplona, al piso que alquiló cuando se divorció de Héctor, sino a su casa de verdad, a Zugarramurdi, el lugar en el que intentaba unir los pedazos en los que se había convertido su vida y donde se refugiaba en cuanto tenía un día libre. Se hizo con aquella pequeña casona hacía algo más de tres años en un absurdo arrebato del que pensó que se arrepentiría en el acto y que, sin embargo, pronto se convirtió en el mayor acierto de su vida. Planta baja, primer piso y buhardilla en apenas setenta metros cuadrados de planta; un jardín trasero de buen tamaño y el verde infinito desde las ventanas. Paredes blancas, vigas de madera en el techo y una enorme chimenea en el salón. A pesar de su aspecto rústico, la casa había sido reformada a conciencia. Baños, cocina, calefacción, suelos de madera radiante, cristal aislante en las ventanas y el tejado recién renovado. El paraíso hecho realidad.

Por dentro, la casa todavía no era gran cosa, tenía los muebles justos y le faltaban enseres que iba comprando cuando los echaba en falta. Aunque poco a poco iba insuflando entre esas cuatro paredes parte de su propia esencia, el pueblo y todo lo que lo rodeaba, incluidas sus célebres cuevas y las leyendas que las llenaban de turistas cada verano, le proporcionaban tal paz, tal bienestar y sosiego que alejarse de allí durante demasiado tiempo le provocaba una sensación parecida al síndrome de abstinencia. Lo que daría por estar ahora mismo allí, en lugar de bebiendo sola en un bar, oliendo al limón del friegasuelos y a los posos requemados del café.

Estaba cansada, agotada física y mentalmente después de tres días dolorosos y estresantes. Todavía no era tarde, aún estaba a tiempo de recuperar su coche y poner rumbo al norte.

En la calle la saludó la tarde oscurecida y un viento cortante. La cafeína, el alcohol y la comida le habían levantado el ánimo y alejado un par de pasos a los fantasmas. Se sentía mejor. No se marcharía, al menos no hoy. Necesitaba ocupar el cuerpo y la mente. Ya se lamería las heridas en otro momento.

Como si le hubiera leído el pensamiento, el móvil comenzó a vibrar en su bolsillo. Sonrió al reconocer el número.

—Pieldelobo —respondió.

—¿Cuándo vuelves? —preguntó sin más su interlocutor—. Tenemos follón.

—Dos minutos.

Y colgó.

5

—¿Cuánto tiempo lleva ahí? —Marcela señaló con la cabeza hacia el fondo del barranco, donde el equipo de la policía científica había colocado sus focos, lonas protectoras y mesas metálicas. El habitual circo forense de tres pistas, desplegado en precario sobre una pronunciada pendiente. Desde donde estaba podía ver que al menos cuatro de los agentes llevaban el culo o las rodillas de sus monos blancos manchados de tierra.

—No estamos seguros —respondió el subinspector Bonachera—. Han dado el aviso a primera hora de esta tarde, pero puede llevar ahí días. Lo encontró un vecino al que se le escapó el perro y andaba buscándolo. El animal husmeó el coche y se acercó a curiosear. Luego llegó el dueño y dio aviso.

—Pero esto es un accidente. ¿Nos han degradado en los tres días que he faltado? ¿Qué has hecho, Miguel?

El subinspector levantó las manos y fingió una cara inocente incapaz de disimular la picardía que encerraban sus ojos.

—Nada, te lo juro.

—Eres un mal bicho, no me fío de ti.

A pesar de sus palabras, Bonachera le caía bien. Era el compañero que más le había durado.

Llevaban casi dos años juntos y todavía no habían tenido ningún enfrentamiento serio, nada que no se pudiera arreglar en la barra de un bar.

A sus treinta y dos años, Miguel Bonachera era un hombre ambicioso pero legal. Superaba el metro ochenta y pasaba al menos dos horas al día en el gimnasio y otras dos pegado a un libro. Marcela le había visto leer prácticamente de todo, desde tratados de criminalística a ensayos económicos, pasando por ficción de todo tipo, biografías y estudios variopintos. Un día le descubrió con el Antiguo Testamento entre las manos.

—La religión ha provocado más muertes que cualquier enfermedad infecciosa —argumentó el subinspector—. Ninguna de las guerras que puedas recordar ha causado tantas bajas como las atrocidades que se han cometido en nombre de cualquier dios en cualquier época de la historia, incluso ahora. Sólo intento averiguar por qué.

—Estás como una cabra —bromeó Marcela.

—Soy un estudioso de la muerte —replicó él—, de sus causas y de sus ejecutores. Si un día nos cruzamos con un fanático religioso reconvertido en asesino en serie, me lo agradecerás.

Bonachera comprendió pronto que lo mejor era no discutir con la inspectora, dejarla hacer a su aire y no responder a sus exabruptos. Era una buena policía, de las mejores que había conocido, aunque el cumplimiento de las normas no fuera su fuerte y estuviera en todo momento en el punto de mira de sus superiores. Eso lo colocaba a él también bajo constante sospecha, pero la sombra de Pieldelobo era alargada y ocultaba por sí sola las meteduras de pata de todos los que la rodeaban.

—Vamos —insistió el subinspector—. Los de la científica han dicho que ya podemos pasar.

Bajaron por la pronunciada pendiente agarrándose a los arbustos y apoyando las manos en la tierra húmeda. Más tierra húmeda, pensó Marcela. La sintió en la palma, como la que sostuvo el día anterior en el cementerio de Biescas. Tragó saliva, sacudió la cabeza y apretó los dientes. No era momento de debilidades.

El coche, un Renault Clio blanco, presentaba las abolladuras habituales en un vuelco. Techo hundido, eje delantero desplazado y uno de los laterales bastante deformado. La puerta del conductor estaba abierta y no había nadie al volante. Miró a su alrededor. Varios agentes batían el terreno ayudados por linternas.

—¿Y el conductor? —preguntó Marcela.

—Ni rastro.

—Estaría herido y ha conseguido salir. No andará muy lejos.

—Llevan horas buscando, y nada —le aseguró Bonachera—. Lo que sí han encontrado son vestigios de sangre que suben hasta la carretera.

—Ahí lo tienes.

—Marcas de arrastre, no salpicaduras propias de quien camina cubierto de heridas.

El subinspector señaló hacia un estrecho sendero delimitado por banderitas blancas.

—Y en el asfalto —continuó—, desde varios kilómetros atrás hay señales de frenadas y acelerones, trozos de cristal y el retrovisor que le falta al coche.

—A este desgraciado lo sacaron de la carretera.

—Eso cree la Reinona.

Marcela se giró para comprobar dónde estaba el jefe de la Brigada Científica. Por suerte, Saúl Domínguez, alias la Reinona, estaba a varios metros de distancia, concentrado en sus asuntos. El inspector tenía fama de organizar su departamento con mano de hierro y de mirar a sus subalternos por encima del hombro, con la barbilla levantada y el desdén grabado a fuego en los ojos. Otro mal bicho, pero este malo de verdad. Llevaba cinco años en Pamplona, y casi desde el principio un agente graciosillo le puso el mote y con él se quedó, aunque nadie había tenido nunca el valor necesario para decírselo a la cara. Sus casi dos metros de altura y la envergadura de sus hombros disuadían por sí solos de cualquier conato de broma a su costa.

A pesar de todo, tenía que reconocer que Domínguez era un investigador concienzudo e imaginativo, con el olfato de un sabueso y los conocimientos del científico que era. Tenaz hasta rozar la cabezonería, Marcela no sabía de nadie a quien le cayera bien, aunque tampoco ella era santa de la devoción de la mayoría, así que en ese aspecto estaban empatados. Eso sí, si podía evitarlo, prefería que su camino no se cruzara con el de la Reinona. No sólo era un mal bicho, sino que además era un hombre rencoroso y vengativo. El último subinspector que tuvo la osadía de cuestionar sus decisiones pidió el traslado después de un año aguantando las constantes humillaciones y los estúpidos cometidos que Domínguez le encomendaba. Definitivamente, era mucho mejor mantener la distancia.

Giró alrededor del coche. En el maletero, abierto de par en par, algo le llamó la atención: un cochecito infantil y una pequeña maleta de vivos colores. Al fondo, una bolsa de deporte que apenas abultaba. Se volvió con rapidez hacia el subinspector.

—¿Sólo hay un rastro de sangre? —preguntó.

—Sí, sólo uno. Y sólo hay sangre en el asiento del conductor y en la zona más cercana. Nada en el asiento del copiloto o en los traseros. Todo parece indicar que el conductor viajaba solo.

—Una suerte.

—Supongo que sí.

Marcela completó la vuelta al perímetro del coche. Su mente recreó el vuelco, al conductor, aturdido, saliendo del vehículo, arrastrándose hasta la carretera, y luego…

—¿Dónde termina el rastro de sangre? —quiso saber. Iluminó el sendero de banderitas con su propia linterna. Llegaban hasta la cuneta.

—En mitad de la carretera, ahí mismo, y luego ni una gota más.

—Se subió a un coche. O lo subieron. Quizá quien provocó el accidente lo esperaba arriba.

—Pues a un hospital no lo han llevado; hemos llamado a todos, públicos y privados. No hemos encontrado documentos personales de ningún tipo —continuó Bonachera—. Sólo el equipaje del maletero, una bolsa con ropa de mujer y la maleta con equipamiento infantil, pero ninguna identificación.

—¿A nombre de quién está el coche?

—Pertenece a una agencia de alquiler de vehículos.

—Llámalos —ordenó Marcela.

—Ya está. Pronto nos darán el dato.

—¿Hace cuánto que lo has pedido?

—Diez minutos, todavía no les ha dado tiempo ni a encender el ordenador. Tranquila, estoy al tanto.

—Estoy tranquila —le cortó. Luego sacó un cigarrillo y lo prendió, girándose para proteger la lumbre del viento con su cuerpo.

—¡Pieldelobo! —gritó alguien detrás de ella. Se giró y encontró la cara rubicunda de la Reinona a un metro de la suya. No entendía cómo ese corpachón podía moverse con tanto sigilo—. Ojo con las colillas. No quiero perder el tiempo con nada que no pertenezca a la escena.

Marcela levantó una mano para hacerle entender que lo había entendido y le dio la espalda. Le oyó farfullar frases sin sentido, aunque captó las palabras «incompetente» y «creída de mierda».

Arrieros somos, pensó ella. Apuró el cigarro, lo apagó en el suelo, recogió la colilla y la guardó en el plástico del paquete de tabaco, que hundió después en el fondo del bolsillo del pantalón.

—Capullo —murmuró Bonachera.

Marcela sonrió y asintió con la cabeza. Le gustaba que el subinspector le leyera el pensamiento.

Aunque apenas eran las seis de la tarde, la oscuridad había aplastado las sombras y les resultaba difícil distinguir el camino por el que habían bajado o cualquier otro acceso por el que regresar a la carretera.

—¡Reyes! —gritó Bonachera al agente que les había saludado en el arcén a su llegada—. Ilumina aquí, por favor, que no quiero merendar hierba.

El joven hizo lo que le pedían y enfocó hacia ellos, que treparon hasta el asfalto entre imprecaciones y resuellos.

—Comprueba si ha llegado el correo —pidió Marcela cuando estuvieron en tierra firme.

El subinspector estaba a punto de hacer una broma sobre la impaciencia de la inspectora, pero un rápido vistazo a su rostro le hizo desistir de cualquier comentario.

—¿Estás bien? —le preguntó, en cambio, mientras abría el correo en el móvil—. Te veo... gris.

—¿Gris?

—Sí, apagada, ya sabes...

—Gris. —Se retiró el pelo de los ojos. El viento soplaba de espaldas y la melena castaña se le alborotaba en la cara—. Me han llamado muchas cosas en mi vida, pero gris... Aunque supongo que es una buena definición —bufó resignada—. ¿Ha llegado?

Bonachera paseó el dedo índice por la pantalla iluminada hasta dar con lo que buscaba.

—Lo tengo —exclamó. Pulsó, esperó y volvió a acariciar la pantalla despacio—. Aquí está. El coche se alquiló a nombre de una empresa con sede en Pamplona, AS Corporación. No tienen un nombre particular, sólo el de la firma. Y antes de que lo digas, ahora no habrá nadie allí, así que es inútil que vayamos.

—Iremos mañana. ¿Adjunta dirección y teléfono?

—Sí —respondió Bonachera.

—Pásamelos y en marcha.

Se dirigió con paso resuelto hacia el coche del subinspector. Ella ya había conducido suficiente por hoy.

Necesitaba algo que hacer hasta el día siguiente. La Reinona era muchas cosas, pero también lo tenía por un policía eficaz. Seguro que dejaba algún informe preliminar listo antes de irse a casa y ella podría hacerse una primera composición de lo que había pasado en aquella carretera.

Se equivocó. En esta ocasión, el inspector Saúl Domínguez se marchó sin haber escrito ni una sola línea en el ordenador, al menos no en las carpetas compartidas con el resto de los departamentos. Nada, ni una palabra. Qué hijo de puta, pensó Marcela. La conocía a la perfección, sabía que era impaciente y que prefería quedarse hasta la madrugada leyendo informes que irse a casa con una duda. Una pregunta, una respuesta. Siempre. Lo había hecho a propósito. Seguro que existía un informe preliminar, pero el muy cabrón lo había guardado en su ordenador, protegido con contraseña, para que ella se mordiera las uñas durante toda la noche.

Este arriero la iba a encontrar antes de lo que pensaba.

Golpeó las teclas del ordenador hasta que lo apagó y cogió el abrigo del perchero. Tiró de él con tanta fuerza que a punto estuvo de derribarlo. No había terminado de abrocharse la cremallera cuando Bonachera apareció en el quicio de su puerta.

—¿Una cerveza? —preguntó simplemente.

—Que sean dos.

Caminaron en silencio en medio de la noche. No necesitaban hablar para coordinar sus pasos y su destino. Con el cuello del abrigo subido hasta las orejas y las manos hundidas en los bolsillos, avanzaron raudos por las calles peatonales, convirtiendo con sus pisadas en monigotes bailarines las sombras que las farolas dibujaban sobre los charcos.

El bar Hole era justo lo que su nombre en inglés anunciaba, un agujero, un sótano escasamente iluminado que lo único bueno que ofrecía era el anonimato y la música. Los combinados eran como mucho pasables, primero porque el dueño compraba alcohol del barato y, segundo, porque el camarero no tenía ni idea de cómo preparar un buen trago ni estaba dispuesto a aprender. Iban clientes suficientes como para subsistir hasta el día de su jubilación. Para compensar, al menos tenía la decencia de poner *rock* nacional del bueno. Y, a veces, del muy bueno, como cuando entraron.

Tuvieron que imponerse a una contundente guitarra para pedir un par de cervezas. Con sus bebidas en la mano, se dirigieron a una de las mesas del fondo. Los recibió el rimero de olores que ya formaba parte del local. Madera húmeda, tabaco viejo, sudor y alcohol, mucho alcohol. Y si alguien se había dejado la puerta de los aseos abierta, meados y desinfectante con aroma a pino.

Siguieron en silencio hasta que mediaron sus botellines. Entonces, como si se hubieran puesto de acuerdo, los dejaron sobre la mesa y sonrieron casi al unísono.

—Todavía no te he dado el pésame como es debido —empezó Bonachera mirándola a los ojos—. Lo siento muchísimo, de verdad.

—Gracias —respondió ella mecánicamente.

—¿Qué tal va todo? —siguió él.

—La Reinona me tiene hasta las narices —bufó Marcela.

—Ya, y a mí, pero no me refería a eso.

Marcela recuperó su cerveza, la apuró de un trago y le hizo un gesto al camarero para que les sirviera otra ronda. El barman la miró por encima de sus gafas, masculló algo ininteligible y se dio media vuelta.

—Estoy bien —dijo al fin—. Superándolo. Poco a poco, supongo.

—No te ha dado tiempo ni a hacerte a la idea.

Movió la cabeza de un lado a otro.

—Ya lo creo que me he hecho a la idea. Estuve en una casa vacía y ante una tumba ocupada. No necesito nada más para hacerme a la idea.

Una panza oronda cubierta por una camiseta negra se materializó a la altura de su cara. Arriba, la mueca del barman decía a las claras que no le gustaba lo que estaba pasando.

—No servimos en las mesas —gruñó mientras dejaba dos cervezas sobre la mesa—. La próxima vez os levantáis, como todo el mundo.

—Claro, tranquilo —respondió Bonachera con la mejor de sus sonrisas. El estruendo de una batería ahogó la respuesta del camarero, que dio media vuelta y se alejó con paso cansado.

Marcela guardó un prudente silencio. Quería seguir yendo a ese garito, aunque fuera un agujero infecto, y cabrear al camarero no era buena idea.

—Tenías derecho a una semana de permiso —continuó Miguel con la segunda cerveza ya en la mano.

—No podía quedarme. La situación era irremediable, no había

nada que yo pudiera hacer para cambiar las cosas. Puedo llorar en cualquier sitio, ¿no crees? ¿O es obligatorio hacerlo en el cementerio?

—Visto así, tienes razón. ¿Y tu familia?

—Sólo tengo un hermano. Bueno, y tres sobrinos, pero son muy pequeños. Mi hermano tiene a su mujer y a los niños, no está solo.

—¿Y tú?

—Yo te tengo a ti, ¿no? —respondió con una sonrisa abatida. Levantó la cerveza y brindó con ella hacia su compañero, que la acompañó en el trago—. ¿Qué me dices de ti, cómo te va la vida?

Miguel sonrió y se encogió de hombros.

—Nada nuevo bajo el sol. Ningún cambio en las últimas setenta y dos horas —bromeó.

—Se me han hecho muy largas...

—Lo sé. En los malos momentos el tiempo parece que no pasa, que te has quedado atascado ahí para siempre.

—Y que nunca más serás capaz de respirar con normalidad, o de sonreír —concluyó Marcela. Luego le miró un momento y reconoció la sonrisa afligida que había visto horas antes en su propia cara. Levantó el botellín y brindó al aire.

—Bebe antes de que se caliente —la animó Miguel tras apurar el suyo—. En este tugurio no saben lo que es el aire acondicionado.

Otras dos cervezas después, al friso de las doce, emergieron a una noche lluviosa y helada.

—Te veo mañana —se despidió Marcela, que se pegó a la pared para evitar empaparse del todo.

—Allí estaré, jefa.

—No me llames jefa.

—Eres mi jefa, es un hecho.

—Y tú eres bobo, eso también es un hecho.

Sonrieron y se dirigieron cada uno hacia un extremo de la calle. Miguel en dirección a su apartamento en uno de los nuevos barrios de la ciudad, hasta donde llegaría en su *crossover* nuevecito, y Marcela a su piso alquilado en el corazón del casco viejo. Pensar en el subinspector Bonachera le hizo mantener la sonrisa unos segundos más. Era un hombre tradicional, burgués y amante de las cosas buenas. Buen coche, buena ropa, buen corte de pelo, buena vivienda, buenas vacaciones, mujeres de muy buen ver... En su opinión, el trabajo que había elegido no le pegaba nada; no sabía de dónde había sacado su vocación de policía, pero no lo hacía mal y, quién sabe, quizá un día fuera un buen inspector jefe. O un buen comisario.

Apretó el paso. La escueta cornisa apenas la protegía del chaparrón, que además arreciaba ladeado hacia ella. De nada le sirvió resguardarse unos segundos en el hueco de un portal. Llovía por los cuatro costados. Respiró hondo y echó a correr. No la separaban más de quinientos metros de su casa, y aun así llegó sin resuello. Se dijo por enésima vez que tenía que dejar de fumar, pero en esta ocasión la voz que escuchó en su cabeza no fue la suya, sino la de su madre. ¿Se estaría volviendo loca? Decidió que no, que seguramente sería fruto del cansancio, las cervezas y las emociones de los últimos días.

Le costó sacar las llaves con los dedos entumecidos. Cuando consiguió entrar, se desnudó en el baño y se envolvió en el albornoz que colgaba detrás de la puerta. La casa estaba helada, llevaba tres días sin encender la calefacción y la temperatura en la calle no había pasado de los nueve grados.

Puso el termostato del pasillo casi al máximo para darle un rápido calentón al piso y se secó el pelo con una toalla antes de sentarse en el salón. Tenía el móvil en la mano y jugueteaba arriba y abajo con la lista de contactos. Era casi la una de la madrugada. Si no estaba trabajando, seguramente estaría durmiendo. No había hablado con él desde antes de marcharse a Biescas.

Se levantó, cogió una cerveza de la nevera y un cenicero y se volvió a acurrucar en el sofá. La habitación comenzaba a templarse, pronto podría ajustar el termostato.

Encendió el cigarrillo, le dio un trago al botellín y pulsó la tecla verde de su móvil. Un segundo después, otro teléfono estaba sonando en algún lugar. Sin embargo, la señal de llamada fue todo lo que recibió antes del pitido final.

Se levantó del sofá, apagó el pitillo, bajó la temperatura y se dirigió a su habitación con la cerveza todavía en la mano.

Sentada en la cama, abrió el cajón de la mesita y sacó una caja de diazepam.

—Plan B —dijo en voz alta.

Extrajo dos comprimidos del blíster, los pasó con el último trago de cerveza, se quitó el albornoz y se acurrucó debajo del edredón. Confiaba en que el alcohol y las pastillas ahuyentaran los malos sueños. Habría preferido una visita de Damen, aunque fuera rápida, pero desde lo de Héctor había aprendido a no pedir nunca, a no esperar nada, a apañárselas sola. De esa forma, la decepción y el dolor quedaban fuera de la ecuación de la vida.

Sonreír y callar, esa era la consigna que Miguel Bonachera se había impuesto a sí mismo desde el primer día, desde el mismo instante en que el inspector jefe le asignó a la reducida unidad de la inspectora Pieldelobo. No era más guapa que las demás, ni más atractiva. De hecho, ni siquiera era especialmente simpática. Sin embargo, todo en ella le atraía. Su voz, su forma de mirar, sus zancadas rápidas alejándose de él, de todos; sus exabruptos, cómo cerraba los ojos y fruncía los labios cuando aspiraba el humo del tabaco.

Sin embargo, Bonachera no era tonto. Sabía que sería inútil intentar cualquier tipo de acercamiento, directo o indirecto, y que darle a conocer sus sentimientos sólo serviría para alejarla definitivamente.

Una vez en casa tras despedirse de su jefa en la puerta del bar, se quitó la ropa mojada y se puso un pantalón corto y una camiseta ajada. Sentía la piel erizada, hambrienta, y tenía un nudo en el estómago. Se acercó al pequeño gimnasio que había instalado en una de las habitaciones de su piso. Marcela no se equivocaba, le gustaban las cosas bonitas, los objetos únicos y preciados, la ropa de calidad. Ella nunca había puesto un pie en su casa, pero le había bastado con echarle un vistazo para calarlo. A ella le daba igual. Él le daba igual, todo le era indiferente. Todo, salvo el dolor en el que solía refocilarse con exasperante frecuencia.

Miguel miró el banco de remo, las pesas cuidadosamente colocadas junto a la pared, la cinta para correr y la bicicleta estática. La piel no dejaría de arderle con un poco de ejercicio. Sabía exactamente lo que necesitaba.

Volvió al salón, cogió su móvil y buscó el teléfono que necesitaba. Respondieron al segundo tono.

—Sé que es tarde —dijo con voz melosa, a modo de disculpa—, pero no hago más que pensar en ti. —Escuchó la respuesta y su sonrisa se amplió—. Te espero en mi casa, tengo todo lo que necesitamos.

Colgó y dejó el teléfono sobre la mesita. Después se dirigió al mueble del salón, un moderno conjunto de módulos lacados que parecían flotar en el aire. Abrió el más alto y se concentró en la rueda de la caja fuerte que ocupaba todo el espacio. Había elegido una pequeña cámara acorazada de apertura tradicional, convencido de que era mucho más seguro y difícil de violar que cualquier teclado informático. Hizo girar la rueda a uno y otro lado y tiró con fuerza de la puerta. Apartó a un lado el arma que guardaba allí y metió la mano hasta dar con una pequeña caja metálica.

La sacó, cerró de nuevo la caja fuerte, hizo girar la rueda y se dirigió a la mesa del salón. Cuando sonó el timbre, la bandeja de plata que había colocado sobre el cristal estaba ocupada por cuatro perfectas, simétricas y paralelas rayas de coca.

Miguel sonrió y se levantó para abrir. Le ardía la piel, pero el remedio acababa de llegar. Dejó pasar a la espectacular mujer que le devolvió la sonrisa desde el umbral y cerró la puerta.

6

Con dos cafés y un ibuprofeno como todo alimento, Marcela corrió calle abajo en dirección a la comisaría. No había oído el despertador y se había perdido la reunión matinal. Confiaba en que Bonachera hubiera sido más responsable que ella.

No le iba a dar tiempo a fumar un cigarrillo antes de entrar.

—Mierda, mierda, mierda —masculló mientras torcía la última esquina y encaraba la puerta principal.

Distinguió a un agente uniformado apoyado en su coche.

—Mierda —repitió entre dientes. Cuando estuvo cerca, levantó la cara, compuso su gesto más profesional y saludó—. Buenos días, Garrido.

—Inspectora, sabe de sobra que no puede dejar el coche aquí, esto no es un aparcamiento. Sólo coches patrulla y vehículos oficiales.

—Lo sé, lo sé, pero ayer no tuve tiempo de acercarme a retirarlo. El subinspector Bonachera y yo tuvimos que salir.

—Ya —respondió, meneando la cabeza—. Lo siento, inspectora, pero eso no es excusa. Tengo orden de llamar a la grúa la próxima vez que aparque aquí.

—Así me gusta, Garrido, siempre cumpliendo con su deber. Deme un momento y vengo a retirarlo.

No esperó la respuesta del agente, cuyo rostro empezaba a

encarnarse, y subió las escaleras de la entrada de dos en dos. Un minuto después estaba en su despacho, frente al ordenador. Ni rastro del informe de la científica. Bufó, volvió a ponerse el abrigo y bajó en ascensor hasta el garaje. Salió por la rampa y se subió a su coche. El agente había vuelto a entrar en el edificio y la miraba desde detrás del parapeto de la ventana blindada. Varias capas de cristal grueso, polivinilo y resina fundida, todo ello unido entre sí a una elevada presión mediante un proceso de vacío y calor. Pero los cristales antibalas no existen. El que tenía enfrente no aguantaría más de cinco disparos antes de resquebrajarse, eso si las balas no procedían de una Magnum 44 o de un fusil militar. Entonces, el rictus prepotente de Garrido se convertiría casi al instante en una máscara de Munch.

Tardó media hora en encontrar aparcamiento en una zona en la que no tuviera que pagar por dejar el coche. Vivir en el centro era un problema para los conductores. Cerró y se mandó un correo electrónico a su propia dirección con la ubicación. La última vez que no lo hizo tardó varias horas en dar con él, y estuvo a punto de pedir ayuda a las patrullas para localizarlo. Cuando por fin volvió a su despacho, el total de su demora ascendía a casi tres horas.

—Jefa —la saludó Bonachera, que entró en el cubículo en cuanto la vio llegar.

—No me llames jefa.

En esta ocasión, el subinspector decidió ignorarla.

—Nada de Domínguez.

—Lo sé, he estado aquí antes. No voy a llamarle, él sabrá el ritmo al que trabaja y a quién tiene que rendir cuentas. Pide una orden para las cámaras de tráfico de la zona. No habrá muchas, no debería costarnos demasiado localizar el coche. Amplía la búsqueda a una semana antes del hallazgo del vehículo. Y que vuelvan a contactar con los hospitales y clínicas públicas y privadas.

—Parra está en ello. Nos llamará con los resultados.

—¿Es nuevo?

—¿Parra? Lleva dos años aquí, y en todo caso sería «nueva». Olivia Parra.

—Soy un desastre para los nombres —se justificó Marcela, que en realidad no conseguía ponerle cara a la agente. Miró al subinspector y le animó a seguir.

—¿Merece la pena alertar a la unidad canina? —preguntó Bonachera.

—Ayer cayó el diluvio universal, no creo que encuentren nada.

—Tienes razón —asintió él.

Firmó la solicitud pertinente y se la alcanzó a Bonachera, que ya esperaba de pie junto a la puerta. Al salir, tuvo que hacerse a un lado para cederle el paso a una joven agente de la unidad de Familia e Infancia. Marcela se dio cuenta de que el de Miguel no era sólo un gesto educado, sino su ocasión de acercarse a una de las mujeres más imponentes de la comisaría. Alta, atlética, guapísima y siempre ceñida cuando se quitaba el uniforme.

La agente Méndez le dedicó una mirada de soslayo sin devolverle la sonrisa y lo dejó atrás antes de detenerse un paso por delante, ya en el interior del despacho.

—Con permiso, inspectora.

—Pase, por favor.

La agente dejó sobre la mesa la carpeta amarilla que llevaba debajo del brazo.

—Creo que en Familia tenemos algo que puede interesarle —empezó. Marcela se inclinó hacia delante y esperó—. Hace dos días, un operario de la depuradora de aguas del valle de Aranguren encontró un bebé en el aparcamiento.

Un cochecito infantil. Ropa de bebé en el maletero. Un solo rastro de sangre.

Marcela se levantó de un salto.

—Cuéntemelo de camino a donde sea que lo hayan llevado.

El bebé dormía, plácido y abrigado, en el centro de una cuna demasiado grande para él. Varón, perfectamente cuidado y alimentado, de no más de cuatro meses, a juzgar por el estado de su fontanela.

«Fontanela», espacio entre los huesos del cráneo de un bebé, una zona blanda, extremadamente delicada, que desaparece entre los doce y los dieciocho meses. Repitió la palabra mientras seguía a la directora del área de pediatría del hospital hasta su despacho. Fontanela. Ventana pequeña. Una palabra preciosa, pensó.

El expediente del bebé apenas abarcaba un par de folios en los que se dejaba constancia de la fecha de su llegada, los resultados del reconocimiento médico y la alerta que se había lanzado a todos los organismos competentes.

La oficial Méndez le explicó que un operario de la depuradora había llamado al 112 el sábado por la tarde, asegurando que habían encontrado un bebé en el aparcamiento trasero. Los sanitarios que acudieron al lugar comprobaron que estaba al borde de la hipotermia a pesar de la ropa de abrigo que vestía, lo que hacía suponer que llevaba varias horas a la intemperie. También estaba hambriento y con el pañal a rebosar, lo que corroboraba la hipótesis inicial. Por suerte, dieron con él antes de que se desatara la tormenta del día anterior.

—¿No se ha presentado ninguna denuncia? —le preguntó a la agente mientras atravesaban un pasillo tras otro.

—No, nada. Hemos contactado con el resto de cuerpos, incluidas las policías locales de toda Navarra, y hemos lanzado un aviso a nivel nacional y a través de la Europol. Que estuviera en Pamplona no significa que sea de aquí, pueden haberlo traído de cualquier parte.

Es lo que tiene la globalización, pensó Marcela, que los delitos y los delincuentes tampoco conocen fronteras.

La pediatra apenas pudo serles de ayuda. Les repitió lo que ya habían leído en el informe y les aseguró que nadie había preguntado por el niño, ni en persona ni por teléfono.

—El bebé está perfectamente —les confirmó—, sano, limpio y bien cuidado. Tenía hambre, a esa edad comen cada tres o cuatro horas, pero no está famélico. Lo habían alimentado correctamente hasta que lo dejaron allí.

—¿Encontraron etiquetas identificativas en la ropa, en la sillita o en el propio niño?

—No. De haberlo hecho, lo habríamos comunicado a la policía —respondió ofendida.

—Por supuesto, claro. Sólo confirmo los datos. ¿Existe algún modo de comprobar la identidad del bebé? Huellas dactilares, plantares...

—Es muy difícil —lamentó, enfatizando su desilusión con un balanceo de cabeza—. Tenemos un registro de huellas plantares, como bien ha apuntado, que además está digitalizado, pero sólo son útiles con recién nacidos. En cualquier caso, ya hemos procedido a tomar la huella del niño y la estamos comparando con las de la época en la que suponemos que nació. Los avisaremos si el sistema arroja algún resultado, pero no se hagan ilusiones. En los primeros seis meses un ser humano cambia más que en el resto de su vida.

Marcela asintió con la cabeza y se levantó para salir. Mientras seguía a una celadora hasta la salida a través de un laberinto de pasillos y puertas automáticas, pensó en cuánto cambiaba en realidad el ser humano a lo largo de su vida. A veces era una evolución lógica y sutil, propia de la edad, pero otras veces las transformaciones eran salvajes, profundas e inesperadas. Un adorable niño convertido en un irascible adolescente adicto a la marihuana; un hombre honesto y cabal transformado en un estafador embustero y codicioso; una mujer tranquila que adora a su marido y su trabajo, trocada en alguien que encadena un error tras otro, una mentira tras otra, empeñada al parecer en cavarse su propia tumba.

Una boa constrictor muda de piel casi un centenar de veces a lo largo de sus veinte años de vida. Un ser humano quizá sólo cambie una vez, pero a partir de ese momento será irreconocible, se convertirá en otra persona, alguien a quien se podrá amar u odiar, pero que jamás será el mismo.

7

La lluvia tiene un vago secreto de ternura,
algo de soñolencia resignada y amable,
una música humilde se despierta con ella,
que hace vibrar el alma dormida del paisaje.

Su madre la obligó a memorizar el poema entero de Federico García Lorca, cuarenta y seis versos llenos de exclamaciones y comparaciones absurdas, precisamente una tarde de lluvia.

Y son las gotas: ojos de infinito que miran
al infinito blanco que les sirvió de madre.

¡Por favor, gotas como ojos!

Llevaba horas gruñendo por no poder salir a la calle, dando vueltas como un perrillo encerrado y maldiciendo el agua que caía a raudales al otro lado de las ventanas. Su madre, conciliadora y harta a partes iguales, le mostró el texto del poeta andaluz y le prometió un chocolate con bizcochos si era capaz de memorizarlo. Ella, que jamás rechazaba un reto, hincó los codos sobre la mesa de la cocina y empezó a repetir en voz baja el larguísimo poema. Una hora después estaba merendando chocolate con bizcochos.

No le molestaba la lluvia. Estaba acostumbrada a las capuchas grandes, los paraguas de varillas torcidas y las botas de goma. Vivía en una ciudad lluviosa que no bajaba el ritmo bajo el agua. Los versos de Lorca, sin embargo, le parecían el empalagoso canto de quien sólo ve llover de tarde en tarde. Alguien que llegara cada día empapado a casa jamás habría escrito semejante poema. «Besar azul que recibe la tierra...», recordó con sorna.

La oficial Méndez la dejó en la puerta de comisaría, le prometió mantenerla informada de cualquier novedad en el caso del bebé de la depuradora y aceleró.

Sacudió los pies en el felpudo sintético de recepción y subió las escaleras con paso cansado. Le pesaban las botas, le pesaba el abrigo empapado, le pesaban los remordimientos por haber desatendido a su madre, le pesaba la falta de sueño y el exceso de alcohol.

No había tocado el pomo de la puerta de su despacho cuando la voz de Bonachera la detuvo en seco.

—No te quites el chubasquero, inspectora. Tenemos cita con la empresa que alquiló el Clio siniestrado. Y, antes de que lo preguntes, seguimos sin noticias de Domínguez.

Un eficaz recepcionista les cogió los paraguas y los envolvió en plástico para que no empaparan el suelo del elegante y funcional vestíbulo. Luego les pidió que esperaran mientras avisaba a alguien que pudiera atenderlos. Marcela se acercó al enorme ventanal de suelo a techo que había junto a la puerta de entrada, también acristalada.

Al otro lado seguía lloviendo con fuerza, los coches lanzaban furiosas salpicaduras al atravesar los charcos a toda velocidad y los peatones avanzaban pegados a la pared, encogidos y sujetando con las dos manos el paraguas frente a sus caras, batallando contra el inclemente viento.

Lo más curioso era que la banda sonora de esa película no era la lluvia torrencial, los pasos sobre los charcos, rodadas o bocinazos, sino una melodía suave y envolvente, unos dedos acariciando las teclas de un piano y una trompeta lejana alargando las notas en una plácida cadencia. La discordancia entre lo que veía y lo que oía llevó a la mente de Marcela a un estado de confusión sumamente incómodo. Se volvió hacia la derecha y empujó un poco la puerta. Al instante, la música desapareció y el ruido ocupó el lugar que le correspondía detrás de sus ojos.

—¿Adónde vas? —le preguntó Bonachera.

—A ningún sitio, sólo comprobaba una cosa.

El subinspector no tuvo ocasión de volver a preguntar. El recepcionista apareció junto a ellos y los invitó a seguirle. Subieron en el ascensor hasta la cuarta planta y, una vez allí, los acompañó hasta un despacho del fondo. Un rótulo informaba de que detrás de esa puerta se encontraba el gerente territorial de AS Corporación.

El joven llamó, abrió la puerta un palmo, se cercioró de que todo estaba en orden y se hizo a un lado para dejarlos pasar. Sonrió, dio media vuelta y desapareció en el largo pasillo.

Un hombre que rondaría los cuarenta, perfectamente trajeado, con los zapatos brillantes, gemelos en los puños de la camisa y un aparatoso anillo de sello en el dedo anular derecho los recibió con una sonrisa abierta que pretendía ser también franca, aunque se quedó en el intento. No es fácil sonreír cuando te visita la policía sin previo aviso y no hay forma de adivinar qué está pasando. Aun así, el hombre trajeado extendió el brazo y les ofreció la mano. Primero a Miguel y después, con la sonrisa a punto de desvanecerse, a ella.

—Javier Lozano, gerente de AS Corporación —se presentó, cumplidor—. No les voy a engañar, me sorprende mucho su visita. ¿En qué puedo ayudarles?

—Señor Lozano, soy el subinspector Bonachera. Ella es la inspectora Pieldelobo. —Aunque rápido y sutil, el ligero alzamiento de las cejas del gerente evidenció su desconcierto—. Su empresa ha alquilado recientemente un Renault Clio blanco.

—El alquiler de vehículos es una práctica habitual en AS Corporación, señores. No veo qué tiene eso de extraordinario.

—No buscamos cualquier coche, sino uno muy concreto. ¿Podría comprobarlo?

—Necesitaría conocer el motivo de su interés. Como comprenderá, no puedo facilitar datos confidenciales de la compañía sin saber a quién y por qué los quiere.

—Cuerpo Nacional de Policía, señor Lozano —Marcela se adelantó un paso y alzó la voz para obligar al gerente no sólo a escucharla, sino también a mirarla—. Ese es el quién. Y el porqué no le concierne en estos momentos. Agradeceremos su colaboración, creemos que es una información muy sencilla de obtener en su base de datos, pero estamos habituados a acudir a las oficinas del juez de guardia.

Incómodo, el gerente se volvió hacia el subinspector en busca de comprensión y apoyo. ¿Acaso pretendía que le parara los pies a la inspectora? Bonachera no movió ni un músculo y aguardó firme la decisión de Lozano.

Un instante después la sonrisa reapareció en la cara perfectamente afeitada del hombre trajeado, que giró sobre sus talones y se instaló en la espartana silla de detrás del escritorio.

—¿Un coche alquilado? —dijo Lozano por fin—. Bueno, eso no debería ser difícil de verificar. Si me permiten un momento...

Se puso las gafas, encendió el monitor del ordenador y tecleó a toda velocidad. Después, leyó con atención lo que fuera que apareció en la pantalla.

Bonachera y Pieldelobo esperaron en silencio y de pie a pocos pasos de la mesa. En ningún momento los había invitado a sentarse.

Marcela aprovechó la espera para observar el despacho. Junto a la orla de la facultad de Económicas de la Universidad de Navarra colgaban varios títulos y certificados que proclamaban la amplia formación de Javier Lozano en áreas tan diversas como los negocios internacionales, el derecho mercantil o la gestión de los recursos humanos. Distinguió una fotografía de los anteriores reyes y otra de él mismo y Felipe VI sonriendo a la cámara. En la pared de enfrente, una librería de madera acogía volúmenes cuyo título no llegaba a distinguir, aunque había lomos mucho más gastados que otros. En uno de los estantes, enmarcada en un recargado cuadro plateado, una reproducción de *La Inmaculada Concepción* de Murillo ocupaba el único espacio libre que quedaba.

—¿Y bien? —intervino Marcela cuando los segundos empezaron a convertirse en minutos y el gerente seguía sin dar muestras de empezar a hablar. Casi parecía que se había olvidado de ellos. Empezaba a sentirse como parte del servicio, y eso no le gustaba en absoluto.

—Disculpe —respondió Lozano muy tranquilo, con la mirada todavía fija en el ordenador—. No quiero saltarme ninguna de las operaciones. No... No veo ningún Clio reservado desde la central, ni desde ninguna de nuestras filiales. Tenemos sucursales en toda España, además de en varios países de Europa y América Latina. Nuestros representantes tienen sus propios coches de empresa, y ninguno es un Renault, y para nuestros invitados alquilamos vehículos de gama superior. Ningún Clio, lo siento.

Su sonrisa, mucho más abierta de nuevo, mostraba a las claras su alivio por no verse implicado en lo que fuera que estaba ocurriendo. La policía nunca era una visita bienvenida en las instalaciones de ninguna empresa. Por suerte, ese día no había ninguna reunión importante programada, por lo que este incidente no pasaría de ser una anécdota desagradable que se guardaría bien de comentar con nadie.

—¿Cuántos de sus empleados tienen tarjetas de crédito a nombre de la empresa? —preguntó Marcela a bocajarro. Le encantó ver cómo el gesto ufano del gerente se esfumaba en el acto.

—Todos nuestros altos ejecutivos tienen una Visa con crédito limitado para gastos de representación, por supuesto —respondió a regañadientes.

—¿Alguno de ellos ha podido alquilar un coche?

—Claro, pero no veo el motivo. Todos disponen de vehículo de empresa, como ya les he dicho. Nuestra flota total supera el centenar de automóviles.

—Pero podría hacerlo —insistió Marcela, con la mirada clavada en los ojos oscuros de aquel hombre. Se acabó la farsa.

—Sí, podría hacerlo.

—Repase por favor la actividad de las tarjetas de sus ejecutivos. Sólo nos interesan las transacciones con empresas de alquiler de coches.

Eran conscientes de que en ese momento Javier Lozano podía negarse a colaborar con ellos y pedir la orden judicial que habían mencionado antes. Entonces no tendrían más remedio que guardarse sus bravatas y salir de allí con el rabo entre las piernas. Pero no lo hizo. Una de las curiosidades que Marcela había comprobado respecto a las mujeres con poder era que quienes se enfrentaban a ellas solían dudar de su propio estatus, convencidos, quizá, de que si ellas habían logrado llegar hasta allí por delante de sus compañeros, debían ser realmente buenas. O duras. O perversas. En cualquier caso, temibles. A ella le daba igual lo que pensaran mientras obtuviera resultados.

El gerente escondió la cabeza detrás del enorme monitor blanco y empezó a teclear de nuevo. Un par de minutos después se detuvo. Seguramente no era consciente de que estaba leyendo con la boca abierta y las manos suspendidas sobre el teclado. Lo que fuera que había encontrado le había sorprendido sobremanera.

Poco después se giró de nuevo hacia ellos. Su actitud había cambiado. Muy serio, estiró el brazo y señaló las dos sillas colocadas junto al escritorio, frente a él.

—Por favor, siéntense y disculpen mi mala educación. Estamos cerrando el trimestre y son días de mucho ajetreo. No sé dónde tengo la cabeza...

La sonrisa que asomó a sus labios no consiguió ser una disculpa ni una reconciliación. Apenas sirvió para mostrarles una vez más su perfecta dentadura, pero el resto de su rostro, incluidos sus labios, era una máscara sin expresión.

Se sentaron y esperaron en silencio. La pelota estaba en el tejado de Lozano, que suspiró despacio y se inclinó hacia delante en la silla, hasta que su corbata rozó el borde de la mesa. Alargó la mano para coger uno de los bolígrafos plateados alineados junto al ordenador y empezó a juguetear con él.

—Como les he dicho —empezó—, todos nuestros ejecutivos...

—Tienen una Visa de empresa. —Marcela acabó la frase por él. Su paciencia tenía un límite y las vueltas del bolígrafo entre sus dedos la estaban desquiciando—. ¿Quién alquiló un coche?

—Antes de nada, creo que deberían contarme de qué va todo esto. No puedo facilitarles información que puede ser perjudicial para la empresa. Si ha sucedido algo...

Ahora fue Marcela la que suspiró. La puerta empezaba a cerrarse. Miguel aprovechó para volver a colocarse al frente de la conversación. Un poco de mano izquierda, un poco de mano derecha... Ese era el juego.

—Tenemos motivos para creer que un Renault Clio alquilado por alguien relacionado con AS Corporación se ha visto implicado en un accidente. Necesitamos localizar al conductor cuanto antes.

—¿Tienen pruebas de que efectivamente el coche fue requerido por alguien de esta empresa?

—Por supuesto —afirmó Miguel—. Nos lo confirmó la propia agencia de alquiler. No tenemos ninguna duda al respecto, pero al tratarse de una tarjeta corporativa, no consta el nombre del arrendatario. Por eso estamos aquí.

—Entiendo...

De nuevo el silencio y un rápido vistazo a la pantalla, como si quisiera comprobar una vez más los resultados de la búsqueda, o como si dudara de la conveniencia de compartir ese dato.

—Es imprescindible para la investigación conocer la identidad del conductor, señor Lozano. No tenemos ningún motivo para pensar que la empresa esté implicada de ningún modo en lo que a todas luces parece un accidente.

Miguel era consciente de que sólo había dicho una verdad a medias, y seguramente muy cogida con pinzas, pero veía al gerente dudar y no quería salir de allí sin una respuesta.

—¿Y bien? —insistió Marcela.

—Bien, verán... He encontrado un cargo a una empresa de alquiler de vehículos pagada con la tarjeta de doña Victoria García de

Eunate. Es una de nuestras altas ejecutivas. Lleva cinco años con nosotros.

Miguel anotó a toda velocidad los datos y lanzó su siguiente petición. Por el rabillo del ojo podía ver el brillo en la mirada de Marcela. Era como un depredador que acababa de distinguir un rastro de sangre. No cejaría hasta cobrarse la pieza.

—Nos gustaría hablar con ella, por favor.

Sin responder, Lozano levantó el auricular y pidió que le pasaran con la oficina de la señora García de Eunate.

—Entiendo... —dijo unos momentos después—. Y eso, ¿desde cuándo? —Silencio—. Bien, avíseme si aparece, gracias.

Colgó, se alisó la corbata y entrelazó las manos sobre la mesa. ¿Había sonreído? En cualquier caso, Marcela estaba segura de que ese hombre se sentía aliviado por algún motivo. Pronto supo por qué.

—Me temo que la señora García de Eunate no ha venido hoy a la oficina, lo siento.

Los policías se miraron sin disimulo.

—¿Hace cuánto que falta al trabajo? —quiso saber Marcela.

—Según su secretaria, no sabe nada de ella desde el pasado jueves.

—¿Es eso habitual? ¿Puede salir de viaje o trabajar desde otro lugar sin avisar?

—No, en absoluto. Esto es muy irregular. De hecho, su secretaria me ha comentado que estaba a punto de informar al vicepresidente. —Guardó silencio un instante—. ¿Creen que le ha podido ocurrir algo?

—¿Se había ausentado sin avisar en alguna otra ocasión? —continuó Marcela, ignorando su pregunta.

—No, que yo sepa. Ha estado de baja un tiempo. Fue una enfermedad larga, tardó varios meses en reincorporarse al trabajo, pero entonces estaba justificado, no como ahora. La señora García de Eunate es un modelo de responsabilidad, tesón y compromiso con la casa. Estoy empezando a preocuparme...

—¿Sabe si tenía un hijo?

—¿Un hijo? Estaba soltera.

—Bueno, eso nunca ha sido un impedimento para quedarse embarazada... —respondió Marcela.

—Usted no lo entiende. En esta empresa, en esta casa, sólo trabajan personas de bien, decentes, comprometidas con el espíritu de entrega y abnegación del fundador y presidente de la corporación, un ejemplo de dignidad, rectitud, dedicación y espíritu de excelencia.

—¿Están prohibidas las madres solteras? —preguntó, sorprendida.

—No, no es eso —negó el gerente—. Simplemente, a ninguna de nuestras empleadas se le ocurriría hacer semejante... cosa. Son mujeres de bien, rectas, que se hacen valer y respetar dentro y fuera de la empresa. Educadas por buenas familias y en buenos colegios.

—Entiendo —asintió Marcela.

Lozano sonrió.

—Me alegro.

—¿Puede facilitarnos la dirección de la señora García de Eunate? —pidió Miguel.

—No sé si debo... —dudó Lozano.

—No se preocupe —zanjó Marcela—. Ya la conseguiremos. Muchas gracias por su tiempo y su colaboración.

Se levantaron y salieron sin esperar a que el gerente los acompañara a la puerta. No habían dado dos pasos cuando escucharon su voz al teléfono, informando sin duda de su conversación con la policía.

Recuperaron sus paraguas en la entrada y salieron a la desapacible mañana. Los dos agradecieron el aire fresco y la ráfaga de lluvia.

—¿Un café? —propuso Miguel.

—Sí, por favor.

Caminaron a buen paso hasta una pequeña cafetería cercana. La mitad del local era una panadería y pastelería, así que tuvieron que abrirse paso entre quienes esperaban para comprar el pan hasta alcanzar una de las pocas mesas que quedaban libres. El aroma a masa cocida, a pan crujiente, a hojaldre y mantequilla caliente alcanzaba cada rincón del local. En esos casos era una de las pocas veces en las que se alegraba de que la ley antitabaco la hubiera convertido en una proscrita, porque así al menos podía disfrutar del olor de la canela, la vainilla, la nata y, sobre todo, del buen café.

—Uno solo y dos cruasanes —pidió Marcela. Miguel, de pie junto a la mesa, la miró divertido.

—¿No has desayunado?

—Ni he desayunado hoy, ni cené ayer. Pero, sobre todo, necesito algo dulce que me ayude a tragar este sapo.

Bonachera volvió al cabo de un momento con el pedido. Dos cafés y cuatro cruasanes. El sapo era grande y compartido.

—Dignidad, rectitud, dedicación y espíritu de excelencia —recitó Miguel con la boca llena. Pequeñas migas de hojaldre cayeron sobre la mesa.

—Mujeres de bien, rectas…, ¿qué más?

—Que se hacen valer…

—… dentro y fuera de la empresa —concluyeron al unísono.

—Apesta a Opus Dei —musitó Marcela en voz baja.

—Cierto —reconoció Miguel—, y sabes lo que eso significa, ¿no?

—Sí, lo sé.

Marcela agachó la cabeza y se concentró en el segundo cruasán. Problemas y más problemas, eso era lo que significaba.

8

Victoria García de Eunate vivía en una preciosa casa unifamiliar en Artica, una urbanización de lujo anexa a un pequeño núcleo urbano de edificaciones antiguas y caminos sin apenas asfaltar. Sin embargo, las viviendas de reciente construcción habían revalorizado el terreno hasta convertir esas parcelas inclinadas en la ladera del monte y demasiado cerca de la autovía en un lugar en el que sólo unos pocos podían permitirse el lujo de vivir. Grandes casas rodeadas de un amplio jardín y ocultas tras altas verjas y tupidos setos convivían con otras más sencillas, en las que los alféizares y las ventanas de madera todavía acogían a gatos que dormían la siesta al sol. Balcones con geranios frente a piscinas climatizadas. Estaba claro quién iba a ganar la batalla.

La vivienda que buscaban no era la más grande, ni tampoco la más ostentosa, pero seguramente era una de las más bonitas entre las nuevas construcciones. No sobresalía del entorno, como lo hacían otras, que no habían escatimado en cemento, acero y cristal, sino que los gruesos muros de piedra se habían revestido de madera y pizarra. Incluso las partes metálicas estaban embozadas de modo que parecieran naturales.

Si no hiciera tanto frío, a Marcela le habría encantado caminar descalza por el césped, verde y brillante por la reciente lluvia.

Miguel se detuvo a su lado y observó lo que le rodeaba.

—¿Cuánto crees que cuesta esta casa? —preguntó tras dejar escapar un silbido de admiración.

—Unos setecientos mil euros, acercándose al millón —respondió ella sin dudarlo—. Depende de los metros construidos, el tamaño de la parcela y los extras que tenga, como piscina, frontón, porche... —Se giró y miró a su compañero, que ahora estudiaba la casa con el ceño fruncido—. Vi alguna cuando recibí el dinero por el piso que compartía con Héctor —reconoció.

—¿No encontraste ninguna a tu gusto? A mí me valdría cualquiera.

—Demasiado cerca de la ciudad, buscaba algo un poco más alejado del mundanal ruido. —Marcela se encogió de hombros y echó a andar hacia la casa.

—Zugarramurdi está algo más que «un poco alejado».

—Perfecto para mí.

Sonrió y siguió avanzando.

El acceso de la valla exterior estaba abierto, así que la cruzaron y llegaron hasta la puerta. Llamaron al timbre, dieron un prudente paso atrás y esperaron. La casa permaneció muda. Volvieron a llamar y, cuando se convencieron de que nadie abriría, decidieron rodear la vivienda y comprobar todas las entradas.

No habían dado ni dos pasos cuando un coche se detuvo junto a la verja haciendo chirriar las ruedas. Instintivamente, los dos se llevaron la mano al arma y esperaron en silencio. Dos hombres uniformados, con el distintivo en la chaqueta de una empresa de seguridad, se acercaron a ellos. Sus manos estaban en la misma posición que las de Miguel y Marcela.

—Han violado una propiedad privada —gritó uno de ellos.

—Policía —respondió Miguel.

Lejos de relajarse, los dos hombres se separaron y sacaron sus revólveres.

—Mierda —masculló Marcela en voz baja—. ¡Agentes de policía de servicio! —gritó—. Bajen las armas y nos identificaremos.

Los guardias enfundaron lentamente sus pistolas, pero no soltaron la culata en ningún momento.

Marcela sacó muy despacio la placa que llevaba colgada del cuello y que había quedado cubierta por el abrigo. Poco a poco, Miguel la imitó y ambos mostraron sus credenciales a los desconfiados guardias. Todavía encorvados, en posición de defensa y con todos los músculos del cuerpo tensos, se acercaron a ellos paso a paso, sin dejar de observarlos. Marcela y Miguel mantuvieron en alto sus placas hasta que casi se empañaron con el aliento de los vigilantes. Los dos tipos eran altos, musculosos y relativamente jóvenes. Supuso que la empresa para la que trabajaban había reservado a sus mejores ejemplares para atender la urbanización de lujo, relegando a los más mayores y a las mujeres a los supermercados y al transporte de efectivo. A los ricos hay que servirles bien, pensó Marcela.

Enfundó al mismo tiempo su arma, su mal genio y su espíritu proletario y se irguió ante los vigilantes, todavía en actitud desafiante.

—¿Qué hacen aquí? —preguntó uno de ellos.

—Tenemos una orden —mintió Miguel—. Buscamos a la propietaria de la casa.

—¿Podemos ver esa orden?

—No, no pueden —ladró Marcela, encarándose con el que tenía más cerca—. De hecho, lo único que estáis a punto de ver son nuestras esposas en vuestras muñecas como sigáis entorpeciendo la labor policial. Dad media vuelta y salid del jardín inmediatamente. Podéis quedaros en la carretera o marcharos, lo mismo me da, pero no quiero ver vuestra cara a este lado de la verja, ¿queda claro? Y desconectad la alarma antes de iros, no queremos más intromisiones ni que un descerebrado con un revólver nos pegue un tiro, ¿de acuerdo?

Los guardias se miraron y, sumisos, hicieron lo que les ordenaban. Luego regresaron al coche en el que habían llegado y que seguía atravesado en la calzada.

—No soporto a los chulos —masculló Marcela cuando estuvieron lo bastante lejos.

—Les podíamos haber preguntado si han visto movimiento en la casa en los últimos días —se quejó Bonachera—, si había saltado la alarma o si tenían conocimiento de que la casa iba a estar vacía un tiempo...

—Llamaremos a la central. Anota el nombre de la empresa.

—No te darán ni la hora.

—Veremos —zanjó Pieldelobo, que se encaminó hacia la entrada trasera—. Échale un vistazo a la cristalera. Quizá esté abierta.

Bonachera la miró y asintió. Se acercó al enorme ventanal que daba a un jardín bien cuidado y observó la cerradura. Igual que la principal, la puerta se abría introduciendo un código numérico en un teclado instalado en el dintel.

—¿Pedimos una orden? —preguntó.

—Depende de lo que encontremos —respondió ella—. Nadie ha denunciado su desaparición, ¿verdad?

—No, que yo sepa —confirmó Bonachera—. Lo comprobaré en cuanto lleguemos.

Golpetearon el cristal con los nudillos y observaron el interior con la nariz pegada al vidrio. No percibieron ningún movimiento. La casa permanecía silenciosa y oscura. Rodearon el edificio, oteando por las ventanas de la planta baja, y luego se alejaron un poco de la fachada para intentar atisbar el primer piso. De nuevo, nada.

—Aquí no hay nadie —murmuró Bonachera.

—Vámonos —ordenó Marcela—. Buscaremos a su familia. Padres, hermanos...

—Amigos, compañeros de trabajo... Conozco el protocolo.

No vieron por ningún lado a los guardias de seguridad cuando abandonaron la casa. Marcela supuso que habrían seguido con su ronda y cruzó los dedos para que recordaran sus palabras. Una frase lanzada con la suficiente autoridad desde detrás de una placa solía grabarse a fuego en la memoria del destinatario.

Como de costumbre, el subinspector se colocó tras el volante mientras Pieldelobo se abrochaba el cinturón. Abandonaron el tranquilo camino residencial y se sumaron al tráfico de la autovía.

—¿Crees que el bebé ha salido de esta casa? —preguntó Bonachera sin apartar la vista de la calzada. Los vehículos zigzagueaban de un carril a otro, adelantando a los más lentos para llegar diez segundos antes adondequiera que fueran.

—No tengo ni idea. Pide pruebas de ADN del crío y que las comparen con la sangre del accidente. Seguiremos sin saber si la víctima está viva o muerta, o si se ha ido por propia voluntad o se la han llevado, pero al menos tendremos una foto y un nombre.

—Tenemos un nombre, Victoria García de Eunate —le recordó el subinspector.

—Sólo sabemos que lleva varios días sin ir a trabajar y que no está en su casa, nada más. Alquiló el coche con su tarjeta, pero se la pudieron robar o pudo haberla perdido. Y no tiene hijos, no lo olvides. Un detalle como ese no pasa desapercibido.

Apenas había puesto un pie en el edificio de comisaría cuando una voz masculina gritó su nombre.

—¡Andreu te está buscando! —anunció el agente de guardia desde la garita de recepción. Tenía el teléfono en la mano y lo sacudía hacia el cristal, como si pudiera pasarle la llamada a través del metacrilato reforzado.

—¿Qué quiere el comisario?

—No tengo ni idea, pero acaba de llamar.

—No le digas que estoy aquí, tengo que volver a salir ahora mismo, sólo he venido para hacer algo de papeleo y…

—Te ha visto, inspectora —le cortó el oficial, acabando de un golpe con cualquier posibilidad de escapatoria—. Estaba en la ventana y te ha visto llegar.

—Vale —se rindió—, dile que ya subo.

No es que evitara hablar con el comisario César Andreu porque tuviera una mala relación con él. Mantenían un trato correcto, distante siempre que era posible, cordial cuando el momento así lo exigía, siempre educado, dentro de los límites de cada uno, sin salirse nunca de su papel. Él, el de su máximo superior. Ella, el de la inspectora efectiva que no daba problemas. Casi nunca.

A pesar de sus desencuentros a lo largo de los años, cuando el nombre de su entonces marido saltó a la palestra en relación con el escándalo financiero que dio con sus huesos en la cárcel, Andreu estuvo siempre al lado de su inspectora, defendiendo su inocencia y exigiendo la carga de la prueba a quienes la acusaban. La amparó sin fisuras, aunque antes tuvo que responder a sus preguntas en un interrogatorio «privado» que se prolongó durante más de seis horas. Sólo cuando estuvo convencido de su inocencia dio la cara ante la opinión pública y cerró filas a su lado.

El auxiliar del comisario la saludó desde su mesa y le indicó con un gesto que pasara. La puerta estaba entreabierta. Llamó quedamente con los nudillos y entró en el despacho de Andreu. El comisario la esperaba de pie junto a la misma ventana desde la que la había visto llegar.

—Jefe —saludó. César Andreu se volvió despacio y le dedicó una breve sonrisa antes de dirigirse a su mesa y sentarse. Marcela permaneció de pie.

—Inspectora Pieldelobo, siéntese, por favor. —Guardó silencio mientras ella ocupaba una de las sillas del otro lado del escritorio—. Quiero que sepa cuánto siento la muerte de su madre. Sé que llevaba tiempo enferma, pero uno nunca está preparado para una pérdida como esa.

—Gracias —musitó, sorprendida.

—Los psicólogos del cuerpo están a su disposición. Si necesita hablar con alguien, no lo dude. Las hijas están especialmente unidas a su madre, es algo que veo incluso en mi propia casa. Los chicos son otra cosa, pero las chicas... —Dejó escapar un suspiro mientras Marcela se esforzaba por mantenerse seria y serena. No sabía si indignarse o echarse a reír, así que optó por el punto intermedio: la impasibilidad.

—Gracias —repitió—, pero no creo que sea necesario. En cualquier caso, lo tendré en cuenta. Jefe —continuó—, necesito presentar una solicitud. Voy a cursar una orden de busca y quiero desplegar cuanto antes todos los efectivos que sea posible.

El comisario se enderezó en la silla y apoyó los brazos sobre la mesa.

—¿A quién busca?

—A Victoria García de Eunate. El domingo nos llegó el aviso de que habían encontrado un coche accidentado cerca del depósito de aguas. Había sangre y marcas de frenadas de al menos dos vehículos, pero ni rastro del conductor, ni vivo, ni muerto, ni herido. —Andreu la escuchaba con atención, así que continuó—. Encontramos una pequeña maleta con ropa infantil en el maletero. El lunes, una agente me informó de que unos operarios de la depuradora cercana habían encontrado un bebé abandonado en el aparcamiento trasero de las instalaciones, y ese mismo día conseguimos identificar a la persona que había alquilado el coche siniestrado: Victoria García de Eunate. A partir de aquí todo es muy confuso. Hemos acudido a su domicilio, sin resultados, y en la empresa para la que trabaja, AS Corporación, afirman que no tiene hijos. Pero la mujer sigue sin aparecer, por eso quisiera desplegar el operativo de búsqueda y...

—¿Ha estado en su casa y en su trabajo? ¿Tiene una orden?

Marcela no pestañeó. El tono de Andreu se había vuelto duro, áspero. Había pinchado en vena y la sangre empezaba a fluir.

—El subinspector Bonachera y yo estuvimos en la empresa cuando todavía desconocíamos quién había alquilado el vehículo. El gerente nos lo dijo. No fue necesario pedir una orden, cooperaron de buena voluntad. Luego fuimos a casa de la señora García de Eunate para comprobar si estaba allí y si se encontraba bien. No entramos, nos limitamos a mirar a través de las ventanas cuando nadie nos contestó.

—Me ha llamado el vicepresidente de AS Corporación —reconoció por fin el comisario. Se habían acabado los rodeos y los paños calientes—. Le sorprendió que dos de mis efectivos se presentaran en sus oficinas centrales sin previo aviso.

—No solemos avisar cuando buscamos a una persona de interés en el curso de una investigación —se defendió Pieldelobo.

—Como en todo en la vida, hay excepciones. Hay charcos que no conviene pisar si no quieres llenarte de barro, y personas, instituciones y organismos con los que hay que utilizar guante de seda si se pretende obtener resultados.

—¿Los resultados que nosotros queremos o los que quieren ellos?

—De acuerdo, sin paños calientes.

—No puede ir por ahí avasallando, inspectora.

—No creo que la persona que nos atendió en la empresa en cuestión se sintiera en absoluto intimidada. Le explicamos la situación, él la comprendió y accedió a darnos el dato que necesitábamos.

—¿No utilizó un tono demasiado alto, unas palabras un poco más gruesas de la cuenta o unas frases cuyo contenido pudiera dar lugar a equívoco? Que sonaran a amenaza, por ejemplo, o que dieran a entender que tenía en su poder una orden inexistente.

—En absoluto.

—Bien. —El silencio se alargó y estranguló el ambiente. El comisario no apartaba la mirada de Marcela, buscando algo, una excusa, o quizá una razón, para lo que fuera que le rondara la cabeza.

—Si me disculpa, tengo que poner en marcha el operativo de búsqueda.

Estaba casi de pie cuando el comisario volvió a hablar y tuvo que sentarse de nuevo.

—A partir de ahora, todo lo relacionado con AS Corporación pasará antes por esta mesa, y yo decidiré si es pertinente o no. Entrevistas, visitas, órdenes, incluso llamadas de teléfono. ¿De acuerdo?

Marcela apretó los labios y aferró con fuerza los brazos de la silla.

—No lo entiendo. Esa empresa no está vinculada con ningún delito, al menos de momento. Buscamos a una persona desaparecida, al parecer implicada en un accidente que pudo no haberlo sido. Debería ordenarles a ellos que nos ayuden, y no a mí que me frene.

—Avanzaremos sobre seguro.

—¿Sobre seguro? ¿Seguro para quién, jefe? ¿Y si quien sacó a esa mujer de la carretera trabaja en la misma compañía? ¿De dónde ha salido ese niño? Voy a pedir ahora mismo una orden para registrar su casa.

—Está rozando la insubordinación, inspectora. Le he dado una orden clara y no espero que la comparta, y mucho menos que la discuta. Quiero que la acate. Punto. Usted y sus prejuicios, sus ideas preconcebidas, pueden dañar la reputación del cuerpo si se presenta como un elefante en una cacharrería en el lugar menos indicado y con las personas menos oportunas.

Marcela se puso de pie, sacudió la cabeza a modo de brusca despedida y salió.

—¡Pieldelobo! —oyó gritar al comisario. A pesar del respingo que dio el auxiliar en su silla, ella fingió no haberlo oído y se dirigió a las escaleras.

Encontró a Bonachera en su mesa, concentrado en el teclado del ordenador. Sus ojos seguían el vaivén de sus dedos sobre las letras para no equivocarse al pulsar.

—Estoy con el operativo de búsqueda —le dijo sin mirarla—, enseguida te lo paso para que lo firmes y me pongo con la orden de registro y las pruebas de ADN.

—Que se lo suban al comisario, él lo firmará. O no, no lo sé.

Miguel dejó los dedos en suspenso.

—¿Andreu?

—¿Hay otro comisario?

—¿Qué ha pasado?

—Los de AS se han quejado de nuestra presencia sin previo aviso y, al parecer, hay llamadas que escuecen.

—No creo… —empezó el subinspector.

—Pues créetelo. Que le suban los requerimientos. Avísame cuando los firme, si lo hace. Tengo que salir.

—¿Te acompaño? Esto puede rellenarlo cualquiera…

Marcela no escuchó sus últimas palabras y, si lo hizo, decidió ignorarlas. Bajó las escaleras con los dientes apretados. Cada escalón era un puñetazo, una patada en el estómago, una puñalada. Intentó dejar por el camino la rabia y la frustración, pero seguía rugiendo cuando llegó a la calle y cruzó la acera en busca de su coche.

—¡Esto no es un *parking*! —escuchó a su espalda.

—¡Vete a la mierda! —respondió sin volverse. Levantó el puño con el dedo corazón extendido y lo sacudió sobre su cabeza—. Que te den, gilipollas.

9

Su primer destino cuando salió de la Academia fue una comisaría de barrio en Madrid. La asignaron como agente en prácticas al equipo del oficial Fernando Ribas. A Ribas no le hacía ninguna gracia que cada año le encasquetaran uno o dos pimpollos, como él los llamaba.

—Me paso el día salvándoles el culo y explicándoles lo que tienen que hacer. ¡Madrid es grande! —se quejaba a la menor oportunidad—, ¿no hay más comisarías a las que mandarlos?

La agente en prácticas Marcela Pieldelobo, con el uniforme impecable, los zapatos recién lustrados y todo el equipamiento reglamentario colgando del cinturón, dio un paso al frente.

—Señor —le dijo mirándole a los ojos—, gracias, pero de mi culo me ocupo yo misma.

Ribas la miró con las cejas en mitad de la frente y avanzó hasta situarse a un palmo de su cara.

—En tu vida vuelvas a llamarme «señor».

Se acostaron esa misma noche, después de un par de cervezas y los primeros Jägermeister de su vida. Ella sabía que Fernando estaba casado, como atestiguaba el reluciente anillo que llevaba en el dedo, y estaba segura de que no era la primera novata a la que se tiraba contra la pared de ese hotel que pagó en efectivo, pero le daba igual.

Aprendió de su abuelo, un avezado cazador, a respetar su instinto y a seguir las señales. Todo, instinto y señales, habían confluido esa noche en el cuerpo del oficial Ribas. No quería utilizarlo para medrar, ni encoñarlo en su beneficio. Sólo quería estar ahí y ahora, y ahí estaba.

Era incapaz de recordar cuántos polvos habían echado. En el hotel, en el piso que ella compartía con otras dos agentes en prácticas, en el gimnasio al que acudieron juntos un par de veces, en el vestuario de comisaría...

Su historia acabó unos cuatro meses después igual que había empezado. Se fueron alejando el uno del otro de forma natural, sin explicaciones ni lamentos. Sin saber cómo, consiguieron mantener la amistad cuando dejaron de ser amantes. Él pronto la sustituyó por otra, y ella tuvo varios escarceos con algún compañero, pero solían quedar con frecuencia para charlar rodeados de Jäger y cervezas. Y nunca, ni siquiera borrachos como cubas, volvieron a acostarse juntos.

Con Ribas aprendió que las órdenes son susceptibles de interpretación, que hay cosas que es necesario guardarse para uno mismo y que las puertas cerradas pueden dejar de estarlo si se sabe cómo abrirlas. En ese punto, llevaba años formándose en nuevas tecnologías, asistiendo a cursos y congresos sobre ciberdelincuencia y, sobre todo, aprendiendo las técnicas que utilizaban los criminales para burlar a la policía. Muy poca gente estaba al tanto de sus habilidades y conocimientos ni había visto su arsenal de *gadgets* y aparatos de todo tipo, y prefería que siguiera siendo así.

Aceleró en dirección a Artica. Esquivó a los coches más lentos, repartió bocinazos y a punto estuvo de utilizar la luz estroboscópica para que la dejaran pasar. Seguía rechinando los dientes, pero se obligó a calmarse y a pensar con frialdad.

Tomó el desvío con cuidado y ascendió hasta llegar a la casa. Siguió conduciendo cuesta arriba hasta la siguiente curva. Un poco más adelante encontró un pequeño descampado cubierto de guijarros, alejado de las viviendas y apenas iluminado. Aparcó al fondo, apagó el motor y sacó el móvil del bolsillo. Hundió los auriculares en las orejas y conectó Spotify. Un segundo después, las diáfanas notas del piano de Duke Ellington se apoderaron de su cerebro.

Eran las cinco de la tarde. En una hora comenzaría a oscurecer y podría acercarse a la casa. Se acomodó en el asiento, abrió una rendija de la ventanilla, encendió un cigarrillo y se concentró en la música envuelta en el cálido humo del tabaco.

Una vez más, agradeció el regalo de una típica tarde otoñal, con gruesas nubes grises y un viento desapacible que mantendría a la gente dentro de sus casas. Se subió el cuello de la cazadora y se puso unos guantes de látex antes de salir del coche.

Caminó pegada a la linde del camino, girándose cada pocos metros para comprobar que seguía sola. Y, sobre todo, que no había rastro de los vigilantes de seguridad. Empujó la verja de la casa de Victoria García de Eunate, que seguía abierta, y se coló en el jardín. Los arbustos eran ahora poco más que una sombra gris e informe, y la casa, oscura y silenciosa, había perdido el encanto que proporciona la luz del día.

Se apresuró hacia la parte de atrás y exhaló aliviada cuando el muro la protegió de cualquier mirada. Avanzó hasta su objetivo. El cuadro de control electrónico que custodiaba la casa era un modelo antiguo. Hacía al menos cinco años que la propietaria de la vivienda lo había instalado y al parecer seguía creyendo que era suficiente, ya que no se había molestado en renovarlo. Se fijó en el frontal. Los números cero, dos, cinco y nueve estaban mucho más desgastados que los demás. No le habría costado demasiado franquearla, pero esa pista facilitaba mucho las cosas.

Sacó un pequeño destornillador del bolso y separó con cuidado la tapa de la caja. En el interior parpadeaban varias luces, señal de que la alarma estaba operativa. Conectó el extremo de un cable a su teléfono y el otro en un lateral de la caja electrónica. Abrió una aplicación en el móvil, tecleó los cuatro números que suponía que formaban la contraseña, respiró y pulsó *Start*. La pantalla brilló con un desfile de números imposible de seguir con la mirada. Uno, dos, tres y cuatro. Quince segundos después, el teléfono emitió un débil pip y las luces de la caja se apagaron. Hecho.

Desconectó y guardó el cable, volvió a atornillar la tapa y empujó la puerta corredera, que se abrió con un murmullo apenas audible.

Se cercioró de que los guardias seguían sin hacer acto de presencia y entró en lo que parecía un estudio o despacho. Deambuló despacio entre aquellos exquisitos objetos. Ni siquiera cuando estaba casada y gozaba de una posición económica desahogada habría podido permitirse muebles como aquellos, por no hablar de los complementos decorativos que animaban y daban vida a la estancia. Sin embargo, no tenía la impresión de encontrarse dentro del anuncio de una revista de decoración. Todo parecía personal, mimado y escogido por algún motivo, que no siempre era la concordancia de colores o texturas.

Aquello era un hogar.

Una mesa de madera lacada en blanco mate; una silla del mismo tono, con un tapizado azul noche; una alfombra de un suave color crema; paredes cubiertas de estanterías llenas de libros; un sofá orejero granate, con la piel desgastada a la altura de la cabeza y en los brazos… y un cesto con juguetes infantiles. Sonajeros, mordedores, pequeños muñecos de trapo aptos para manos diminutas.

En la pared, un óleo de gran tamaño reproducía una escena de la Biblia. El demonio tentando a Jesús. Un Satanás alado, de piel oscura y pelo ensortijado entre el que asomaban dos pequeños cuernos, mostraba al hijo de Dios, vestido con ropa clara y con un nimbo dorado sobre su cabeza, las ventajas de la vida pecadora frente a la promesa de una eternidad celestial. El diablo, completamente desnudo, parecía un escorzo horrendo junto al altivo y esbelto Jesús, que perdía la mirada en la lejanía.

Un escalofrío le recorrió la espina dorsal.

Sacó el móvil e hizo unas cuantas fotos. Luego cruzó la habitación y abrió la puerta que separaba la estancia del resto de la casa. Se detuvo para escuchar desde el umbral. Nada. Ni voces, ni pasos, ni susurros. Ni siquiera el agua corriendo por una tubería. La casa estaba muerta.

—¡Hola! —gritó, más por costumbre que porque pensara que iban a responderle—. Policía Nacional, ¿hay alguien?

Esperó treinta segundos. Nada. Ni el eco de sus palabras.

Revisó en silencio el resto de las estancias de la planta baja. La cocina estaba impecable, aunque un tufo avinagrado le hizo dar un paso atrás cuando abrió el lavavajillas. Colocados boca abajo, tres biberones y sus correspondientes tetinas compartían espacio con varios platos y vasos, una cazuela pequeña y una sartén, además de un buen número de cubiertos. Supuso que la dueña de la casa sólo ponía el lavavajillas una vez al día, que ya era más de lo que lo hacía ella.

Había ropa puesta a secar en el pequeño tendedero desplegado en la galería cubierta anexa a la cocina. Varios peleles infantiles, un par de sábanas diminutas y algunas prendas femeninas. El contenido de la nevera le ofreció una imagen más aproximada de la mujer que estaba buscando. Fruta, verdura, tomates, leche vegetal, yogures desnatados y sin lactosa, agua mineral y un recipiente con pescado que pronto empezaría a oler. Nada de alcohol, ni embutido o productos precocinados. Desde luego, no parecía la nevera de alguien que estuviera planeando un viaje.

Salió a la sala decorada con el mismo mimo que el despacho por el que había entrado. El ventanal daba al jardín delantero, así que se limitó a asomarse con cuidado y a echar un rápido vistazo. No quería que un paseante curioso la descubriera allí. Un par de sofás de piel, un mueble lleno de libros, fotos enmarcadas y una enorme televisión en el hueco central y, en el lugar que antes ocuparía la mesita que ahora estaba en un rincón, una enorme manta de vivos colores cubierta de juguetes.

Regresó sobre sus pasos y se dirigió a la escalinata que partía desde el vestíbulo hacia la planta superior. Entró en un par de dormitorios anodinos, decorados sin la personalidad que había captado abajo, y después accedió a la que a todas luces era la habitación de la propietaria de la casa. De nuevo muebles y tejidos claros, mullidos, cómodos. Armario, tocador, mesitas, alfombras... Todo parecía en orden y en su sitio. Incluida la cuna instalada a un lado de la cama.

Sobre la mesita, un rosario de cuentas negras y cadena de plata.

Se acercó al armario y curioseó en el contenido. Perchas llenas de ropa femenina, jerséis perfectamente doblados, cajones con ropa interior, medias y prendas deportivas y un cajón, solo uno, con una camisa de hombre pulcramente doblada, un par de calzoncillos, unos calcetines negros y un neceser con espuma y cuchilla de afeitar, un cepillo de dientes y un peine.

Dejó todo como estaba y revisó deprisa el resto de la casa. No encontró nada llamativo, excepto una habitación a medio decorar que pronto se convertiría en un cuarto infantil. Paredes azules con cenefas de animales, un enorme cambiador con un montón de pañales, un armario blanco lleno de ropa de abrigo y diminutos trajecitos y peleles, y una ventana sin cortinas con vistas al jardín. Le faltaba poco para convertirse en un sitio fantástico.

Marcela observó el interior del armario. Había varias perchas vacías y la pila de jerséis estaba ladeada. Todo lo demás estaba perfectamente ordenado. Recordó la maleta con ropa infantil del vehículo accidentado. Ropa de bebé, pero no de mujer. La madre se preocupó de que no le faltara nada a su hijo, pero se olvidó de ella misma. Tenía prisa por salir de allí, eso estaba claro, pero ¿dónde estaba ahora?

Regresó a la habitación principal, abrió el cajón que guardaba la ropa masculina y fotografió su contenido. Luego se guardó el teléfono y se dirigió a la salida. Cruzó el ventanal, tecleó la contraseña y conectó la alarma.

Tuvo que encender la linterna del móvil para no meter el pie en una topera de camino al coche. Para su sorpresa, ya no estaba sola en el descampado. Otros tres vehículos habían aparcado allí, lo bastante alejados los unos de los otros como para no estorbarse. Ella era la única que estaba sola. Al parecer, ese remoto rincón se convertía en un picadero al anochecer.

Las siete de la tarde. La velocidad de las ideas en su cerebro amortiguó los retortijones de su estómago vacío, pero no los hizo desaparecer. Salió de la autovía y se desvió hacia una gasolinera. Se detuvo junto a la puerta de la cafetería y entró. La saliva le llenaba la boca. Los escasos parroquianos que ocupaban las mesas apenas la miraron cuando se sentó en una libre con el botín acumulado a su paso por el *self service*. Dos minibocadillos de jamón con tomate, un pincho de tortilla de patatas, una enorme magdalena rellena de mermelada y una cerveza. Masticó en silencio, con la mirada perdida en las líneas de la bandeja de plástico. No consiguió relajarse hasta que engulló el segundo bocadillo. Entonces distendió los hombros, aflojó las mandíbulas y soltó los abdominales.

Mientras masticaba, recuperó el teléfono del bolsillo y marcó el número de Bonachera, que respondió en el acto.

—¿Dónde estás? —No había preocupación ni reproche en su pregunta. Estaba acostumbrado a que Pieldelobo desapareciera sin dar explicaciones. Era especialista en escaquearse del trabajo de oficina.

—La dueña de la casa tiene un hijo, un bebé —respondió Marcela, directa al grano—. Entonces, ¿por qué el gerente de la empresa negó saber nada al respecto? Un embarazo y un parto no es algo que se pueda disimular. Y no vive escondida en una cueva...

—¿Cómo lo sabes? —intervino Bonachera.

Marcela se calló un instante.

—Confidencial —replicó poco después.

—Ya, confidencial, claro. El día menos pensado...

Ella interrumpió sus advertencias. Le aburría escuchar siempre lo mismo.

—Y ese bebé tendrá un padre.

—Salvo que el espíritu santo se pasara por allí —bromeó Bonachera.

—Había un rosario en la mesita de noche y varios crucifijos y cuadros religiosos en las paredes, así que no descarto esa posibilidad.

Mierda.

—¿¡Has entrado!? —exclamó Miguel.

Ella optó por continuar como si no hubiera metido la pata hasta el fondo.

—Hay que encontrar al padre de la criatura. Es una pieza clave para entender lo que pasa aquí. ¿Cómo van las órdenes?

—Se las subí a Andreu, como me pediste. De momento no ha respondido.

Marcela cabeceó.

—Nos vemos mañana. Es tarde y estoy cansada. Vete a casa, Bonachera.

—Estoy de camino. Hasta mañana.

Recogió la bandeja y salió a la calle. Hacía frío. El otoño era poco más que una bonita palabra en aquellas tierras, igual que en las que la vieron nacer. Otoño, del latín *autumnus*, que a su vez viene del etrusco *auto*, que anuncia un cambio. Le gustaban las palabras y su procedencia, pensar en la primera vez que se utilizaron y cómo habían cambiado hasta salir de su boca. Solía jugar con su madre a deshacer palabras complejas, analizaban su origen y luego buscaban su significado en la enorme enciclopedia de tapas de piel que ocupaba buena parte de la librería del salón.

Mierda. Se sentó en el coche, aferró el volante con las dos manos y miró al frente, hacia la negrura de la noche, apenas rota por la luz de las farolas que absorbía el asfalto. Los recuerdos la azotaban sin piedad, imágenes que un día fueron agradables y que quizá con el tiempo volverían a serlo, pero que ahora la desgarraban por dentro como los dientes de una sierra.

Las cuatro de la madrugada de un sábado. La puerta de su casa de Biescas crujía como los huesos de una anciana. Imposible entrar sin que su madre se enterara. Tenía diecisiete años y hacía poco que había empezado a alargar la hora de volver a casa los fines de semana, pero nunca había llegado tan tarde.

Su madre removía una infusión sentada a la mesa de la cocina. Marcela subió resignada los escalones, devanándose los sesos en busca de una buena excusa, pensando en cómo esquivar el castigo.

Llevaba el pelo revuelto, el maquillaje corrido y una carrera en las medias. Su amiga Miriam había llevado una bolsita de marihuana y la fiesta se había desmadrado. Se divirtió de lo lindo, cantó y bailó hasta que Enrique se acercó a ella y le propuso al oído buscar un lugar discreto. Marcela se lo estaba pasando bien, no quería irse de allí, pero la sonrisa bobalicona que exhibió fue interpretada como un sí. Recordaba negarse, y a él llamarla tonta, asegurarle que le iba a gustar. Recordaba la hierba mojada en el culo y los riñones, las medias recogidas en los tobillos y a Enrique forcejear con sus pantalones. Entonces algo despertó en su interior, se levantó con dificultad, se subió las medias y empujó al muchacho con todas sus fuerzas. Desde el suelo, Enrique pestañeaba asombrado mientras la veía alejarse.

—¿Estás bien? —le preguntó su madre. El vaho de la taza le acariciaba la cara.

—Sí. Siento el retraso, me he despistado.

Su madre la miró sin decir palabra durante unos largos segundos.

—Sé que no me vas a contar lo que haces —dijo por fin—, yo tampoco se lo contaba todo a mi madre. Pero si un día necesitas cualquier cosa, y recalco lo de cualquier cosa, puedes contar conmigo. En cualquier circunstancia, siempre. ¿Entiendes?

Marcela la miró con la boca abierta, sin saber muy bien qué decir.

—Sí, claro —acertó a balbucear—. Gracias, mamá. Me voy a la cama.

Ahora la necesitaba, en ese mismo instante. Su contacto seguía en el teléfono, podía escribirle un mensaje, escuchar su voz en el contestador... Tenía fotos, vídeos...

El dolor le golpeó el pecho y le provocó una intensa arcada. Abrió la puerta del coche e inclinó el cuerpo hacia fuera. Poco después, su estómago volvía a estar tan vacío como media hora antes.

Empezaba a llover. Fuera y dentro de ella.

Cogió el teléfono y llamó.

—Inspectora —respondieron poco después.

—Inspector —saludó ella con una sonrisa en los labios—. ¿Me invitas a cenar? Llevo un día de perros.

—Siempre me toca pagar a mí.

—El sueldo de los funcionarios autonómicos es muy superior al mío, así que no te quejes.

—De acuerdo —accedió él. Marcela intuyó su sonrisa al otro lado de la línea y se le encogió el estómago—. ¿Qué te apetece?

—Lo de siempre, soy una chica sencilla.

—¿En media hora?

—En media hora.

La yema del dedo corazón de Damen recorría despacio la tinta de la espalda de Marcela. En la base, las raíces del enorme árbol que llevaba tatuado se perdían en sus nalgas. El tronco crecía combado y astillado, y de él surgían ramas retorcidas que recorrían su espalda y se abrazaban a su tórax. Las ramas desnudas trepaban por su piel y se detenían justo al inicio del cuello, donde se deslizaban sinuosas por los hombros hacia sus pechos. Entre las ramas, a ambos lados de la columna vertebral, dos cuervos ascendían hacia un cielo imaginario.

En la curva de la cintura, una gruesa rama se extendía y crecía hacia el vientre, hasta casi alcanzar el ombligo. Damen la obligó a girarse sobre el colchón para seguir el trazo del artista y se detuvo en una pequeña figura oscura. Una cría de cuervo permanecía apoyada en un delgado brote. Tenía las alas plegadas y el pico apuntaba hacia abajo.

Marcela suspiró. Damen sonrió al ver los labios de ella arqueados hacia arriba, un regalo poco frecuente. Inclinó la cabeza y la besó en el cuello.

Se habían encontrado hacía tres horas en un pequeño restaurante que habían convertido en su rincón privado. Poco más que un antro, sus paredes, recubiertas de madera, habían absorbido tanto alcohol derramado con el paso de los años que cualquiera podría emborracharse sólo con lamer las tablas. Olía a tabaco y a vino rancio, pero las mesas estaban limpias, el local no tenía televisión, al dueño le gustaba el *jazz* y la cocinera preparaba el mejor cordero al chilindrón del mundo.

Esa noche cenaron ajoarriero y dieron buena cuenta de una botella de vino blanco. Marcela se abstuvo de pedir nada más. Lo que necesitaba en esos momentos no estaba en el fondo de un vaso.

—¿Un mal día? —le preguntó Damen cuando llegaron al piso de Marcela.

—Una semana de mierda —respondió ella mientras se quitaba las botas y las lanzaba de una patada al otro extremo de la habitación. Se sentó sobre la cama y se retiró el pelo mojado de la cara. La niebla, la maldita niebla, húmeda y densa, cargada de gotas heladas que se pegaban a la ropa, al pelo, a la piel. A la vida.

—Debería haberte acompañado a Biescas, al funeral.

Marcela sacudió la cabeza.

—No, no habría sido buena idea. Conseguí a duras penas superar el trago, pero si hubieras estado allí me habría derrumbado. A punto estuve de hacerlo, de hecho. Y después, cuando todo el mundo me hubiera acribillado a preguntas sobre quién eres, me habría cabreado tanto que no me habría aguantado ni mi propio hermano.

—Aun así… —insistió él.

—Te lo agradezco. —Marcela lo acalló con un beso—. Eres todo un caballero, pero ya pasó. La vida está delante, ¿recuerdas? Hemos hablado de esto un millón de veces.

—Bla, bla, bla… Hablas y hablas, pero luego no te aplicas el cuento.

—Bla, bla, bla… —lo imitó ella con sorna—. Menos palabrería, inspector.

Esta vez, Marcela se dejó hacer. No tomó las riendas, no exigió, no decidió el ritmo ni la posición. No rio, exclamó ni gruñó. Cayó laxa en la cama, alzó los brazos sobre la almohada, desnuda y sin fuerzas, y permitió que Damen recorriera su tatuaje, las ramas bajo sus pechos, las hojas caídas sobre su vientre. Los cuervos alzando el vuelo. El corvato agazapado.

Ahora, tranquilos y relajados, cubiertos por el edredón e iluminados sólo por la luz de las farolas que atravesaba la ventana desde la calle, lanzaban al aire bocanadas de humo blanco. Damen sostenía sobre su pecho un cenicero de cerámica y fumaba con los ojos cerrados. Sólo lo hacía cuando estaban juntos. Era una mala influencia para él. El reloj de péndulo del salón marcó las dos. Marcela suspiró, apagó el cigarrillo con cuidado y apoyó la cabeza en su hombro.

—¿Tienes que irte? —le preguntó amodorrada, casi sin mover los labios.

—Sólo si tú quieres.

—No quiero.

Damen dejó el cenicero en la mesita y la abrazó. Ella cerró los ojos y, por primera vez en mucho tiempo, no vio nada al otro lado de sus párpados. No había imágenes terribles, ni sombras apresuradas, ni manos enguantadas en quirófanos blancos. Ni siquiera estaba su madre. Sólo silencio y paz. Suspiró de nuevo y se dejó mecer por una sensación que sabía bien que se esfumaría al alba.

10

Café caliente, una ducha rápida, un beso en el portal, un adiós acelerado y el repaso mental de las tareas pendientes mientras corría hacia la comisaría. Admiraba y envidiaba la mente tranquila y ordenada de Damen, pero, por mucho que se esforzaba, el caos recuperaba su trono un minuto después de haberlo perdido.

El subinspector Bonachera la esperaba sentado en su despacho, repasando el escueto contenido de una carpeta amarilla.

—¿Novedades? —saludó Marcela.

Miguel se volvió hacia ella y sonrió.

—Buenos días, inspectora. Nada nuevo bajo el sol.

—Algo bueno tiene que pasar para que sonrías como un idiota a estas horas de la mañana.

—Nada relacionado con el trabajo, por desgracia. El jefe no ha firmado nuestros requerimientos. Sobre la orden de búsqueda y el despliegue operativo, afirma que, si nadie ha denunciado una desaparición, no tenemos nada que buscar.

—Ese tío es imbécil… —masculló en voz baja.

—Así que te puedes imaginar —continuó Bonachera— que también se ha negado al registro del domicilio y del despacho.

Pieldelobo abrió y cerró los cajones con fuerza. La furia le había hecho olvidar qué estaba buscando.

—Dime al menos que Domínguez ha mandado algo.

Bonachera negó con la cabeza.

—Me temo que la Reinona se está riendo de nosotros. No tenemos nada, ni preliminar ni definitivo. Y no te molestes en ir a buscarlo. Tenía que testificar en Zaragoza y se ha marchado esta mañana hecho un pincel.

—¡Las pruebas son inequívocas! —exclamó Marcela.

—Los indicios son inequívocos —la corrigió Miguel—. El jefe no va a dar su brazo a torcer. Seguiremos los cauces habituales y esperaremos a ver si pasa algo. Y si en un par de días no hemos dado con nada nuevo, carpetazo y a otra cosa, ya lo verás.

—Esa mujer alquiló un coche, cogió a su hijo y huyó de su propia casa. Nadie conocía la existencia de ese bebé, al menos no oficialmente, pero me juego la placa a que la fecha de su baja por enfermedad coincide con los últimos meses de embarazo y el parto.

—¿Y el padre?

—En la casa había ropa de hombre.

De pronto, una luz se abrió paso entre la anarquía de su mente. Rebuscó en la mochila hasta encontrar su móvil y abrió la galería de fotos. Pasó despacio las que había hecho en casa de Victoria García de Eunate. Los muebles, los cuadros, las habitaciones, el baño, los cajones… La camisa masculina con unas iniciales bordadas. Dejó el teléfono y tecleó rápidamente en su ordenador. Encontró la página que buscaba, navegó despacio por su directorio y bufó cuando confirmó lo que su intuición le apuntaba. Luego volvió a coger el móvil y amplió la foto para disipar cualquier duda.

—Qué cabrón —musitó para sí.

—¿De quién hablas?

Bonachera se acercó a ella y miró la foto por encima de su hombro.

P. A. S.

Bordado en brillante hilo azul sobre el bolsillo de una camisa italiana de algodón.

—Qué cabrón —repitió Marcela.

—Al menos —añadió el subinspector— el comisario ha autorizado el análisis del ADN del bebé y la comparativa con el de la sangre encontrada en el coche siniestrado.

—Él es el padre —masculló.

—¿Quién?

—P. A. S. —recitó Pieldelobo como un mantra—. Pablo Aguirre Sala. El presidente de AS Corporación y conocidísimo mecenas. Le pisa los talones a Amancio Ortega.

—Te veo muy segura...

Marcela giró el teléfono que tenía en la mano y le puso la foto a un palmo de su nariz.

—Yo no he visto esta foto —dijo Miguel muy serio—, y negaré que estuviera en tu teléfono. Deberías borrarla ahora mismo si sabes lo que te conviene.

—Es él —insistió ella, sorda a las recomendaciones de su compañero.

—Es posible. O quizá no. Una camisa en su casa no lo convierte en el padre de la criatura.

—Una camisa y un cepillo de dientes.

—Aun así, no tienes nada. Esa mujer podría ser una loca obsesionada con su jefe que se dedica a recopilar trofeos que robaba vete tú a saber dónde.

—Búscame información sobre ese hombre —ordenó.

—Marcela...

—Ahora. O mejor déjalo, puedo hacerlo yo misma.

—Lo haré yo —cedió por fin—. Buscaré en las redes sociales y en las webs corporativas. No podemos utilizar las bases de datos oficiales.

—De acuerdo, gracias. Y dime algo también sobre la familia de la desaparecida. Quiénes son y dónde viven.

El móvil comenzó a vibrar en su mano. Un número de teléfono se impuso a la imagen de la ropa en el cajón. Sin dudarlo, Marcela pulsó el botón rojo y cortó la comunicación.

—¿Un novio pesado? —bromeó Bonachera.

—Peor —respondió ella sin más—. Salgo a desayunar, necesito algo sólido para poder pensar.

—La comida templa el carácter. Que aproveche. Espero tener algo cuando vuelvas.

Un viento gélido, heraldo del invierno cercano, arañaba las copas de los árboles para arrancarles las últimas hojas que todavía quedaban prendidas de sus ramas. Marcela se subió el cuello de la chaqueta, demasiado fina para ese tiempo, y escondió las manos en los bolsillos.

Había conseguido salir de la comisaría sin llamar la atención. No tenía ningún plan más allá de entrar en un bar en el que no la conociera nadie, ponerse los auriculares para alejar a cualquiera que tuviera intención de darle conversación y comer y beber hasta que la rabia que le hervía en el estómago dejara de borbotear. Sabía que serviría de poco, que en unas horas la furia regresaría, pero por algún sitio había que empezar. Odiaba la política, la falsedad y los matrimonios de conveniencia entre personas, partidos e instituciones.

Yo te rasco y tú me rascas. Qué asco.

Aflojó la mandíbula. Tenía que dejar de apretar los dientes o se partiría una muela. El comisario no valía una visita al dentista. Ni los jefazos de todas las empresas y conglomerados. No podía tolerar que personas por completo ajenas a la policía interfirieran en una investigación. Y lo estaban haciendo. Su obligación era, entonces, sortear los obstáculos y llegar a la meta. Necesitaba saber qué había ocurrido en aquel accidente, dónde estaba el conductor, o la conductora, y por qué una madre había abandonado a su hijo en un *parking* solitario.

Preguntas, preguntas. La falta de respuestas le iba a provocar una úlcera.

No había dado ni dos pasos en dirección al casco antiguo cuando una voz de mujer gritó su nombre. Ni siquiera el viento y su fragor foliáceo consiguió acallar el sonido que la hizo detenerse.

Se giró y ahí estaba, impecable como siempre, con las ondas rubias de bote bandeando sobre su cabeza y envuelta en un severo abrigo gris. Sujetaba las solapas con las dos manos tan fuerte que tenía los nudillos blanquecinos, lo que le hizo sospechar que se trataba más bien de una maniobra para disimular sus nervios.

—¡Marcela! —repitió, a pesar de que ya se había parado. La mujer avanzó unos pasos raudos y cautelosos sobre sus botas de tacón hasta detenerse frente a ella.

Marcela la observó unos segundos. Había envejecido bastante en los casi cuatro años que llevaban sin verse. A pesar del esmerado maquillaje y de los carísimos tratamientos faciales a los que llevaba décadas sometiéndose, los disgustos y las noches en blanco habían hecho mella en sus facciones.

—Ángela, eres la última persona a la que esperaba ver. —No se molestó en disimular su disgusto, pero la mujer no pareció darse por aludida, ya que no se movió ni un centímetro ni hizo ademán de sentirse ofendida por su tono de voz, así que intentó ser más clara—. Me pillas muy ocupada, no tengo tiempo de quedarme a charlar. Te veo bien. Cuídate. Hasta otra.

Ya estaba dando media vuelta cuando sintió la mano de Ángela Crespo, la madre de Héctor, su exmarido, sobre su brazo.

—No me coges el teléfono, por eso he venido.

—Tengo mucho trabajo —se defendió.

—No me respondes a propósito.

Marcela la miró fijamente. No iba a negarlo. Su silencio confirmó las sospechas de la mujer, que bufó mirando al suelo, pero sin soltarle el brazo.

—En serio, tengo que irme.

—Es sólo un minuto, por favor. Si no lo haces por mí, hazlo por Héctor.

Esta vez fue Marcela la que soltó un sonoro bufido.

—Doble motivo para largarme.

Sacudió el brazo para recuperar su posesión y la miró en lo que esperaba que fuera la última vez.

—Lo han trasladado a Pamplona —soltó de pronto.

Marcela detuvo el paso que estaba en el aire.

—¿A Pamplona? ¿Desde dónde?

—Llevaba año y medio en Zuera. Pensé que lo sabrías.

—No sé nada de Héctor desde hace mucho tiempo, y tengo intención de que siga siendo así para el resto de mi vida.

—Te necesita.

—Yo necesitaba que mantuviera las manos lejos del dinero ajeno, y no lo hizo.

—Fui a verlo ayer. Estoy preocupada. Está muy delgado, deprimido… Creo que no se encuentra bien.

—Está en la cárcel. Nadie en su sano juicio estaría bien allí. Tendrá que acostumbrarse —añadió—, porque le queda una temporada ahí dentro.

—Está en Pamplona —insistió su exsuegra como si no la hubiera escuchado—. Quizá podrías hacer algo por él. Ve a verle, por favor, te lo suplico. Solo una visita, y si te parece que no lo merece, no insistiré.

—No lo merece.

—¡Ha cambiado! Se arrepiente de todo lo que hizo, es otro hombre.

—La cárcel suele tener ese efecto en las personas, las cambia, pero lo mejor suele ser siempre pensar antes de actuar. Es un hombre inteligente, sabía que estaba delinquiendo, y a pesar de eso se tiró de cabeza a la piscina del dinero.

—Por favor…

Ver suplicar a esa mujer, en otro tiempo altiva, prepotente, siempre en posesión de la verdad, le resultó sorprendente, pero no gratificante. Tenía que estar muy desesperada para abandonar el refugio del teléfono, presentarse en la puerta de la comisaría y plantarse ante su cara. Pero, aun así, el daño era mucho como para olvidarlo en un segundo.

—No interferí antes y no lo voy a hacer ahora. No pienso jugarme mi carrera por un ladrón de medio pelo.

Ángela amagó un gesto que quiso ser una bofetada, pero se frenó a tiempo. Tras una última mirada desafiante, la mujer dio media vuelta y la dejó allí plantada, con los brazos separados del torso, listos para la pelea, los dientes apretados y la cabeza ardiendo.

Cumplió con el protocolo a rajatabla: primero, un contundente bocadillo con carne y queso que ayudó a pasar con una cerveza. Consultó el reloj que amarilleaba sobre la barra. Eran casi las doce del mediodía; podía atacar la segunda fase sin remordimientos y con el estómago lleno. Pidió un Jäger en vaso helado y un café solo. Había cogido un periódico de la barra y llevaba media hora pasando las hojas con desidia. La noticia del coche siniestrado ocupaba un pequeño recuadro en portada y poco más en el interior, una información anodina sin imágenes ni demasiados detalles. Lo que no encontró fue ninguna referencia al bebé hallado junto a la depuradora, y eso, en su opinión, tendría que haber sido noticia de portada.

Ella nunca llegó a ocupar los titulares, pero su marido sí. Su exmarido.

Necesitaba sacarse a Héctor de la cabeza, centrarse en Victoria, en el coche accidentado, en el surco de sangre, en encontrar el hilo del que tirar, y en lugar de eso allí estaba, recordando a su exmarido como una adolescente herida.

Héctor.

Alto, muy atractivo, de hombros anchos, manos fuertes y dedos largos. Pelo castaño y ojos oscuros. Y una sonrisa amplia y franca.

Se conocieron durante un caso en el que él ejercía la acusación particular. Era un abogado recién licenciado, pero el buen nombre de su familia le había abierto las puertas de un prestigioso bufete. La austera toga negra no conseguía disimular su cuerpo esbelto ni la elegancia de sus pasos. Marcela, sentada en el banco de los testigos, tardó en darse cuenta de que le escuchaba hipnotizada y seguía su deambular por la sala sin apenas pestañear.

Ella testificó como la profesional que era, impecable con su traje oficial y la gorra en la mano. Saludó marcial y él le devolvió una sonrisa que después vería en sueños.

Un par de noches más tarde se encontraron en un bar que no había pisado en su vida y al que acudió por insistencia de uno de sus compañeros de comisaría. Uno que sonrió complacido cuando Héctor se acercó a saludarlos. Su colega cumplió con su cometido y se alejó discretamente de ellos. La habían engañado, pero no le importó. Ya ajustaría cuentas otro día. Esa noche se dedicó a charlar, a beber y ¡a bailar! Porque Héctor sabía bailar, se movía con soltura, con clase, y además parecía que le gustaba. Incluso ahora, después de todo lo que había pasado, Marcela no recordaba una imagen más sexi que la de Héctor moviéndose al ritmo de la música.

Un año después se fueron a vivir juntos, y pocos meses más tarde, ante la insistencia de la familia de él, Marcela accedió a casarse. Boda civil y nada de vestido blanco ni damas de honor. Aun así, brilló con su vestido de encaje plateado. Un precioso ramo de rosas rojas rompía la monocromía, rivalizando con el color de sus labios y el rubor de sus mejillas. Era feliz.

No conservaba ni una sola fotografía de aquel día. Las metió en una caja y las quemó en la chimenea cuando se refugió en Biescas para lamerse las heridas.

Héctor.

Maldito cabrón.

Ascendió rápido en la empresa y pronto abandonó los juicios penales para dedicarse al derecho financiero, donde destacó como en todo lo que hacía. Compraron un piso mejor, viajaron y disfrutaron de la vida. Cenas con amigos, escapadas románticas… Luego empezaron a hablar de tener hijos.

Hasta que un día el comisario Andreu le ordenó que subiera a su despacho. Supo desde el principio que algo iba mal, pero nunca habría imaginado hasta qué punto. Ella obedeció, entró, cerró la puerta y se sentó donde el comisario le indicó.

Y después, sin el menor miramiento, soltó la bomba. En ese mismo instante, efectivos de la Policía Nacional estaban procediendo a la detención de Héctor Urriaga y de buena parte de sus socios, así como de varios empresarios y financieros en Pamplona y en otras ciudades de toda España. La lista de delitos era larga, y las pruebas, contundentes.

Héctor.

Hijo de puta.

Le cayeron ocho años. Ya llevaba más de tres encerrado y calculaba que tardaría uno más en empezar a disfrutar de permisos penitenciarios y otro en conseguir el tercer grado o incluso la libertad condicional.

Pero, para ella, Héctor estaba muerto. Muerto y enterrado.

Cuando ingresó en prisión, empaquetó todas sus cosas y se las llevó a Ángela, vendió el piso, liquidó la hipoteca e ingresó la mitad exacta de lo que quedó en una cuenta a nombre de Héctor que el Estado intervino de inmediato; pidió el divorcio y, por último, a modo de exorcismo final, quemó todas sus fotos mientras lloraba aferrada a la mano de su madre. Desde entonces no había vuelto a derramar ni una lágrima. Llora por quien lo merezca, le decía su padre cuando era niña.

Fue por entonces cuando empezó a beber y recuperó el hábito de fumar, que había abandonado poco después de casarse. No le culpaba por eso, él no le puso el vaso en la mano ni lo llenó de Jäger, cerveza o vodka, según el día. Sin embargo, empapar el alma en alcohol era lo único que le funcionaba para seguir adelante, soportar el dolor y la vergüenza y ahogar sus ansias de venganza.

Poco a poco el dolor se aplacó y la indiferencia llegó bañada en licor ambarino, así que afianzó sus nuevas rutinas, se cortó el pelo, alquiló un piso, ascendió a inspectora y comenzó a trabajar a su manera.

La acusaban de tener mal carácter, de ser mala compañera y de correr en solitario. La gente le había dado mal resultado, así que para qué detenerse.

Apartó la cerveza que se calentaba sobre la mesa. Necesitaba tener la mente despejada.

Tenía que hacer algo, no podía seguir de brazos cruzados sin saber qué había pasado junto al depósito de aguas. No había un cadáver, ni siquiera un herido. Sólo preguntas. Sacó el móvil y tecleó un mensaje con rapidez. Un minuto después el aparato vibró sobre la mesa. Sonrió, pensando en que si Bonachera tuviera un club de fans, ella sería la presidenta. El subinspector acababa de proporcionarle la espoleta que necesitaba: la dirección de la familia García de Eunate.

Y era buena hora para una visita social.

Tardó treinta minutos en llegar a su coche y recorrer los cinco kilómetros que la separaban de Zizur Menor. Algo menos de dos mil quinientos habitantes y una renta per cápita mareante. Condujo despacio por las calles repletas de grandes casas, verdes jardines y adosados de tres plantas. Google le había soplado que la localidad había cuadruplicado su población en las dos primeras décadas del siglo XXI gracias, en parte, a la proximidad de la Universidad de Navarra, un centro de estudios privado dirigido por el Opus Dei que atraía cada año a miles de estudiantes, profesores y expertos de distintas disciplinas que podían permitirse pagar las elevadas matrículas de la universidad, situada, por lo demás, en la élite del país.

El navegador la guio hasta la puerta de la casa que ocupaba la familia de Victoria García de Eunate. Aparcó junto a la acera, se ordenó el pelo con las manos, se pasó los dedos índices por las cejas y se estiró la camisa.

Estaba lista.

Pulsó el timbre con decisión y confió en que el tenue zumbido se oyera alto y claro en la casa, situada al menos a treinta metros de la entrada.

—¿Sí? —preguntó una voz metálica a través de la caja gris clavada al muro.

—Soy la inspectora Pieldelobo, de la policía de Pamplona. Necesito hablar con los señores García de Eunate.

—Un momento.

El momento se prolongó durante cinco largos minutos. Estaba

a punto de pulsar de nuevo el botón niquelado cuando un ligero crujido separó las dos hojas metálicas de la valla exterior. Empujó con cuidado y entró en los dominios de la familia.

El jardín estaba atendido con tanto esmero que el césped habría sido la envidia de cualquier entrenador de fútbol. A la derecha, un camino embaldosado conducía hasta una pérgola de madera con una mesa y varias sillas en su interior. A la izquierda, una piscina cubierta de al menos quince metros de largo, con las láminas de metacrilato ya desplegadas para poder seguir utilizándola una vez acabado el verano.

Estudió la casa mientras avanzaba hacia la entrada. Paredes de piedra grisácea, balcones blancos, modernos ventanales de cristal reforzado, un tejado inclinado que insinuaba un amplio ático. Al lado, una construcción más pequeña, posiblemente un garaje, dedujo Marcela, en el que cabrían con holgura al menos tres coches.

Una mujer de mediana edad la esperaba en la puerta cuando llegó. Vestida con un sobrio uniforme negro, delantal blanco con puntillas y pechera, una diminuta cofia y guantes inmaculados, su visión le produjo a Marcela la impresión de haber viajado en el tiempo hasta los años cincuenta. Había visto sirvientas así en las películas, la última, de hecho, en una de nazis en la Segunda Guerra Mundial, y su mente las había creado al leer casi cualquier novela de Agatha Christie, pero no imaginaba que un día se toparía de frente con una de verdad. Esperaba que vestir así tuviera un plus en el sueldo, aunque lo dudaba.

La mujer se hizo a un lado y le señaló el vestíbulo con un gesto. Luego desapareció.

Paseó despacio por el amplio *hall*. Frente a ella, un cuadro de gran tamaño reproducía con bastante realismo una feliz familia de ocho miembros, los progenitores en medio de la composición y, rodeándolos sonrientes, sus seis vástagos, cuatro chicos y dos chicas. Una de ellas debía de ser Victoria. Sacó el móvil y le hizo una foto lo más deprisa que pudo, sin molestarse en enfocar. Guardó el teléfono y se acercó al cuadro. No entendía mucho de arte, pero aquella obra no había salido de la mano de ningún aficionado. La firma no le decía nada, aunque eso no era una sorpresa. Lo asombroso habría sido lo contrario.

El rítmico golpeteo de unos tacones la devolvió a la realidad. El toc-toc-toc cada vez más cercano anunciaba que quien venía, con suerte, sería la madre de Victoria, la señora de la casa, aunque bien podría tratarse de otra sirvienta. Dedujo que, a esas horas, el patriarca estaría trabajando, fuera lo que fuese a lo que se dedicaba.

Una réplica casi exacta de la mujer del cuadro se materializó ante ella. Media melena rubia perfectamente peinada para que enmarcara un rostro demasiado bronceado para esa época del año, labios falsos, pómulos falsos y ojos falsamente elevados. Perlas en las orejas, el cuello y las muñecas, y un traje chaqueta clásico que su madre, que fue modista de joven, habría catalogado sin dudarlo con el nombre de algún diseñador famoso o alguna primera dama norteamericana.

La mujer no le ofreció la mano y Marcela tampoco hizo ademán de saludar más allá de un cortés movimiento de cabeza.

—Soy la inspectora Pieldelobo, de la comisaría de Pamplona.

—María Eugenia Goyeneche. Usted dirá.

—Estoy buscando a Victoria García de Eunate.

—Es mi hija, pero no vive aquí. ¿Ha ocurrido algo?

—No lo sabemos con seguridad. El domingo se encontró un coche accidentado cerca de Aranguren. No había nadie en el interior, pero por el registro supimos que el vehículo había sido alquilado por su hija.

—Victoria tiene su propio coche... ¿Está bien? Dice que no había nadie allí.

—Cierto, aunque todo parecía indicar que al menos una persona había resultado herida. Buscamos a su hija para comprobar si está bien y para determinar su implicación en el accidente. ¿La ha visto o han hablado desde el domingo?

—No, la verdad es que no. Si no recuerdo mal, la última vez que hablé con ella fue el lunes o el martes de la semana pasada.

—¿Notó algo raro en ella?

—En absoluto, ¿a qué se refiere?

—A nada en concreto. ¿Sería tan amable de llamarla ahora? Al móvil, al trabajo, a su casa... Todos los teléfonos de contacto que tenga.

La mujer dudó un momento antes de asentir.

—Supongo que no importa. ¡Emilia! —llamó. Una mujer distinta a la que le había abierto la puerta, pero vestida con idéntico uniforme, cruzó rauda el vestíbulo hasta situarse a metro y medio de su jefa. Cabeza gacha, manos entrelazadas sobre el delantal—. Mi móvil, por favor. Lo he dejado en la salita de abajo.

Sin hablar, Emilia caminó deprisa con pasos cortos y sin hacer más ruido que el discreto frufrú de su falda negra almidonada.

—¿Tiene su hija alguna amiga o amigo especial? ¿Un novio? Quizá esté en su casa.

—No sé nada de la vida social de mi hija —cortó tajante.

Todavía no había movido ni un músculo de la cara, aunque pensó que quizá fuera porque no podía. Como Cher, o Nicolas Cage.

Una sombra en negro y blanco se deslizó hasta ella. Emilia le entregó el teléfono móvil, inclinó la cabeza, volvió a juntar las manos y se marchó.

María Eugenia Goyeneche se sentó en una de las elegantes butacas dispuestas junto a la pared y comenzó a trastear con el móvil. La luz blanca que la iluminó desde abajo hizo patente por un segundo una piel estirada y el brillo artificial de un maquillaje casi profesional. Marcela no pudo evitar repasar su propio aspecto. Tenía una piel agradecida, sin apenas arrugas y con buen color natural, y unas pestañas oscuras y tupidas que le permitían no tener que maquillarse para resaltar sus ojos verdes, brillantes de día, como el mar furioso de noche y casi negros cuando se dejaba abatir por la tristeza. Se había peinado en el coche, así que no tenía que preocuparse por el pelo, y llevaba ropa limpia y estirada. Bien, hoy no avergonzaría al Cuerpo Nacional de Policía.

La broma que solía hacerle su madre al referirse a su falta de

94

atención al arreglarse la distrajo un momento de lo que estaba ocurriendo allí. Había perdido la cuenta de las veces que la señora Goyeneche se había llevado el teléfono al oído para intentar una nueva llamada, pero al menos estaba segura de que no había pronunciado ni una sola palabra. Su hija no respondía.

Un par de minutos después, la mujer se levantó, se estiró la falda y dejó despacio el móvil sobre la mesita. Tenía los ojos clavados en la madera del suelo y la mente muy lejos de allí.

—Señora Goyeneche. —Marcela decidió interrumpir lo que fuera que estaba pensando. La mujer pestañeó un par de veces, levantó la cabeza y recuperó el teléfono. Golpeteó con decisión sobre la pantalla y se lo llevó a la oreja, aunque esta vez no se sentó, sino que empezó a pasear nerviosa por el vestíbulo, arriba y abajo. El toc-toc-toc de sus zapatos era más intenso, más rápido y correoso que cuando llegó.

—Ignacio. —Se detuvo en seco cuando el tal Ignacio respondió a su llamada—. La policía está en casa. Una policía. Inspectora, creo. —Le echó una mirada de reojo a Marcela, que no se inmutó—. No, no ha pasado nada. Bueno, no lo sé. —Pausa—. Pregunta por Victoria. —Nueva pausa—. Ya se lo he dicho, pero insiste en que podría estar implicada en un accidente de tráfico. ¿Has sabido algo de ella estos días? —Silencio para escuchar la respuesta—. Ya la he llamado, y nada. Llama tú a Carmen a la oficina, por favor. Yo lo intentaré con los chicos. Bien, adiós —se despidió tras una última breve pausa.

—El teléfono de su hija ¿está apagado o simplemente no responde? —preguntó Marcela.

—Apagado.

—¿Hablaba con su marido?

—Sí. Él tampoco la ha visto últimamente. Va a llamar a su secretaria. Quizá haya salido de viaje por trabajo y olvidó comentarlo.

—¿Eso es habitual?

—No —reconoció tras un momento de duda. Luego se rehízo y empezó a golpetear la pantalla del móvil con el índice derecho—.

Tenemos un grupo de Messenger familiar —explicó sin levantar la vista de la pantalla—. Les voy a preguntar a mis hijos si saben algo de Victoria. No entiendo... Esta chica....

Farfullaba frases entrecortadas mientras intentaba concentrarse en lo que estaba escribiendo. Cuando terminó, se sentó de nuevo en la butaca y se quedó mirando el móvil, que permanecía mudo. Pasados unos segundos, levantó la vista y descubrió a Marcela allí plantada, en medio del vestíbulo, de pie.

—Disculpe, inspectora. Soy una maleducada. Por favor, acompáñeme.

Siguió el toc-toc-toc de los zapatos a través de un corto y luminoso pasillo hasta una sala amplia y diáfana amueblada en un estilo clásico pasado de moda pero que concordaba con el resto de la casa y con su dueña.

La invitó a sentarse en uno de los sofás y ella ocupó el otro, que formaba un perfecto ángulo recto con el primero.

—Por favor —empezó la mujer—, cuénteme exactamente qué es lo que ha pasado.

—Como le he dicho antes —repitió Marcela, paciente—, el pasado domingo se encontró un coche siniestrado en un barranco cerca de Aranguren. El accidente debió ocurrir en algún momento del sábado. No había nadie en su interior, ni tampoco en los alrededores, pero el coche fue alquilado con la tarjeta corporativa de su hija, a la que no conseguimos encontrar.

—Bueno, sólo han pasado unos pocos días...

Sus palabras sonaron más a autoconsuelo que a explicación.

—En el maletero encontramos una maleta con ropa de bebé...

—Oh, Dios mío, Dios mío, Dios mío...

La mujer entrelazó los dedos y formó un puño con sus dos manos, luego cerró los ojos y empezó a rezar en voz baja, con la cabeza gacha y los párpados apretados. Marcela reconoció el padrenuestro, recitado, eso sí, a una velocidad de vértigo.

—Señora Goyeneche —la llamó—. Necesito hacerle unas preguntas. Es urgente.

A pesar del apremio, ella terminó su plegaria, se santiguó rápidamente y suspiró antes de abrir los ojos y volver a mirar a Marcela.

—Necesitaba…

Una palabra que lo justificaba todo. Incluso el corazón ateo de la inspectora era capaz de comprender la necesidad de recurrir a cualquier dios en un momento de miedo o debilidad, así que asintió y esperó unos segundos más.

—¿Victoria tiene un hijo? —La mujer asintió levemente a modo de respuesta—. Sin embargo, en AS Corporación nos han asegurado que su hija no tiene descendencia.

—Ellos no lo saben —susurró—. Nadie lo sabe. Sólo la familia.

—Un bebé no es algo que se pueda mantener en secreto mucho tiempo…

—¡Lo sé! —exclamó de pronto—. Lo sé —repitió, más calmada—. Nos íbamos a ocupar de todo.

—¿Ocuparse de todo? ¿A qué se refiere?

—Victoria es… Bueno, ella no está casada.

—Hasta donde yo sé, eso no es impedimento para tener un hijo.

—No hay mayor ciego que el que no quiere ver —escupió Goyeneche—. Me parece usted una persona inteligente, inspectora.

—Creo que sobrestima mi inteligencia, porque no acabo de ver el problema.

—No sabe con quién está hablando…

—Me hago una idea, no se preocupe. Y dígame —continuó—, ¿cómo pensaban ocuparse del «asunto»?

—¡No se burle! —le gritó María Eugenia Goyeneche con el dedo índice estirado hacia ella—. Déjeme en paz. Hablaré con mi familia y actuaremos como consideremos oportuno.

Acto seguido se levantó del sofá y Marcela la imitó. Luego la siguió de vuelta por el pasillo hacia la puerta. No llamó a ninguna sirvienta; era más rápido echarla ella misma.

—Dígame —dijo Marcela, sujetando la puerta con la mano para que no le diera en la cara—, ¿quién es el padre de la criatura?

El portazo sonó como un «vete a la mierda» en toda regla.

En realidad, se podría haber ahorrado la pregunta, porque ella ya tenía bastante claro quién era el responsable del disgusto de esa mujer. Igual que sabía con absoluta certeza que esa visita la iba a meter en un lío del que difícilmente saldría indemne.

María Eugenia Goyeneche tuvo que aferrarse al pomo de la puerta por la que acababa de salir aquella policía impertinente para superar el mareo que amenazaba con tirarla al suelo. Se esforzó por recuperar el aliento, por respirar profundamente y alejar los malos pensamientos de su mente, pero pronto se dio por vencida. Cuando algo se torcía, aunque fuera una nimiedad, no podía evitar visualizar los peores escenarios; sin embargo, en esta ocasión sospechaba que sus temores estaban bien fundados. Esperó hasta estar segura de que no iba a caerse, soltó la manilla, dio media vuelta y se encaminó a las escaleras.

—¡Emilia! —llamó cuando inició la ascensión—. A mi estudio.

Se sentó en el borde de una butaca y esperó con los ojos cerrados hasta que escuchó los pasos apresurados de la asistenta.

—¿Se encuentra bien, señora? —Emilia sonaba preocupada, pero aun así mantuvo la distancia y un discreto tono de voz.

—Necesito un té de valeriana —pidió—. Y tráeme las pastillas para los nervios del armarito de mi cuarto de baño. Date prisa, por favor.

Emilia salió sin decir nada, dejando a su paso un leve aroma a comida y el sonido de su falda almidonada. Mientras esperaba, la señora apoyó la cabeza en la butaca y suspiró.

Esa niña…

Victoria siempre había sido su favorita. Su marido se centraba en la educación de los chicos, pero Victoria era una niña tan atenta, cariñosa, aplicada e inteligente que estaba segura de que llegaría tan lejos como sus hermanos. Ana era otra cosa. La menor de sus hijas siempre cuestionaba sus órdenes, era díscola, independiente y desordenada, pero Victoria…

—Mi niña… —suspiró.

Se esforzó por contener las lágrimas. Su niña seguía una senda impecable, hasta que de la noche a la mañana dejó de ser un modelo de virtud para transformarse en Jezabel. ¿Dónde había quedado su temor de Dios, su ejemplaridad, su generosidad sin límite, sus ganas de agradar? Habló con ella, la amenazó, y luego, cuando su marido se enteró de la situación, le fue imposible seguir protegiéndola. Cortaron amarras y la dejaron marchar. La obligaron a marchar. Con dolor, pero conscientes de que era lo único que podían hacer.

Ella seguía esperándola. ¿No volvió el hijo pródigo? Pero Victoria no parecía dispuesta a cambiar de opinión.

Hablaban con frecuencia y se veían de vez en cuando, por supuesto. Fue a casa por Navidad y ella la visitó cuando nació el bebé. Era tan guapo… Su marido nunca se enteró de su viaje relámpago a Madrid, no lo habría entendido ni se lo habría consentido.

Se levantó de la butaca y se dirigió al escritorio que dominaba la sala desde un rincón. Allí se sentaba a leer, escribía cartas a sus amistades y llevaba la organización de la casa. Abrió uno de los cajones, sacó varios cuadernos, cogió un sobre blanco oculto al fondo y sacó una fotografía de su interior.

El pequeño Pablo volvió a dedicarle una enorme sonrisa. Pasó el dedo sobre la imagen, acarició el rostro regordete, las pequeñas manos convertidas en inofensivos puños, el pelo, tan fino y claro que parecía transparente.

Su marido no lo conocía, pero sí el resto de sus hijos, los hermanos de Victoria. Pasase lo que pasase, ella era parte de la familia, siempre lo sería, a pesar de las ácidas críticas que sus hijos varones vertían sobre ella siempre que tenían ocasión. Ocultar la vida de Victoria era la nueva máxima que se había establecido en aquella casa.

Emilia entró en el estudio con una bandeja que depositó sobre la mesa. Colocó la taza y el platillo y después vertió la aromática y humeante infusión.

—Suficiente —le indicó María Eugenia, que acompañó su orden

con un gesto taxativo de su mano. La mujer levantó la tetera, volvió a dejarla en la bandeja y sacó un envase azul y blanco del bolsillo de su delantal.

—Sus pastillas, señora. Si puedo ayudarla en algo más...

—Nada, gracias.

Esperó hasta que Emilia hubo salido para dirigirse al mueble que ocupaba el fondo del estudio. Abrió una de las portezuelas y sacó una pequeña botella de plata. Desenroscó el tapón mientras volvía a la mesa y vertió una generosa dosis de líquido incoloro en la taza de té. Luego se sentó de nuevo en la silla del escritorio, sacó una pastilla del blíster y la tragó con un largo sorbo de la infusión.

Cerró los ojos y contempló a su hija. Siempre con una sonrisa, siempre dispuesta a ayudar, a estudiar más, a trabajar más... ¿Cómo pudo seducir a un hombre casado? ¿Cómo fue capaz de arruinar su vida y el nombre de su familia quedándose embarazada?

El sonido de un motor la sacó de su ensimismamiento. Se acercó a la ventana para comprobar quién había llegado. El enorme coche de su hijo mayor rodeaba despacio la finca en dirección al garaje.

Apuró el contenido de la taza, volvió a esconder la fotografía del niño en el fondo del cajón y guardó la botella en el armarito después de echarse a la boca un pequeño caramelo de menta.

Lo oyó subir las escaleras. Se compuso la ropa y se preparó para explicarle la situación. Él se ocuparía de todo, como siempre.

11

Marcela detuvo el coche en el arcén, a las afueras de Zizur Menor, y abrió unos centímetros la ventanilla para dejar salir el humo del cigarrillo que acababa de encenderse. El teléfono seguía mudo, pero sabía que se trataba de la calma que precede a una tormenta que prometía llegar con categoría de huracán.

Tecleó un mensaje rápido para Bonachera.

¿Novedades de Domínguez?

La respuesta llegó casi al instante.

La Reinona sigue sin dar señales de vida. Nada del laboratorio tampoco, I'm sorry. *¿Dónde estás?*

Marcela dudó un instante. Sopesó sus opciones, lo que iba a ocurrir frente a lo que podría suceder. Dos situaciones seguras, pero una mucho menos dolorosa que la otra.

Mañana nos vemos. Avísame si pasa algo, contestó.

Buscó otro contacto en la agenda del teléfono y escribió un nuevo mensaje:

Te invito a una cerveza. Necesito información.

La respuesta llegó igual de rápida.

Siempre necesitas algo. Me siento utilizado, pero acepto.

No te quejes, yo pago. En media hora donde siempre.

Aplastó la colilla en el cenicero, subió la ventanilla y arrancó.

***

Conocía a Javier Arellano desde hacía casi cuatro años. Fue el periodista encargado de cubrir el caso de Héctor para el diario más importante de la región. Era, además, corresponsal de un medio nacional de gran tirada, por lo que sus artículos tenían una enorme difusión. Convenía llevarse bien con él.

Tras la detención de Héctor, el reportero intentó con vehemencia conseguir unas declaraciones suyas. La mujer policía del estafador sonaba muy bien en un titular. Ella ignoró sus mensajes por correo electrónico hasta que un día, todavía no sabía cómo, Arellano consiguió su número de teléfono y la llamó.

La pilló en un mal momento, uno de los muchos que se sucedieron en aquella época. Contestó al teléfono como un autómata, con un escueto «diga» y sin mirar quién llamaba.

—¿Marcela Pieldelobo? —preguntó la voz de un hombre al otro lado del teléfono.

—Usted sabrá a quién ha llamado. Si no está seguro, lo más probable es que se haya equivocado. Buenos días. —Iba a colgar cuando él empezó a hablar muy deprisa.

—Soy Javier Arellano, periodista, y me gustaría conocer su versión de todo lo que está pasando.

—No hay versión, porque no sé qué ha pasado ni qué está pasando ahora. Estoy al margen de los negocios de mi marido, igual que lo he estado siempre.

—Una suerte para usted —arguyó él. Lo siguiente que oyó fue el golpe seco que indicaba que la conversación había terminado.

Intentó volver a contactar, pero ella no cogió el teléfono.

Dos días después, Arellano decidió pasar al plan B. Tiró de nuevo de sus contactos para conocer el horario y la rutina de la entonces subinspectora y se presentó en la comisaría. No entró, no se lo habrían permitido, así que se apostó cerca de la puerta y esperó. Un par de horas después la vio salir, sola y de paisano. La siguió por las calles del casco viejo hasta un conocido bar. La vio saludar al camarero con la cabeza y ocupar una mesa. Javier aguardó hasta que le sirvieron el almuerzo. Luego entró y se sentó frente a ella.

Marcela miró al intruso entre atónita y enfadada. Quedaban varias mesas libres y un buen número de taburetes junto a la barra. ¿Acaso pretendía ligar con ella?

—Está ocupado —gruñó, mirándolo muy seria.

—Soy Javier Arellano. Hablamos por teléfono hace unos días.

Marcela, que ya estaba tensa antes de que aquel tipo apareciera, se enervó aún más. Enderezó la espalda, dejó la taza de café sobre el platillo y apretó la mandíbula.

—¿Cómo se atreve? —masculló entre dientes—. Está invadiendo mi vida privada.

—Tranquila, me iré en un minuto. Quiero darle una nueva oportunidad de contar su versión de los hechos. Soy un periodista serio. Si habla conmigo, puede estar segura de que sólo publicaré lo que me cuente. Si se niega y consigo la información por otra parte, no la llamaré para contrastarla. Por lo que a mí respecta, es ahora o nunca.

—Váyase a la mierda. Si vuelve a acercarse a mí lo detendré por acoso.

Se levantó, cogió su chaqueta y el bolso y se marchó, dejándolo con la palabra en la boca.

No hubo noticia. Marcela apenas apareció en los medios de comunicación, ni siquiera durante el juicio o cuando se conoció la sentencia.

Un par de semanas después de que el caso de Héctor fuera historia, Arellano apareció de nuevo frente a ella en el bar. Marcela lo miró sin pestañear, pero esta vez no dejó de almorzar.

—Le dije que le detendría si aparecía de nuevo —le recordó cuando él se sentó.

—Vengo a disculparme —le aseguró el periodista con las manos en alto—. Estaba seguro de que estaba metida en el ajo, pero llevo meses buscando y no he encontrado nada. Me he leído la sentencia de cabo a rabo —reconoció— y su nombre no aparece por ninguna parte. Lo siento —concluyó.

Marcela dejó el tenedor del que colgaba una porción de tortilla de patata y lo miró fijamente. Un periodista que se plantaba ante ella, una agente de policía, para reconocer que ha metido la pata, era algo tan difícil de ver como el cometa Halley.

—Acepto sus disculpas —dijo tras un buen rato en silencio—, y me debe una.

Javier Arellano asintió con la cabeza.

—Estoy de acuerdo. —Se llevó la mano al bolsillo interior de su chaqueta y sacó una tarjeta de visita y un bolígrafo. Anotó un número y se lo entregó a Marcela, que lo cogió sin mirarlo—. Nos vemos.

Se despidió con una sonrisa cortés y desapareció. Ella esperó hasta que lo perdió de vista y leyó la tarjeta. Junto al nombre del reportero y el número de teléfono de la redacción del periódico, Arellano había anotado un número de móvil. Marcela sacó el suyo y lo anotó en la agenda bajo la etiqueta *Periodista tocapelotas*, nombre por el que seguía identificado cuatro años después.

Desde aquel día había recurrido a él en varias ocasiones, casi siempre para conseguir información que no encontraba en los canales oficiales. Javier Arellano sabía mucho de todo y conocía a gente muy interesante. A cambio, de vez en cuando le utilizaba para filtrar una noticia, un nombre o ponerle sobre la pista de algún chanchullo sin futuro a nivel judicial pero que sería muy jugoso para la prensa. Formaban el perfecto matrimonio de conveniencia.

El periodista todavía no había llegado cuando entró en el bar de siempre, el mismo en el que se vieron la primera vez. Saludó al camarero con la cabeza y echó un vistazo a su alrededor en busca de una mesa libre.

—¡Eh! —la llamó el barman desde detrás de la barra—. Suba arriba, está vacío. Ahora voy a tomarle nota.

—Espero a un amigo —aclaró.

El hombre levantó el pulgar y volvió al trabajo.

En efecto, el comedor superior estaba desierto. Escogió una mesa, se sentó y escribió un mensaje para Arellano explicándole dónde podía encontrarla. El periodista llegó cinco minutos después, seguido de cerca por el camarero. Pidieron y charlaron de trivialidades hasta que les llevaron las bebidas y la ración de croquetas. Luego, Marcela fue directa al grano.

—¿Conoces a Pablo Aguirre? El de AS Corporación.

—La pregunta sería quién no conoce a Pablo Aguirre. De hecho, trabajo para él. —Marcela levantó las cejas y esperó a que Javier se explicase—. Su empresa, o su conglomerado de empresas, es la principal accionista del periódico.

—No sabía que también estuviera metido en los medios de comunicación, no parece muy rentable. No te ofendas, pero últimamente los periódicos encadenáis un expediente de regulación de empleo tras otro.

—No me ofendo, es lo que hay. No somos rentables, pero seguimos siendo el cuarto poder. Controla lo que se publica y controlarás al pueblo.

—Estás exagerando...

—Pregúntaselo a Trump —alegó él con énfasis.

—¿Qué clase de persona es? —continuó tras un momento.

—Apenas lo he tratado —reconoció Arellano—, como te puedes imaginar, no frecuentamos los mismos círculos, pero he oído que es un tipo serio, con una formación muy sólida. Licenciado universitario, habla varios idiomas y es un lince en los negocios. Nació con una cuchara de plata en la boca, pero él ha sabido multiplicar por mil el patrimonio familiar. Es listo —insistió— y tiene buenos contactos. Diversifica su actividad según la época. Terrenos y constructoras durante el pelotazo inmobiliario; telefonía en el nacimiento de los móviles y la llegada de Internet; activos financieros antes de la crisis; mercado agrario y ganadero... Incluso tiene una importante participación en el circuito de Fórmula 1 de Los Arcos. Al parecer, es un apasionado de los coches deportivos y de la velocidad. Esa es su única mala inversión, porque el circuito lleva años haciendo aguas y ofreciendo malos resultados, pero todavía no se ha retirado, o al menos yo no he oído nada en ese sentido.

—Un pez gordo… —apostilló Marcela.

—Muy gordo, y de un caladero muy selecto. —Arellano sonreía malicioso. Disfrutó ante la mirada interrogadora de Pieldelobo, pero decidió continuar antes de que la inspectora perdiera la paciencia. Ese día no tenía buen aspecto—. Pertenece al Opus Dei. Supernumerario desde que no era más que un adolescente, igual que sus padres y, si no me equivoco, todos sus hermanos.

—¿El Opus Dei? ¿Eso existe todavía?

—Es una broma, ¿no? —preguntó Arellano, divertido. Marcela sonrió y le animó a seguir. Desde que llegó a Pamplona tenía muy claro cómo era el terreno en el que se movía y qué clase de fauna lo habitaba—. Existe, y es más fuerte que nunca —continuó el periodista—. Sus hilos son tan largos, tan diversos y fuertes que me atrevería a asegurar que este país no ha tenido ni un solo gobierno, tampoco en democracia, en el que no tuvieran una presencia directa o, al menos, muy cercana. Todos los gobiernos de derechas han contado con ministros del Opus, y cuando la izquierda ocupa el poder, ellos están en las secretarías, en las direcciones generales, en las subdelegaciones… Pero siempre están.

—Perdieron buena parte de su poder con la quiebra del Banco Popular en… —Marcela intentó recordar la fecha.

—Fue en 2008. Aquello les hizo daño, por supuesto. Un buen número de sus accionistas, grandes y pequeños, pertenecían a la Obra, pero salieron airosos. Muchos banqueros les son afines, y todos entregan voluntariamente una parte de sus ganancias al Opus Dei.

—¿Como si fuera un diezmo?

—Bueno, es más que eso —matizó el periodista—. Tú les das y ellos te dan. La gente les dona parte de sus ganancias, la totalidad en el caso de los numerarios, y ellos te dejan pertenecer a un círculo muy exclusivo. Hacen negocios entre ellos, priorizan a sus «hermanos» frente a otros posibles socios, compradores o vendedores y te permiten moverte por su enorme tela de araña internacional.

—¿Y dónde queda la religión en todo esto? Se supone que es un movimiento cristiano.

—Y lo es, lo es —confirmó Javier—. De hecho, la cúpula está formada por sacerdotes, obispos y demás curia católica. Mantienen unas buenísimas relaciones con el Vaticano, en la corte del papa hay varios cardenales de la Obra. Dios es la base, y la gente se afilia con vocación, pero el Opus es pragmático, estudia quién es quién y se esfuerza en atraer y retener a los más poderosos.

—Vaya, y yo que pensaba que todo se reducía a universidades y hospitales.

—Tenemos que vernos más —sonrió Arellano—. Necesitas un baño de realidad. El Opus en Navarra tiene una fuerza y una presencia increíble, y Pablo Aguirre es uno de sus bastiones. Ten cuidado con el jardín en el que te metes. Y, por cierto, ¿me vas a contar de qué va todo esto?

—Todavía no puedo —respondió Marcela—, pero, en cuanto pueda, serás el primero en saberlo.

—Y el único —exigió él.

—Lo intentaré —prometió, y luego siguió—. Supongo que los García de Eunate pertenecen al mismo club.

—Bingo, aunque no juegan en la misma liga. Ignacio García de Eunate está un peldaño por debajo de Aguirre, pero sólo uno. Hacen negocios juntos, pero AS Corporación siempre va en cabeza.

Marcela masticó la información que le estaba facilitando Javier. En efecto, le convendría hablar con él más a menudo. Se levantó y se asomó al alto de la escalera para pedir otras dos cervezas. Una vez más, esperaron hasta que las tuvieron delante y volvieron a quedarse solos antes de continuar.

—¿Recibisteis en la redacción una nota sobre un accidente de coche en Aranguren?

Javier frunció el ceño y apretó los labios, concentrado en recordar.

—Creo que sí, hace varios días. Era una nota muy escueta, sin apenas información. Ni muertos ni heridos, sólo un vuelco. No sé ni si lo dimos.

—Sí, una reseña minúscula a una columna —le confirmó Marcela—. Y otra cosa, ¿os ha llegado algo sobre un bebé?

—¿Un bebé? Necesito que seas más concreta.

—No hace falta —negó ella—. Si lo supieras, no te harían falta más datos.

—Dámelos tú, es lo menos que puedes hacer.

—Imposible, de verdad. —Apuró de un trago la cerveza y sonrió—. Muchas gracias, no imaginas cuánto me has ayudado.

—Desde luego, mucho más que tú a mí —se quejó él.

—Todo llegará. De momento, agradezco tu rascadita de espalda.

—Eres muy egoísta, Marcela —protestó él, fingiendo un mohín enfurruñado—. La base de las relaciones es compartir. Así no tenemos mucho futuro...

—Confía en mí.

Bajó sola las escaleras, pagó todas las cervezas y las croquetas y salió a la calle con la cabeza girando como una peonza enloquecida.

Consultó el reloj. Todavía era temprano. Caminó hasta el aparcamiento, arrancó el motor y miró al frente.

Ni un titubeo. Allí no había nada más que pudiera hacer. Metió primera y se incorporó a la vía esforzándose por no clavar el acelerador en la alfombrilla. Tampoco dudó en la rotonda. A la derecha, Pamplona. A la izquierda, Zugarramurdi. Cinco minutos después, la ciudad desaparecía a su espalda.

La carretera serpenteaba con suavidad, rodeada de un frondoso bosque que en algunos tramos ocultaba el cielo por completo. En ocasiones, los árboles dejaban paso a extensiones de pastos en los que vacas, ovejas y algún caballo trepaban por las laderas herbosas en busca de comida fresca. Un paraje demasiado parecido al de Biescas. Su madre podría estar en cualquiera de esas casas. Le gustaba la naturaleza, adoraba los animales. Pero estaba a tres metros bajo tierra.

Subió el volumen de la radio para no oírla canturrear. Sus zapatos no martilleaban el suelo, sus pasos eran dulces, ligeros.

Tenía un nudo enorme en la garganta, una bola difícil de deshacer e imposible de tragar. Le habría encantado contar con el asidero de la religión, con el consuelo del rezo y de la promesa de la vida eterna, pero no era así. Su corazón sólo era una víscera más y sabía que los veintiún gramos que la creencia popular aseguraba que perdía un cuerpo al morir no era el alma iniciando su viaje hacia el más allá, sino el último soplo de aire que le quedaba al desgraciado que acababa de perder la vida.

Estaba convencida de que el ser humano necesita tan desesperadamente creerse inmortal, es tan cobarde ante la muerte, que es capaz de dotar al alma de algo tan palpable como un peso concreto. Lo que nadie se pregunta es cuánto pesa la culpa, o el remordimiento. ¿Te liberas de ello al morir? ¿El cadáver se aligera aún más al dejar salir todos los pesares? ¿Y la felicidad? ¿Es medible la alegría? ¿Cuánto peso pierden los restos mortales de un buen tipo? En caso de que existiera, y siguiendo la misma lógica estúpida de la primera afirmación, un alma atormentada debería pesar mucho más que el espíritu de un inocente. En resumen, chorradas, decidió.

Un cartel le dibujó una sonrisa en la cara. Bar-restaurante, a diez kilómetros. Sabía que tenía la nevera vacía, así que más le valdría comer algo antes de llegar. Ya se aprovisionaría más tarde, después de un buen baño caliente y, quizá, de un trago del licor de endrinas que Antón le regaló el invierno pasado. Lo hacían en casa y era dulce, cálido y reconfortante.

En el restaurante, tardó menos de veinte minutos en devorar un plato de migas con una generosa copa de vino tinto, el mismo tiempo que necesitó la cocinera para meterle en una bolsa un bocadillo de ternera con pimientos, un táper con media docena de albóndigas y otro hasta arriba de carrilleras en salsa. La mujer añadió un cuarto de hogaza de pan y unas cuantas servilletas de papel.

Cuando salió de allí, su madre seguía muerta y el sentimiento de miedo y soledad continuaba horadándola por dentro, pero al menos había conseguido disipar el frío de su cerebro, que volvía a funcionar con relativa normalidad. Sin pánico, sin ansiedad ni ira. Como el de una persona a la que la vida le había propinado un profundo zarpazo hacía justo una semana.

Se prometió a sí misma que llamaría a su hermano en cuanto llegara. Él cuidó de su madre hasta el final, la vio desaparecer, consumirse. No tuvo que ser fácil. Ella no lo habría soportado.

Subió un poco más el volumen de la radio, a pesar de que la proximidad de las montañas convertía las emisoras en unas chisporroteantes locuciones, y clavó la vista al frente.

La casa estaba helada. El final del verano no había sido demasiado generoso por aquellas latitudes y el frío se había adueñado de la vivienda vacía. Puso el termostato de la calefacción a veinticinco grados para que se templara con rapidez y colocó dos troncos enormes en la chimenea del salón. Acercó la mesita baja al fuego y desplegó encima los manjares que había comprado. Todavía estaban calientes. Apenas le había costado quince minutos llegar desde el restaurante hasta Zugarramurdi. Las migas, a pesar de su contundencia, no habían conseguido saciar su apetito. Era consciente de que comer para calmar los nervios no era bueno, y que tarde o temprano le pasaría factura en forma de tallas de pantalón y pérdida de agilidad, pero ese no era el día para detenerse a pensar en ello, aunque apaciguó su conciencia prometiéndose que le pondría remedio.

Se hizo con aquella casa respondiendo a un impulso, como había hecho tantas otras cosas en su vida de las que ahora se arrepentía profundamente. Pero de esa no, nunca lamentó haber invertido hasta el último céntimo que tenía en aquella casona. Las piedras de sus muros tenían más de cien años. Era sólida, segura, estable. Lo contrario que su vida.

Apenas tuvo que hacer nada en la casa cuando la compró. Los anteriores propietarios la habían rehabilitado con mimo pensando en convertirla en un hogar. Sin embargo, un conductor borracho acabó con los sueños de la pareja, que murió en el acto en medio de la carretera. La familia no quiso conservar la casa. Demasiados recuerdos, demasiado dolor. Marcela no regateó ni presentó una contraoferta. Pagó el precio que le pidieron, bastante inferior al que podrían haber sacado de tener la cabeza lúcida, y firmaron las escrituras en menos de quince días. Su madre le prestó el dinero que le faltaba, casi veinte mil euros, ahorrándole así el tener que pedir una hipoteca. Suponía que ahora debería hablar con su hermano del dinero que aún no había devuelto. Al fin y al cabo, también era su herencia.

Desde entonces, hacía ya tres años, Zugarramurdi era su refugio, el cascarón en el que se escondía siempre que podía. Allí pasaba sus vacaciones y sus días libres; hasta allí se escapaba cada vez que la tormenta atronaba demasiado cerca de su cabeza, como ese día. Respiraba y esperaba a que pasara el temporal, o al menos hasta tener un paraguas lo bastante grande como para hacerle frente.

Adoraba aquella casa de gruesos muros y techos altos, las vigas de madera a la vista, las paredes blancas como la cal y las ventanas de madera maciza. Cada vez que abría la puerta y entraba dedicaba unos segundos a aspirar su olor a bosque húmedo, a cera y a las pequeñas flores silvestres que crecían libres en el jardín trasero.

Conservó todos los muebles que no quisieron llevarse los vendedores. Reubicó algunos, como el enorme sofá gris y el precioso sillón de lectura tapizado de piel marrón, que acercó a la chimenea y alejó de la televisión, y sólo tuvo que preocuparse por amueblar su habitación y comprar utensilios de cocina y pequeños electrodomésticos. Lo encargó todo por Internet y en menos de un mes tenía la casa completamente lista. La propia agencia que sirvió de intermediaria en la venta se encargó de poner todos los recibos a su nombre y de pagar los impuestos correspondientes. Cuando volvió a Zugarramurdi semanas después de ver la casa por primera vez, ya era suya.

Casi nadie en Pamplona conocía su existencia. Sólo Miguel y

Damen estaban al tanto, aunque nunca los había invitado a ir. Cada cosa a su tiempo y cada uno en su sitio, solía pensar. Por supuesto, también su hermano y su madre estaban enterados de su inversión, pero hasta entonces Juan no había encontrado el momento de visitarla y su madre ya estaba demasiado enferma para ir, aunque intuía que le habría encantado.

Comió en silencio, acompañando los bocados con pequeños tragos de vino. Cuando terminó, le dolía el estómago y la cabeza le daba vueltas. Guardó la comida restante en la nevera y regresó al sofá, donde se tumbó y se tapó con una manta. Dos minutos y el mundo había dejado de existir.

Se despertó sudando. Con la chimenea encendida, la calefacción a veinticinco grados, la ropa que llevaba puesta, la copiosa comida, el vino y la gruesa manta con la que se había tapado, tenía tanto calor que por un momento temió que le hubiera subido la fiebre. O que la casa estuviera en llamas.

Se levantó con esfuerzo, bajó el termostato y se bebió un vaso enorme de agua. Pronto se sintió mejor. Desde que se enteró de que la resaca se produce fundamentalmente por la deshidratación del cuerpo causada por el alcohol, y que beber agua entre copa y copa palía bastante la terrible sensación del día siguiente, se obligaba a ingerir tanta agua como podía cuando se le iba la mano con la bebida.

Decidió dar un paseo para ayudar a la digestión y despejar la cabeza, aunque quizá antes debería llamar a su hermano e interesarse por cómo estaba y si necesitaba su ayuda con algún trámite. Lo había prometido, a ella misma, en realidad, así que nadie había sido testigo de ello.

Promesas incumplidas. Podía hacer una tesis al respecto.

Hacía tres horas que había salido de Pamplona, y en ese tiempo había recibido siete llamadas de un mismo número, una docena de wasaps y un par de mensajes de voz. Juan tendría que esperar. No se molestó en escuchar los audios ni en leer los mensajes. Sabía qué quería la única persona que la había llamado. Regresó al salón, se sentó frente al fuego y pulsó para devolver la llamada.

—¡Pieldelobo! —gritó el comisario—. ¿Dónde se ha metido? No puede hacer lo que le dé la gana. ¿Quién se ha creído que es? Es increíble que se haya presentado en casa de los García de Eunate sin una orden y sin comunicármelo, ¡le ordené que todo pasara por mi despacho!

—Lo siento, jefe, pero era imprescindible. Seguimos sin noticias de la mujer desaparecida.

—No hay ninguna mujer desaparecida —le recordó Andreu—, nadie ha presentado una denuncia.

—Creo que lo harán en breve. Su madre ni siquiera sabía que había desaparecido. Imagino que harán las llamadas de rigor a familiares y amigos y después acudirán a comisaría.

—¿No se habían dado cuenta…?

—No, en absoluto. Ella es adulta, y creo que su maternidad no fue demasiado bien recibida.

—Está sacando conclusiones precipitadas —le reconvino el comisario.

—No lo creo, jefe. Me echó en cuanto mencioné al bebé.

—¿La echó?

—Me acompañó a la salida.

El silencio que siguió no auguraba nada bueno.

—Pieldelobo, la quiero en mi despacho de inmediato. Voy a convocar una reunión con el inspector Domínguez y el subinspector Bonachera. Si llega esa denuncia, quiero tener un plan definido de antemano.

—Domínguez tenía que declarar en Zaragoza, supongo que estará todo el día fuera…

Esperaba que la ausencia del jefe de la científica fuera suficiente para postergar la anunciada reunión. Por si acaso, empezó a pergeñar un plan B para no tener que volver tan pronto a Pamplona.

—Bien, hablaremos mañana entonces —zanjó Andreu—. Y se lo digo por última vez, inspectora: si vuelve a actuar por su cuenta, le abriré un parte disciplinario. Voy a tener en cuenta sus circunstancias personales y a pasar esto por alto, pero será la última vez. Mañana decidiré una pauta de actuación y usted se ceñirá a ella de principio a fin. ¿Entendido?

—Por supuesto, jefe.

—Mañana a las diez en mi despacho.

Y colgó.

Dejó el móvil sobre la mesa del salón y fue a la cocina, donde comprobó una vez más que su nevera seguía igual de yerma que la última vez que la había abierto, excepto por las sobras que había guardado tras atiborrarse como una muerta de hambre. Necesitaba que le diera el aire.

Se puso la parka que colgaba del perchero de la entrada y recuperó las botas que había dejado en el salón.

Estaba a punto de salir cuando una sombra oscura se materializó tras el ventanal. Contuvo el aliento un segundo y lo soltó cuando la sombra golpeteó el cristal con los nudillos. No sabía si alegrarse o enfadarse por la intromisión. Abrió la ventana y se enfrentó al rostro redondo y sonriente de Antón Errea.

—He visto tu coche en la puerta —explicó el joven a modo de saludo.

—Y si has pasado por la puerta, ¿por qué has dado la vuelta y llamas a la ventana? Me has asustado.

—Pero ya sabes que soy yo, no entiendo por qué te asustas.

—Tienes que llamar a la puerta —insistió.

—Todo el mundo llama a la puerta, y sé que nunca abres. Por eso llamo a la ventana.

—Da la vuelta —suspiró Marcela—. Voy a dar un paseo y, de paso, a ver si queda alguna tienda abierta.

—Te acompaño.

Una sonrisa ratificó la afirmación. Antón abandonó la ventana y antes de que pudiera volver a cerrarla del todo, el mismo puño aporreaba la puerta principal.

—¡Voy!

—Me apetece mucho dar un paseo —le aseguró Antón cuando la tuvo delante.

—También tengo que ir a comprar. Será mejor que vaya primero a la tienda, luego podremos dar un paseo.

—No puedes pasear con las bolsas de la compra colgando —razonó el joven—. Mejor primero paseamos y luego te acompaño a la tienda y te ayudo a llevar las cosas. Además, dentro de poco hará mucho frío.

Marcela no pudo por menos que sonreír.

—Una idea muy inteligente, eres más listo que yo.

Antón le devolvió la sonrisa.

—Eso dice mi madre.

—¿Tu madre dice que eres más listo que yo?

—Más listo que todo el mundo, en realidad. Lo dice para animarme cuando no me salen las cosas, pero yo le dejo que me lo diga. A nadie le molesta que le digan cosas agradables —añadió, encogiéndose de hombros con picardía.

Caminaron sin hablar durante unos metros. Pocos. Antón no era amigo del silencio. Esta vez, Marcela le echó una mano.

—¿En qué estás trabajando ahora?

—Limpiando las hojas de las calles. Aunque acaba de empezar el otoño, los árboles están casi pelados. Estaré con la escoba más de un mes.

—¿Te gusta?

—Es entretenido. Voy de una calle a otra, recojo las hojas y, antes de meterlas en el cubo grande, las pisoteo un poco para que crujan. Me divierto. La gente me saluda, puedo ir a casa a almorzar… Me gusta más que cuando me toca estar en el almacén municipal o echando sal en las calles durante el invierno. Me salen sabañones en las orejas.

—Ya, imagino que eso es un rollo.

—Sí… ¿Y tú qué tal? —Antón se giró hacia ella con una sonrisa que se le congeló en los labios cuando descubrió las ojeras de su amiga y su rictus amargo.

—Mi madre ha muerto —le contó sin rodeos. Con las mentes sencillas como la de Antón, los circunloquios únicamente servían para empeorar las cosas—. He estado unos días en mi pueblo, con mi hermano y mis sobrinos, pero tuve que volver por trabajo.

—Tu trabajo es una mierda.

—A veces lo es, sí.

En realidad, Antón no tenía ni idea de a qué se dedicaba Marcela. Ella suponía que la cabeza del joven habría elucubrado hasta llegar a sus propias conclusiones, pero nunca se lo había preguntado abiertamente y ella jamás se lo había contado. Ni a él, ni a nadie en el pueblo. Era mejor así.

—¿Te ha dolido mucho?

—Muchísimo, sí.

Antón meditó un largo instante con la cabeza gacha. Mucho más silencio del acostumbrado.

—Yo creo que me moriré si mi madre se muere.

—No, no te morirás. Seguirás adelante, como yo. Pensarás en ella, la recordarás cada día y a veces llorarás, pero no te morirás.

—No sé…

—De todas formas, no merece la pena preocuparse por algo para lo que todavía falta muchísimo tiempo. Tu madre es muy joven, vivirá un montón de años más.

—Ella dice que piensa cumplir los ciento veinte.

—¡Vaya!

—Nadie vive ciento veinte años.

—Puede que tu madre sea la primera.

Antón asintió y volvió a sonreír.

—Mañana te llevaré a buscar setas. Ya han empezado a salir.

—Mañana no puedo —lamentó ella—. Debo volver a Pamplona.

—¿Hasta cuándo?

—No lo sé, espero que por poco tiempo. Iremos cuando vuelva. Me encantará, seguro. ¿Adónde me vas a llevar?

—¡No te lo puedo decir! No eres del pueblo, sólo los del pueblo sabemos dónde salen las mejores setas. Tú vendrás porque eres mi amiga y a mi madre le parece bien, pero no te diré dónde para que no se lo cuentes a nadie.

—De acuerdo, trato hecho. Pero no permitiré que me vendes los ojos hasta llegar al lugar.

—¿Vendarte los ojos? ¡Te despeñarías por el monte! A veces dices unas tonterías enormes, Marcela.

Dejaron que sus pasos cayeran por la prolongada cuesta que llevaba hasta las míticas cuevas de Zugarramurdi. Era extraño llegar hasta allí sin cruzarse con ningún turista. Los paneles explicativos recordaban la importancia del lugar y narraban algunas de las leyendas más famosas. Brujas, aquelarres, fiestas paganas regadas con sangre, niños sacrificados, el demonio con forma de macho cabrío... Cuentos terribles avivados por el miedo y la imaginación de un pueblo iletrado. Mujeres torturadas durante meses que no sólo confesaron ser brujas, sino que dieron los nombres de sus vecinas, asegurando que ellas también lo eran, para detener el tormento. La Inquisición consiguió más de trescientos nombres. Sólo se salvaron los niños. Las penas fueron muy duras, y once personas acabaron en la hoguera. Las castigaban si confesaban ser brujas, y también si lo negaban.

Antón seguía parloteando mientras bajaban las largas escaleras hasta el vientre de la cueva principal. Sin embargo, guardó un insólito silencio mientras atravesaban la gran sala de piedra. La de Zugarramurdi no era una cueva propiamente dicha, sino un enorme pasillo horadado en la roca de más de ciento veinte metros de longitud.

—Mi madre dice que las brujas no existen —dijo Antón en voz baja—, pero, cuando vengo, siempre me parece escucharlas.

—Lo que suena es el agua que corre y cae del techo. Y el viento, que silba aprovechando las corrientes.

Antón asintió, pero no parecía demasiado convencido. Circunspecto y con el ceño fruncido, hundió las manos en los bolsillos del anorak y siguió avanzando en silencio hasta que salieron por el otro lado.

El viento gélido los envió de vuelta a buen paso. Sólo cuando se despidió del muchacho y cruzó la puerta de su casa se dio cuenta de que había olvidado hacer la compra. Podía acercarse a uno de los bares del pueblo y pedir algo de comer, pero estaba cansada y tenía frío. Se apañaría con lo que había hasta que volviera a Pamplona.

El despertador la sacó de un sueño profundo, tanto que, en sus pesadillas, estaba convencida de que no despertaría nunca. Había regado la cena con más vino del recomendable, lo que le facilitó caer en un letargo plácido al principio, pero bamboleante y perturbador después.

Una vez más, se prometió a sí misma que controlaría la cantidad de alcohol que bebía. Y, para colmo, apenas había tomado agua para amortiguar el golpe. ¿De qué le servía saber esas cosas si siempre se le olvidaba ponerlas en práctica? Aunque conocer al dedillo el proceso de putrefacción de los bronquios y pulmones de un fumador no le impidió encenderse un cigarrillo y aspirar con los ojos cerrados la primera calada.

Se dio una larga ducha, desayunó los restos de la cena, que a su vez eran las sobras de la comida, y se vistió con un pantalón negro y un jersey limpio. Hora y media después entraba en su despacho con un café en la mano. Para no gustarle conducir, se había buscado una casa demasiado alejada de su lugar de trabajo y a la que se llegaba, además, por una carretera tortuosa en algunos tramos a través del puerto de Otsondo. Un suplicio para sus nervios.

Tenía por delante cinco preciosos minutos para recuperar la calma.

Cerró la puerta y encendió el ordenador. El icono de la mensajería interna le anunciaba que tenía varios mensajes nuevos. Apuró el café de un trago, lanzó el vaso a la papelera, falló y maldijo por lo bajo. El remite de uno de los mensajes amortiguó un poco su ansiedad. El inspector Domínguez tenía los resultados de los restos del accidente.

Leyó con atención el escueto mensaje. Nada que no supiera o sospechara ya.

El subinspector Bonachera golpeteó la puerta y entró antes de que Marcela respondiera.

—Nos esperan —dijo sin más. Se agachó con agilidad, recogió el vaso vacío del suelo y lo dejó en la papelera.

Marcela se levantó de la silla, cogió un cuaderno, un bolígrafo y el móvil y salió del despacho.

—Que sea lo que Dios quiera —suspiró al salir.

12

El comisario Andreu llevaba casi cinco minutos con la vista fija en los papeles que tenía sobre la mesa. Al otro lado del escritorio, el subinspector Bonachera, el inspector Domínguez y la inspectora Pieldelobo aguardaban pacientes a que su superior concluyera la lectura.

Marcela paseó la vista por las estanterías que se extendían detrás del comisario. Había estado en ese despacho pocas veces, sólo las imprescindibles, e intentaba salir lo más rápido posible. Quizá por eso nunca hasta entonces había reparado en los detalles.

Varias fotos de una familia feliz. Andreu, su mujer, dos niñas y un niño. El comisario apoyaba la mano en el hombro del muchacho, apenas un adolescente, con un gesto protector y ufano al mismo tiempo. Ya sabía quién era el rey de la casa. Unas cuantas condecoraciones en sus respectivas cajas y una foto con el rey campechano, ambos sonrientes. Andreu lucía en la pechera todas las medallas que ahora reposaban en la estantería.

La sorpresa llegó cuando subió la vista hasta el estante superior. Una, dos, tres… contó hasta once medallas y placas de otras tantas veces que su jefe había ocupado el podio en una competición de tiro con arco. ¡Andreu un arquero! Jamás lo habría dicho. Las imágenes enmarcadas de él mismo con un enorme arco deportivo o sonriendo con un trofeo en la mano corroboraban la primera impresión. No sabía por qué, pero si le hubieran preguntado habría jurado que su jefe era más de *rugby* que de tiro con arco. O de yudo. Un deporte duro y de contacto, en cualquier caso, en el que pudiera demostrar quién era el macho alfa. El tiro con arco exigía concentración, fuerza y delicadeza combinada, además de una enorme puntería, cualidades que en absoluto le presuponía. Una vez más, las apariencias acababan de abofetearla en plena cara.

Cuando el comisario acabó de pasar la última página del informe, el silencio era tal que podía parecer que la sala estaba vacía. Incómoda, Marcela tosió levemente y expulsó de su cabeza la imagen del cigarrillo que llevaba persiguiéndola desde hacía un buen rato.

—Lo que tengo sobre la mesa —empezó por fin Andreu— es la denuncia que la familia García de Eunate ha presentado por la desaparición de su hija Victoria.

—¡Por fin! —no pudo evitar exclamar la inspectora. El comisario le devolvió una mirada reprobadora.

—Su visita rozó la insubordinación, Pieldelobo, pero parece que ha provocado la reacción que buscaba. A partir de ahora se ceñirá a mis indicaciones en todo momento. —Esperó un asentimiento que no llegó y luego continuó—: Vamos a poner en marcha el protocolo habitual de búsqueda...

—Llegamos tres días tarde, sin olvidar la tormenta de anteayer —le interrumpió Marcela.

Andreu frunció el ceño.

—El inspector Domínguez ya recogió *in situ* lo que necesitaba el día que se tuvo noticia del accidente —continuó, ignorándola—. Varias patrullas han salido hacia allí para inspeccionar una zona más amplia de terreno en busca de indicios. He reclamado también las grabaciones de las cámaras que pudiera haber por la zona, pero al parecer en esas carreteras secundarias no hay empresas ni viviendas con un sistema de seguridad que las incluya.

—Yo misma cursé esa solicitud hace dos días, jefe. Como usted dice, no hemos obtenido ningún resultado positivo.

Bonachera movió afirmativamente la cabeza.

Domínguez se removió inquieto en su silla, tan pequeña debajo de su corpachón que parecía sacada de un colegio de primaria. Su movimiento y el crujido del metal sirvieron para que Andreu reparara en él.

—He visto su informe preliminar encima de la mesa, ¿algo destacable?

—Todavía no tenemos los resultados de la búsqueda en la base de datos de ADN —empezó de inmediato—, eso tardará unos cuantos días más, pero considero que, aunque la pérdida de sangre fue significativa, no es incompatible con la posibilidad de que la víctima haya sobrevivido. El rastro se pierde en el asfalto, donde también encontramos marcas de frenadas de unas ruedas más anchas que las convencionales. Hemos iniciado el proceso para intentar identificar el segundo vehículo implicado por la pintura transferida al siniestrado, pero es un proceso muy lento.

—¿Coincide el ADN del coche con el del bebé encontrado en el depósito de aguas? —preguntó Pieldelobo.

—No hemos solicitado ese análisis —respondió cortante la Reinona. No le gustaba dar explicaciones si no se las exigía un superior.

—¿No lo consideró oportuno? —insistió Marcela.

La tez del inspector comenzó a virar hacia el morado. Pronto oiría el rechinar de sus dientes.

—Dejé claro que todas las indicaciones en este caso debían partir de mí, y al menos el inspector Domínguez sabe cómo funciona la cadena de mando.

Las palabras del comisario calmaron a la Reinona, que seguía mirando fijamente a Marcela. La piel de sus párpados era mucho más oscura que la del resto de la cara, tenía un fuerte rubor en las mejillas y los labios gruesos y perfilados. El apodo no se debía sólo a su porte altivo. La naturaleza había sido muy guasona con él.

—No habrá análisis de momento. Ningún juez nos va a permitir sacarle sangre a un bebé por una mera sospecha. No olvide, inspectora, que en la empresa negaron que la desaparecida tuviera un hijo.

—Su familia sí está al tanto —les recordó—. Su madre me lo

confirmó. Quizá con ese dato encontremos un juez que autorice el análisis.

El comisario revolvió unos segundos en los papeles que tenía sobre la mesa antes de volver a hablar.

—¿Qué propone, inspectora?

—Quiero volver a la empresa en la que trabaja la víctima…

—Desaparecida —la corrigió Andreu.

—La desaparecida, de acuerdo. Me gustaría hablar con su secretaria y con sus compañeros. Luego interrogaremos al resto de la familia. Necesito hacerme una composición de lugar. No estaría de más hacer esos análisis, jefe. Eso nos permitiría saber sin ningún género de dudas si el pequeño está directamente relacionado con el caso del accidente y la desaparición, o no. Y si sabemos quién es, podremos buscar quien se ocupe de él.

La baza sentimental funcionó. El comisario anotó algo en su agenda y asintió.

—Veré quién está de guardia y llamaré al juzgado yo mismo.

—Podríamos también pedir la colaboración de la prensa para difundir la imagen de la… desaparecida. Quizá alguien la haya visto, o sepa algo del accidente…

—Nada de prensa y nada de fotos. La familia ha sido muy tajante en ese sentido.

—Me he dado cuenta de que no se ha publicado ni una palabra sobre el bebé abandonado, y apenas unas líneas sobre el accidente, pero deben entender que la difusión de su imagen puede ser de gran ayuda.

—No hay nada que podamos hacer al respecto —zanjó el comisario—. Ni una palabra a la prensa, ni ahora, ni en el futuro. Esa es una decisión inamovible. Y lo que tampoco va a cambiar, Pieldelobo, es el hecho de que deberá informarme a mí antes de dar cualquier paso. Si se excede, la retiraré del caso. Las personas con las que va a hablar merecen todo su respeto y consideración.

—Por supuesto —concedió ella. Había cosas que no merecía la pena discutir.

—Confío en que no me esté dando la razón como a los tontos. Quiero cada informe, cada orden y cada resultado que obtenga. Subirá a mi despacho todas las mañanas a informarme directamente, o escribirá un concienzudo mensaje si estoy fuera u ocupado, ¿queda claro?

Marcela asintió en silencio. Su cabeza ya estaba preparando el siguiente paso. Después de fumarse un pitillo, por supuesto.

—No te interesa estar a malas con Garrido. —Bonachera hizo un leve gesto con la cabeza para señalar hacia el ventanal desde donde el oficial de recepción los observaba atento.

—Yo no estoy a malas con Garrido. Es su comportamiento lo que me saca de quicio. Por mí, puede ser una bellísima persona o todo un cabrón, me da igual mientras se comporte como es debido. Y no lo hace —aseguró Marcela. Le divertía ese juego de miradas airadas que el oficial pretendía mantener con ella.

Miguel no fumaba, pero solía acompañarla en sus escapadas tras los enormes maceteros que delimitaban la zona peatonal de la calle en la que se levantaba la comisaría. Los frondosos arbustos eran un buen parapeto, aunque no perfecto. Eran casi invisibles a pie de calle, pero Garrido estaba apostado en una posición elevada desde la que podía ver todos sus movimientos.

Apagó el cigarro en la tierra de la maceta y metió la colilla en el plástico de la cajetilla. Estaba a punto de hablar cuando una figura que avanzaba por la calle la hizo detenerse. Varón, cincuenta y tantos, robusto y cargado de espaldas. Cazadora de piel marrón con cuello de borrego, tan falsa como él, pantalón vaquero sucio caído sobre las caderas y deportivas blancas. Lo vio entrar. Garrido desapareció de la ventana para volver a aparecer unos segundos después. Al momento, el hombre de la cazadora falsa salió por la puerta y se dirigió directo hacia ellos.

Marcela salió de detrás del macetero y esperó. Bonachera se colocó a su lado.

—Inspectora —saludó el hombre con voz áspera. La miró con sus ojos de borracho, apenas visibles bajo las enormes bolsas oscuras que los circundaban—. ¿Sabe algo de mi niña?

El hombre la miraba fijamente. Con los hombros hacia delante, los brazos a ambos lados del cuerpo y las piernas separadas, su actitud podía parecer amenazadora, pero la boca abierta, el ceño fruncido y las manos laxas lo delataban como el patán que era. Un bruto, cierto, un hombre violento que no medía ni controlaba sus reacciones, pero un patán estúpido e impulsivo. Un mierda. Y muy peligroso.

—No hay noticias —respondió Marcela—. Le avisaremos si surge algo.

El hombre la miró unos segundos más sin mutar la expresión.

—Bien —dijo por fin. Luego dio media vuelta y se alejó por donde había llegado.

Con los dientes apretados, Marcela corrió hacia la puerta principal, subió los escalones de dos en dos y golpeó con el puño el cristal blindado.

—¿Le has dicho a ese cabrón dónde estaba?

Garrido sonreía desde la seguridad de la garita.

—Ha preguntado por ti —respondió con una sonrisa burlona en la boca—. Es un caso abierto, tiene derecho a preguntar.

—¡No tiene derecho a nada! Debería estar en la cárcel.

—Pero no lo está. —Garrido se encogió de hombros y le dio la espalda.

Marcela sopesó sus opciones. Uno, cruzar la puerta que tenía a menos de un metro de distancia y partirle la cara a ese imbécil. Dos, presentar una queja formal. Tres, concentrarse en hacerle la vida imposible. Cuatro, todas las anteriores.

Le dedicó una larga mirada, dio media vuelta y bajó las escaleras hasta la calle. Bonachera, que la esperaba en el estrecho soportal, la siguió cuando pasó a su lado como una exhalación.

Se detuvo al doblar la esquina, lejos de la mirada de Garrido, a quien imaginaba sonriendo satisfecho mientras la observaba en los monitores de vigilancia.

—Tranquila —le pidió el subinspector.

—Estoy tranquila… —Bufó, pateó el suelo, soltó una retahíla de tacos, sacó un cigarrillo y lo volvió a meter—. Estoy tranquila —le aseguró de nuevo, mirándole a los ojos.

—Bien, entonces ¿qué?

—Tú vas a ir a hablar con la familia de Victoria García de Eunate. Mi última visita no terminó muy bien y, además, creo que se abrirán más si la autoridad proviene de un hombre.

—No creo… —intentó protestar Miguel.

—Yo lo sé, tú lo sabes, el mundo lo sabe —le cortó ella, haciendo un gesto amplio con los brazos—. Es una familia muy tradicional, con los roles bien definidos. Irás tú.

—De acuerdo, ¿y tú?

—Voy a ir a hablar con Pablo Aguirre.

—¿Estás loca? Andreu no lo autorizará nunca.

—Tenía un lío con la desaparecida.

—Algo que sabes porque entraste de manera ilegal en su casa. Te vas a meter en un follón.

—El pan nuestro de cada día.

Pieldelobo sonrió brevemente y cruzó la calle hacia su coche. Bonachera la observó mientras se alejaba, suspiró resignado y fue en busca de su propio vehículo.

13

Pablo Aguirre Sala. Fundador, presidente y máximo accionista de un consorcio de empresas que incluía, como bien sabía gracias a Javier Arellano, medios de comunicación, industrias tecnológicas y empresas de exportación, aunque su cara más visible era la del negocio de la construcción. Poseía cementeras, inmobiliarias, despachos de abogados y arquitectos, reformistas y un largo etcétera de compañías relacionadas con la construcción de todo tipo de viviendas, edificios, barrios y pueblos enteros. Era incluso el presidente de un banco del que controlaba casi la mitad de las acciones. Él solito podía comprar el terreno, diseñar el complejo residencial, excavar y levantar los edificios, instalar la fontanería, la electricidad, el aislamiento e incluso los retretes; sacar los pisos al mercado, venderlos, redactar y firmar los contratos, aprobar las hipotecas y amueblarlos con material de alguna de las tiendas de su cadena de muebles y electrodomésticos. Sin intermediarios. Dinero limpio para AS Corporación. Pablo Aguirre Sala era, literalmente, un hombre montado en el dólar.

Y se acostaba con una de sus empleadas. No sólo eso, sino que Marcela estaba segura de que tenían un hijo en común. Un bebé que estaba en un centro de acogida mientras ellos acababan de empezar a buscar a su madre porque nadie hasta entonces había denunciado su desaparición.

¿Cómo podía ser una mujer invisible para su familia, para sus compañeros de trabajo, quizá incluso para el hombre que amaba? ¿Invisible hasta el punto de no darse cuenta de su ausencia? ¿O simplemente era prescindible?

No. Lo que Marcela vio el día anterior en la cara de la madre de Victoria no era desidia ni negligencia. Tampoco dolor. Era vergüenza.

En el edificio de AS Corporación, el mismo amable recepcionista del día anterior le dijo que el señor Aguirre no estaba en su despacho. Marcela se mostró muy decepcionada, mohín que no tuvo que esforzarse demasiado en fingir, y el empático empleado la informó de que, al parecer, el presidente tenía gripe y tardaría varios días en volver.

—Vaya —suspiró Marcela—, eso es fuerza mayor. La próxima vez llamaré antes de venir, muchas gracias.

Sonrió afable y corrió de nuevo hasta el coche.

El subinspector Bonachera tardó un par de minutos en enviarle un wasap con la dirección de su casa. Le pareció una curiosa casualidad que Victoria y su amante vivieran en la misma urbanización, apenas a un centenar de metros de distancia.

Se detuvo junto a la verja que separaba la vivienda de la familia Aguirre del resto del mundo, una cerca metálica de más de dos metros de altura tras la que sobresalían espigados y oscuros cipreses. Las puntas de los árboles señalaban al cielo, donde apretados grupos de nubes blancas surcaban el aire a gran velocidad, empujadas por el feroz viento que soplaba del monte.

Tenía que llamar a su hermano. Lo había prometido. «Soy una mujer sin palabra», se recriminó. Sacó el móvil del bolsillo y buscó el contacto de Juan. Su hermano respondió al tercer tono. Sonaba tan normal que alejó por un momento el recuerdo de su madre muerta. Sin grandes muestras de cariño, sin efusividades absurdas y excesivas, cariñoso, pero sin empalagar. Como era él. Y ella.

—¡Qué sorpresa! ¿Qué tal estás?

—Bien, bien. Sólo quería saber qué tal estabais vosotros. ¿Los niños?

—Genial. Son niños, lo procesan todo rápidamente y siguen con su vida. Tienen otras prioridades.

—Instinto de supervivencia, supongo.

—Eso será —respondió su hermano—. Nos debes una visita —le recordó—. Tenemos muchas cosas de las que hablar. Hay decisiones que no puedo tomar yo solo.

—Lo sé, e iré pronto. Ahora mismo es imposible, pero no creo que tarde mucho en reunir un par de días libres. Y, si no, siempre puedes venir tú.

—No cabemos todos en ese cuchitril que llamas casa —bromeó Juan.

—Bueno, un poco apretados, pero nos apañaríamos. O ven solo. Un fin de semana de hermanos.

—No creo que a Paula le hiciera mucha gracia —respondió tras un breve silencio—, pero la verdad es que no estaría mal. Lo pensaré —prometió.

—Bien, hazlo. De todas formas, también podéis instalaros unos días en Zugarramurdi. A esas bestias que llamas hijos les encantará el sitio. —Suspiró sin hacer ruido, con los ojos cerrados, imaginando a su hermano al otro lado del teléfono—. Tengo que dejarte, el deber me llama.

—Un beso, Marcela. Y ten cuidado ahí fuera.

—Prometido, sargento Esterhaus.

Salió del coche con una sonrisa. Contuvo la respiración tanto como pudo y luego intentó tomar aire superficialmente, pero el olor dulzón de los cipreses se le coló en los pulmones e impregnó todo su cuerpo.

Sacó la placa y pulsó el botón de llamada. La colocó junto a su cara cuando la luz verde del dispositivo le indicó que había alguien al otro lado.

—¿Sí? —preguntaron desde la casa.

—Inspectora Pieldelobo, de la Policía Nacional. Me gustaría hablar con el señor Aguirre. Se trata de un asunto oficial.

—Un momento, por favor.

Chasquido y silencio.

Luego, al cabo de un par de minutos, otro chasquido.

—El señor está enfermo, ¿puede volver otro día?

—Me temo que no —replicó Marcela muy seria—. Es un asunto de la máxima urgencia. Dígale que necesito hablar con él sobre Victoria García de Eunate.

Un nuevo chasquido y un breve silencio. Al momento, un largo zumbido que desbloqueó la puerta metálica.

Suponía que era mentira, pero lo cierto era que el aspecto de Pablo Aguirre podría convencer a cualquiera de que estaba enfermo. El hombre que tenía ante ella había superado la frontera de los cincuenta, pero conservaba un innegable atractivo maduro. Delgado, atlético y con una tupida cabellera que llevaba años virando a gris. Su cara denotaba cansancio y falta de sueño, en opinión de Marcela, síntomas tanto de un trastorno de salud como de una mala conciencia.

Cuando entró en la casa, el empresario la esperaba en el vestíbulo. Y ahí se quedaron. Debía de ser una costumbre entre esa clase de gente, retener a las visitas incómodas en el recibidor para que su estancia no se prolongara más de lo necesario.

Él estiró la espalda y Marcela le imitó por instinto. No se molestó en mirar la placa que le mostraba, sino que cruzó los brazos por delante del pecho y esperó en silencio a que ella empezara la conversación.

—Supongo que estará al tanto de la desaparición de Victoria García de Eunate —arrancó Marcela.

—Su padre me llamó ayer —confirmó él. Marcela esperó en silencio hasta que decidió continuar—. Como le dije a Ignacio, hace tiempo que no sé nada de ella. No suelo verla habitualmente, trabajamos en plantas diferentes y yo tengo muchos compromisos que me obligan a viajar con frecuencia.

—¿Cuándo fue la última vez que la vio?

Aguirre frunció los labios y miró al techo.

—Hace un par de meses, diría yo. Cruzamos unas palabras en la fiesta de despedida de una de mis empleadas. Iba a casarse. Antes de eso, Victoria estuvo enferma y permaneció de baja varias semanas.

—¿Es normal que un empresario con miles de trabajadores esté al tanto de las bajas médicas de sus empleados?

—Ya le he dicho que su padre es amigo mío, tenemos una estrecha relación personal desde la época de la universidad.

—Creo que tenía también una estrecha relación con la propia Victoria.

Las palabras de Marcela transmutaron el rostro del hombre. Sus ojos, la boca y el encogimiento de hombros hicieron patente su sorpresa y su miedo. Se rehízo con rapidez, pero su gesto valía más que las palabras.

—Y quizá también con su hijo —remató Marcela.

—No sé de qué me está hablando.

—Yo creo que sí. Repito, ¿cuándo fue la última vez que vio a Victoria?

—Ya he contestado a esa pregunta.

—¿La ha visitado alguna vez en su casa? Son casi vecinos…

—No, nunca.

Marcela sacó el móvil del bolsillo de la chaqueta, paseó el dedo por la pantalla y le mostró una foto. Las iniciales bordadas en el bolsillo de la camisa. El armario de la habitación de Victoria. La cuna del bebé.

—Yo… —balbuceó.

No tuvo tiempo de decir nada más. El sonido inesperado de unas voces que se acercaban a la puerta interrumpió lo que fuera que iba a decir. Dos jóvenes cruzaron el umbral. Se detuvieron en seco cuando los descubrieron. Aguirre observó asustado la imagen que todavía brillaba en el móvil de la inspectora. Marcela captó su mirada y se guardó el teléfono en el bolsillo.

—Hola, papá —saludó uno de ellos—, ¿todo bien? ¿Te encuentras mejor?

—Claro, todo bien —respondió él—. Ahora os veo.

A pesar de las palabras tranquilizadoras de su padre, los jóvenes no dejaron de observarlos mientras cruzaban el vestíbulo.

—Ha podido sacar esa foto de cualquier sitio, puede que incluso sea un montaje —dijo por fin—. No significa nada. No me dice nada —añadió.

Marcela se dio por vencida.

—Volveremos a hablar —le aseguró desde la puerta, que se había quedado abierta.

—No lo creo. No vuelva por aquí sin una orden. Y le haré llegar el nombre de mi abogado.

Cruzó el breve jardín delantero lo más rápido que pudo, arrancó el motor y se alejó de allí. Frenó un poco cuando pasó junto a la casa de Victoria. Seguía sin haber luz ni señales de vida. Aceleró y encaró la pronunciada cuesta abajo hasta la ronda de circunvalación.

No creía que Pablo Aguirre acudiera a su abogado con el cuento de su visita. Él tenía más que perder que ella si mencionaba la foto.

La foto.

Cómo podía haber sido tan imbécil. Hizo un giro completo en la siguiente rotonda y volvió sobre sus pasos. Aparcó de nuevo en el terreno baldío que servía de picadero, desierto a esas horas del mediodía. Salió y bajó la cuesta hacia la vivienda de la desaparecida.

Tenía hambre. Los nervios siempre le daban hambre.

Tragó saliva y siguió bajando. No intentó abrir la cancela. No quería que la alarma saltara y volvieran a aparecer los guardias de seguridad. Miró al otro lado de la estrecha carretera. La casa más cercana, unos metros más arriba, tenía un poyete de piedra en la fachada, una especie de banco suavizado por el tiempo. Si alguien subía por la cuesta, no la vería hasta estar prácticamente a su lado. Era perfecto.

Se sentó y se dispuso a esperar. El sol le daba en un costado y amortiguaba en parte el frío que traía el viento. Desde donde estaba tenía una buena visión del camino, así que se relajó un poco. Sacó el móvil y tecleó rápidamente un mensaje.

¿Tienes un hueco esta tarde?

¿Cuánto rato?, le respondieron casi al instante.

Media hora. Un cuervo.

Ven cuando quieras, tarde tranquila. Quien sea, lo siento.

Nos vemos.

Apoyó la espalda en la pared. El sol había calentado la piedra y era agradable recostarse en ella.

No tuvo que esperar demasiado. Unos veinte minutos después de que saliera de casa de Pablo Aguirre, este apareció caminando por el arcén con paso resuelto. No parecía enfermo en esos momentos. Marcela se quedó quieta, pegada a la pared. La puerta de la finca de Victoria estaba un poco más abajo de donde ella se encontraba. Si no miraba hacia arriba, no la descubriría.

El empresario estaba tan concentrado en sus actos que no reparó en la inspectora. Sacó un juego de llaves del bolsillo del abrigo y entró en la propiedad. Marcela se levantó y lo siguió. Lo vio acercarse a la casa y desactivar la alarma. En cuanto él estuvo dentro, ella corrió a través del jardín y se coló detrás de él.

No lo vio en la planta baja, pero sabía dónde lo encontraría.

Subió las escaleras sin hacer ruido. Por suerte, la madera de las casas nuevas es firme y consistente, no cruje ni rechina bajo el peso de los pasos.

Se asomó con sigilo a la habitación de Victoria. Pablo Aguirre había dejado sobre la cama una bolsa de plástico negra y se había vuelto hacia el armario. Abrió el cajón, cogió la ropa masculina y se giró para guardarla. Entonces la vio.

Todo lo que llevaba en las manos se le cayó al suelo. Se irguió despacio, con la boca abierta y los ojos brillantes.

—Me equivoqué al enseñarle esa foto —reconoció Marcela—, pero me alegro de haberlo hecho.

El hombre se tapó la cara con las manos y comenzó a sollozar sin apenas hacer ruido. Sólo los movimientos convulsos de sus hombros delataban que estaba llorando. Marcela esperó en silencio a que se calmara. Unos minutos más tarde sacó un pañuelo del bolsillo trasero del pantalón, se limpió la cara y se sonó discretamente la nariz.

No hizo ademán de recoger la ropa del suelo, sino que se acercó a los pies de la cama y se dejó caer. Sentado, con la espalda encorvada y las manos lasas sobre las piernas, no parecía el gran hombre de negocios que era.

—¿Cuándo vio a Victoria por última vez? —preguntó Marcela una vez más.

—El pasado jueves —respondió él en voz baja pero clara—. Cenamos juntos, aquí. Pocas veces salíamos, pero nos gustaba. Al menos a mí me gustaba.

—¿Qué ocurrió para que el sábado ella decidiera coger cuatro cosas a toda prisa, alquilar un coche y marcharse?

—No lo sé... —Los sollozos volvieron a su garganta. Habló entre breves hipidos—. Íbamos... nosotros íbamos...

Una vez más, el llanto le impidió continuar. Ocultó de nuevo la cara entre las manos durante unos largos minutos. No se limpió las lágrimas ni la nariz. Tenía los ojos hinchados y brillantes, y un hilo de moco transparente estaba a punto de alcanzarle el labio. La miró con expresión suplicante, pero Marcela no se movió.

—Íbamos a vivir juntos —dijo por fin—, y luego nos casaríamos.

—Ese es un paso importante. Supongo que sería por el niño.

Él movió la cabeza arriba y abajo.

—¿Qué le ha pasado? —preguntó con la voz rota.

—¿Al niño o a Victoria?

—A los dos...

—El bebé está en el hospital. Mañana lo llevarán a un centro de acogida. Victoria ha desaparecido. Suponemos que tuvo un accidente de tráfico, no sabemos si fortuito o provocado. El vehículo apareció en el fondo de un barranco.

Él asintió una vez más.

—Lo he leído en la prensa. No mencionaban su nombre, sólo que había aparecido un coche siniestrado, pero supuse que era ella —reconoció—. Y el niño...

—Lo encontraron en el aparcamiento del depósito de aguas. Está ileso.

—Bien... —Soltó todo el aire que tenía en los pulmones y volvió a inspirar profundamente.

—¿Tiene alguna idea de lo que pudo pasar? ¿Por qué, si fue un accidente, alguien se la llevó?

—No, no, le juro que no. Llevo varios días sin dormir, pensando, dándole vueltas a la poca información que tengo. No me dijo que se iba. La última vez que estuvimos juntos todo estaba bien, normal, y luego me entero de que...

—Nadie en la empresa conocía su embarazo —le cortó ella antes de que volviera a llorar.

—Decidimos mantenerlo en secreto. No estaría bien visto, seguramente la habrían invitado a marcharse sin que yo pudiera hacer nada. Evitamos una situación incómoda.

—Una situación incómoda... Pero, usted, ¿en qué siglo vive?

—La gente con la que trabajo, con la que me reúno cada día, la que contrata a mis empresas, tiene un modo de pensar muy definido. Creemos en unos valores, vivimos según unas normas y nos atenemos a ellas, y se espera que quienes nos rodean hagan lo mismo. Habría sido un escándalo.

—Pero acaba de decir que pensaba irse con ella, vivir juntos y casarse cuando obtuviera el divorcio. —Él cerró los ojos. Marcela sacudió la cabeza—. No tenía intención de hacerlo, ¿verdad? Ella creía que sí, pero usted le estaba dando largas.

—Yo... ¡Yo quería irme con ella!

—Querer es un verbo que a veces conjuga mal con la realidad. Querer no conlleva una acción, es sólo una intención. En algún momento del fin de semana, ella supo que estaba sola.

—No, yo no le dije nada. No era algo inmediato, tenía muchas cosas que solucionar antes de...

—Antes de nada. Eso es lo que le decía a ella, que tenía muchas cosas que solucionar antes de poder estar juntos. ¿Y ella le creía?

Él no contestó. Fijó la vista en el suelo y guardó silencio.

—¿Dónde estaba el sábado por la tarde, señor Aguirre?

—En casa. Salí a correr un rato y luego volví. Pasé la tarde y la noche con mi mujer. Mis hijos entraron y salieron, son jóvenes…

—¿No vino a ver a Victoria en ningún momento? Estaban muy cerca, habría sido fácil…

—El domingo por la tarde dije que iba a dar un paseo y vine aquí —reconoció—, pero no había nadie. Luego, por la noche, escuché en la radio que habían encontrado un coche siniestrado, pero no le di importancia. Cuando el lunes me enteré de que no había aparecido por su despacho y que nadie sabía nada de ella…

—¿La llamó?

—No, nunca la llamaba. Por el historial…

—Entiendo. ¿Y cuánto tiempo pensaba continuar así, con esta farsa, esta doble vida?

No hubo respuesta. De nuevo las lágrimas, los mocos y el bamboleo de los hombros. Marcela le hizo una foto. Él no pareció darse cuenta, siguió llorando e hipando con la cara entre las manos.

—No va a llevarse esa ropa. La va a volver a dejar en el cajón del que la ha sacado y se va a marchar de aquí a la vez que yo.

—Usted no…

—Guarde la ropa y vámonos.

—¿Adónde?

El terror se reflejaba en sus ojos.

—Usted, de momento, a su casa. Pero no se le ocurra poner un pie fuera de Pamplona. Cancele sus compromisos de viaje, si los tiene. Le quiero localizable.

Lo observó mientras volvía a meter la ropa en el cajón. No se molestó en doblarla, la apretó contra el fondo y cerró.

—Una cosa más —añadió Marcela cuando ya estaban en el salón de la planta baja—. Una sencilla prueba de ADN confirmará que es el padre del pequeño y podrá hacerse cargo de él. ¿Lo hará?

—Yo… —El titubeo vino acompañado por un leve movimiento horizontal de la cabeza—. Usted no lo entiende, mi mujer nunca lo aceptaría, sería el fin, la ruina de todos.

—Por supuesto, claro que lo entiendo. Es usted un cabrón de mierda y un miserable cobarde. —Iba a marcharse, pero se detuvo un momento—. ¿Cómo se llama, por cierto? El bebé.

—Pablo.

Salió de la casa dejándolo solo en el salón. Supuso que lloraría otro par de minutos y luego se recompondría antes de volver a su casa. No había creído ni una sola de sus palabras. Tanto podía llorar de pena como de miedo.

Mentiras, engaños, burdas farsas. ¿Tan importante era el dinero, el poder, el estatus, como para renunciar a un hijo? ¿De verdad merecía la pena pasar el resto de la vida sabiendo que has abandonado a tu propio hijo, que lo has cambiado por una vida cómoda? ¿Se preguntaría alguna vez dónde estaría, qué habría sido de él?

Si ella pudiera, si fuera capaz de dar marcha atrás en el tiempo, no volvería a hacer lo que hizo. Ahora sólo podía lamentarlo, dolerse cada día. La ira fue el motor de sus actos, pero también se comportó como una cobarde. Una miserable cobarde.

Pablo Aguirre levantó la cabeza en cuanto la inspectora atravesó el jardín y salió de la propiedad. Apretó los puños e irguió los hombros.

—Entrometida de mierda… —masculló en voz alta.

Acto seguido dio media vuelta y subió de nuevo las escaleras. Actuó con rapidez y sin titubeos. Si la policía seguía merodeando por la zona, debía verlo salir cuanto antes, y sin nada en las manos.

Sacó la ropa arrugada del cajón y la dejó encima de la cama. No había mucho, sería fácil deshacerse de todo aquello. La gente soberbia tenía el defecto de creerse más lista que los demás, por eso era fácil derrotarlos. Esa inspectora era soberbia y estúpida, una combinación perfecta.

Se quitó rápidamente la chaqueta y el jersey y se puso la camisa azul sobre la que llevaba. Remetió los bajos por la cinturilla del pantalón y volvió a ponerse el jersey. Los calzoncillos y los calcetines cabían sobradamente en el bolsillo interior de la chaqueta, y el pequeño neceser pasaría desapercibido aprisionado en su cintura.

Se miró en el espejo del armario y sonrió. Lo tenía todo bajo control. Bajó las escaleras a toda velocidad y, cuando estuvo en el jardín, hundió las manos en los bolsillos, humilló la cabeza y arrastró levemente los pies al andar. Si la poli entrometida seguía por allí tenía que ver al mismo hombre abatido que había dejado atrás pocos minutos antes.

No vio ni rastro de ella durante el camino y suspiró aliviado cuando cerró la verja de su propia casa. Misión cumplida.

Sigilosa como siempre, Rosa, su mujer, salió de improviso de la salita y se plantó ante él. Sus pómulos altos y sus ojos verdes y almendrados le daban un exótico aspecto felino que lo cautivó cuando se conocieron. Sin embargo, esa gata era todo uñas.

—Pensaba que ya no tenías nada que hacer en esa casa, que el tema estaba definitivamente liquidado.

—Lo está, te lo dije. Quedaban un par de flecos de los que me he tenido que ocupar. Puedes estar tranquila.

—Nunca he estado nerviosa —respondió ella en un siseo—. Tú eres el único que tiene motivos para estarlo. —Dio un paso hacia él y se detuvo a menos de un palmo de su cuerpo. Aspiró el aroma de su perfume, el cuero de la chaqueta, incluso el betún con el que le lustraban los zapatos. Levantó la vista y lo miró a los ojos—. ¿Por qué llevas dos camisas?

Aguirre casi se había olvidado de ese detalle.

—Los flecos de los que te he hablado.

Ella asintió de un modo casi imperceptible y dio un paso atrás.

Esta vez fue él quien avanzó hacia su mujer. Olió su perfume, la laca que ordenaba la melena oscura, el denso maquillaje que difuminaba sus arrugas. Aromas sutiles, familiares. Asfixiantes. Victoria apenas utilizaba maquillaje y nunca se ponía laca.

—Ten cuidado, Rosa. La cuerda es mía, y la estiraré hasta donde crea conveniente. Si te pasas, si la tensas demasiado... Hay muchas formas de solucionar los problemas.

Ella no se movió, aunque sus párpados se estremecieron levemente.

—Eso ya me ha quedado claro, no te preocupes.

Se sostuvieron la mirada unos segundos más. Por fin, Aguirre se alejó un par de metros de ella y se quitó la chaqueta. Tenía calor con tanta ropa.

El orgullo era el mayor de los pecados de Rosa Urrutia. No el único, pero sí el que con más fuerza y frecuencia se manifestaba. Se confesaba dos veces a la semana y la retahíla de faltas siempre empezaba con la misma frase:

«Padre, confieso que he pecado. El orgullo me ciega y me lleva a hacer y decir cosas de las que me avergüenzo».

Saberse engañada de esa manera, humillada y profundamente herida por su propio marido, la persona a la que ella había ayudado a moldear, a quien le había dado tres hijos varones, el hombre al que había dedicado su vida, su esfuerzo, todo su trabajo, renunciando a sus propios sueños e ilusiones. ¡Ella era perfecta para él! ¿Qué buscaba entonces fuera de su casa, de su cama? Oh, Dios, de su cama. Incluso accedió desde el principio de su matrimonio a hacer todo lo que él le pidió. Le chupó el pene, dejó que la penetrara por detrás, como si fueran perros, y aguantó las ganas de gritar de dolor cuando le tiraba del pelo.

Se acarició el muslo en el que llevaba el cilicio. La cicatriz era tan evidente que nunca se ponía bañador. Cada vez que su marido la utilizaba en la cama y ella accedía, se mortificaba durante veinticuatro horas enteras. Y ahora, a pesar de que hacía meses que no le pedía nada, que ni siquiera se acercaba a ella por la noche, lo llevaba para acallar su rabia, su odio, su irreductible orgullo, la soberbia que le nacía en el estómago y le llenaba la cabeza de terribles imágenes.

La única vez que se tragó su orgullo fue cuando se enteró de que su marido tenía un lío (y un hijo) con Victoria García de Eunate. Su mente funcionó entonces como una fría calculadora, valorando los pros y los contras de cada acción, de cada decisión que podía tomar. Por fin, después de dos días dándole vueltas, se sentó con su marido y le expuso los hechos. Él había faltado gravemente a la promesa que le hizo cuando se casaron, pero ella podía ser capaz de perdonarle, por el bien de la familia y de la empresa, si él se comprometía a poner fin a aquella estúpida aventura y volver a ser el hombre que era, cabal y honrado. En caso contrario, estaba dispuesta a sacarlo todo a la luz. Ambos eran conscientes de que eso sería un grave mazazo para su posición en la sociedad y sus negocios se resentirían gravemente.

Pablo le prometió ocuparse del tema, alejarse de Victoria y no reincidir jamás.

A pesar de sus buenas palabras, Rosa sabía que un hombre siempre es un hombre. Le pidió a la persona en la que más confiaba que vigilara a su marido. Por él se enteró de que el pasado jueves Pablo entró en casa de Victoria y no salió de allí hasta tres horas después. Cuando llegó a casa, alegó líos en el trabajo para justificar la tardanza. Pero olía a colonia de bebé.

14

Cristina no le hizo esperar demasiado. Como le aseguró en su mensaje, tenía la tarde tranquila. Las paredes de la pequeña recepción del centro de tatuajes estaban repletas de fotografías y dibujos que pretendían servir de inspiración a los clientes dubitativos. Marcela pensaba, sin embargo, que nadie debería tatuarse sólo por capricho. Algo que va a dejar una huella imborrable en la piel debe tener un significado profundo, claro y conciso. El motivo, el tamaño e incluso el color de la tinta habían de ser fruto de una detenida reflexión.

Hacía dos años que ella decidió tatuarse por primera vez. Habló largo y tendido con Cristina, primero en su despacho y después en el bar de al lado, con una cerveza en la mano. El cuerpo de la artista tatuadora era un lienzo perfecto. Cada pliegue de la piel se adecuaba al dibujo que la cubría. Y todo tenía un porqué. También el tatuaje que Marcela decidió hacerse entonces y que ahora necesitaba ampliar.

Cristina la recibió con un abrazo, luego le cogió la cara con las manos y le dio un breve beso en los labios. Después la soltó y la guio hacia una de las cabinas. Todo estaba limpio y ordenado, y olía a tinta y desinfectante. Le señaló la camilla cubierta con una sábana de papel desechable y la observó mientras Marcela se quitaba el jersey y el sujetador.

—¿Alas abiertas? —preguntó la tatuadora.

—Sí —respondió Marcela sin más.

—¿Dónde?

—A la izquierda, bajo el omóplato.

—En el corazón.

—Sí.

—Lo siento mucho —murmuró Cristina mientras colocaba el boceto de papel sobre la espalda de Marcela—. ¿Estás bien?

—No mucho, la verdad. Es duro. Empieza —pidió—, tengo que volver al trabajo.

Cuando la aguja comenzó a vibrar, Marcela cerró los ojos y se concentró en dar vida a la forma que estaba naciendo en su espalda. Recordó a su madre, las charlas triviales y las confidencias, los sermones e incluso las broncas, que también las hubo. Recordó su risa, el color de su pelo. La evocó sana, sonriente, siempre activa, y exorcizó de su memoria la tez pálida de los últimos meses, el dolor, sus huesos marcados bajo la piel.

La aguja tiñó su espalda, atravesó sus poros y le regaló visiones agradables, recuerdos placenteros; incluso trajo de vuelta olores y sabores que creía olvidados, como el del arroz con leche cargado de canela, su postre favorito, o el aroma de las rosas rojas que trepaban por el muro del jardín cada primavera. Su madre le prohibía cortarlas mientras estuvieran en su apogeo. Decía que eso era matar algo bello y deleitarse en su declive. Insistía en dejarlas crecer y que les regalaran su aroma durante los cortos días que permanecían lozanas. Por la noche, el olor era tan intenso que se te pegaba a la piel.

Cerró los ojos y aspiró.

—Casi hemos terminado —le anunció Cristina.

—¿Te quedan unos minutos libres? —preguntó Marcela, todavía bocabajo en la camilla.

—Claro, no tengo ningún cliente hasta dentro de una hora, ¿por qué?

—Me gustaría que me hicieras un pequeño pájaro en una de las ramas.

—Sin problema, ¿alguno en especial?

—Un rálido de Aldabra.

Cristina soltó una carcajada.

—Debí sospechar que no me ibas a pedir un gorrión. Eso tengo que buscarlo en Internet.

La tatuadora se quitó los guantes y empezó a toquetear su móvil. Cuando encontró lo que buscaba estudió la imagen del rálido con el ceño fruncido.

—Es bastante soso —sentenció.

—Es el único animal del que se tiene constancia que ha vuelto a la vida después de extinguirse.

—¿No prefieres un ave fénix?

Marcela sacudió la cabeza.

—No. El rálido desapareció de la faz de la Tierra hace ciento treinta y seis mil años, y ahora ha vuelto, se ha reinventado. Evolución. Él es la evolución, la adaptación.

—No vuela —protestó Cristina—, y ya se extinguió una vez. Si ha vuelto a aparecer con las mismas características, volverá a extinguirse. Muy listo no es.

—Ahora no tiene los mismos depredadores. Además, corren muy deprisa en cuanto salen del cascarón y su plumaje pardo les permite esconderse muy bien.

—Como quieras, yo lo hago. Túmbate de nuevo, no tardo nada. Voy a por lo que necesito.

Cristina se alejó unos pasos y trasteó durante unos minutos entre cápsulas de tinta, puntas y empuñaduras.

—Es como la reencarnación —murmuró Marcela mientras recuperaba la posición.

Sintió una mano enguantada acariciar su espalda y detenerse donde pronto habría un rálido de Aldabra

—¿Quién es? —preguntó Cristina en voz baja.

—Mi madre —respondió con un quejido.

—Lo siento mucho, preciosa. No te muevas, vamos a por esa ave. Acariciará al cuervo con el pico, ¿te parece bien?

—Perfecto.

Cerró los ojos y se concentró en el sonido de la aguja. No quería pensar en nada más, nada que no fuera ese rálido resucitado, reaparecido, inmortal.

La piel caliente, punzante y electrificada después de haber sido asaeteada miles de veces por una diminuta aguja, era una de las sensaciones más placenteras que recordaba. Diferente al sexo, pero comparable con un buen trago o una deliciosa comida. Ese dolor sordo, apenas molesto, significaba que la tinta corría por las venas del pequeño cuervo, saciaba la sed del árbol seco de su espalda y lo llenaba de vida. De Vida.

Esos tatuajes fueron la única manera que encontró Marcela Pieldelobo para seguir viviendo rodeada de muerte. Y de muertos. Cuervos que alzaban el vuelo llevando el alma de sus difuntos.

Se detuvo un instante al sentir el móvil vibrar en el interior de su bolso. Le costó tanto encontrarlo que la llamada se cortó. Cuando lo tuvo en la mano, comprobó que su hermano la había llamado cuatro veces en la última media hora.

Un sudor frío le recorrió la espalda. Cuatro llamadas en media hora no auguraban nada bueno. Pulsó sobre el nombre de su hermano y se llevó el teléfono al oído. Juan respondió antes incluso de que terminara el primer tono.

—Juan —dijo ella sin más.

—Papá me ha llamado. —Había angustia en su voz, y enfado. Notó la ira palpitar detrás de cada sílaba.

—¿Te ha llamado?

—Así es, hace media hora. El tiempo que llevo intentando contactar contigo.

Marcela decidió dejar pasar la pulla, achacarla a la sorpresa, al dolor y a la rabia.

—¿Te ha dicho qué quería?

—Pretende vernos, a los dos. Se ha enterado de que mamá ha muerto y quiere venir.

—Y tú… ¿qué le has dicho?

—Nada, he colgado.

—¿Estás seguro de que era él?

—Me ha llamado «ratón». Nadie más me llamaba así, y nadie ha vuelto a hacerlo desde que se fue.

—Grandísimo hijo de puta —masculló Marcela—. ¿Cuándo…?

—Antes de que le colgara ha dicho que estaría aquí en un par de semanas. Tienes que venir, Marcela…

—Por supuesto, allí estaré, y esta vez le echaremos a patadas entre los dos. Avisa a la tía Esperanza, tiene que saberlo y estar alerta, por si acaso. Quien nace hijo de puta, lo es toda su vida.

—Lo haré —accedió Juan, más tranquilo.

—Te llamaré esta misma noche y hablaremos, pero si se le ocurre asomarse por Biescas, avísame en el acto, ¿de acuerdo?

—De acuerdo.

Marcela fue una adolescente normal. Egoísta, algo perezosa y con la cabeza casi siempre centrada en su propio mundo: amigas, fiestas, chicos… No había nada que le importara menos que lo que pasaba en su propia casa, sencillamente porque allí nunca pasaba nada. Todo era rutinario y estable. Papá, mamá y Juan. Desayunar, comer, cenar, dormir, algo de dinero para sus gastos, ropa limpia, nueva de vez en cuando, y saludos apresurados cuando entraba o salía. Apenas se dejaba ver por el salón o la cocina. Por eso, ella tampoco veía. No vio nada.

Tenía catorce años el día en que abrió los ojos. Volvió del instituto como cada tarde, cargada de libros, muerta de hambre y calculando cuánto le costaría hacer los deberes para poder quedar con sus amigas un rato.

Oyó voces arriba, en la habitación de sus padres. Dos mujeres. Dejó la mochila en el salón, se quitó el abrigo y gritó un saludo por las escaleras. Las dos voces enmudecieron en el acto. Luego, pasos apresurados y un portazo.

Aquello fue más fuerte que ella. Las dudas sin resolver, la curiosidad insatisfecha, las preguntas incontestadas, no tenían cabida en su mente. La atormentaban hasta que encontraba la respuesta. Subió las escaleras y se detuvo un momento a escuchar al otro lado de la puerta cerrada. No oía nada, así que entró.

Su madre estaba tumbada sobre la cama, encima de una colcha blanca que había dejado de serlo alrededor de su cuerpo. Tenía los ojos cerrados y una película brillante de sudor en la cara.

La otra mujer era su tía Esperanza, la hermana mayor de su madre. Marcela la encontró inclinada sobre ella, pero se irguió de inmediato cuando se dio cuenta de que no estaban solas. Llevaba su bata blanca de enfermera y unos guantes cubiertos de sangre.

La joven Marcela se acercó a la cama. Su cerebro había dejado de funcionar, era incapaz de pensar y mucho menos de hablar. Miró a su madre y a su tía alternativamente y luego se detuvo en la sangre. En la colcha, en las manos de su tía, en el cuerpo de su madre, en las gasas que se amontonaban sobre la mesita de noche.

—Sal de aquí —le ordenó su tía.

—¿Qué ha pasado? —consiguió decir.

Su madre abrió los ojos, la miró y sonrió débilmente, pero aquel gesto a ella le pareció una mueca terrible.

—¿Qué ha pasado? —repitió, mucho más alto—. ¡Voy a llamar a una ambulancia!

—Espera. —Su tía la detuvo con un gesto—. Tu madre tiene una herida en el abdomen. He venido a ayudarla, todo está controlado.

—¿Controlado? —gritó—. ¡Se está desangrando!

—Tranquilízate. La sangre es muy aparatosa, pero hace rato que se detuvo la hemorragia. Créeme, está bien. Le he dado un sedante y antibióticos, pronto podrás hablar con ella. Y ahora…

—Yo me quedo aquí —le cortó la joven, tajante—. Voy a llamar a mi padre.

Marcela se acercó al teléfono de la mesita, pero su madre la detuvo con un gesto de su brazo y un largo gemido.

—Ha sido tu padre —soltó su tía a bocajarro—. Y antes de que lo preguntes, no ha sido un accidente. Y tampoco ha sido la primera vez. Ve a la cocina y espérame allí, no tardaré. Si viene tu hermano, mándalo a casa de algún amigo.

Marcela asintió, miró a su madre de nuevo e hizo lo que le habían pedido.

Se sentó en la cocina y abrió los ojos. Por primera vez en mucho tiempo, se obligó a mirar. Poco a poco, lo que no había querido ver en todos esos años se colocó bajo una nueva luz. El excesivo maquillaje que a veces su madre se ponía para estar en casa, el «lumbago» que la obligaba a caminar encorvada durante varios días, su constante autorrecriminación de que era tan torpe que no hacía más que tropezar y por eso estaba cubierta de moratones.

Sentada en la cocina, cerró los ojos y miró a su padre. Siempre callado, con las manos hundidas en los bolsillos del pantalón, refunfuñando y alejándose de ellos a la menor ocasión. Algunas noches volvía tarde. Entraba en casa canturreando por lo bajo, silbando y tropezándose con los muebles. Si todavía estaban levantados, su madre los enviaba de inmediato a sus habitaciones.

—Vuestro padre ya ha vuelto a liarse con los compañeros de trabajo —solía decir con una sonrisa que hoy reconocía forzada. Pero entonces no lo vio.

¿Por eso les compró un *walkman* a cada uno y permitió que tuvieran televisión en sus habitaciones? ¿Para que no oyeran los golpes? Porque gritos nunca hubo, de eso estaba segura. Su madre no gritaba, ni tampoco su padre. Lo que sucediera, ocurría casi en silencio, un mutismo que Marcela, sentada en la cocina, imaginaba tan terrorífico como los propios golpes.

Su padre no era un hombre cariñoso. No los abrazaba ni besaba salvo en contadas ocasiones, una o dos veces al año, y sin demasiada efusividad, casi por obligación. Pero nunca les había pegado. Nunca les había puesto la mano encima, ni a ella ni a su hermano Juan. ¿Dónde ocultaba toda esa violencia? ¿Cómo conseguía aparentar normalidad después de golpear a su madre?

Pero ese día había llegado más lejos. La carne de su madre no estaba apaleada, sino abierta. Había visto la herida, grande, sangrante. Su tía la estaba cosiendo cuando ella entró, pero aun así era enorme. Contuvo las lágrimas. No se dejaría hundir, no se comportaría como una niña. Y, sobre todo, nunca más cerraría los ojos.

Salió de la cocina y subió de nuevo a la habitación de su madre, aunque no entró. Observó el rastro de sangre en el suelo y volvió sobre sus pasos, siguiéndolo. Bajó las escaleras con cuidado de no pisar el sendero rojo. Gotas gruesas, más densas en los lugares en los que su madre se había detenido. Algunas mostraban marcas de pisada, supuso que de su tía o incluso de ella misma cuando subió la primera vez sin mirar. Continuó bajando despacio hasta la planta baja. Allí, el reguero se dirigía hacia la habitación que su madre utilizaba como cuarto de costura y de plancha.

La puerta estaba abierta, un poco entornada. Empujó con cuidado, conteniendo la respiración. Se le acababa de ocurrir que su padre podría estar allí, o en algún otro rincón de la casa. Había habitaciones que utilizaban como trastero, espacio de juego, cuarto de estudio o despensa. Demasiados lugares en los que casi nunca ponía el pie. Confió en que su tía se lo habría dicho de ser así, y siguió adelante.

Le temblaban las manos. No quería entrar, pero lo hizo. La lámpara de pie colocada en un rincón del fondo estaba encendida. La habitación era un caos. Había ropa esparcida por todas partes, la tabla de planchar volcada, el tendedero plegable en un precario equilibrio contra la pared. La máquina de coser, colocada sobre un pequeño mueble de madera, estaba tirada en el suelo, y los hilos de colores que su madre guardaba en una caja metálica, desparramados por el parqué.

En medio de la habitación, sobre la alfombra ajada y descolorida, una enorme mancha encarnada atrajo su mirada. Sangre, sin duda. Allí apestaba. Olía a sudor, a alcohol y a hierro. Imaginó a su madre tendida, desangrándose. ¿Dónde estaría su padre en esos momentos? Pensar que podría estar todavía en casa, o volver en cualquier momento, le provocó un escalofrío.

Quieta, escuchó. No se oía nada, ni un crujido, ni un movimiento. Estaba sola allí abajo.

La luz naranja de la lámpara produjo extraños reflejos en un objeto semioculto entre la ropa del suelo. Se acercó despacio, con cuidado de no tropezar con nada. Eran las enormes tijeras de costura que su madre utilizaba para cortar la tela cuando todavía solía hacerles ropa. Estaban empapadas de sangre, reseca en algunas zonas, fresca en otras.

Por primera vez en su vida, abrió los ojos y tomó una decisión adulta. Respetaría la decisión de su madre.

Corrió escaleras arriba hasta la cocina, cogió el paquete de bolsas de basura y volvió a bajar al cuarto de costura. Metió en bolsas toda la ropa manchada, los hilos y las tijeras. Dobló la alfombra lo mejor que pudo y la envolvió en el plástico de varias bolsas abiertas. Levantó la máquina de coser, recogió el tendedero y lo apoyó contra la pared.

Llevó todas las bolsas al trastero y las amontonó al fondo. Regresó a la cocina, llenó un cubo de agua y jabón y bajó con la fregona en la otra mano. No fue fácil eliminar el rastro del suelo. La sangre había traspasado el tejido de la alfombra y oscurecido la madera. Frotó hasta que el agua del cubo también estuvo roja. Entonces subió y lo llenó de agua limpia y más jabón. Cuando ya no quedó ni rastro de sangre, abrió la ventana, apagó la luz y salió, cerrando la puerta tras de sí.

Subió las escaleras sin dejar de frotar con la fregona. Le costó menos, pero también tuvo que emplearse a fondo. Cuando terminó, le dolían los brazos y los hombros, y sentía un millón de hormigas trepándole por las piernas.

Eran las seis de la tarde. Su hermano no tardaría en volver. Ese día tenía entrenamiento de fútbol al salir del colegio, pero estaría a punto de terminar.

Como si lo hubiera conjurado con un ensalmo, justo en ese momento Juan abrió la puerta y saludó desde el recibidor, un ruidoso «hola» que retumbó en la casa muda. Marcela soltó la fregona y bajó lo más rápido que pudo sin resbalar en los escalones mojados.

Interceptó a su hermano en mitad de las escaleras. Corría mucho cuando tenía hambre.

—¡Juan! —Intentó sonreír, pero no le salió. El muchacho leyó la preocupación en su cara—. Mamá está enferma, le duele mucho la cabeza y nos ha pedido que no la molestemos en un rato. ¿Por qué no te vas a casa de Álvaro a hacer los deberes?

—Vale, pero primero meriendo. No haré ruido.

Marcela pensó en las escaleras mojadas y en el agua de la fregona, prácticamente carmesí. Sonrió de nuevo, cogió a su hermano por los hombros y le obligó a dar media vuelta.

—Buenas noticias: mamá me ha dado dinero para que te compres algo en la panadería. Esta mañana ya se encontraba mal y no ha salido a la tienda. Espérame aquí un momento, ahora mismo vuelvo. No quiero que manches el suelo de barro, llevas las zapatillas hechas un asco.

Voló hasta su habitación antes de que Juan pudiera protestar. Tardó un minuto en encontrar la pequeña caja fuerte que guardaba en su armario, abrirla y sacar un billete de cinco euros.

—¿Puedo comprarme lo que quiera? —preguntó el niño cuando tuvo el dinero en la mano.

—Dice mamá que no te pases, que te vale con un bollo suizo y una chocolatina y que vayas a casa de Álvaro a hacer la tarea. Vuelve a las ocho y media para cenar.

—¡De acuerdo!

El eco de sus palabras se perdió a través de la puerta abierta. Juan también estaba ciego, pero al menos él tenía la excusa de no ser más que un niño. Ella no. Ella se había limitado a cerrar los ojos a todo lo que no fuera su propia vida, sus intereses. Su ombligo.

No había tiempo para lamentaciones. Cerró, dejó la vida fuera y se concentró en aquella pesadilla.

Terminó de limpiar el piso de arriba, vació el cubo, desmontó la fregona, irremediablemente teñida, y lo recogió todo. El camión de la basura no solía pasar hasta medianoche, así que esperaría antes de sacar las bolsas para que nadie pudiera hurgar en ellas.

Cuando subió, encontró a su tía en la cocina, sentada en una silla, fumando. Se había quitado los guantes y la bata blanca, aunque su rostro y su pelo enmarañado daban muestra de la tensión a la que había estado sometida. Se sentó a su lado y esperó la explicación que creía merecer.

Su tía se tomó su tiempo. Apuró el cigarrillo en silencio y jugueteó con la ceniza, empujándola de un lado a otro con la colilla aún humeante, hasta que por fin levantó la mirada y se enfrentó a su sobrina.

—¿Cómo está mamá? —preguntó en cuanto supo que la escuchaba.

—Bien —respondió su tía, que expulsó todo el aire que retenía junto a esa simple palabra. Alivio, dolor, preocupación. Todo aquello salió también por su boca, acompañando a la afirmación—. No es grave, por eso acepté su estúpida exigencia de no llamar a una ambulancia. No hay ningún órgano afectado y no se ha acercado a las arterias, aunque le he tenido que dar un buen montón de puntos. Vigilaremos que no le suba la fiebre y vendré a curarla todos los días. —Se llevó otro cigarro a los labios. Tenía la mirada ausente, los ojos vacíos y un tic nervioso que la hacía fruncir los labios cada pocos segundos en una mueca que, en otras circunstancias, le habría hecho pensar que quería darle un beso.

—¿Qué ha pasado? —Su voz apenas fue un susurro, pero bastó para sacar a su tía de su ensimismamiento.

—¿De verdad nunca te habías dado cuenta? —Quizá no fuera una acusación, pero sonó como tal. Marcela bajó los ojos y negó con la cabeza—. No pasa nada —añadió su tía con voz suave—. La única preocupación de tu madre era que no os enterarais, y parece que eso al menos le ha salido bien.

Tenía un millón de preguntas en la cabeza, pero el recién adquirido sentido común le decía que ese no era el mejor momento para hacerlas, así que calló. Su tía seguía fumando con la mirada perdida en algún lugar de la mesa de la cocina. Cuando apagó el cigarrillo, suspiró y comenzó a levantarse.

151

—¿Te vas? —preguntó Marcela. La voz salió de su garganta unos cuantos tonos más aguda de lo normal.

—Tranquila —respondió su tía—, volveré en un rato. Si todo va bien, tu madre dormirá el resto de la tarde. Entra a verla de vez en cuando, pero no la despiertes. Si la ves demasiado pálida, o sudorosa y jadeante, llámame, ¿de acuerdo?

Marcela cabeceó.

—¿Y si vuelve…?

—Tu padre no va a volver —afirmó categórica, mirándola directamente a los ojos—. Nunca. No volverá —insistió.

—¿Se ha ido?

—Sí, para siempre.

No volvió a ver a su padre, y jamás preguntó por él. Lo imaginó de mil maneras en su cabeza, vivo y muerto, pero nunca supo qué había pasado en realidad. La duda le pasó factura durante un tiempo, pero hacía muchos años que no pensaba en él. Su hermano conoció la verdad cuatro años más tarde, cuando sus preguntas se tornaron impertinentes. Marcela lo sacó al jardín trasero, se escondieron en el gallinero para que su madre no los oyera y le contó con pelos y señales todo lo sucedido aquella noche. Tampoco él volvió a hablar nunca del tema. Su padre no estaba y era mejor así.

Como su tía había prometido, su madre se recuperó en pocos días. Tampoco ella mencionó lo ocurrido, pero Marcela la sorprendió varias veces mirándola de un modo diferente a como lo había hecho hasta entonces. Con intensidad, casi diría que con respeto. Eso le gustó.

Un día, al volver de clase, descubrió que las cosas de su padre habían desaparecido. No quedaban fotos, ni ropa, ni su abrigo colgado en el perchero de la entrada. Su olor perduró algún tiempo en la tela del sofá y en la habitación de su madre, pero poco a poco eso también desapareció.

Cuando alguien preguntaba, respondían simplemente que se había

152

ido. Los vecinos asentían y se centraban en sus asuntos. Cuando lo echaron de menos en el trabajo su madre tuvo que visitar el cuartel de la Guardia Civil para dar explicaciones, pero lo único cierto era que más de dos décadas después seguía sin tener noticias de su padre. Y esa era la única pregunta que prefería que siguiera estando en el aire, porque cada vez que pensaba en él recordaba la herida abierta de su madre y el olor metálico de la sangre.

15

Había tardado más de lo esperado y ahora corría hacia la comisaría con las palabras de Juan retumbando en su cabeza. Tenía que aparcar el tema de momento, pero era incapaz de dejar de darle vueltas al motivo que habría llevado a su padre a reaparecer en sus vidas. Desde luego, estaba segura de que su intención no era recuperar a su familia.

Encontró al subinspector Bonachera sentado a su mesa, concentrado en sus propias notas. Pasaba las hojas despacio adelante y atrás, leyendo y releyendo mientras tomaba nuevos apuntes en un papel en blanco.

—A mi despacho —le dijo al pasar a su lado.

Bonachera levantó la cabeza sobresaltado, pero al instante recogió los papeles y siguió a su jefa.

—Cuéntame —le pidió—. ¿Algo nuevo en la familia García de Eunate?

—No estaban todos —empezó el subinspector—, algunos viven fuera, pero he hablado con los padres y tres de los hermanos. Todos estaban al tanto de la maternidad de Victoria, pero se han negado a dar detalles sobre la identidad del padre o sobre las circunstancias del embarazo. Han repetido que eso era una cuestión privada que no concernía a la policía. Por lo demás —añadió—, nada que no supiéramos. Buena chica, buena estudiante, trabajadora ejemplar, una mujer entregada y generosa...

Miguel pasaba las hojas de sus notas mientras desglosaba elogios.

—¿Coartadas para el sábado? —le interrumpió Pieldelobo.

—Nada extraordinario ni especialmente complicado. Unos estaban en casa, otros con unos amigos... Lo típico que hace quien no piensa que va a necesitar una coartada. Una gente difícil, tenías razón —añadió entre dientes—. Parecían más preocupados por lo que iba a ocurrir a continuación que por la suerte de su hija y hermana. Hay cosas que nunca terminaré de entender...

—No te esfuerces, es incomprensible. Es lo que hay.

—Si tú lo dices... ¿Algo nuevo por tu parte?

—Necesito que Andreu autorice un interrogatorio oficial con Pablo Aguirre —respondió mientras evitaba mirarlo a los ojos.

—Deduzco que ya lo has interrogado extraoficialmente...

—Yo no he dicho eso.

—¿Y bien? —insistió Bonachera sin inmutarse.

Marcela bufó antes de responder.

—Reconoce que es el padre, que le había prometido que iban a vivir juntos, aunque en realidad no tenía ninguna intención de dejar a su mujer ni piensa reconocer al bebé.

—Un resumen breve y conciso —alabó Miguel—, ¿nada más?

—Tiene llaves de la casa y conoce la contraseña de la alarma. Pretendía llevarse la ropa con sus iniciales...

—Pero no lo hizo.

—No.

—¿Por las buenas o por las malas?

—Por las buenas, por supuesto. La duda ofende.

—Claro —suspiró el subinspector—. Andreu no accederá si no le cuentas lo que sabes, y si se lo cuentas, te suspenderá, eres consciente de eso, ¿no?

—Volverá a por la ropa —masculló Marcela.

—Por supuesto que lo hará, en cuanto se tranquilice un poco y razone con calma; eso si no lo ha hecho ya. Sabe lo que se juega si sus iniciales aparecen en esa casa. No ha llegado hasta donde está actuando a lo loco. Y si no va él, enviará a alguien.

Pieldelobo cabeceó, disgustada. Sabía que tenía razón y le quemaba saberse con las manos atadas.

—Tenemos varios hilos de los que tirar, ¡están ante nuestras narices! Y no podemos hacer nada. Esto es increíble...

El cajón se estrelló contra la mesa. Los bolígrafos y los lápices rodaron de un lado a otro en su interior con un sonido sordo y atropellado.

—No puedes seguir usando las puertas de atrás —le recordó Bonachera—. Las pruebas no servirán de nada y lo único que conseguirás es que te sancionen, o peor.

—¡Lo sé! —estalló Marcela.

—Tenemos la orden de búsqueda tras la denuncia de la desaparición —añadió el subinspector.

—También lo sé. Empezaremos por su despacho. Quizá surja algo que nos lleve «oficialmente» hasta Pablo Aguirre.

Carmen López, la secretaria de Victoria García de Eunate, llevaba diez minutos hecha un mar de lágrimas. Había destrozado un pañuelo de papel, pellizcándolo y retorciéndolo entre sus dedos cuando no lo tenía en la cara, empapando lágrimas o mocos. Hipó un par de veces, hizo una bola con los restos esparcidos sobre la mesa y la tiró a la papelera mientras sacaba un nuevo pañuelo del paquete.

—Lo siento —se disculpó por enésima vez.

—Tranquila —respondió Marcela, que adelantó el cuerpo para aproximarse a ella.

Miguel sonrió con disimulo al reconocer las técnicas de empatía que les enseñaron en uno de los últimos cursillos sobre victimología al que asistieron. Dar confianza al testigo, eliminar las barreras físicas y psicológicas, que no nos sienta como la autoridad, sino como alguien en quien confiar. La inspectora estuvo atenta durante las explicaciones.

—¿Creen que aparecerá? —preguntó la secretaria, algo más tranquila.

Se acercaba a los sesenta y no se molestaba en disimularlo. Media melena gris, un rostro redondeado y sonrosado con muy pocas arrugas y sin rastro de maquillaje y un austero atuendo sobre el que descansaba una cadena de oro en cuyo extremo colgaba una discreta medalla del Sagrado Corazón. Para Marcela, los objetos personales, el atrezo con el que cada persona se vestía y adornaba, era siempre una declaración de intenciones, una forma clara e inequívoca de mostrar al mundo quiénes somos, cómo pensamos, cómo nos comportamos. O quiénes queremos ser, lo cual también era un interesante apunte sobre la personalidad de cada uno. Una manera de gritar sin palabras, de llamar a los iguales para formar manada.

—Estamos buscándola —respondió Marcela—. Hay mucha gente volcada en localizarla. Por eso estamos aquí, necesitamos conocer mejor a Victoria para que la búsqueda sea más efectiva.

La mujer asintió con vehemencia y se sonó la nariz. Se deshizo del pañuelo y sacó otro, aunque ya no lloraba. Sin embargo, parecía necesitar estrujar y retorcer algo.

—Les ayudaré, por supuesto —respondió con efusividad.

Repasaron la agenda de Victoria y el calendario que tenía por delante y que ahora estaba lleno de compromisos desatendidos.

—Me han pedido que organice las carpetas para que el vicepresidente pueda repartir el trabajo entre el resto de los despachos. Al menos hasta que aparezca…

Marcela alargó la mano y la apoyó en el brazo de la mujer para atajar un nuevo conato de berrinche. No podía pasarse allí toda la tarde. Entre el tatuaje y la llamada de su hermano no había tenido tiempo de comer. Tenía hambre, le dolía el estómago y la furia seguía removiéndose en su interior, pero sobre todo le urgía moverse.

—Carmen —la llamó. La mujer levantó los ojos enrojecidos y esperó la pregunta—. Hay cosas que no se pueden ocultar, no a alguien en quien se confía, con quien se comparten tantas horas cada día… —La secretaria asintió, comprendiendo—. Victoria tenía un hijo —un nuevo asentimiento—, pero nadie en la empresa parece saberlo.

La secretaria negó con vehemencia.

—No estaba casada —respondió en un susurro.

—Pero eso no es un delito —contraatacó Marcela—. Hay muchas madres solteras.

La cabeza de la secretaria podría haber salido despedida de no haber estado bien anclada a su cuello. La fuerza con la que negaba ante las palabras de la inspectora era sorprendente.

—No lo entiende. Ustedes no lo entienden…

—¿Qué es lo que no entendemos? —preguntó Marcela.

—La señorita García de Eunate se estaba jugando mucho. Su buen nombre y el de su familia. Y el prestigio de la empresa. No habría podido seguir trabajando aquí de haberse sabido.

—Hay leyes contra eso. No se puede despedir a una trabajadora por quedarse embarazada.

—No estaba casada… —repitió machacona—, y él…

—Él sí lo estaba. Lo está —se corrigió Marcela. La mujer la miró con los ojos muy abiertos, pero no dijo nada, así que siguió—: Usted la ayudó, se portó como una amiga. —Era muy aventurado, pero algo le decía que las cosas fueron más o menos así—. Confió en usted cuando no pudo hacerlo ni en su propia familia.

La secretaria asintió entre lágrimas. El pañuelo retorcido se paseó por sus mejillas antes de regresar al centro de su puño.

—Tenía náuseas, mucho frío, se sentía mareada y adormilada… Era evidente que estaba embarazada. Un día se lo pregunté abiertamente. Tuve que prometerle que no diría nada a nadie antes de conseguir que me respondiera. A partir de entonces, camuflé en la agenda sus visitas al ginecólogo, la aconsejé en todo lo que pude, le traía infusiones para las náuseas…

—¿Le contó quién era el padre?

—No a las claras, pero yo lo sabía. Sabía que se estaban viendo. Veía los correos electrónicos llegar y desaparecer. Nunca borraba los mensajes de trabajo, pero eliminaba los de él a los pocos minutos de recibirlos. No los leí, no sé qué decía en ellos, pero Victoria solía sonreír más después de recibir uno de esos *e-mails*.

—Luego dijo que estaba enferma...

—Sí, cuando ya empezaba a ser evidente. Era imposible seguir ocultándolo, así que comunicó que se encontraba enferma y cogió la baja. Cuando me preguntaron, dije que llevaba días con fiebre y encontrándose mal, que respiraba con dificultad. Se me ocurrió que una neumonía necesita mucho tiempo de reposo y recuperación. Se lo dije y estuvo de acuerdo, así que oficialmente tenía una complicadísima neumonía vírica que la obligaba a mantenerse aislada.

—¿Qué pasó cuando se puso de parto?

—Llevaba algún tiempo en Madrid, en casa de su hermana pequeña. Ella la llevó a la maternidad y allí nació Pablo. ¿Está...?

—Está bien —confirmó. La súplica y el miedo desaparecieron de los ojos de Carmen, que por fin soltó el pañuelo de papel.

—Sé que le ha ocurrido algo. Lo sé. Ella no ha soportado todo lo que ha pasado para luego marcharse sin su hijo. Está muerta —afirmó categórica— y, si está viva, algo o alguien le impiden volver.

—Barajamos todos los escenarios posibles —reconoció Marcela—. ¿Notó algo raro en ella o en su comportamiento en los días previos a su desaparición?

La mujer meditó un momento y luego movió afirmativamente la cabeza.

—Se incorporó al trabajo hace casi dos meses. Una niñera de confianza se ocupaba del bebé en casa. No me lo dijo, pero sé que pensaba marcharse. Consultaba su extracto bancario, no aceptaba compromisos para más allá de unas pocas semanas...

Las manos de Carmen acabaron la frase dando vueltas en círculo frente a ellos. Frunció los labios y arrugó la nariz. Estaba disgustada.

—No le dijo nada —aventuró Marcela.

—No, no me dijo nada, aunque supongo que es lógico. En su situación, seguramente yo también habría querido marcharme de aquí. Quizá me lo habría dicho más adelante, cuando lo tuviera todo atado...

—Es lo más probable, sí. ¿Pasó algo en los últimos días? —insistió.

—Bueno, venía tarde a trabajar y se marchaba pronto, estaba distraída, con la cabeza en otro sitio. Siempre tenía prisa y se asustaba cada vez que sonaba el teléfono o llamaban a la puerta. Hasta el día que no vino.

—¿La llamó usted?

—Claro, varias veces, pero no contestó. Decidí que ya me llamaría ella cuando quisiera o pudiera.

—¿Dio parte a la empresa de su ausencia?

—No.

—¿Por qué no?

—No creo que sea de mi incumbencia. Yo asisto a la señorita García de Eunate, para eso estoy aquí —apostilló categórica.

—Si se pusiera en contacto con usted...

—La avisaré de inmediato. Tengo los días contados en la empresa —añadió a continuación—. El vicepresidente y el gerente están convencidos de que Victoria no va a volver, y ya me han dejado caer que, sin ella, no tiene mucho sentido que yo siga aquí. No me importa. —Se encogió de hombros—. Yo tampoco me quiero quedar si ella no vuelve. A mi edad, será como una jubilación anticipada. El Señor nunca abandona a sus siervos, todo irá bien.

—Me da pena esa mujer —comentó Bonachera con la boca llena. Habían entrado en un bar para que Pieldelobo pudiera comer algo y Miguel decidió acompañarla.

—¿Pena? No veo por qué. —Marcela apenas probó su filete con patatas fritas. Estaba aceitoso, gomoso y casi frío. El camarero se excusó diciendo que no eran horas de cocina y que había apañado lo que había podido. Nunca había sido una gran *gourmet*, le bastaba con comer para llenar la barriga y sentirse bien, pero todo tenía un límite, incluido su paladar.

—Por esa dedicación sin fisuras a alguien que luego pasa de ti.

—No te dejes engañar, alma cándida —le recriminó, recordando lo que Arellano le había contado y cómo se había burlado de ella—. Es una de ellos, solo que ocupa un peldaño inferior en el escalafón y ha desarrollado cierta dependencia servil hacia su jefa por encima de la empresa, pero disfruta de los mismos beneficios y está encantada de tenerlos.

Se habían sentado a una mesa junto al ventanal. Marcela miraba hacia el exterior mientras Miguel terminaba su bocadillo. Una calle empedrada, estrecha, sombría, pero llena de bares y de gente, incluso a esa temprana hora de la tarde.

La reconoció por la forma de andar. Arrastrando los pies, con las manos hundidas en los bolsillos, la espalda encorvada y la cara apuntando al suelo. El pelo oscuro, largo y lacio, convertido en una cortina para ocultar su rostro. La vio entrar en un bar de la acera de enfrente. No le sorprendió su elección. Los grafitis en la pared y en la verja metálica a medio levantar y el estrépito de la música que alcanzaba la calle cada vez que alguien abría la puerta lo convertían en el lugar perfecto para encontrarla. Eso era muy poco inteligente por su parte, y menos después de lo que había ocurrido esa misma mañana. Aunque ella no lo sabía. Todavía.

—Ahora vuelvo. Come tranquilo —le dijo a Miguel.

—¿Se puede saber adónde vas ahora?

—Ahí enfrente, es un minuto.

No esperó la respuesta. Salió del bar, cruzó la calle y entró en un antro que estaba segura de que incumplía una a una todas las ordenanzas municipales de seguridad, ruido, higiene, alimentación, aforo, tabaco y un largo etcétera. A ella lo único que le interesaba era la joven que bebía cerveza sentada en un taburete pegado a la barra.

Le clavó el codo en las costillas al tipo que se agitaba al ritmo de la música cerca de la muchacha hasta que se apartó. Ocupó el hueco y se puso de cara a ella. No tenía tan mal aspecto como la última vez que la vio. Ya no quedaba rastro de heridas ni moratones en su cara, aunque le dio la sensación de que había adelgazado. Levantó la mano y le pidió por gestos una cerveza al camarero.

161

—Saray —la llamó.

Saray. El nombre de la primera esposa de Abraham antes de que Dios la bautizara como Sara. Significaba princesa, soberana.

La muchacha que la miraba sorprendida no tenía un porte regio y, desde luego, nunca había gozado de una vida de princesa.

—¿Qué haces tú por aquí? —preguntó, asustada.

—Tu padre ha venido esta mañana preguntando por el curso de la investigación.

—¿Seguís investigando? —Su miedo se incrementó diez puntos.

—No —la tranquilizó—, en absoluto. Nadie te busca, excepto él. Pero tienes que saber que no se ha rendido.

—Nunca lo hará, es un cabrón incansable. Otra cosa es que me encuentre. Y lo que pase si lo hace.

Marcela cabeceó y dio un largo trago directamente del botellín. No le habían puesto vaso, así que no tenía otra opción.

—¿Cómo te va la vida? —preguntó por fin.

—No me quejo. Curro de vez en cuando y me las apaño para pagar el alquiler y llegar a fin de mes.

—Aléjate de los problemas —le aconsejó—. Si te trincan, algún poli gilipollas puede avisar a tu padre.

—¡No tienen derecho, soy mayor de edad!

—Por eso he dicho algún gilipollas, que los hay. Ya sabes, un tipo que quiera llevarte con tu familia para que vuelvas al buen camino.

—Aquello es el infierno…

—Que no te pillen.

A modo de respuesta, la joven sacó un porro del bolsillo de la cazadora y lo encendió con parsimonia. Lanzó el humo hacia el techo y le dio otra larga calada. Luego se lo ofreció a Marcela, que negó con la cabeza.

Se llevó la mano a la cartera y sacó un billete de cincuenta euros. Lo dejó sobre la barra, junto a la mano de Saray.

—Paga mi cerveza y quédate con el cambio. Mi compañero me está esperando, tengo que irme.

—No necesito caridad.

—No es caridad. Es para pagar la ronda.

Dio media vuelta para no tener que oír otra protesta y salió de allí. Miguel la esperaba en la calle.

—Apestas —le dijo cuando se acercó a él.

—No lo dudo, ese garito es asqueroso.

—¿A quién has visto?

—Saray Delgado.

Miguel no respondió. Asintió y se puso en marcha.

—¿Basta por hoy, jefa?

—Son más de las ocho. Creo que basta por hoy. Y no me llames jefa.

Miguel sonrió, se llevó la mano a una gorra imaginaria y se despidió con una inclinación de cabeza.

Pocas cosas le gustaban más a Marcela que pasear a solas por las calles de la ciudad. De cualquier ciudad. Sin auriculares en los oídos ni música llenándole la cabeza. Así podía escuchar la vida, lo cotidiano, fragmentos de conversaciones que captaba al vuelo, que no sabía de dónde venían, cómo se habían iniciado ni cómo terminarían.

—La culpa es de tu hermana —le decía una mujer de mediana edad a un resignado hombre—. Le tocaba a ella este fin de…

Dos pasos y una voz diferente, otra historia.

—El chocolate, cuanto más puro, mejor. Y si tiene almendras…

Un pestañeo y otra vida. Un adolescente al teléfono.

—Mamá, por favor… No, te lo prometo… Por favor, mamá… Mamá…

Sintió una punzada en el costado izquierdo.

El apósito que le cubría el nuevo tatuaje le tiraba un poco, pero sabía que debía aguantar. Al día siguiente iría a hacerse la primera cura y no faltaría a la cita en los tres siguientes. Este era un servicio que Cristina no prestaba, pero hacía una excepción con ella. No quería pedirle a nadie el favor de limpiarle y secarle las heridas negras, y ella sola no se alcanzaba toda la espalda, así que pactaron que la tatuadora le haría las curas a cambio de permitirle fotografiar el proceso de creación y el resultado final. Ahora, su espalda, el árbol sin hojas y los cuervos brillaban expuestos en una de las paredes del salón de tatuaje.

Le escocían los ojos, pero no quería llorar. Y menos en mitad de la calle.

Llamó a su hermano mientras deambulaba de una calle a otra. Estaba más tranquilo, pero había decidido no contarle nada a su mujer de momento. Paula sólo sabía que su suegro se había marchado de casa hacía muchos años, pero desconocía los detalles. Nadie excepto ellos dos, su madre y su tía Esperanza estaban al tanto de lo ocurrido aquel día, y les habría gustado que siguiera así.

Colgó tras hacerle prometer de nuevo que la llamaría si su padre aparecía por Biescas antes de los quince días anunciados. Le pidió también que rebuscara entre los papeles de su madre algún documento en el que constara su DNI. Intentaría seguir su rastro en los archivos policiales. Un maltratador tenía tendencia a repetir el patrón con cualquier mujer con la que se cruzara, así que quizá encontrara su nombre en relación con alguna denuncia o, quién sabe, una condena.

El teléfono vibró en su bolsillo. Supuso que sería su hermano de nuevo. Sacó el aparato y sonrió. Se equivocaba. Al otro lado la esperaba una voz reconocible, amiga.

Acarició el icono verde y contestó.

—Inspector —saludó.

—Inspectora —le respondieron al otro lado—. ¿Todo en orden?

—No, nada está en orden.

—Acabo de colgar el uniforme. Estoy a su disposición.

—No me habría importado que te lo dejaras puesto —respondió Marcela con una sonrisa—. Pensaba irme a casa ahora. Serás bienvenido, y más si traes algo de comer. Tengo la nevera pelada.

—Vaya novedad…

—No gruñas —protestó ella—. Yo pongo la casa y tú la comida. Es un trato justo.

—Voy para allá.

El inspector Damen Andueza tenía la boca carnosa y unos ojos de gato que la miraban con la voracidad de un depredador. Estaban sentados frente a frente sobre la cama, desnudos, con las piernas entrelazadas y las manos de uno acariciando despacio el cuerpo del otro.

—¿Quieres hablar? —le preguntó.

—Ahora no —respondió Marcela—. Más tarde, otro día, en otra vida.

Damen sonrió y asintió con la cabeza. Le gustaba la inspectora relajada. Era muy rara de ver.

El inspector había aparecido en su apartamento con una bolsa llena de un surtido de mejunjes chinos cubiertos de una salsa pringosa que hizo que su estómago rugiera durante un buen rato.

La jugosa boca de Damen Andueza se ocupó de limpiar los restos de salsa de sus labios. Después, Marcela dejó que todo su dolor, toda la frustración y la pena salieran de su cuerpo en forma de un polvo rabioso, casi feroz. El inspector aceptó de buen grado ser una vez más su saco de boxeo, la contuvo cuando fue necesario y la dejó hacer cuando ella realmente lo necesitaba.

Ahora, pasada la furia y recuperado el aliento, Marcela le agradecía con breves besos en la cara y en el cuello su paciencia y su aguante.

—Cualquier otro en tu lugar me habría mandado a la mierda hace tiempo —reconoció.

—Yo no soy cualquier otro, inspectora. Tienes mucha suerte de haberme encontrado. Deberías mimarme más, en lugar de zarandearme como a un guiñapo.

Marcela soltó una sonora carcajada.

—No ha nacido el ser que se atreva a zarandearte —respondió.

—¿Te encuentras mejor?

—Sí, bastante mejor. Ni punto de comparación.

Damen incrementó el ritmo de sus caricias y acercó su cuerpo al de ella, que se arqueó para facilitarle la tarea.

Tardaron un buen rato en volver a hablar, más allá de indicaciones, gemidos y exclamaciones.

El zumbido del móvil la sacó del plácido sopor en el que se había sumido. Se habían quedado dormidos con la luz encendida, así que no tardó en dar con el teléfono.

¿Por qué la llamaba el subinspector Bonachera a la una de la madrugada?

—Han encontrado el cuerpo —dijo sin preámbulos en cuanto ella descolgó—. En el vertedero de Aranguren, muy cerca del lugar del accidente.

—Voy para allá.

16

No había dos cadáveres iguales. Unos, los menos, parecían descansar, dormir plácidamente. Ojos cerrados, postura relajada, incluso un rictus sonriente en la cara, aunque los forenses aseguraban que eso se debía a un último espasmo y no a la visión de la luz al final del túnel. Otros, la mayoría, aparecían con los ojos abiertos, ciegos, nublados, y los labios separados, lívidos, con la saliva seca y la lengua flácida a un lado. Una mueca de miedo, casi de terror, como si estuvieran gritando en el momento en el que cayó el último hilo. Extremidades contraídas, dedos agarrotados que intentaban asir una vida que ya no existía.

No había dos cadáveres iguales y, sin embargo, la cara de la muerte siempre era la misma. Una sola guadaña para toda la humanidad, sin importar quién seas o de dónde vengas. Ella lo igualaba todo.

No había paz en el cadáver de Victoria García de Eunate, como tampoco la había habido en su muerte, a juzgar por su aspecto. La mujer presentaba heridas, contusiones y laceraciones en prácticamente todo el cuerpo. Heridas abiertas, largos arañazos, huesos rotos, sangre seca… Todo parecía indicar que la habían arrojado por ese pronunciado desnivel desde la carretera que estaba a unos quince metros de distancia. El cuerpo había rodado o se había deslizado por la basura sin compactar hasta que algo lo frenó, en este caso un montículo de bolsas azules y amarillas llenas de desperdicios. Rodeada de mugre, cubierta de sangre e iluminada por los focos inmisericordes de la policía científica. Esa sería la imagen que recordaría para siempre cuando pensara en Victoria García de Eunate.

Los fantasmas blancos se movían con sumo cuidado entre toda aquella mierda. Marcela se puso también un mono desechable y bajó la pendiente intentando mantener el equilibrio. Misión imposible. Cuando llegó junto a Bonachera se había caído al menos tres veces y se había apoyado tanto con las manos como con las rodillas y el trasero.

—Voy a oler a mierda un mes —se quejó.

—No digas eso delante de un trabajador del vertedero, les ofende porque creen que insinúas que ellos huelen así.

Pieldelobo pidió perdón con las manos en alto y se dirigió hacia la figura más grande de todas.

—Buenas noches, Domínguez —saludó. La Reinona se volvió hacia ella y sacudió brevemente la cabeza.

—No tenemos confirmación dactilar ni genética de que sea ella —empezó sin preámbulos—, pero después de ver las fotos que nos facilitó la familia, estoy prácticamente seguro de que la complexión, la edad y los rasgos físicos coinciden con los de Victoria García de Eunate.

Marcela la miró desde donde estaba. Entre la sangre y la basura que la rodeaba, y en la que estaba parcialmente enterrada, era difícil determinar qué ropa llevaba, más allá de unos pantalones, botas de media caña y lo que un día fue un jersey. Sin embargo, Domínguez tenía razón. A pesar de todo, los rasgos de esa mujer coincidían plenamente con la descripción de Victoria. Igual que el colgante con un enorme crucifijo de oro que todavía llevaba al cuello.

—¿Puedes decirme algo? —preguntó Marcela en voz baja.

—Poca cosa. El *rigor mortis* ha pasado, pero no me atrevo a afirmar, ni por aproximación, cuánto tiempo lleva muerta. Desde luego, la lividez de la piel indica que no ocurrió hace poco.

—Este caso…

—Está el primero de mi lista, Pieldelobo. Tendrás un informe preliminar por la mañana.

Se alejó sin añadir una palabra más. Marcela dio un paso adelante y se inclinó todo lo que pudo sin caerse de bruces sobre el cadáver. Además del crucifijo, perfectamente visible, la mujer llevaba pendientes de perlas engastados en oro y un anillo en el anular derecho, una discreta alianza de lo que parecía oro blanco con varios brillantes engarzados. Estaba segura de que las piedras serían buenas, nada de circonitas.

—La Reinona está suave —murmuró Bonachera, vigilando sus espaldas.

—El grandullón también tiene su corazoncito. Me juego lo que quieras a que mañana tendremos el informe completo del accidente y los análisis preliminares de la escena del crimen.

—¿Crees que esta es la escena del crimen?

—No. Creo que sobrevivió al accidente y que murió o la mataron en otro sitio, quizá en el coche al que la subieron, y luego la tiraron aquí. Lo que no entiendo es por qué no la dejaron en el lugar del accidente o no la remataron allí si aún estaba viva. Pararon, la recogieron, se la llevaron y después la tiraron aquí.

—Quizá querían asegurarse de que estaba muerta.

—Y si no lo estaba, ¿por qué no rematarla dentro del coche siniestrado? —insistió—. Quien haya hecho esto se ha complicado mucho la vida, a no ser que haya un motivo que se nos escapa.

—La gente es muy rara.

—Ya, y los asesinos, más, ¿no?

No envidiaba las horas que les quedaban por delante a los miembros de la policía científica. Había toneladas de basura alrededor del cadáver, y después de llevárselo tendrían que cribar el terreno más próximo al cuerpo en busca de posibles pruebas.

—Dirás lo que quieras —comentó mientras se ponía de pie y enfilaba la cuesta hacia arriba en la montaña de basura—, pero vamos a apestar durante un mes.

***

Era agradable sentir el sol en la cara. Habían decidido aguardar hasta que amaneciera para informar a la familia. Marcela le pidió a Bonachera que la acompañara, y ahora la esperaba de pie en la acera, en la fría mañana de otoño, mientras ella disfrutaba de un minuto de silencio y tibieza en el interior del coche. Sólo un minuto antes de la tormenta. Porque siempre se desataba una tempestad cuando comunicaban una desgracia. No eran sólo las lágrimas y los gritos, los desmayos y los rostros desencajados. Era la exigencia de respuestas inmediatas. Quién ha sido, cómo ha ocurrido, dónde ha tenido lugar, qué habéis hecho vosotros para impedirlo, quién tiene la culpa, por qué, por qué, por qué...

La madre lo supo en cuanto los vio. Se llevó las manos a la boca y se alejó de ellos despacio, caminando hacia atrás con pasos cortos hasta que topó con una silla y se dejó caer. La asistenta, que esperaba en un rincón, corrió hacia ella, también con pasos cortos y un acelerado frufrú, y se colocó a su lado, cerca pero sin tocarla, a la espera de instrucciones. María Eugenia Goyeneche convirtió su mano en un abanico y con la otra señaló hacia las escaleras.

—Avisa... —consiguió balbucear, sin dejar de abanicarse.

Diez minutos después, con la familia reunida en el salón y los dos policías de pie ante ellos, estalló la tormenta. Y llegaron las preguntas para las que no tenía respuesta.

Les ahorraron los detalles más desagradables, como el hecho de que habían encontrado el cadáver en un vertedero de basura. Ya lo sabrían más adelante, cuando se hubieran calmado. Por lo demás, apenas podían ofrecerles más datos que la confirmación de que la desaparición se había convertido en un homicidio.

—¿Han descartado el accidente? —preguntó Ignacio García de Eunate, el padre, con un hilo de voz. Se mantenía erguido y de pie detrás del sofá en el que sollozaba su mujer, pero había tenido que apoyarse con una mano para poder mantener la verticalidad y la compostura.

—No descartamos ninguna hipótesis —respondió Marcela—, pero nos cuesta mucho imaginar lo sucedido como un accidente. En el relato de los hechos hace falta al menos una segunda persona en otro vehículo que la recogiera al pie de la carretera y la llevara hasta donde finalmente ha aparecido.

—Entiendo...

—Y luego está el tema del bebé —añadió con cautela.

—¿Qué tema?

¿Qué tema? ¿No «qué bebé»? Marcela frunció el ceño mientras María Eugenia Goyeneche se retorcía las manos.

—Victoria viajaba acompañada de su hijo, al que dejó en el aparcamiento del depósito de aguas. Supongo que pretendía protegerlo de lo que ocurrió después. Eso refuerza la idea de que no fue un accidente.

El hombre apretó los labios, se separó del sofá y se dirigió a la ventana. El sol, más alto ahora, dibujaba una luminiscente isla en el parqué.

—Por mucho que lo pienso, que le doy vueltas —empezó Ignacio García de Eunate—, no encuentro un motivo para que alguien quisiera hacer daño intencionadamente a mi hija.

—Un loco —sollozó María Eugenia Goyeneche—, ha tenido que ser un loco...

Marcela esperó alguna expresión más de dolor por parte de los cuatro hijos presentes en el salón, pero todos se mantuvieron en silencio. Faltaba una, de nuevo la más joven, según dedujo por el cuadro que había visto en su primera visita.

—Mi compañero, el inspector Bonachera, ya ha tenido ocasión de hablar con todos ustedes, pero necesitamos hacerlo con la hermana de Victoria.

—Ana... —La voz de la madre era apenas un susurro ahogado.

—Mi hermana sigue en Madrid. —El mayor de los varones, Ignacio, como su padre, intervino por primera vez—. Llegará en el tren de las tres y media.

—Es importante que hablemos con ella. Si me facilitan su número de teléfono, yo misma concertaré una entrevista cuanto antes.

—Claro —accedió de nuevo el primogénito.

Media hora después estaban de vuelta en su coche, Miguel al volante y Marcela con el teléfono en la mano, marcando el número de Ana García de Eunate.

Un breve saludo y una conversación aún más escueta por ambas partes bastó para acordar que se encontrarían en la institución que había acogido a su sobrino, donde al parecer tenía intención de dirigirse en cuanto se bajara del tren.

La buena noticia de la mañana fue encontrar sobre su mesa el informe preliminar de la autopsia de Victoria, además de un dosier firmado por el inspector Domínguez con un primer análisis de la escena del crimen. La Reinona había cumplido su palabra.

El informe de Domínguez, sin embargo, apenas ofrecía información relevante. En un vertedero es muy difícil encontrar pruebas válidas, aunque aseguraba que se estaban analizando un número importante de objetos que podrían tener trascendencia (o no) para el caso.

Por su parte, el doctor Obregón, el forense que se había hecho cargo del cadáver, le había enviado un minucioso estudio que leyó con atención bajo la atenta y paciente mirada del subinspector Bonachera.

—Llevaba muerta al menos tres días —empezó por fin.

—Eso indica que murió en el accidente.

—No exactamente. Murió el día del accidente, pero no como consecuencia del mismo. Obregón dice que se aprecian claras marcas de estrangulamiento en el cuello y ha dictaminado que la causa de la muerte fue asfixia. Ninguno de los golpes la mató, y eso que tenía bastantes.

Marcela levantó el teléfono, marcó la extensión del Anatómico Forense y pidió que le pasaran con el despacho del doctor Obregón.

—Soy la inspectora Pieldelobo —saludó—. Gracias por el informe, acabo de leerlo y me ha surgido una duda que necesito aclarar.

—Usted dirá —respondió el forense.

—He leído la relación de heridas, contusiones y fracturas *peri-mortem*, las que supuestamente se produjeron en el momento del accidente de coche.

—Sí, múltiples fracturas y golpes severos en la cabeza, el tórax, las piernas y los brazos.

—Mi pregunta es si cree que, en ese estado, la víctima habría sido capaz de subir por su propio pie hasta la carretera.

El doctor no lo dudó.

—Salvo que tuviera una tolerancia al dolor absolutamente extraordinaria o fuera capaz de volar, no lo creo posible. Tenía fracturas en ambas piernas, varias costillas rotas y severos daños internos, además de una presumible conmoción cerebral. No, no creo que una persona en sus condiciones pudiera subir... ¿cuánto? ¿cinco o seis metros, si no recuerdo mal?

—Algo así —confirmó Marcela.

—No, imposible. Tuvieron que ayudarla a llegar a la carretera; dudo incluso de que pudiera sostenerse en pie o que estuviera siquiera consciente.

—Gracias, doctor.

—Le enviaré el resto de la analítica lo antes posible, pero me temo que tendrá que esperar al menos una semana. Esto parece un embudo, llegan muestras y solicitudes de todas partes, pero sólo tenemos un laboratorio. Todo el mundo tiene que esperar.

—Lo entiendo, no se preocupe. Esperaré. Con la información que nos ha facilitado hoy tenemos suficiente para empezar.

—Tuvieron que bajar a por ella —reflexionó Bonachera cuando la inspectora le resumió su conversación con el forense.

—No sabemos si quien se la llevó la necesitaba viva o lo que pretendía era terminar el trabajo y no quería arriesgarse a que lo pillaran.

—Quizá tengas razón, pero no tuvo que ser fácil subirla hasta arriba.

—Una persona joven, fuerte y azuzada por la adrenalina, calculo que la sacaría del coche y la llevaría hasta la carretera en menos de cinco minutos. Y tampoco sabemos cuántas personas participaron en esto. Entre dos sería pan comido.

—Podemos pedirle a la Reinona que haga la prueba.

—Seguro que accede, le daría la posibilidad de arrastrar a alguien por el barro.

—Hay muñecos para eso...

—Es más rápido y fiable si el modelo es humano. Misma altura, peso similar... No sería la primera vez que lo hace. Es un auténtico cabronazo —le recordó Marcela.

Miguel se levantó y se estiró los pantalones y la camisa hasta recomponer su inmaculado aspecto.

—¿Comemos? —preguntó el subinspector.

Marcela sonrió.

No tenía ni idea de cómo sería el tan nombrado «olor a bebé». De recién nacidos, sus sobrinos solían oler a leche agria y a Nenuco, y ninguno de los dos aromas le gustaba, uno por desagradable y el otro por pegajoso y artificial. Fuera como fuese, seguro que tampoco se parecería en nada a lo que acababa de llenarle las fosas nasales: limpiador cítrico, colonia con base de alcohol y puré de verduras.

A pesar del olor, el centro de acogida que tutelaba a Pablo García de Eunate era un lugar cálido y luminoso, lleno de pinturas de vibrantes colores que animaban unas habitaciones que no carecían, sin embargo, de cierto toque hospitalario: pasamanos metálicos, líneas en el suelo que marcaban el camino, carteles explicativos con las normas a seguir...

La tía del pequeño había llegado hacía varios minutos y la esperaba en una de las salas habilitadas para el encuentro de las familias. Mesas y sillas bajas de colores chillones para que jugaran los niños y un par de butacas moradas y naranjas en las que podrían acomodarse los adultos. Varias sillas plegables blancas descansaban contra la pared del fondo, listas por si eran necesarias. No era el caso.

La joven no se levantó cuando ella entró y se presentó. Apenas le dedicó una fracción de su atención, centrada por completo en el bebé que sostenía entre los brazos. Se sentó en la butaca libre y observó. Ana García de Eunate era una copia casi exacta de su hermana muerta. Misma complexión, facciones similares, un gusto parecido por la ropa sobria y elegante y los pendientes de perla. La única diferencia, además del hálito de vida que a Victoria le faltaba, eran los dos o tres años que calculó que se llevarían.

Ana había cogido al bebé del capazo en el que lo habían traído y lo mecía despacio entre sus brazos, con la cabecita apoyada en el hombro. El niño tenía los ojos cerrados, pero había alargado la mano y la mantenía sobre la boca de Ana, que canturreaba en voz muy baja. Miró a Marcela un momento y cerró los ojos. Susurró concentrada en la respiración del niño, en la presión de la manita sobre sus labios, ignorando durante unos segundos al resto del mundo.

Marcela vio una lágrima atravesar rauda su mejilla. Ella no hizo nada por enjugársela, consciente quizá de que el mínimo movimiento acabaría con ese mágico momento. Pero los bebés no entienden de nostalgia, y poco después el pequeño Pablo se removió inquieto, recogió el brazo extendido y emitió unos débiles quejidos. Su tía lo cambió de posición, tumbándolo sobre sus piernas. El niño aferró los dedos que le ofrecían entre sus puños y sonrió antes de empezar a emitir unos ruiditos ininteligibles.

El dolor llegó a traición, sin previo aviso. El que no se espera es el dolor que más hiere. El estómago de Marcela se retorció, se le hizo un nudo en la garganta y sintió una profunda y aguda punzada en el vientre, justo al lado del ombligo. Estiró el torso para intentar llenar sus pulmones de aire y fijó la vista en la puerta. Cualquier cosa antes que seguir mirando al niño. Coló sus dedos por debajo del cinturón y se masajeó brevemente la zona dolorida, pero el pequeño cuervo se negó a dejar de picotear.

La voz de Ana la sacó de la nube negra en la que se estaba ahogando y la trajo de vuelta a la realidad. Respiró y expulsó el dolor. Y los recuerdos.

175

—He iniciado los trámites para conseguir su custodia —empezó la joven—. Quiero sacarlo de aquí cuanto antes, hoy mismo si es posible.

—Es una gran decisión. —Marcela se felicitó por conseguir que su voz sonara normal—. ¿Su padre no lo reclamará?

—¿Su padre? No —aseguró, y movió la cabeza de un lado a otro para enfatizar sus palabras—. Estoy segura de que no tiene ninguna intención de reconocerlo legalmente. Ha tenido cuatro meses para hacerlo y no ha movido un dedo. No. Pablo será mi hijo y llevará mis apellidos. Los de mi hermana.

La joven no apartó la vista del bebé ni un instante. Hablaba con la mirada fija en las pequeñas manos que le aferraban los meñiques, en la cabecita redonda, en las vigorosas piernas que no dejaban de patear el aire. Lo miraba como si estuviera contemplando un milagro, y quizá, de algún modo, lo fuera.

—Tengo entendido que su hermana pasó en su casa, en Madrid, los últimos meses de su embarazo.

—Así es. Se trasladó cuando dejó de trabajar. Ya no podía disimularlo más y se negaba a contarlo.

—¿Temía por su puesto de trabajo?

Ana la miró por primera vez, una mirada de soslayo con el ceño fruncido.

—¿En qué mundo vive, inspectora? —preguntó con un toque irónico en su voz.

—Llevo varios días preguntándome en qué mundo viven ustedes. Quizá este sea un buen momento para que me lo explique.

El bebé soltó uno de los meñiques de su tía y se llevó la mano a la boca. La joven aprovechó para acariciarle el pelo muy despacio.

—Dios, familia, trabajo. Buscar la excelencia en todo —recitó escuetamente.

—Eso, *a priori*, no es malo.

—Así dicho no lo es. Lo malo son las interpretaciones extremistas. Actuar siempre pensando en Dios, y sólo en Él, ponerle en todo momento por delante de cualquier otra cosa o persona, y alejarse de quien no siga el camino trazado. —Hablaba sin retirar la yema de su dedo del rostro del pequeño, que gorjeaba e intentaba cogerse un pie con la mano libre—. Sólo hay un tipo de familia, la surgida del matrimonio, a la que Dios bendecirá con los hijos. —Levantó los ojos y la miró—. Hay que guardar todos los preceptos para formar parte de la gran familia, la que está por encima de la tuya, de ti misma. Si no lo haces, te repudiarán, lo perderás todo.

Marcela asintió.

—Victoria temía que la repudiaran, más allá de perder su trabajo —supuso.

—No, no era sólo eso. Él se lo pidió. Era él quien tenía miedo, no Victoria. Mi hermana era una mujer fuerte, podía con esto y con más, pero él... —Se tragó un sollozo y volvió a concentrarse en el niño, que parecía cada vez más impaciente—. Victoria accedió a mantenerlo todo en secreto hasta que él pudiera reunirse con ellos. Se trasladó a Madrid y vivió conmigo durante cinco meses. Fue fantástico... menos cuando él la visitaba. Venía a mi casa, claro, aunque luego él dormía en un hotel. No se dejaban ver juntos en público, nunca sabes dónde pueden estar los ojos delatores.

—¿Qué ocurrió cuando nació el niño?

Ana cerró los ojos un momento, volvió a abrirlos y sonrió.

—Se puso de parto de madrugada. Las contracciones avanzaban demasiado deprisa para una primeriza, así que tuvimos que correr. El muchachito tenía ganas de nacer —añadió con una nueva sonrisa—. Pablo vino al mundo tres horas después, sin complicaciones. Tenemos un seguro privado, pero fuimos a un hospital público del centro de Madrid. Pasó un par de días ingresada y después les dieron el alta. Victoria era feliz...

—¿Qué hizo el señor Aguirre esos días?

Si Ana se sorprendió de que Pieldelobo conociera la identidad del padre del niño no dio muestras de ello. Mantuvo la compostura y continuó apaciguando al inquieto bebé.

—Nada, no hizo nada. Apareció en Madrid dos semanas después del parto. Hasta entonces, ni una llamada, ni una nota, ni un mensaje. Bueno, eso no es del todo cierto —exclamó de pronto. El bebé dio un respingo y ella apoyó la mano abierta en su pequeño pecho para tranquilizarlo—. Al día siguiente de nacer Pablo trajeron a la habitación un enorme ramo de rosas rojas. No había tarjeta, pero supimos al instante que eran suyas. Victoria le había enviado un mensaje la noche anterior. Después de eso, nada. Mi hermana estaba nerviosa, no se podía creer lo que estaba pasando, y creo que casi estaba decidida a pasar página, hasta el día que apareció y todo volvió a empezar.

»Pablo pasó dos días en Madrid, sólo dos días, pero le bastó para convencerla de que volviera a Pamplona. Los llevé en mi coche una semana más tarde. Me quedé con ella mientras preparaba la habitación infantil, fui a comprar lo que necesitaba en su lugar, a veces incluso a otras ciudades, a Logroño, a Zaragoza, a Bilbao, donde no nos conociera nadie. Él los visitaba casi todas las tardes y se marchaba al anochecer.

—¿Trataba bien a su hermana?

—Depende. Si se refiere a si la trataba con corrección, sin gritos, malos modos o violencia, entonces sí, la trataba bien, pero si tenemos en cuenta que era una prisionera en su propia casa, que apenas cruzaba la verja del jardín y que la obligó a ocultar a todo el mundo su maternidad, entonces ese hombre era un maltratador.

—Pero Victoria volvió a trabajar...

Ana sacudió la cabeza y sonrió brevemente.

—Por mucho que fuera el presidente de la compañía, había cosas que escapaban a su control, como el hecho de que el director de la filial para la que Victoria trabajaba la llamara varias veces interesándose por su «enfermedad». Dejó caer que si no volvía pronto no tendría más remedio que repartir sus casos entre sus compañeros.

—Es lo que están haciendo ahora.

—Lo sé. Ni siquiera han esperado a que identificaran su cadáver. El trabajo es lo primero, el grupo, la empresa, la excelencia, siempre por delante de la individualidad. Así que se «curó» y volvió. Encontró una niñera para Pablo y pidió una reducción de jornada. Alegó que se estaba recuperando, que el estrés no era bueno para su enfermedad, y al parecer no le pusieron objeciones. Y mientras tanto, seguía ocultándose y ocultando al niño. La que debería haber sido la época más feliz de su vida se estaba convirtiendo en un auténtico calvario. Hasta que no pudo más. Por ella, y por su hijo.

—¿Cuáles eran los planes de Victoria?

—Le dio un ultimátum. Si no accedía a formar una familia con ella, lo dejaría para siempre. Decidió «salir del armario», por decirlo de algún modo, y aunque me dijo que no pensaba airear quién era el padre, no estaba dispuesta a esconderse ni un día más. Le pedí que hiciera las maletas y se viniera a Madrid, que allí nadie la juzgaría y podría ser libre. Me aseguró que esa opción también entraba dentro de las posibilidades. Crucé los dedos para que así fuera, me habría encantado tener cerca a mi hermana y a mi sobrino.

—Tengo que preguntarle por su familia. Se han mostrado muy reacios a hablar de la maternidad de Victoria.

—Sin marido, no hay familia. Está escrito. —Volvió a coger al pequeño en sus brazos y lo puso de pie contra su pecho. El niño giró la cabeza, la olisqueó y le lamió la cara—. Tiene hambre. Discúlpeme un momento —dijo sin más. Salió de la sala con el bebé en brazos y volvió pocos minutos después, sola—. Lo traerán de nuevo pronto; no me permiten alimentarlo, sólo puede hacerlo el personal autorizado. Lo entiendo —reconoció—, pero me apena separarme de él cuando acabo de llegar.

—Me estaba hablando de su familia —retomó Marcela.

—Bueno, hace ya varios años que no somos familia más que de nombre. Podría decirse que soy la hija díscola, la desobediente y librepensadora, la que siempre hizo demasiadas preguntas y cuestionó los dogmas incuestionables. Y ahora estaba arrastrando al mal camino a mi hermana ejemplar. Como si fuera culpa mía que se liara con un hombre casado y tuviera un hijo fuera del matrimonio.

—¿También había perdido el contacto con Victoria?

—No, eso nunca. Hablábamos casi todos los días, nos escribíamos mensajes y correos electrónicos. Nos contábamos tonterías, charlábamos del trabajo, de la vida, de las amigas… Me contaba cómo estaban las cosas en casa, la salud de mi madre, me hablaba de mis hermanos… Era mi enlace con el pasado, la que impedía que cortara amarras definitivamente y me convirtiera en un barco a la deriva. Me mantenía cuerda.

—¿Le habló de su relación con el señor Aguirre?

—Al principio no. Cuando me lo contó ya llevaban más de seis meses viéndose a escondidas. Le dije que tenía que dejarlo, que era la peor idea que podía haber tenido, que era una locura y que aquello iba a terminar mal, pero nunca pensé… —Su voz se ahogó en el dolor hasta entonces contenido.

—¿Cree que su muerte tiene algo que ver con Pablo Aguirre?

—¿Usted no? —respondió, con sus ojos oscuros clavados en los de Marcela—. ¿Ha hablado con él?

—Todavía no —mintió. Su charla extraoficial con Pablo Aguirre debía seguir siendo privada.

—Le costará llegar hasta él —vaticinó—, espero que no sea de las que se deja amedrentar.

—No lo soy —respondió rotunda. Le asombró esa repentina e insólita necesidad de reafirmarse a sí misma ante esa mujer. Sin embargo, era consciente de que le iba a costar un enorme trabajo llegar hasta Aguirre sin confesar su «asalto» a la casa de la víctima y la conversación un tanto tendenciosa que mantuvo con su amante y padre de la criatura.

—Victoria hizo testamento —soltó de pronto, de nuevo con la mirada fija en ella.

Marcela se inclinó hacia delante en su asiento.

—¿Cuándo? —preguntó simplemente.

—Hace un par de semanas. Me llamó por teléfono para decirme que su abogado me enviaría una copia ya firmada por ella ante notario. Me aseguró que no pasaba nada, pero que ahora que era madre sentía la necesidad de prever ciertas cosas. Ya sabe, por si acaso.

—¿Qué decía…?

—Me nombró tutora legal de Pablo en caso de que ella falleciera y administradora de todos sus bienes hasta que su hijo tenga edad para hacerse cargo de sus propias finanzas. He traído una copia, la directora del centro está hablando con los responsables de los servicios sociales para que pueda llevarme al niño de aquí hoy mismo en lugar de tener que esperar a que se resuelva todo el papeleo. Burocracia…

—Comprendo…, pero no termino de entender por qué su hermana decidió hacer testamento de pronto.

—Yo tampoco lo entendía. Se lo pregunté, pero me juró que no pasaba nada.

—¿La creyó?

—Por supuesto que no, pero es sólo una hipótesis, no tengo pruebas que apunten en uno u otro sentido.

—¿Cree que Victoria se sentía amenazada?

—Así es.

—¿Por Pablo Aguirre?

—No lo sé… Sinceramente, me cuesta imaginármelo comportándose de forma violenta. Lo conozco de toda la vida, es amigo de mi padre, he jugado en su casa, con sus hijos… Si pudiera olvidar lo que ha hecho, le diría que es un buen tipo, pero ha demostrado que es un hombre sin palabra ni valores, un auténtico cobarde.

—Los cobardes son capaces de todo si se ven acorralados.

—Quizá…, no lo sé…, le prometo que no lo sé.

Un auxiliar vestido con el uniforme azul de los sanitarios llamó brevemente a la puerta abierta y entró con el bebé en brazos. Ana se levantó de un salto y extendió las manos para recibirlo.

—La directora la espera en su despacho —anunció el joven.

—Claro, voy ahora mismo.

Marcela se levantó y recogió su chaqueta.

—¿Se quedará en casa de sus padres? Me gustaría volver a hablar con usted, necesito aclarar algunos detalles.

—No, estoy en un hotel. Tiene mi móvil, llámeme o envíeme un mensaje.

Se marchó sin despedirse, con el niño en brazos, apresurando el paso detrás del auxiliar.

No le quedaba más remedio que pasar por el aro. Dejó la chaqueta en su despacho, cogió la carpeta con el informe forense y el de la científica y se dirigió a las escaleras. La comisaría era un laberinto de pasillos estrechos y puertas por las que a cada momento entraba y salía gente. Se hizo a un lado para dejar pasar al inspector David Vázquez. Igual de atractivo e intratable que siempre. Era difícil trabajar con él, aunque quién podía culparle. A ella le costaba menos que a nadie ponerse en su piel. Vaya ojo el de los dos para elegir a sus parejas... La de él, una asesina; el suyo, un ladrón y estafador. ¡Bien por ellos!

—Vázquez —saludó cuando llegó a su altura.

—Qué hay, Pieldelobo.

Ni una palabra más, como siempre.

El inspector apenas había empezado a levantar cabeza desde que descubrió que la mujer con la que vivía era responsable de al menos cuatro asesinatos, incluido el de su propio marido, al que le prendió fuego en su cama. Lo peor era que fue precisamente Vázquez el que la exculpó de cualquier sospecha en un caso que se cerró con la etiqueta de «Accidente». Ahora tenía que vivir con eso.

El asistente del comisario le abrió la puerta del despacho cuando Andreu confirmó que podía recibirla.

—Inspectora Pieldelobo —saludó formal. Al comisario le encantaba guardar las formas—. Usted dirá.

—Esta mañana, el subinspector Bonachera y yo misma hemos comunicado oficialmente a la familia de Victoria García de Eunate la aparición de su cadáver. Hemos hablado con sus padres y hermanos, pero no han aportado ningún dato útil para la investigación. —El comisario asintió en silencio y Marcela continuó hablando—: A primera hora de la tarde me he reunido con la hermana menor de la fallecida en el centro de acogida en el que se encuentra el bebé hallado en el aparcamiento del depósito de aguas. Ana García de Eunate ha confirmado sin ningún género de dudas que el niño es hijo de su hermana y que Pablo Aguirre Sala es el padre.

La espalda de Andreu se separó un palmo del respaldo de su silla. Tenso y claramente preocupado, esperaba en silencio el resto del relato. Marcela estaba segura de que, si se esforzaba, podría oír el rechinar de sus dientes. Le había pedido pruebas, hechos fehacientes, y le había llevado un carro lleno.

—Victoria hizo testamento hace dos semanas —continuó—. Le preocupaba dejar resuelto el futuro de su hijo en caso de que a ella le pasara algo. La hermana no puede jurarlo al cien por cien, pero está bastante segura de que Victoria estaba inquieta por algo, quizá incluso asustada.

—Por Dios... —susurró Andreu.

—Jefe, hay motivos más que sobrados para solicitar una entrevista oficial con el señor Aguirre.

—Bien, Pieldelobo, vamos a ver cómo lo hacemos.

—¿A ver cómo lo hacemos? ¿A qué se refiere?

Las palabras salieron de su boca un poco más agudas de lo que le habría gustado, pero no pudo evitarlo.

—En cuanto cursemos la solicitud, sus abogados se lanzarán sobre nosotros para retrasar todo lo posible el interrogatorio.

—Acudiremos al juez, por supuesto. Nadie, ni siquiera él, puede ignorar una orden judicial. ¡Sentaron en el banquillo al yerno del rey!

—Sí, pero ¿sabe cuánto tuvieron que bregar los de la judicial de la Guardia Civil hasta lograrlo? Ni se lo imagina.

—Victoria había decidido acabar con la farsa, dejar de esconderse, aunque eso le costara el trabajo, la familia y el estatus. Quería vivir con su hijo, pasear, ir de tiendas, llevarlo al colegio... Estaba claro que tenía miedo, hizo testamento hace pocos días, y ahora está muerta. Murió intentando huir.

—Estoy de acuerdo en todos los puntos, inspectora, pero la advierto de que va a darse de cabeza contra un bloque de hormigón. Pisa terreno pantanoso.

—¿Yo sola, jefe? —preguntó con la mirada fija en el comisario—. ¿Estoy sola en esto? ¿No pisamos todos el mismo terreno?

—No saque las cosas de quicio, Pieldelobo. Sabe perfectamente lo que quería decir.

—Claro, por supuesto que lo sé.

—Estamos frente a un muro —enfatizó Andreu.

—Los muros caen, jefe. Vaya que si caen.

17

La familia Aguirre al completo recibió a la inspectora Pieldelobo en la entrada de su casa cuando llamó al timbre para entregarle el requerimiento oficial. Pablo Aguirre en el centro bajo el umbral, y sus tres hijos como fieles soldados, un paso por detrás. Brazos cruzados, piernas separadas, barbilla erguida. Le recordaron a un grupo de pandilleros buscando gresca. La esposa se había quedado un poco más atrás, protegida por la penumbra del vestíbulo, pero lo bastante cerca de su prole como para saltar sobre la yugular de la intrusa si fuera necesario.

—No la voy a acompañar, inspectora —dijo Aguirre—, y tampoco le voy a permitir que pase. Hablaré con mi abogado, por supuesto.

—Es usted persona de interés en la investigación de un homicidio —declaró Marcela—. Si se niega a declarar, solicitaremos una orden judicial y procederemos a su detención. Esté donde esté.

El mayor de los vástagos dio un paso adelante hasta colocarse junto a su padre.

—No tiene ni idea de con quién está hablando, señora.

—Inspectora Pieldelobo, del Cuerpo Nacional de Policía.

—¿Homicidio? —preguntó Pablo Aguirre con la sorpresa adherida a su voz.

—Hemos encontrado el cadáver de Victoria García de Eunate. En un vertedero —añadió.

Felina, su esposa apareció a su lado y le pasó el brazo por la cintura. Parecía muy pequeña al lado de su marido, pero la determinación de su gesto contradecía esa primera impresión.

—Como le ha dicho mi marido, llamaremos a nuestro abogado y él se pondrá en contacto con usted. No entendemos el motivo de su interés por él. La señorita García de Eunate era una empleada, como varias miles de personas más en todo el país. También somos amigos de la familia, por supuesto, pero de ahí a que pretendan llevarlo a comisaría...

Marcela miró a la mujer y después desvió despacio sus ojos hacia Pablo Aguirre, que le devolvió la mirada. Fue consciente del momento en el que él lo supo, entendió que la inspectora estaba dispuesta a tirar de la manta en ese mismo instante.

—Disculpe mi conmoción —dijo rápidamente—. Todos apreciábamos a Victoria, no me puedo imaginar... Bien —siguió una vez recuperado el aplomo y el control de la situación—, si me permite llamar a mi abogado, en cuanto me sea posible acudiremos a comisaría para hablar con usted. Conozco personalmente al comisario Andreu, es un gran profesional. Lo gestionaremos a través de él, no se preocupe.

¿Le brillaban los ojos? ¿Había subido la comisura de los labios? Marcela no podía estar segura, pero habría jurado que el alivio de Aguirre era tal que se estaba regodeando, convencido de ser el dueño de las riendas.

—Papá... —protestó uno de los hijos. El patriarca levantó la mano y le hizo callar con un solo gesto.

—Debemos colaborar en la investigación —afirmó, rotundo, con los ojos todavía brillantes—. Victoria no era sólo una empleada de AS Corporación, era también la hija de un buen amigo. Le llamaré ahora mismo, deben estar destrozados... Mi abogado le confirmará el día y la hora exacta —añadió, mirándola con el ceño fruncido—. Hasta pronto, inspectora.

Pablo Aguirre dio un rápido paso atrás, se despidió con un movimiento de cabeza y cerró la puerta sin darle opción a decir nada más.

Qué cabrón, pensó Marcela. Había esquivado las balas y había ganado tiempo para preparar su defensa. Porque él sí sabía sobre qué le iban a preguntar.

Giró sobre sus talones y volvió hacia el coche. El subinspector Bonachera se había ofrecido a acompañarla, había insistido incluso, pero ella prefirió ir sola. No tenía ganas de hablar con nadie. La impresión que le había causado el hijo de Victoria García de Eunate y la posterior conversación con el comisario le habían agriado el carácter más de lo habitual.

Nunca había sido una persona especialmente sociable, pero desde que su padre desapareció se sumió en una especie de ostracismo que le hizo ganarse rápidamente una merecida fama de joven arisca y camorrista que sólo necesitaba un par de palabras para que se le encendiera la mecha y explotara como un cohete.

Pronto perdió la cuenta de los castigos que le impusieron tanto su madre como sus profesores. Semanas enteras sin salir, trabajos extra en casa y en el instituto, incluso un mes de servicios a la comunidad la vez que la descubrieron pintando los contenedores de basura con su opinión sobre uno de sus compañeros de clase, un imbécil que se dedicaba a ponerla verde delante de cualquiera que quisiera escucharle.

Durante treinta días tuvo que dedicar dos horas cada tarde a limpiar el comedor del geriátrico municipal, arrastrar las enormes y apestosas bolsas de basura hasta el contenedor, precisamente el que había empezado a decorar, y almacenar los inmensos paquetes de pañales para adultos, baberos de plástico y protectores plastificados para los colchones que recibían cada dos o tres días. Cuando llegaba a casa, su hermano huía de su lado al grito de «¡qué asco, hueles a mierda!», lo que no ayudaba precisamente a apaciguar su mal humor endémico.

Aquel castigo tuvo dos consecuencias directas sobre su vida: la primera, que en poco tiempo se convirtió en la principal usuaria de la biblioteca pública de Biescas. Un par de veces por semana, antes de ir al geriátrico, se pasaba por el pequeño edificio y le pedía a la bibliotecaria, una treintañera siempre sonriente, que le diera «un buen libro». Entonces no se podía pasear entre las estanterías atestadas de títulos, como ocurrió después de la reforma, así que la bibliotecaria se adentraba en los lóbregos pasillos que se extendían detrás del mostrador como enhiestas y oscuras patas de araña y regresaba unos minutos después con un montón de volúmenes entre los brazos. Sólo podía llevarse tres cada vez, pero era suficiente. Cela, Camus, Delibes, Baroja, Galdós… Marcela se quedó boquiabierta al descubrir que alguien había escrito todos esos maravillosos libros cuya existencia desconocía. Defoe, Orwell, Poe… ¡Pasó dos noches sin dormir, muerta de miedo, después de leer sus relatos! Dickens, Irving, Gorki… Cuánto mundo había más allá de sus pueriles preocupaciones…

La segunda fue una consecuencia directa de su trabajo en el geriátrico. Aquellos cuerpos inanes, esas manos temblorosas, incapaces de llevarse la comida a la boca. Esos goteros lentos, los ancianos durmiendo con la boca abierta, sujetos con anchas cintas a sus sillas de ruedas para que no se desplomaran. Esa alegría, tan fuera de lugar, de quienes se mantenían cuerdos a pesar de todo. Sus sonrisas cuando la veían, sus halagos («¡guapa!, ¡mírala, qué maja!»), la claridad de su mente, el brillo de sus ojos, que nunca supo si eran lágrimas o el velo que cubre la mirada de los ancianos…

Se juró a sí misma que nunca llegaría a ese extremo, que jamás estaría atada a una silla de ruedas, a un gotero, a una máquina. «Cuando no sea yo —decidió—, me tiraré al río». Hoy era consciente de que esos pensamientos correspondían a una adolescente que veía la muerte como algo que les ocurría a otros, y la vejez como una etapa a la que tardaría en llegar una cantidad de tiempo que no alcanzaba siquiera a imaginar. No se tiraría al río, pero hacía mucho que había firmado un pormenorizado testamento vital: en caso de que no pudiera respirar por sí misma, o si su corazón no fuera capaz de latir sin soporte eléctrico ni hubiera esperanzas de que volviera a hacerlo, los médicos debían coger de ella todo lo que fuera útil y, después, apagar el botón. Luego, el ataúd más barato, una cremación sin responso, que aventaran sus cenizas desde algún lugar con buenas vistas y hasta nunca, Pieldelobo.

No sonreía cuando se recordaba a sí misma en aquella época. La alegría se limitaba a la infancia y a los primeros años de la adolescencia. Después, igual que la inocencia, la felicidad se desdibujaba hasta desaparecer. La recuperó en parte durante su etapa universitaria, y desde luego fue feliz en la Academia de Policía y en su breve matrimonio, pero ahora se sentía como aquella joven, desorientada y eternamente enfadada.

Se contuvo para no lanzarle una patada a la rueda del coche cuando llegó hasta él, pero se permitió dar un buen portazo.

Bufó un par de veces, maldijo en voz alta y aporreó el volante. Debería apuntarse a un gimnasio. Tenía tanta mala leche acumulada que en breve los ácidos de su estómago le agujerearían las paredes intestinales.

Sacó la cajetilla de tabaco del bolsillo y encendió un cigarrillo. Llevaba una eternidad sin fumar. Abrió la ventanilla unos centímetros y exhaló con los ojos cerrados. Tenía que dejarlo, pero no ahora, no cuando le hervía la sangre y los recuerdos de sus malas decisiones la asaeteaban sin piedad. Dio una profunda calada para ahuyentar el olor a antiséptico que apareció de pronto en su nariz y lanzó el cigarro por la ventana. Necesitaba resolver una duda que acababa de instalarse en su cerebro.

Arrancó y enfiló la cuesta hacia arriba, en dirección contraria a la ronda de circunvalación. Dos minutos después detuvo el motor en el mismo picadero de las veces anteriores. Se estaba convirtiendo en una habitual. Otros dos turismos estaban aparcados a unos diez metros uno del otro. Tenían las luces y el motor apagado, pero a través de la carrocería se escapaba la música que acompañaba a sus ocupantes. De uno de ellos, además, salía un hilillo de humo por la rendija abierta de la ventanilla. Le llegó el olor a tabaco rubio y tuvo que usar una buena dosis de fuerza de voluntad para no encenderse un nuevo pitillo.

En lugar de eso, hundió las manos en los bolsillos y encaró el breve tramo hasta la casa de Victoria García de Eunate. La verja seguía abierta y nadie había cambiado la contraseña de la alarma, así que no tuvo problemas para entrar. En apariencia, todo estaba igual. Los cuadros, los objetos de decoración, los sofás, la mesita baja…

Subió las escaleras de dos en dos y se dirigió directamente a la habitación principal. Abrió el armario y sacó el primer cajón. Vacío. Lo sospechaba, por eso estaba allí, pero tenía que verlo con sus propios ojos. El muy cabrón se había dado mucha prisa en deshacerse de las pruebas. Se jugaba lo que fuera a que también había pasado un paño por las superficies que hubiera tocado, ahora y en el pasado.

Se giró despacio, buscando algo fuera de lugar, algún indicio de que había estado allí, pero todo estaba impecablemente pulcro y ordenado.

Se detuvo en mitad de la vuelta sobre sí misma y contuvo la respiración.

La cuna. Barrotes blancos, brillantes; una colcha gris perla, sábanas blancas; un carrusel musical donde estaría la cabecita del bebé; un montón de pequeños y coloridos animales de peluche a los pies, donde el pequeño todavía no podría alcanzarlos.

Revivió de nuevo el olor a antiséptico, el pinchazo en el brazo, la pérdida de conciencia. El pequeño cuervo de su vientre palpitó un par de veces, prisionero en su rama y en su piel para siempre.

Le escocían los ojos, pero no estaba dispuesta a llorar. No merecía el consuelo de las lágrimas.

El teléfono vibró en el bolsillo de su cazadora. Aliviada, supuso que sería el inspector Bonachera y descolgó sin mirar, con los ojos todavía húmedos, fijos en la cunita.

—Dime —pidió a modo de saludo.

Escuchó un ronco sollozo, seguido de un aullido breve y agudo. Aquel no era el subinspector.

—¡Casi se muere! —gritaron al otro lado del teléfono.

—¿Ángela? —Reconoció la voz de su exsuegra. Debería haber comprobado quién llamaba.

—Héctor está en el hospital, pero no me dejan verle. Me ha avisado una amiga que es enfermera y lo ha atendido en Urgencias. ¡Casi se muere!

—¿Qué ha ocurrido? —La mujer siguió llorando y aullando, sorda a sus preguntas—. ¡Basta! Cálmate, por favor —exigió con dureza. Sus palabras parecieron surtir efecto, porque los lamentos disminuyeron de intensidad. La oyó sonarse la nariz y suspirar un par de veces—. Y ahora, dime qué ha pasado.

—Ha intentado suicidarse. Héctor ha intentado suicidarse.

Marcela suspiró. El verbo «intentar» era la clave de la situación, y el hecho de que lo hubieran visto en el hospital también era buena señal. Al menos seguía vivo. Le sorprendió darse cuenta de que se alegraba de que no hubiera muerto.

—No te dejarán visitarlo, es el protocolo, pero me acercaré hasta allí e intentaré hablar con algún médico. Te llamaré después.

—Gracias, gracias, Marcela —lloriqueó de nuevo—. Lo sabía, estaba convencida de que en el fondo le seguías queriendo.

—No te confundas —le cortó—. No le quiero. De hecho, siento un profundo desprecio hacia él. Cavó su propia tumba y a punto estuvo de arrastrarme con él. Ha demostrado ser mezquino y avaricioso. Iré a verle y te llamaré, y luego me dejarás en paz para siempre. Los dos lo haréis.

—Gracias…

Aquella mujer nunca se daba por vencida.

Salió de la casa de Victoria García de Eunate y se apresuró hacia su coche. El gimnasio tendría que esperar.

No conocía al joven agente de la Guardia Civil que vigilaba la puerta tras la que descansaba Héctor Urriaga. Marcial, erguido, con las piernas separadas y el brazo apoyado sobre el arma reglamentaria. No parecía el tipo de persona a la que podría pedirle un favor.

Giró sobre sus talones y redirigió sus pasos hacia el vestíbulo del hospital. Sorteó camillas, celadores apresurados y visitantes de rostros preocupados. Cruzó la enorme puerta y se colocó junto a uno de los grandes maceteros reconvertidos en ceniceros. Se puso un cigarrillo en los labios, lo encendió y después buscó el teléfono en el fondo del bolso que llevaba cruzado al hombro. Exhaló el humo mientras recorría la agenda de contactos. ¿Por qué le apetecía tanto un buen trago en esos momentos? Quizá fuera por la mala leche acumulada, o por los nervios que le retorcían el estómago. Marcó y se llevó el teléfono a la oreja. No tardaron en contestar.

—Lobita, qué sorpresa.

La misma broma de siempre. Imaginó la sonrisa guasona del director del centro penitenciario de Pamplona al otro lado de la línea.

—Hola, Gerardo, ¿qué tal estás?

—Muy bien, como siempre —exclamó—. Ya sabes, vigilando el corral para que no se escape ninguna gallina.

Escuchó una carcajada estentórea seguida de una tos húmeda.

—Como no te cuides, el día menos pensado nos vas a dar un disgusto —le dijo Marcela.

—¿De verdad te disgustarías si me pasara algo? Qué considerado de tu parte. Pero no te preocupes, es el condenado clima de esta ciudad lo que me sienta mal. He pedido el traslado a un sitio más cálido, pero no estoy muy arriba en la lista, así que me tocará esperar.

—Te acostumbrarás, como todo el mundo.

—Tú eres una tía dura, pero yo estoy hecho de otra pasta —se quejó—. Y bien, ¿qué puedo hacer por ti? No creo que llames para preguntar por mi salud.

—No exactamente. —Le dio una larga calada a su cigarro y lo aplastó contra la tierra grisácea del macetero. Luego buscó con la vista una papelera y lanzó la colilla a su interior.

—Déjame que adivine —exclamó de pronto—. Necesitas un favor, algo relacionado con tu ex, ¿me equivoco?

—Bingo.

—Bien, me debes una cerveza.

—Claro, cuando quieras.

—Y dime, ¿qué quieres, concretamente?

—Creo que Héctor está en el hospital.

—Así es —confirmó sin más.

—¿Qué ha pasado? Pensaba que lo tendríais vigilado.

—Y lo estaba, pero ya sabes que estos tipos son expertos en salirse con la suya.

Marcela guardó silencio. No estaba para bromas. Gerardo Montiel, responsable del centro penitenciario de Pamplona desde hacía dos años, hacía gala de un humor muy peculiar y de dudoso gusto. Era grosero, machista y un pésimo administrador, pero tenía padrinos y valedores en los despachos más importantes del Ministerio del Interior, de la Fiscalía e incluso entre el cuerpo diplomático. Para él, Pamplona sólo era un escalón más hasta alcanzar su meta: un puesto de responsabilidad en el Centro Nacional de Inteligencia. Era experto en ir sembrando semillitas donde pensaba que podrían proporcionarle buenos frutos, un oportunista de manual que siempre estaba cerca del fuego que más calentaba. Y un tipo con el que convenía llevarse bien.

—Es un ladrón de guante blanco, un pimpollo, ya sabes, sin delitos de sangre. Vino con un informe médico preocupante. Depresión, ansiedad, arritmias... Así que lo internamos en la enfermería.

—No veo el problema —intervino Marcela.

—El problema es que los sanitarios se confiaron. Le dejaron la medicación en la mesita y no esperaron a comprobar que se la tomaba cada día. Con su carita de bueno y su expediente de preso modelo, dieron por sentado que seguiría las indicaciones del médico, pero el muy cabrón consiguió reunir un buen montón de pildoritas y anoche se las cenó todas juntas. Por suerte le dio por convulsionar, se cayó de la cama y se dieron cuenta de que algo iba mal.

—Sí, una suerte.

—Es el pan nuestro de cada día, tú lo sabes. Hay gente que no lleva bien el confinamiento, o que simplemente está mal de la cabeza. Improvisan cuchillos con los que cortarse las venas o rajarse el cuello, cubren el suelo de jabón antes de ahorcarse con la sábana, e incluso conocí a un tipo que pagó a otro recluso para que lo asfixiara. El tío tenía por delante treinta años y estaba como una cabra, así que aceptó.

—Me gustaría que me autorizaras a verlo en el hospital. Una visita rápida.

—Ohhh… Esto sí que no me lo esperaba. ¿Quedan brasas, querida?

—No queda nada —bufó ella—, pero su madre no deja de llamarme. Es capaz de acudir a la prensa, tiene contactos y recursos para conseguir lo que quiera. La he calmado de momento diciéndole que yo misma confirmaría su estado.

—Bien, no pasa nada porque te acerques un momento. ¿Cuándo quieres ir?

—Ya estoy en el hospital. Si pudieras hacer un par de llamadas…

—Vaya, sí que tienes prisa. Dame diez minutos.

—Gracias.

—No es nada. Enseguida te aviso.

Se guardó el teléfono en el bolsillo y miró a su alrededor. Media docena de fumadores se habían congregado alrededor del macetero. Era curioso. Todos tenían el cigarrillo en una mano y el móvil en la otra. Algunos sostenían el pitillo entre los labios un momento para teclear con los dos pulgares antes de dar una nueva calada y expulsar una densa vaharada de humo.

Ni siquiera lo pensó. Apoyó el hombro en una de las columnas, sacó el paquete del bolso y se encendió otro cigarro mientras observaba la pantalla del móvil. Revisó sus mensajes (nada nuevo), comprobó el correo (sin novedad) y abrió la aplicación del periódico local. Seguía sin aparecer ninguna información sobre el cadáver del vertedero o el niño abandonado. Pensar en el poder de control sobre los medios de comunicación de la familia García de Eunate o del mismísimo Aguirre la asustaba y admiraba en la misma medida. Habían conseguido que ningún periódico, ninguna radio y ningún blog de noticias se hiciera eco del suceso, al menos hasta el momento. Y todo el mundo sabía que, si no es noticia, no ha ocurrido.

Diez minutos exactos.

—El guardia Arias está al tanto —dijo Montiel en cuanto ella descolgó el teléfono—. No más de quince minutos, y no dejes constancia de la conversación o de tu visita en ninguna parte, ¿de acuerdo? Es un favor personal.

—Tranquilo, no es oficial, ya te lo he dicho.

De nuevo arriba, le mostró su placa al joven Arias, que cabeceó sin decir palabra y se hizo a un lado para franquearle el paso. Abrió la puerta y entró conteniendo la respiración. La habitación estaba en penumbra. La persiana de la ventana permanecía bajada y la única lámpara encendida era la bombilla anaranjada que iluminaba la cabecera de la cama. El bulto cubierto con una manta blanca se removió muy despacio al oír la puerta. No sabía si habría abierto los ojos o no, si podría verla a esa distancia y con tan poca luz. Pronto salió de dudas.

—¿Marcela?

Su voz abrió las compuertas de algo que había mantenido férreamente bajo control todo este tiempo. El dolor, la profunda pena, el desengaño, la incredulidad, el amor…

Cuánto le quiso.

Con los diques demolidos, los sentimientos se desparramaron por su interior sin que pudiera hacer nada por evitarlo. Se le encogió el estómago, le faltaba la respiración, empezó a sudar y el corazón le latía desbocado. Apretó los puños y sustituyó las plácidas imágenes que pugnaban por hacerse con su cerebro por otras más reales. Recordó la lectura de los cargos, los centenares de folios que el juez instructor recopiló con pruebas en su contra, las declaraciones de los testigos. La sentencia. El día que se lo llevaron. El divorcio. El fin de su vida.

Cuánto le quiso.

Y cuánto le detestaba ahora.

—Tu madre me ha pedido que vea cómo estás.

El bulto se revolvió con dificultad hasta convertirse en una persona semisentada. Una persona muy delgada, a juzgar por la silueta que sombreaba las sábanas.

—Me ha parecido oírla gritar en el pasillo, pero pensé que estaba alucinando.

—No, era ella.

—¿Le ha pasado algo? No la habrán detenido...

Marcela negó con la cabeza, aunque no estaba segura de que Héctor pudiera verla.

—Pero a ti te han dejado pasar —continuó él.

—Me ha costado —reconoció—, he tenido que tirar de influencias.

—¿Las mismas que te has negado siempre a utilizar?

Había bajado la guardia un solo segundo y él había aprovechado para lanzarle una puñalada que se le clavó en los pulmones, dejándola sin respiración. Dio un paso atrás y buscó la puerta con la mano extendida.

—Le diré que estás bien y que podrá visitarte pronto —se despidió.

—¡No! Perdona, por favor, por favor, perdóname. Si hay algo que no ha cambiado es mi estupidez supina. Por lo demás, soy un hombre distinto. Y muy arrepentido.

Metió la mano en el bolsillo de la cazadora sin llegar a abrir la puerta, pero se quedó donde estaba.

—No voy a preguntarte por qué lo hiciste, pero tu madre necesita saber que no volverás a intentarlo.

—No puedo prometérselo —respondió él en un susurro—. No me queda nada. Literalmente, lo he perdido todo.

—Saldrás en pocos años. Mientras vivas, tendrás una oportunidad de recuperarte.

—Hay cosas que es imposible recuperar, aunque vivas mil años.

Eso era cierto, Marcela lo sabía bien. Decisiones que cambian vidas enteras; arrebatos de ira que apagan latidos. Pasos sobre los que no es posible volver.

—Pronto lo verás todo de otra forma. Cuando consigas el tercer grado y empieces a trabajar, por ejemplo.

—¿Me estás animando? —Héctor dejó escapar lo que quiso ser una carcajada. Marcela no sonrió—. No lo hagas, tengo lo que me merezco —siguió, con la voz de nuevo convertida en un murmullo afónico.

Ahí estaba el viejo conocido. Marcela apretó los dientes y dio un paso adelante.

—No intentes conmoverme, no me das pena. No conseguirás ablandarme para que interceda por ti de ningún modo. Te conozco. Nadie te conoce mejor que yo. ¿De verdad has intentado suicidarte, o sólo es una más de tus tretas?

Hablaba masticando las palabras y escupiéndolas después a través de las rendijas de sus dientes. Conocía ese tono de voz, lastimero, suplicante, conmovedor. Héctor Urriaga era un encantador de serpientes, un ilusionista, siempre con un último truco preparado en la manga. Pero ella ya no era la misma Marcela que se casó con el titiritero, la que lo miraba embelesada y amoldaba su estado de ánimo al de su marido. Feliz cuando él lo estaba, silenciosa y cabizbaja cuando Héctor no tenía ganas de hablar. Se daba asco a sí misma. Como tantas otras cosas en los últimos años, la Marcela Pieldelobo que le dio el «sí, quiero» criaba malvas a dos metros bajo el suelo.

—Le diré a tu madre que estás bien —repitió—, y ten cuidado, hay pastillas que no provocan convulsiones. Ya sabes, si juegas con fuego…

Héctor empezó a decir algo, pero sus palabras no consiguieron alcanzarla. Abrió la puerta, salió al pasillo y cerró de un portazo. Saludó al guardia y avanzó deprisa hasta alcanzar la calle.

Una vez en el coche, sacó el móvil y tecleó un rápido mensaje:

Héctor está bien, saldrá de esta. Podrás visitarlo cuando vuelva a prisión. No me llames más.

Acto seguido, buscó el nombre de Ángela Crespo en la agenda del teléfono, presionó los tres puntos verticales de la esquina y eligió la opción *Bloquear*. Hacía tiempo que había borrado el número de

Héctor, pero el de su exsuegra había logrado pasar inexplicablemente la criba. Quizá sus ojos lo miraron sin verlo. Quizá estuviera llorando cuando eliminó los nombres de los amigos comunes, de cuñadas y primos políticos. O quizá estuviera borracha, no se acordaba, pero ahora, sobria y muy cabreada, eliminó el último vínculo que le quedaba con el tipejo que se recuperaba en la cama del hospital.

Era tarde, se había olvidado de comer y, desde luego, no estaba en condiciones de sentarse detrás de una mesa y empezar a revolver papeles. Volvió a bajar del coche y se acercó a un ultramarinos cuyo escaparate apenas era visible detrás de los carteles de colores anunciando en un castellano lamentable las grandes ofertas que los clientes encontrarían en el interior. Salió con algo de comida, un paquete de seis cervezas, una botella de vodka y otra de Jägermeister.

Antes de arrancar, de vuelta en el coche, tecleó otro rápido mensaje:

Nos vemos mañana.

Bonachera tardó menos de quince segundos en contestar:

OK, te aviso si hay novedades.

Respondió con el *emoji* del pulgar hacia arriba y salió marcha atrás del aparcamiento. Recibió el bocinazo furioso de un vehículo que tuvo que frenar de golpe para no chocar con ella cuando se incorporó a la calzada.

«Hay cosas que es imposible recuperar, aunque vivas mil años». Las palabras de Héctor martilleaban en su cerebro. Ni en un millón de años. Hay decisiones que no tienen vuelta atrás.

18

Mientras conducía, la mente de Marcela viajó hasta el último lugar en el que quería estar. Sin embargo, de vez en cuando se obligaba a recrear aquella conversación y todo lo que sucedió después. Era su particular penitencia, su infierno en la tierra, el castigo que se había autoimpuesto para que nunca olvidara quién era en realidad y lo que era capaz de hacer.

Héctor y ella se habían sentado en dos butacas opuestas en el salón de su casa, separados sólo por una mesita baja. Encima, dos vasos de *whisky* en los que el hielo se diluía poco a poco. Marcela alargó la mano, cogió el suyo y le dio un largo trago a la bebida. Agradeció el calor. Estaba helada por dentro.

—No tienen nada —le aseguró Héctor una vez más—. Patrañas y documentos falsos. Camilo es el verdadero responsable, pero está repartiendo la mierda para intentar que otros carguemos con la culpa por él. Me conoces, cielo. Yo sería incapaz de hacer algo así. Es el puto Camilo… Cuando me lo eche a la cara…

Camilo Ibáñez, el superior inmediato de Héctor, llevaba dos meses en prisión. En su última declaración había acusado a varios de sus subalternos como colaboradores necesarios en la trama que le había permitido apropiarse de varios millones de euros. Entre ellos, a Héctor.

La Guardia Civil lo detuvo en su casa y prestó declaración ante el juez durante más de diez horas. Regresó dos días después, libre a la espera de juicio y con la obligación de presentarse en el juzgado todas las semanas. Marcela supuso que su condición de policía pesó a la hora de que el juez, un viejo conocido, le permitiera salir y esperar la vista en casa, pero no tenía la certeza de que eso hubiera sido así.

Marcela tuvo que pedir un permiso sin sueldo para que nadie pudiera acusarla de acceder a información privilegiada o, lo que era peor, de manipular cualquier prueba. Desde entonces, hacía ya dos meses, daba vueltas por la casa como una leona enjaulada mientras asistía, muda e impotente, a las interminables reuniones de Héctor con sus abogados.

Casi cada tarde acababan discutiendo, dándole vueltas a lo mismo. En pocas horas tendría que sentarse en el banquillo de los acusados y rendir cuentas ante el juez. Y Marcela tenía dudas. No podía evitarlo, no quería hacerlo, pero dudaba. Camilo debía de guardarse algún as en la manga cuando afirmaba categórico que Héctor Urriaga y otros tres de sus más estrechos colaboradores no sólo estaban al tanto, sino que se habían beneficiado ampliamente de su «ingenio financiero». Así lo llamó, ingenio financiero.

—No asistiré al juicio —le anunció Marcela sin mirarlo a los ojos. Cogió de nuevo el vaso y apuró el *whisky* aguado.

—Por supuesto, no vengas si no quieres.

Ella cabeceó y, sin poder evitarlo, empezó a llorar. Lágrimas mansas al principio, que recorrían sus mejillas casi como una caricia, pero que pronto se convirtieron en un torrente incontrolable, violento. Llevaba tanto tiempo sin llorar que se olvidó de respirar. Hipó, inhaló con fuerza y soltó el aire con nuevas lágrimas. Se cubrió la cara con las manos, pero el llanto se colaba entre sus dedos como arena líquida. Tras sus ojos cerrados se formó una imagen de sí misma arrasada, destruida. Sola.

De pronto, sintió las manos de Héctor sobre las suyas. Abrió los ojos y lo encontró arrodillado ante ella, llorando en silencio, suplicando con los ojos. Los dedos de Marcela se perdieron en el pelo de su marido, que apoyó la cara en su pecho y siguió llorando pegado a ella, empapándole la camisa.

Él le acarició la espalda despacio, atrayéndola hacia su cara, que seguía pegada a sus pechos. Marcela agachó la cabeza y Héctor levantó la cara. Le besó los ojos, anegados en lágrimas, las mejillas, saladas, suaves, y por fin la boca. Se besaron como si cada uno fuera la botella de oxígeno del otro, el cordón umbilical que los unía a la vida.

Marcela se deslizó del sofá hasta sentarse en el suelo. Abrió las piernas y las acomodó alrededor del cuerpo de Héctor. No había espacio de separación entre ellos. Cada poro de su piel, cada terminación nerviosa, exigía el contacto del otro.

El cuello, los hombros, el pecho… Al unísono, sincronizados, avanzando sin darse tregua. Se desprendieron de la ropa y se dejaron caer sobre la alfombra. Mareada por el *whisky* y el deseo, Marcela le agarró de las caderas sin miramientos y lo atrajo hacia ella.

—Fóllame —susurró en voz muy baja.

Héctor gruñó de placer y obedeció.

Desplegó todos sus trucos, la hizo gemir y suplicar, lamió, pellizcó y mordió hasta que no pudieron más. Fue un combate sin rehenes, vencedores ni vencidos. Una lucha sin tregua que sólo terminó cuando los dos contendientes obtuvieron su recompensa.

Cenaron ligero y se acostaron temprano, aunque ninguno de los dos durmió demasiado. El juicio comenzaba a las nueve de la mañana del día siguiente. Cuando Héctor salió de casa, después de despedirse con un escueto beso en los labios, Marcela hizo la maleta y puso rumbo a Biescas.

La vista se prolongó durante seis días. El juez necesitó dos semanas para dictar sentencia y Héctor dispuso de una semana más para entrar en prisión por su propio pie. Ella permaneció todo ese tiempo en la casa de su infancia, junto a su madre. No respondió al teléfono ni contestó mensajes o correos electrónicos. No ponía un pie en la calle durante el día, pero cuando oscurecía daba largos paseos nocturnos en los que disfrutaba de la soledad, del frío que le hería la piel y del profundo silencio del valle, sólo roto por el tranquilo correr de las aguas del río.

Necesitaba pensar, serenarse, comprender. Veía la preocupación en los ojos de su madre y escuchaba paciente los consejos de su hermano. Comía por obligación, volvió a fumar y comenzó a frecuentar los bares del pueblo para tomar un par de cervezas antes de volver a casa tras sus paseos. Los parroquianos de última hora la miraban de reojo, pero nadie la molestaba. A la hora de los búhos cada uno dejaba en paz al otro, cerradas las garras sobre su propia copa y perdidos los pensamientos tan lejos como la bruma del alcohol les permitiera.

El comisario Andreu la llamó por teléfono dos días después de que Héctor ingresara en prisión. Tocaba cerrar capítulo, poner los puntos sobre las íes y seguir adelante. Regresó a Pamplona con el estómago en un puño y el vómito en la garganta. Aclaró las cosas con su superior, recuperó su puesto, mandó a la mierda con cajas destempladas a los compañeros que pretendieron bromear con la situación y se instaló en su despacho con un nuevo caso por delante. Mientras tanto, pidió el divorcio, puso el piso a la venta y buscó un nuevo lugar en el que vivir.

Y entonces, como si todo lo ocurrido no hubiera sido más que un ensayo, los primeros temblores antes del terremoto definitivo, llegó el desastre final.

Llevaba días sintiéndose indispuesta. Le costaba digerir la comida, le molestaban olores que hasta entonces le pasaban desapercibidos y sentía una extraña tirantez en los pechos. Sentada en su despacho, con la puerta cerrada y un calendario en la mano, fue consciente de lo que estaba ocurriendo. Hacía dos meses que no tenía la regla. ¿Usó Héctor preservativo la última vez que estuvieron juntos? No, por supuesto que no. Se lanzaron el uno sobre el otro como si ese fuera su último día sobre la tierra. Como dos imbéciles descerebrados.

El test confirmó sus temores, y también el que se hizo al día siguiente, confiando en que el primero hubiera sido un falso positivo.

Estaba embarazada. Aparte de las molestias, no notaba nada más. Su vientre permanecía plano, no sentía movimientos en su interior ni percibía nada especial. Nada. Esa era la palabra clave. Nunca. Imposible. Absurdo.

No.

No había ninguna diferencia entre aquella sala de espera y la de cualquier dentista. Paredes azul pastel, sillas blancas, mesitas bajas repletas de revistas, un suave hilo musical y una enfermera al fondo tras un mostrador blanco. Había buscado una clínica en Madrid que le garantizara seguridad, efectividad y anonimato. La doctora llevaba diez minutos de retraso respecto a la hora de su cita. Le apretaba el sujetador, pero aparte de eso y de lo desagradable que le resultaba el olor del aceite caliente y del café, estaba convencida de que la ecografía demostraría que se había equivocado. Presentaría una reclamación en Consumo por la escasa fiabilidad de los test de embarazo y volvería a su vida.

La ecografía, sin embargo, fue igual de cruel que el rosa que tiñó su orina en la barrita de plástico. No quería mirar, pero lo hizo. Sombras de diversos tonos de gris se movían por la pantalla, oscilaban a un lado y a otro mientras la doctora trazaba finas rayas negras sobre un punto oscuro. Tecleó algo a toda prisa, volvió a mirar la pantalla, imprimió un papel con una imagen y apagó el monitor. Luego eliminó el gel que le había extendido sobre la tripa y regresó a su mesa mientras Marcela recuperaba la compostura y volvía a vestirse.

—Está embarazada de nueve semanas —le soltó a bocajarro en cuanto se sentó—. ¿Mantiene la intención que comunicó por teléfono?

—Sí, así es —respondió con demasiada contundencia. Los nervios, el miedo… Nada que la doctora no hubiera visto antes, a juzgar por la inmutabilidad de sus facciones.

—Está a tiempo de cambiar de opinión, y es mi deber informarla de sus opciones.

—Las conozco —le cortó. Había perdido la cuenta de los folletos, artículos y revistas que había leído sobre «sus opciones». Pero lo cierto era que no tenía ninguna. Sencillamente, no podía tener un hijo de Héctor, algo que la anclara a él para siempre. Porque, aunque ella intentara negarlo, él no era estúpido y lo sabría. Imposible. No.

La doctora asintió con la cabeza y desplegó ante ella una serie de formularios.

—La enfermera le dará cita. Debe traer la documentación firmada. No podemos recurrir a los fármacos, su embarazo está demasiado avanzado, así que será una intervención quirúrgica menor. Anestesia general y un par de horas en recuperación. Después podrá irse. Le daremos medicación para los días siguientes, pero no debería haber ninguna complicación. Si trabaja, le aconsejo tomarse unos días libres.

—Claro —acertó a decir.

La citaron para el día siguiente. Reservó una habitación de hotel y luego entró en unos grandes almacenes para comprar un camisón de aspecto hospitalario y un montón de bragas de algodón. Había leído que convenía contar con unas cuantas de repuesto para después de la intervención y ella sólo tenía dos en la maleta.

Se aprovisionó de tabaco, varios sándwiches de pollo y abundante cerveza y se encerró en la habitación del hotel. No eran más que las seis de la tarde, pero no tenía nada que hacer. Bebió durante toda la tarde, hasta que llegó la hora de iniciar el ayuno preoperatorio. Entonces engulló los sándwiches y se sentó a esperar.

Ocupó la mente con todas las estupideces que se le ocurrieron para no pensar en lo que iba a suceder. La ciudad más fría del mundo es Oymyakon, en la Siberia oriental. El primer correo electrónico se envió en 1971 con un texto absolutamente estúpido: *QWERTYUIOP*, la primera línea del teclado. El genio que lo inventó, Ray Tomlinson, también se sacó de la manga la arroba. En el mundo hay más personas obesas que famélicas. Un embrión de nueve semanas pesa treinta gramos y mide menos de tres centímetros. Poco tiempo después se convierte en un feto, y luego…

Cuando llegó la hora, apretó los dientes y subió a un taxi con la imagen de Héctor grabada a fuego en la mente. La mantuvo ahí para que avivara la rabia y no la hiciera dudar de su decisión. «No quiero nada tuyo en mí», se repitió como un mantra.

El taxi frenó frente a la clínica. Sudaba a mares, pero pagó y se bajó. Se presentó en el mostrador de recepción y por suerte esta vez no la hicieron esperar, sino que la pasaron directamente a una sala en la que le entregaron la bata y las calzas que tenía que ponerse. Recurrió al truco que utilizaba su hermano pequeño para ahuyentar a los fantasmas y sobreponerse al miedo: cantar. Vestida con la bata hospitalaria, se sentó en la camilla y mantuvo las manos bien alejadas de su cuerpo. De su vientre. Sin saber por qué, en su mente comenzaron a sonar los primeros acordes del *Cadillac solitario* de Loquillo. «Siempre quise ir a LA, salir un día de esta ciudad…».

Fueron a buscarla. Una cálida sonrisa, palabras tranquilizadoras… Y luego, nada.

El puerto de Otsondo requería toda su atención. Hacía rato que había anochecido y transitaba prácticamente sola por una carretera en la que era frecuente cruzarse con animales. No le gustaba conducir. De hecho, odiaba conducir. La enervaba la imprecisión del resto de conductores, las maniobras inesperadas, los coches excesivamente lentos y los que se le pegaban al culo intentando adelantar, dándole las largas para que se hiciera a un lado. Se enfadaba tanto que la ira nublaba en ocasiones su buen juicio, y entonces temía convertirse en un peligro.

Ese día estaba teniendo suerte. Apenas había tráfico y los pocos coches que la habían sobrepasado lo hicieron con limpieza y seguridad. Mantuvo una velocidad más o menos constante, reduciendo a segunda en las cerradas curvas y subiendo a cuarta en las escasas rectas. Ni soñar con meter quinta o sexta o pasar de setenta kilómetros por hora en aquella zona.

Redujo una vez más para entrar en una rotonda en las afueras del último pueblo antes de Zugarramurdi. Era una rotonda amplia, con un montículo en el centro y profundos arcenes. Giró despacio, no iría a más de treinta por hora. Su cerebro registró a cámara lenta cómo una sombra bajaba del montículo central e invadía la calzada en una carrera desbocada hacia su coche. Reaccionó y pisó el freno a fondo. Torció el volante hacia la derecha para intentar esquivar lo que quiera que estaba frente a ella y se detuvo con una de las ruedas colgando en el arcén. Antes de parar creyó escuchar un golpe en la chapa. ¿Habría atropellado a un jabalí? Si era así y el animal estaba herido, podía cargar furioso contra ella. Por el tamaño, podía tratarse también de un zorro o de un corzo pequeño. Cuando se informó sobre la fauna autóctona de la zona no leyó nada sobre que hubiera lobos.

Cogió su arma de la guantera, la guardó en el bolsillo de la chaqueta y bajó del coche con cuidado, intentando controlar cualquier movimiento a su alrededor. Los focos del coche iluminaban un buen tramo de carretera y utilizó la linterna del móvil para inspeccionar la chapa del vehículo. A primera vista no descubrió ninguna abolladura. Era posible que el animal hubiera salido ileso y huido como alma que lleva el diablo.

Bajó a la cuneta para observar el coche desde abajo. Entonces lo oyó. Un gemido, un lamento bajo, una respiración agitada. Quieta, paseó el haz de luz a su alrededor. Le costó distinguirlo. Su pelaje era tan oscuro que se mimetizaba con las sombras, pero sus ojos brillantes y, sobre todo, sus centelleantes dientes refulgieron como focos en medio de la noche.

—Tranquilo, chucho —dijo en voz baja. Desde donde estaba no parecía un perro muy grande, y tampoco se mostraba a la defensiva. No gruñía ni mostraba los colmillos. Se limitaba a seguirla con la mirada y a gemir de vez en cuando—. ¿Te he hecho daño? Si te portas bien, podré acercarme y ver si tienes alguna herida.

Dio dos pasos hacia él, pero el perro se asustó, se levantó de un salto y salió de nuevo a la carretera. Un coche lanzó un largo bocinazo y esquivó por poco al animal, que cruzó el carril y se encaramó de un salto al montículo de tierra. Marcela lo siguió a la carrera y lo buscó con la linterna.

—Ey, chucho —susurró cuando lo encontró. Estaba tumbado cuan largo era, con las patas extendidas y la cabeza pegada al suelo. La miraba con sus ojos tan oscuros como su pelaje. Gimió quedamente cuando ella se acercó, pero no se movió—. Tranquilo, bonito. Sólo quiero ver si te he hecho daño. No puedes andar por ahí suelto, saltando a la carretera delante de los coches.

Siguió hablando en susurros mientras se acercaba poco a poco. Nunca había tenido perro, así que no sabía muy bien cómo comportarse, pero el animal no se lo estaba poniendo demasiado difícil. Se mantuvo inmóvil, observándola mientras avanzaba a pasos cortos. Meneaba la cola sin levantarla del suelo, lanzando a un lado y a otro pequeños guijarros de piedra. Cuando estuvo lo bastante cerca, alargó la mano con cuidado y le acarició la cabeza, entre las orejas. El animal cerró un momento los ojos y levantó el morro hacia ella. Marcela contuvo el impulso de dar un salto hacia atrás y continuó acariciándole la testuz y el cuello, permitiendo que la olfateara mientras se mantenía alejada de la boca y los dientes. Recordaba haberlos visto refulgir a la luz de los faros.

Un coche se detuvo detrás del suyo, en la carretera. El conductor bajó la ventanilla y gritó:

—¡Hola! ¿Necesita ayuda? ¿Hay alguien herido?

El perro levantó las orejas y acto seguido se puso en pie, pero no salió corriendo. Marcela se incorporó y le hizo señas al conductor con la linterna del móvil.

—Todo bien, gracias —respondió—. Un perro suelto casi hace que me salga de la carretera y estoy intentando sacarlo de aquí.

El hombre paró el motor y se bajó del coche.

—Voy a echarle una mano, no se mueva.

—Es bastante manso —comentó Marcela—, no ha intentado

atacarme, pero no sé si está herido. Y no puede seguir deambulando por aquí, claro. Podría provocar un accidente.

Oyó que el hombre abría una portezuela y la volvía a cerrar. Luego escuchó sus pasos presurosos al cruzar la carretera y la tierra desprenderse bajo sus pies cuando comenzó a ascender el montículo de gravilla en dirección a su linterna. Un instante después lo tuvo a su lado. Era un tipo de mediana edad, de los que se rapan la cabeza para disimular la incipiente calvicie. Ancho de hombros y de cintura y vestido con lo que parecía el uniforme de operario de alguna fábrica.

—Es un chucho muy guapo —dijo en voz baja cuando se acuclilló a su lado—, y tiene más miedo que usted.

—Yo no tengo miedo —protestó Marcela.

—Claro, por eso estira el brazo y mantiene el cuerpo hacia atrás.

—Nunca se sabe cómo va a reaccionar un animal herido —protestó.

—En eso tiene razón, pero este no parece muy fiero. ¿De dónde has salido tú? —preguntó, dirigiéndose al perro. El tono de su voz hizo que el animal meneara con más fuerza la cola y abriera la boca para mostrar una lengua larga y rosada—. Mira lo que tengo para ti —continuó con voz melosa. Abrió la mano y le mostró lo que parecían los restos de un bocadillo—. Tortilla de jamón, no hay estómago que se resista a esto. ¿Quieres un poco? Pues ven conmigo.

Extendió la mano en la que tenía el bocadillo y prácticamente se la pasó por el morro al animal, que se levantó de un salto. El hombre retiró el brazo y comenzó a bajar el montículo despacio, sin perder de vista al perro, que miró a Marcela, miró el bocadillo y comenzó a andar. Bajaron despacio, con el perro siguiéndolos decidido y manso. Cuando llegaron abajo, cruzaron la carretera y se refugiaron entre los dos coches.

—Buen chico —aplaudió el hombre. Dejó el bocadillo en el suelo y el perro se abalanzó sobre la comida. Parecía desesperado—. Abra el maletero —le indicó a Marcela.

—¿Yo? —preguntó, estupefacta.

—Claro, usted lo ha encontrado. Llévelo a un veterinario, o a una protectora. Ellos se harán cargo de él. Abra el maletero, la ayudaré a meterlo —insistió.

Los ademanes decididos del hombre la dejaron sin argumentos para protestar, así que abrió el maletero y sacó las bolsas con la comida que había comprado en el supermercado asiático. Las dejó en el asiento trasero y volvió justo a tiempo de ver al hombre coger al perro con soltura y meterlo en el maletero.

—Buen perro —dijo mientras le acariciaba la cabeza. Ella le imitó en un intento de tranquilizar al animal, que los miraba inmóvil desde el interior del maletero.

El hombre empezó a bajar el portón y el perro, asustado, fue agachándose conforme la chapa se acercaba a su cabeza. Cuando el compartimento estuvo completamente cerrado, sólo oyeron unos bajos gemidos y algún tímido arañazo en el metal.

—Se pondrá más nervioso cuando arranque —le dijo el buen samaritano con las manos en los bolsillos—, será mejor que se dé prisa. ¿Va muy lejos?

—A Zugarramurdi —respondió Marcela, todavía atónita ante lo que acababa de pasar. Llevaba un perro en el maletero y tenía que ocuparse de él, cuando su objetivo para esa noche era restañar sus propias heridas con una generosa dosis de alcohol. Así era la vida, pensó, algo a medio camino entre la caja de bombones a la que se refería Forrest Gump y el montón de mierda que proclamaba Siniestro Total.

Le estrechó la mano al desconocido, como si tuviera que agradecerle algo, y entró en el coche. Esperó hasta que el otro vehículo arrancó y desapareció por una de las salidas de la rotonda. Podía bajarse del coche, abrir el maletero y dejar que el perro vagara libre por el monte. Seguro que sobreviviría; estos bichos saben cazar, ¿no? No, se respondió a sí misma. Estaba claro que era un perro doméstico que se había perdido, o quizá se había escapado siguiendo el rastro de alguna perra. En cualquier caso, no podía volver a abandonarlo, así que arrancó, salió del arcén y buscó su salida de la rotonda.

Condujo los escasos quince kilómetros que la separaban del pueblo con el gemido del perro clavado en el cerebro, pero hacía un par de minutos que permanecía mudo. Esperaba que no se hubiera asfixiado. Hasta donde ella sabía, todos los maleteros tenían respiraderos. Cuando aparcó frente a la puerta de su casa en Zugarramurdi ya no se oía nada en el maletero.

Se preocupaba en balde. En cuanto detuvo el motor los gemidos volvieron, más agudos si cabe que antes. Le preocupaba que el chucho saltara del coche y echara a correr al abrir el maletero. Recordó lo que había hecho el tipo de la carretera y decidió probar la misma fórmula.

Cogió las bolsas que llevaba en el asiento de atrás y buscó la chistorra envasada al vacío. Tuvo que utilizar la navaja que siempre llevaba en el bolso para abrir el férreo paquete. Le agradeció mentalmente una vez más a su amigo Urbano, un albaceteño moreno y observador, el detalle que tuvo con ella la última vez que se vieron al regalarle una auténtica navaja de su tierra. Le había sido muy útil en varias ocasiones.

En cuanto abrió el envoltorio, un intenso aroma a carne cruda y especias invadió el vehículo. El perro enmudeció un instante y luego empezó a lanzar gemidos urgentes, más cortos y seguidos.

Marcela, con la chistorra en la mano, se colocó junto al maletero y empezó a hablar. No pudo evitar sentirse como una secuestradora dirigiéndose a su víctima.

—Voy a abrir. Si eres un buen perro, te daré este trozo de chistorra, y la ristra entera si quieres, ¿de acuerdo?

En cuando presionó el mecanismo de apertura un hocico negro y húmedo asomó por la rendija. El animal jadeaba inquieto, pero no gruñía ni ladraba. Supuso que eso era buena señal. Le dejó olisquear el embutido y abrió un poco más. Como temía, en cuanto tuvo el hueco suficiente el perro saltó del maletero, pero no huyó, sino que la rodeó meneando el rabo y levantando las patas delanteras para alcanzar su premio.

Marcela extendió la mano y le dejó coger lo prometido, que él se llevó a la boca con un hábil lengüetazo. No pudo evitar sonreír.

—Eres un perro fácil —le dijo—, te vas con el primero que te da de comer.

La sombra negra y brillante giró alegre alrededor de sus piernas y la siguió hasta la puerta, brincando de vez en cuando en busca de más comida. Cuando entraron, el perro se detuvo en el umbral, olisqueando lo que tenía ante sí. Luego avanzó despacio, cauto, husmeando el suelo y el aire alternativamente. Rodeó el sofá, entró en la cocina y se asomó a las escaleras, aunque no se atrevió a subir. Marcela corrió al coche para recuperar las bolsas de la compra y cerró la puerta cuando volvió. No quería que el chucho volviera a escaparse y verse obligada a buscarlo a gritos por todo el pueblo. Además, ¿cómo lo llamaría? No llevaba collar ni chapa, no tenía ni idea de cuál era su nombre.

Llevó las bolsas a la cocina y puso la chistorra sobre la mesa. Abrió después el paquete de lomo y sacó un plato del armario. Al instante sintió el aliento caliente del perro en la pierna. Esperaba quieto, expectante, con la lengua fuera, pero sin intentar saltar sobre la comida.

—Eres un chucho muy bien educado —le dijo—, seguro que hay alguien buscándote por ahí.

Troceó la carne, indecisa sobre la necesidad o no de cocinarla un poco, y dejó el plato en el suelo. El perro se lanzó sobre él como un cohete. Cuando Marcela regresó con un táper lleno de agua, el plato estaba vacío y reluciente. Luego bebió a grandes lengüetazos, lanzando una profusión de gotas a su alrededor. El recipiente era demasiado pequeño para el tamaño de su cabeza, pero ya no tenía remedio.

Se quitó el abrigo y se sentó en el sofá. El perro la siguió, la miró un instante y por fin se acomodó a sus pies. Como si fuera algo que llevara haciendo toda su vida perruna. Sin embargo, un instante después levantó las orejas, luego el resto del cuerpo y se lanzó hacia el ventanal que daba al jardín trasero. Casi al mismo tiempo que un puño golpeó el cristal, el perro comenzó a lanzar furiosos ladridos. Alguien gritó al otro lado, y en un momento se armó tal estruendo que Marcela tuvo que reprimir las ganas de ponerse a gritar ella también.

—¡Perro! —le llamó, pero fue en vano. Los ladridos y los gritos a uno y otro lado de la ventana no disminuyeron de intensidad. Se acercó al animal y le puso la mano en la cabeza, intentando calmarlo. La maniobra funcionó y los ladridos cesaron—. Antón, ¿eres tú?

—¡Tienes un perro! —gritó el joven desde el jardín.

—No es mío. Da la vuelta, te abriré la puerta.

—¡Me morderá!

—Tranquilo, es muy bueno.

Le asombraba la confianza ciega que ese muchacho tan especial tenía en ella. Sólo dudó un instante, y después dio la vuelta a la casa hasta situarse frente a la puerta. Marcela abrió antes de que tocara el timbre; no quería que el agudo din-don disparara de nuevo la espoleta del animal.

Antón se quedó a dos metros de la puerta, observando con los ojos muy abiertos la negra cabeza que asomaba desde detrás de las piernas de Marcela. Era curioso ser testigo de cómo dos animales de distintas especies se estudiaban el uno al otro para determinar el peligro que podía suponer el adversario que tenían delante.

—Entra —dijo Marcela por fin—, no te morderá. Si no me ha mordido a mí, que lo he metido en el maletero…

Se hizo a un lado y el perro la siguió, sin apenas separarse de sus piernas. Creyó percibir un ligero temblor en su cuerpo, pero no gruñó. Antón entró despacio, sin perder de vista a la fiera negra que le clavaba sus ojos con pupilas como la boca del infierno.

—¿De dónde lo has sacado? —preguntó por fin, cuando estuvo bastante seguro de que no le iba a atacar.

—Me lo he encontrado en la carretera cuando venía, casi lo atropello.

—¿Le has hecho daño? —exclamó asustado.

—Creo que no, pero tengo que llevarlo a un veterinario. ¿Sabes dónde hay uno?

—Mi madre es veterinaria. Y mi padre, auxiliar.

—¿En serio? No lo sabía, nunca me lo habías dicho.

—No ha surgido en la conversación —explicó con un encogimiento de hombros—. ¿Quieres que la llame?

—¿No le importará? —No quería molestar a una desconocida por nada. La verdad era que el perro no parecía herido, pero no era menos cierto que tenía que buscar a sus dueños cuanto antes. Seguramente, la madre de Antón tendría uno de esos aparatos para leer el chip de las mascotas y podrían localizarlos sin problemas—. De acuerdo, llámala —accedió.

Antón se sentó en una silla del salón y sacó el móvil del bolsillo. El perro se acercó a él, le husmeó las piernas y apoyó la cabeza en sus rodillas. El joven mantuvo las manos en alto unos segundos y después bajó despacio la que tenía libre hasta apoyarla entre las orejas del perro, que cerró los ojos de placer. Antón sonrió y comenzó a acariciar a su nuevo amigo. Así de sencillo.

Para cuando la madre de Antón llegó, el muchacho y el perro ya eran casi inseparables. El joven le había revisado el pelaje con ojo experto en busca de pulgas o garrapatas y determinó que estaba limpio. Le miró las almohadillas de las patas y el interior de las orejas. No se atrevió a abrirle la boca para inspeccionarle los dientes, prefirió que la tarea más delicada la ejecutara una profesional.

Marcela abrió en cuanto sonó el timbre. La madre de Antón sonreía desde el umbral, al parecer en absoluto enojada por la intempestiva llamada.

—Siento molestarla a estas horas —se disculpó Marcela a pesar de todo.

—Estoy acostumbrada —le quitó importancia ella—. Además, me he quedado sin nada para leer y la tele es un horror, así que diría que casi me ha hecho un favor. Soy Nekane Olabidea —se presentó— y, por favor, vamos a tutearnos, no soy tan mayor. Mi marido y yo tenemos una clínica veterinaria en Elizondo —explicó a continuación—, pero atendemos urgencias en toda la comarca.

Marcela sonrió a la recién llegada y le tendió la mano. Aquella mujer robusta, de mirada franca, dientes blancos y anchos y piel clara le cayó bien en el acto. Llevaba recogida en un moño apresurado lo que parecía ser una larga melena castaña en la que blanqueaban unas cuantas canas rebeldes, rizadas e hirsutas. Le calculó cuarenta y pocos años. Llevaba un pantalón de trabajo azul y una camiseta de un conocido grupo de música bajo la chaqueta morada.

—Gracias por venir. Le dije a Antón que podía esperar hasta mañana, pero insistió en que no te importaría.

—Es lo mismo que me dice cuando descubre tu coche aparcado a la puerta de tu casa, que no te importará que venga a saludarte.

—Y es cierto —respondió con una carcajada—, no me importa, a pesar de que no consigo que llame a la puerta.

—Porque entonces no me abrirías —terció el aludido.

Su madre le recriminó la protesta con un gesto y él volvió a centrarse en el animal, que seguía dócil a su lado.

—Antón ha dicho que no tiene pulgas ni garrapatas —informó Marcela.

—No deberías haberlo examinado con las manos descubiertas —le recordó su madre en tono severo pero conciliador—. Aunque no se vea a simple vista, podría tener alguna enfermedad en la piel o parásitos diminutos. Ya lo hemos hablado muchas veces.

Sin esperar respuesta, Nekane se puso unos guantes y se acercó al animal, que no intentó huir o defenderse del nuevo humano que pretendía tocarlo.

—Es muy dócil —comentó Marcela—. Saltó a la carretera desde la rotonda que hay antes de llegar. Casi lo atropello, pero creo que no llegué a darle y, si lo hice, no fue muy fuerte. Luego huyó, pero un conductor me ayudó a cogerlo. Lo metimos en el maletero y lo he traído aquí. Lo cierto es que no sabía qué hacer con él, así que la llegada de Antón ha sido providencial.

—¿Lo ves? —exclamó el joven con una sonrisa triunfal en los labios.

—Déjame ver. —Se acercó despacio al perro, que la observaba sin moverse, y le acarició la cabeza y el lomo para ganarse su confianza. No le costó demasiado. El perro abandonó el regazo de Antón y se giró hacia ella sin dudarlo—. Y ahora, me vas a enseñar los dientes como un perro bueno...

El examen se prolongó durante unos veinte minutos. No encontró fracturas ni lesiones, lo que tranquilizó mucho a Marcela. No lo había atropellado. El ruido metálico que escuchó podía deberse al impacto de la gravilla contra la chapa. Había muchas piedrecitas sueltas en el arcén, así que era una hipótesis perfectamente plausible y muy tranquilizadora.

Acabada la exploración, la doctora sacó una especie de mando a distancia blanco con una pequeña pantalla en el centro.

—Y ahora, vamos a ver quién eres.

Acercó el lector al cuello del animal y lo pasó repetidamente arriba y abajo. Luego buscó cerca de las orejas, en el lomo e incluso en las patas. Nada. El aparato no emitió ningún pitido ni mostró ninguna serie de números en el monitor.

—¿Nada? —preguntó Marcela.

—No ha habido suerte —confirmó Nekane—. Es más frecuente de lo que te imaginas. Muchos de estos perros forman parte de camadas muy numerosas que se crían en los caseríos. Para esa gente, los únicos animales que importan son las vacas y las ovejas, porque les dan dinero, y el perro pastor si lo tienen. El resto son mera compañía, cuando no una molestia, y no creen que merezca la pena gastarse ni un céntimo en llevarlos al veterinario. Nacen en los caseríos —continuó— y viven allí toda su vida. El casero los alimenta y se encariña con alguno. Cuando son demasiados... —le echó un vistazo a Antón, que la escuchaba absorto—. Bueno, deja de cuidarlos.

—Pero este es un animal adulto, lo han cuidado una buena temporada. Quizá lo echen de menos.

—Este perro tiene menos de un año —la corrigió—. Es cierto que tiene buen aspecto, pero no cuento con que nadie lo busque. Tendrás que decidir qué hacer con él.

—Quedártelo —soltó Antón, que se arrodilló ante el perro y comenzó a jugar con él.

—No puedo quedármelo. En Pamplona tengo un piso muy pequeño y trabajo muchas horas, y sólo vengo aquí cuando tengo tiempo libre.

—No puedes abandonarlo...

—No voy a abandonarlo, pero tendré que llevarlo a una protectora, un sitio donde le puedan buscar un buen hogar.

—*Ama, zakurra guretako...* —suplicó en euskera.

—No, no podemos —respondió ella en castellano—. Tu hermano es alérgico a los perros.

El animal los miraba alternativamente, quieto en mitad de la sala, con la lengua fuera y el pelaje negro brillante subiendo y bajando al ritmo de su agitada respiración.

—Ahora poco podemos hacer —intervino Marcela—. Ya es muy tarde. Mañana buscaremos una solución.

—Mañana te irás antes de que vuelva de trabajar —protestó Antón.

—No me iré hasta mediodía —o al menos, eso esperaba—, así que nos veremos y te diré qué he pensado, ¿de acuerdo?

Nekane sonrió y Antón asintió mohíno. Poco después, madre e hijo se despidieron y Marcela se quedó sola con un perro jadeante.

Encendió la chimenea y se preparó algo para cenar que regó con una única cerveza. Luego encendió el televisor y pasó los canales sólo para confirmar que la madre de Antón tenía razón: la tele era una mierda. Revisó su escueta biblioteca hasta encontrar un libro que llevaba tiempo queriendo leer. Iba sobre un anciano que se dedicaba a impartir justicia por su cuenta. Muy instructivo. Se aovilló en el sillón y empezó a leer. El perro subió de un salto y se acomodó en el cojín que quedaba libre. Marcela sabía que aquello no estaba bien, pero si sólo iba a pasar una noche con ella, qué más le daba. Ya lo educaría su nueva familia.

Leyó hasta que el parpadeo de sus ojos se prolongó más allá de los dos segundos. Dejó el libro sobre la mesita, se levantó del sofá y se dirigió a las escaleras. El perro se desperezó y la siguió.

—De eso nada —dijo tajante—. Tú te quedas aquí. —Cogió la manta que cubría el sofá, la dobló y la puso en el suelo, entre la mesita y la chimenea todavía caliente—. Esta es tu cama, y ni se te ocurra seguirme o te sacaré al jardín y dormirás en la calle.

El perro miró la manta, luego a ella y no se movió. Marcela subió las escaleras y apagó la luz al llegar arriba. Luego encendió la de su habitación y se desnudó en el baño. Cuando salió, el perro la miraba desde el umbral de la puerta.

—Eres muy pesado —masculló—. Lo siento, pero no te conozco de nada y no vas a dormir aquí.

Lo empujó con las dos manos y cerró la puerta. El perro gimió y arañó la madera, pero pronto se rindió y se hizo el silencio. Supuso que habría vuelto abajo, a su manta. ¿Qué tal veían los perros en la oscuridad? Gruñó con los dientes apretados, cogió el móvil y tecleó a toda prisa. Temía soñar con perros ciegos. Descubrió que poseen una capa de tejido en los ojos llamada *Tapetum Ludidum*, algo así como «tapiz brillante», que amplifica la luz que reciben y les permite disfrutar de una excelente visión nocturna. Se metió aliviada a la cama. Al menos no se caería por las escaleras y se partiría la crisma.

El primer sonido que oyó por la mañana fue el mismo que escuchó por última vez antes de dormirse. Un gemido agudo y unas uñas rascando su puerta. Tras unos segundos de absoluta descoordinación mental, recordó de golpe todo lo que había ocurrido la tarde anterior.

—Espero por tu bien que no te hayas meado —masculló mientras buscaba su ropa y las zapatillas. Cuando salió de la habitación, encontró al perro sentado en el pasillo moviendo impetuosamente la cola de un lado a otro. Levantaba unos centímetros el trasero y lo volvía a apoyar en el suelo al instante, nervioso, alterado. Un poco más allá, un enorme meado, redondo y uniforme, brillaba bajo la luz del pasillo—. ¡Eres un cerdo! —le gritó. Al instante, el perro se levantó y corrió escaleras abajo. Ella lo siguió, dispuesta a echarlo de casa en ese mismo instante. Lo encontró junto a la puerta del ventanal, gimiendo y mirando ansioso el exterior.

Marcela suspiró y se apresuró a abrir la puerta de cristal antes de que la bestia negra pasara a mayores. Ya se ocuparía luego de lo que dejara en el jardín.

Limpió el desastre de la planta de arriba y después bajó a preparar la cafetera. Mientras se hacía el café, llenó un plato con los restos de la chistorra y el lomo. Lo dejó en el suelo, junto con el táper lleno de agua, y mientras el perro daba buena cuenta de su desayuno se preparó un sándwich que devoró casi tan rápido como el animal.

El familiar repiqueteo en el cristal la sacó de su ensimismamiento. No lo esperaba tan temprano. Le hizo un gesto con la mano para que volviera a la puerta y abrió justo cuando Antón doblaba la esquina de su casa. Iba vestido con su uniforme verde y amarillo de barrendero. Unas gruesas botas marrones y una gorra del mismo color completaban el atuendo.

—Te prometo que te abriré si llamas a la puerta —le dijo cuando entró.

—No me fío —respondió él mientras se agachaba para acariciar al perro, que había salido a su encuentro meneando tanto la cola que Marcela pensó que se le iba a caer. No pudo por menos que sonreír ante la imagen.

—¿No deberías estar trabajando? —le preguntó.

—Ahora voy. Mi madre tiene un plan para que no tengas que abandonar al perro.

—¿Tu madre tiene un plan? Y yo no pensaba abandonar al perro...

—Bueno, es idea mía —siguió Antón, haciendo caso omiso de

218

su protesta—, pero a ella no le parece mal si tú la llamas y le dices que no te parece mal.

Marcela frunció el ceño. Esas elucubraciones maquiavélicas nunca salían bien. Al menos no para ella.

—¿Cuál es el plan?

—Te quedas el perro, y cuando tengas que trabajar yo me haré cargo de él.

—A veces puedo tardar muchos días en venir.

—Pues cuidaré de él muchos días. Lo tendremos en el jardín de atrás para que no le dé alergia a mi hermano, y si hace frío, puede estar en el *txoko*. Mi padre lo amuebló como una casa, tiene hasta cocina, así que yo puedo estar ahí con él y subir para dormir. Y cuando vengas, se vendrá contigo.

—¿Tu madre está de acuerdo en que te pases el día en el *txoko*?

—De todas formas, ellos están todo el día fuera, trabajando en Elizondo, y cuando vienen yo estoy muchas veces en mi habitación hasta la hora de cenar. Sería casi lo mismo. Bueno, sería mejor, porque ellos podrían bajar al *txoko*, pero no pueden entrar en mi cuarto si no les dejo.

Marcela miró al perro. Se puso de rodillas y observó sus ojos marrones de pupilas negras. Respiraba con la lengua fuera y movía la cola con brío. Pasó una mano por su lomo. Era suave, mullido, palpitante. El animal puso una pata sobre su rodilla y acercó el morro a su barbilla sin llegar a tocarla. Chico listo, pensó, intuye que no me gusta que me chupen la cara.

—Bueno, parece que tengo perro.

Antón contuvo una exclamación, pero no pudo evitar lanzarse sobre ella y abrazarla. A pesar de haber cumplido ya los veinticuatro años, el joven era más bajo que ella, casi imberbe y de rasgos aniñados, un gesto subrayado por la eterna sorpresa que iluminaba sus ojos y por su frecuente sonrisa. Tenía unas ligeras arrugas en la frente y en los párpados, pero aparte de eso podría pasar perfectamente por un adolescente de no más de quince años.

—Necesita un nombre —dijo cuando la soltó.

—¿Quién? —preguntó Marcela, absorta en sus pensamientos. Empezaba a dudar de que hubiera tomado la decisión adecuada.

—El perro, claro.

—Claro. —Miró al animal, que se movía inquieto por el salón olisqueándolo todo—. ¿Cómo quieres llamarlo?

—¿Yo? ¡Pero es tu perro!

—Vamos a medias, colega. Es nuestro perro, y te cedo el honor de ponerle nombre.

Antón miró al perro y sonrió.

—Podemos llamarle Azti. Es tan negro que parece que lleva una capa, y como estamos donde estamos...

—¿Azti?

—Significa «mago», que es mejor que un brujo. Un mago es bueno, pero un brujo a veces no tiene buenas intenciones.

—Bien —suspiró Marcela ante un exultante Antón—. Nuestro acuerdo empieza ahora. El perro puede quedarse aquí hasta que vuelvas de trabajar, y después te lo tendrás que llevar y ocuparte de él hasta mi regreso, ¿entendido? Aún estoy a tiempo de cambiar de opinión...

—¡No! No hace falta que cambies de opinión, así está bien. ¿Cómo entraré a por él?

Buena pregunta. Marcela se dio la vuelta y abrió el primer cajón de la pequeña cómoda que adornaba el vestíbulo. Rebuscó un poco entre los papeles acumulados hasta dar con la llave de repuesto que guardaba allí y se la dio a Antón, que la anilló junto a las suyas. Tenía otra copia más, y nadie a quien entregársela.

—De acuerdo, me gusta. Hoy será el día de prueba. Si hay algún problema o tu madre cambia de idea, le buscaremos una familia, ¿de acuerdo?

Antón no parecía escucharla. Tenía la mirada perdida y el ceño fruncido. Entonces sonrió.

—Tengo que irme. Tengo que hablar con el jefe un momento y luego me voy a trabajar. Le pediré a mi madre un saco de pienso y dos cuencos decentes y se los traeré, tranquila. —Antes de irse, se agachó un momento junto al perro y le susurró «*Agur, Azti, zintzo egon*»—. Le he dicho que se porte bien —tradujo con una sonrisa—. ¡Adiós!

El portazo silenció los primeros tonos de su móvil. Cuando lo oyó, corrió hasta él y descolgó.

—¿Estás en Pamplona? —preguntó Miguel Bonachera al otro lado de la línea. La urgencia de su voz la alarmó sobremanera.

—No —respondió mientras empezaba a buscar el abrigo y las llaves del coche.

—Ven ya, esto es un puto desastre.

19

—Habitación 513 —la informó uno de los agentes que aguardaban en el vestíbulo del hotel.

Bonachera le había contado lo ocurrido mientras bajaba como una loca por las cuestas del puerto de Otsondo y enfilaba a toda velocidad los últimos kilómetros que la separaban de Pamplona.

No era posible. La situación era del todo irracional, absurda. Terriblemente trágica. Inaceptable.

Pulsó el botón del quinto piso en el ascensor y refrenó el impulso de golpear la pantalla que escupía una alegre melodía mientras informaba del tiempo y mostraba coloridas fotografías con los atractivos turísticos de la región.

Apresuró el paso sobre el pasillo alfombrado hasta la habitación indicada. El interior era un caos de gente vestida de blanco, *flashes*, comentarios en voz baja y órdenes lanzadas a gritos. Conocía ese baile de coreografía perfecta, el controlado método que imperaba sobre la aparente anarquía, la absoluta sincronización de pasos y movimientos, acciones y esperas.

Se colocó las calzas y los guantes antes de entrar en la habitación, atenta a no acercarse a los marcadores que poblaban el suelo ni molestar a los técnicos de la científica. Avanzó despacio. No esperaba ninguna sorpresa. Sabía lo que iba a encontrar. Bonachera se lo había explicado con pelos y señales, tanto que estuvo a punto de salirse de la carretera cuando ante sus ojos se formó la imagen de lo que el subinspector le estaba describiendo.

Tras la puerta de entrada, a la derecha, el enorme cuarto de baño parecía absurdamente iluminado, ordenado y limpio. Se asomó con cuidado. Sobre el lavabo había un neceser abierto, un estuche de maquillaje, un cepillo de dientes, un peine con algunos cabellos largos y castaños enredados en las púas, cuatro pañales perfectamente apilados y una cesta con productos infantiles, al parecer, recién estrenada. El albornoz del hotel pendía del colgador de la pared junto con un par de toallas blanquísimas.

Se giró y siguió adelante. Abrió con cuidado el armario empotrado que ocupaba la pared de enfrente. Conocía esa ropa. La había visto hacía menos de veinticuatro horas.

Esquivó a un par de agentes y llegó a la habitación propiamente dicha. Apenas pudo dar dos pasos. En el suelo, junto a la cama, el cadáver de Ana García de Eunate parecía un muñeco desmadejado. Un poco más allá, de pie junto a una pequeña cuna de madera oscura, el inspector Domínguez contemplaba inmóvil el pequeño cuerpo sin vida que la ocupaba.

Sintió que le ardía el estómago y que la garganta se le inundaba de la hiel más amarga que jamás había tenido que tragar. Se obligó a respirar y miró hacia abajo. La joven yacía con la garganta abierta en medio de un inmenso charco de sangre que se perdía debajo de la cama. La lividez de la muerte hacía más patente aún el enorme morado que se extendía desde el ojo hasta la mejilla. Había caído con las piernas ligeramente separadas y uno de los brazos quedaba oculto bajo el cuerpo. El tajo que acabó con ella fue certero y corto, una diagonal perfecta desde debajo de la oreja izquierda hasta encima de la clavícula derecha. No demasiado profundo, lo justo como para que se desangrara en poco más de un minuto, tiempo suficiente para comprender qué está pasando e intentar inútilmente mantener la vida dentro de las venas.

Tragó saliva y siguió adelante. Bonachera se unió a ella y juntos llegaron hasta donde el inspector Domínguez grababa sus notas en el teléfono, que había colocado frente a sus gruesos e hipnóticos labios.

—… El cuerpo fue hallado completamente cubierto por una de las almohadas de la cama. Causa probable de la muerte: asfixia. Hemorragias petequiales, cianosis. Se aprecia una posible fractura en el pómulo derecho, provocada posiblemente por la fuerza ejercida con la almohada sobre la cabeza de la víctima. La ropa de cama no está desordenada ni se aprecian más evidencias de violencia.

El pequeño Pablo parecía relajado, como si estuviera dormido. Su tía le había puesto un pijama gris claro con un diminuto elefante azul en su inmóvil barriga. La alegría del animal bordado estaba tan fuera de lugar como los globos de colores pintados en la cabecera de la cuna. Los deditos que ayer formaban un puño alrededor del índice de Ana se extendían ahora, lasos e inertes, sobre la blanquísima sábana.

Los miembros de la policía científica ya habían fotografiado y embolsado la almohada con la que al parecer habían acabado con su vida. Blanca, como todo lo demás. La mirada de Marcela se perdió en las albas hebras de algodón. Las reinas de la Edad Media vestían de blanco cuando estaban de luto, y el blanco es el color del duelo en China, India, Japón y Camboya, porque simboliza la palidez del cadáver.

Estupideces. Su cabeza estaba llena de chorradas inútiles.

Necesitaba fumar.

Se giró y observó despacio la habitación. Nada parecía fuera de su sitio. Nada, excepto los dos cadáveres que los habían llevado hasta allí. Estudió la absurda placidez exánime del pequeño. Piernas extendidas, pies apuntando hacia fuera, brazos a ambos lados del cuerpo, cabeza ladeada. El chupete sobre la sábana. El pecho inmóvil. No tenía heridas visibles, aparte de una rojez vertical junto a la nariz, donde Domínguez sospechaba que le habían roto el pómulo.

El inspector concluyó su informe preliminar y bajó un poco la cremallera de su mono blanco para guardar el teléfono en el bolsillo de su chaqueta.

—Sobre las once de la mañana —empezó Domínguez con la vista fija en Marcela—, una de las limpiadoras de la planta ha entrado con su llave maestra. Ha llamado a la puerta y, al no recibir respuesta, ha dado por hecho que se habían marchado. Por suerte no ha vomitado —añadió—. Además de una guarrada es un incordio, porque puede ensuciar e inutilizar pruebas cruciales.

—Sí, una suerte —masculló Marcela.

Domínguez fue consciente del sarcasmo, pero optó por no decir nada.

Marcela se giró para estudiar la habitación completa.

—Supongo que llamaron a la puerta —empezó la inspectora—. Ella abre y el asesino le lanza un puñetazo a la cara que la deja fuera de combate en el acto. La empuja, entra, cierra la puerta y la degüella. Si el asaltante fue rápido y el golpe lo bastante fuerte, lo más probable es que ella ni siquiera pudiera defenderse. Después, sólo tiene que acercarse a la cuna y acabar con el niño.

—Sí —admitió Domínguez—, lo más seguro es que ocurriera como ha dicho.

—¿La asesinaron de frente o la sujetaron de espaldas? —preguntó Marcela.

—Por el desgarrón que tiene en la parte superior de la camisa, supongo que después de golpearla la sujetó de la pechera para acercarla al arma y poder atacar de forma efectiva sin que ella se echara hacia atrás.

—Una agresión así no se improvisa —continuó ella—. Un atacante inexperto habría sujetado a la víctima desde atrás para inmovilizarla y le habría cortado la garganta con ella pegada a su propio cuerpo.

—Cierto. Es la técnica más sencilla en este tipo de homicidios, pero también la más imprecisa. Al girar a la víctima, le das una oportunidad de defenderse. Además, es imposible controlar visualmente el recorrido del arma, por lo que las posibilidades de fallar aumentan.

Hacerlo de frente requiere precisión, destreza, fuerza y determinación.

Marcela le agradeció la información con un movimiento de cabeza y se dio la vuelta para marcharse. Sin embargo, la voz dulzona de la Reinona la detuvo en seco.

—Da gusto hablar contigo cuando no estás borracha —escupió Domínguez—. Quizá por eso hablamos tan poco.

—Que te follen —masculló.

El director del hotel y el jefe de seguridad los aguardaban en el pequeño despacho acristalado anexo a recepción. Era uno de los mejores hoteles de Pamplona, así que Marcela esperaba una oficina en el ático, una mesa enorme, alfombras caras y cuadros en las paredes, y sin embargo se encontró en un espacio poco más grande que su propio despacho, abarrotado de archivadores y estanterías que apenas dejaban hueco a la mesa y las tres sillas, una más cómoda para el director y dos negras y funcionales para las visitas.

Bonachera y ella tomaron asiento, mientras el jefe de seguridad permanecía de pie a un lado de la mesa, tecleando en un ordenador portátil con la espalda encorvada.

—Hemos vivido muchas cosas en este hotel, situaciones dramáticas, pero nunca un asesinato —se lamentó el director después de estrecharles la mano.

—¿Teme la mala publicidad? —preguntó Marcela, harta de tonterías.

—No, en absoluto —la sorprendió el director—. Eso son chorradas. Por suerte o por desgracia la memoria colectiva es breve y dentro de unos días, un mes a lo sumo, nadie se acordará de esto. Lo siento por la pobre muchacha y, sobre todo, por su hijo. Si me preguntaran, votaría a favor de la pena de muerte para los asesinos de niños. —Meneó levemente la cabeza y siguió—: Raúl Cruz es nuestro jefe de seguridad. Ha hecho un rastreo inverso en las cámaras hasta dar con la persona que pudo atacar a la señora García de Eunate y a su hijo.

Ni Marcela ni Miguel le sacaron de su error sobre la filiación de las víctimas. Centraron su atención en el responsable de la vigilancia del hotel y esperaron hasta que terminó de teclear.

—Encontré en la grabación a la persona que llamó a la puerta de la habitación 513. A partir de ahí hice un seguimiento inverso, como ya les ha explicado el señor Soler, hasta la primera cámara que lo detecta. Ahora puedo ofrecerles la secuencia en orden cronológico. —Giró el ordenador y lo puso de modo que tanto el director como ellos pudieran ver la pantalla—. Por favor, presten especial atención al individuo con indumentaria de motorista y gorro oscuro que aparecerá a pie en el margen derecho. Lleva un casco en el brazo —añadió antes de pulsar la tecla.

A Marcela siempre le sorprendía observar el trajín de la calle, el intenso tráfico y el bullicio de la gente en absoluto silencio. Odiaba las discordancias, pero en este caso no había puerta que pudiera abrir.

—Ahí —exclamó Cruz cuando apareció el individuo en cuestión. El reloj en la parte inferior de la imagen marcaba las 20:31.

No más de metro setenta y cinco, delgado y el andar rápido y elástico de una persona en buena forma. Llevaba un traje de motorista negro con una franja roja en los brazos, guantes oscuros y botas negras de caña alta. Se cubría la cabeza con un gorro de punto calado hasta los ojos y la mantenía baja, mirando al suelo. Como les había dicho, de su mano izquierda colgaba un casco integral también negro con una franja roja.

Lo vieron entrar en el vestíbulo y dirigirse resuelto a la zona de ascensores. Mantuvo la cabeza agachada en todo momento. El montaje de Cruz les ofreció la misma escena desde una segunda cámara, pero tampoco entonces consiguieron distinguir sus facciones.

Entró solo en el ascensor. Pegó la cara al rincón contrario a la puerta, de forma que la cámara sólo captó su espalda y su nuca cubierta en todo momento por el gorro, y se puso el casco con un movimiento rápido y eficaz.

Cuando el ascensor llegó al quinto piso, el tipo se asomó unos centímetros, miró a ambos lados y salió con decisión. Corrió hasta la habitación. Se detuvo frente a la puerta, sacó una navaja del bolsillo del pantalón y golpeó la madera tres veces. Imposible saber si dijo algo. Pocos segundos después, Ana García de Eunate abrió la puerta. Él lanzó el puño hacia adelante, entró y cerró la puerta.

Marcela contó los segundos. Sabía lo que estaba ocurriendo en la habitación, tras los delgados tabiques. Cerró los ojos y se concentró en el tiempo.

Tres minutos y treinta y nueve segundos después, el asesino salió de la habitación con el casco puesto y se apresuró hacia las escaleras. Empujó la puerta con la espalda y desapareció del pasillo. La cámara siguió su descenso por cada tramo hasta llegar al vestíbulo. No tocó el pasamanos ni se quitó el casco en ningún momento. Luego cruzó la puerta principal, giró a la derecha y se perdió entre la gente. El reloj marcaba las 20:37.

Seis minutos en total. Tres minutos y treinta y nueve segundos para matarlos. Seguramente no tardó tanto en acabar con las dos vidas, pero querría asegurarse. ¿Dudaría antes de apretar la almohada contra la cara del bebé?

—Quiero una copia de eso —exigió Marcela—, y una impresión del mejor fotograma que encuentre del individuo.

—Por supuesto —accedió el director—. Raúl, por favor...

El aludido asintió y conectó un *pen drive* en el ordenador.

—También quiero hablar con todo el personal de recepción que estaba trabajando cuando entró ese hombre.

—Claro...

—Y a ser posible, me gustaría hacerlo en otro lugar. Este sitio resulta asfixiante. Disculpen.

Marcela se levantó y salió del despacho. Cuando llegó a la calle ya tenía un cigarrillo en los labios. Giró a la derecha, por donde se había esfumado el motorista, y observó la amplia travesía que se abría ante sus ojos. Dio una honda calada y expulsó el humo despacio. Desde allí pudo haberse dirigido hacia cualquier punto de la ciudad. La zona más moderna se extendía en línea recta hasta el complejo hospitalario, y a ambos lados de la gran avenida surgían nuevas calles igual de rectas e igual de atravesadas por calles cada vez más pequeñas y llenas de enormes bloques de viviendas. La zona universitaria y su enjambre de pisos de estudiantes estaba a sólo unos cientos de metros. Y un poco más adelante, la ronda de circunvalación que conducía directamente a la autopista.

A pesar de que no contaba con obtener demasiados resultados, pediría la grabación de todas las cámaras de la zona. Sabía que eran muchas, entre las de tráfico, las entidades bancarias y los edificios privados que las habían instalado para aumentar su seguridad. Necesitaría un equipo numeroso para analizarlas con celeridad.

Apuró el pitillo y regresó al hotel. Bonachera la esperaba en el vestíbulo, atento a su móvil.

—El juez llegará en sólo quince minutos. Y también el forense. Viene Obregón. No le tocaba por turno, pero quiere ocuparse del caso.

—Bien —respondió escueta.

—El director y los empleados nos esperan en uno de los salones.

Marcela cabeceó y lo siguió hasta las amplias escaleras que conducían a una de las salas de la planta baja. Ocho personas aguardaban de pie, además del director y el jefe de seguridad. Antes de que pudiera siquiera presentarse, dos camareros entraron empujando unos carritos con café, zumo de naranja, una jarra de leche, agua y un surtido de diminutos cruasanes, bollitos y dónuts. Los colocaron junto a la mesa y, a un gesto del director, salieron de allí y cerraron la puerta tras de sí.

—Soy la inspectora Pieldelobo —empezó, cortando de raíz cualquier conato de interacción social en la zona del refrigerio—. Me acompaña el subinspector Bonachera. Todos están al tanto de lo ocurrido aquí la pasada noche. Necesito que me digan si vieron a este sujeto y todo lo que recuerden de él. —Les pasó una de las copias que le había facilitado el jefe de seguridad y ella se quedó con otra—. ¿Quién de ustedes estaba en la recepción a las ocho y media de la tarde de ayer?

Tres manos se levantaron en el acto, dos mujeres y un hombre, todos muy jóvenes. El director dio un paso al frente.

—Carlos y Amelia forman parte de la plantilla. Beatriz es una de nuestras empleadas en prácticas, estudiantes de último curso de Turismo o de Formación Profesional. Lleva con nosotros poco más de un mes, ¿me equivoco?

La aludida asintió con la cabeza y enseguida corrigió el movimiento y negó categóricamente.

—No se equivoca —aclaró por fin—. Llegué hace cinco semanas.

—Empezaremos por ustedes. —Marcela retomó el mando de la conversación—. ¿Se fijaron, aunque sólo fuera un instante, en este individuo?

Los tres asintieron despacio. La joven llamada Amelia tomó la palabra.

—Las ocho y media suele ser una hora de mucho trabajo. Media hora antes llega un tren de Madrid, y a las siete y media aterriza un avión procedente de Barcelona. Además, recibimos constantemente autobuses de turistas de toda Europa. Ayer habría unas diez personas apelotonadas delante del mostrador, cada una con sus maletas, y sólo estábamos nosotros tres.

Evitó mirar a su jefe, quizá porque no quería que sus palabras se interpretaran como una queja laboral. Sin embargo, el director frunció el ceño y fijó la vista en el zumo de naranja.

—Pero, a pesar del barullo, afirman que lo vieron —siguió Marcela.

—Levanté la cabeza un instante y lo vi esperando el ascensor. Pensé que era un cliente que volvía a su habitación.

—No conocemos a todos los huéspedes —intervino Carlos, el segundo recepcionista—, tenemos turnos, y cada día pasan por aquí decenas de personas. Es imposible conocerlos a todos.

—Dieron por hecho que era un huésped —repitió Marcela, más para sí misma que para los demás.

Los tres asintieron. Amelia retomó la voz cantante.

—Estaba tranquilo, como si supiera qué hacía y adónde iba. No miraba nervioso a los lados ni intentaba disimular. Hemos tenido casos de personas que pretenden colarse, pero casi siempre los pillamos antes incluso de que pongan un pie en el ascensor. Pero con este hombre no sospechamos, lo siento.

—Es cierto —ratificó Carlos— Además, tenemos restaurante y dos zonas de bar bastante concurridas a última hora de la tarde. Ayer había música en directo. Y, por supuesto, podía ser alguien que venía a visitar a un cliente.

Eso eran demasiadas posibilidades y todas sonaban a excusa, pero no le quedaba más remedio que aceptarlas. Miró a la tercera joven, la estudiante en prácticas.

—Yo lo vi marcharse —explicó Beatriz—. Había salido del mostrador para colocar una etiqueta en la maleta de un huésped cuando se abrió la puerta de las escaleras. Me sobresaltó un poco, porque casi nadie las usa. Caminaba rápido, pero sin correr, como cuando se va con prisa a algún sitio. Y llevaba el casco puesto, eso sí que me extrañó, pero como se marchaba no le di importancia, supuse que tendría la moto en el aparcamiento de enfrente. No pensé más en él, con el follón que teníamos…

Marcela no sabía si el asesino había esperado el momento adecuado en las proximidades o si había sido un golpe de suerte. Ana sólo llevaba unas horas allí hospedada, no había tenido tiempo de elaborar un plan…

La pregunta le golpeó el cerebro, pero allí no había nadie que pudiera responderla. Una conocida comezón empezó a recorrerle la espalda. Interrogó deprisa al resto del personal presente en la sala, camareros y botones que iban y venían. Nadie había visto nada y tampoco se encontraban cerca de la 513 a la hora señalada.

Los agentes ya habían hablado con las personas que ocupaban las habitaciones colindantes a la de Ana García de Eunate. Ni la familia holandesa ni la pareja de jubilados catalanes se encontraban en el hotel a las ocho y media de la tarde. En esos momentos, numerosos efectivos buscaban testigos entre el resto de los huéspedes y trabajadores, aunque, a juzgar por las imágenes de seguridad, no tenía demasiadas esperanzas.

Le iba a explotar la cabeza. Tenía que seguir, responder la pregunta que le taladraba el cerebro.

¿Quién sabía dónde se alojaban Ana García de Eunate y el hijo de su hermana?

20

Puedes ver una ola. Puedes medir su anchura, el alto de su cresta. Ves el sol refractarse en la espuma. Calculas la velocidad a la que avanza y te asombras ante su majestuosidad. Luego, en un momento, llega a la orilla y se deshace. Desaparece. Pero no del todo, porque la ola es agua, y como agua regresa al mar, que hará con ella lo que quiera. Podrá enviarla a lo más profundo del océano, o calentarse y unirse a una corriente marina que recorra el mundo. Podrá evaporarse y convertirse en lluvia o, por qué no, ser una nueva ola.

A Marcela le gustaba esa interpretación budista de la muerte, sobre todo porque no mencionaba a ningún dios ni hacía referencia al alma, el cielo o el infierno. Se limitaba a explicar con cristalina claridad que somos lo que somos, y en un momento dejamos de serlo para unirnos a algo más grande, algo que puede ser la nada, eso nadie lo sabía. Le gustaba la idea de la unión de la energía, del reencuentro de todas las gotas en el mismo mar.

Pero, sobre todo, le gustaba porque, en esos momentos, era el único asidero que había encontrado para soportar la muerte de Ana García de Eunate y del pequeño Pablo.

El asesino no les dio ni una sola oportunidad. Fueron como la ola estrellándose contra la orilla. Del ser al cero absoluto.

No es que se sintiera culpable. Marcela sabía que no tenía ninguna responsabilidad en esas muertes y que su única obligación a partir de ese momento era detener al cabrón hijo de puta que los había matado.

Dejó a Bonachera al frente del resto de la investigación en el hotel y se dirigió a jefatura. Le urgía hablar con el comisario.

Se presentó en el antedespacho de Andreu sin avisar. El asistente debió leer en su rostro la urgencia, porque levantó el teléfono, intercambió unas pocas palabras con su superior y le hizo un gesto con la cabeza para que pasara.

—Supongo que estará al tanto —empezó Pieldelobo en cuanto entró. No se sentó, se quedó de pie detrás de una de las sillas, con las manos aferradas al respaldo.

—Por supuesto.

—El círculo se cierra en torno a un solo nombre —escupió entre dientes. El comisario no la contradijo—. Él era el padre del bebé. Tenía un lío con Victoria García de Eunate, una relación que ella estaba dispuesta a terminar para llevar una vida normal, y entonces todo el mundo estaría al tanto de su aventura y de la existencia del bebé. Su secretaria anteayer y su propia hermana ayer mismo confirmaron el vínculo entre ambos. Tengo que hablar con él. Cuanto antes.

Andreu asintió, muy serio.

—Llamaré a su abogado y les pediré que se personen mañana a primera hora.

—No, tiene que ser hoy, ahora.

—¿Se ha vuelto loca, inspectora?

—¡Escúcheme! —exigió—. Hay algo más. Retrase la comunicación del deceso a la familia. Sólo unas horas, hasta que Pablo Aguirre esté aquí. Es muy importante.

Andreu la miró sin comprender. Su inspectora siempre había sido eficaz dentro de sus excentricidades, pero ahora temía que se estuviera implicando demasiado en este caso a nivel personal. Quizá por la muerte de su madre, o por cualquier otra cosa. No podía olvidar que su exmarido estaba en la cárcel.

—No lo haré sin una buena razón, Pieldelobo. Convénzame.

—Sólo una pregunta, jefe: ¿Quién sabía dónde se alojaba Ana García de Eunate y que el bebé estaba con ella?

Pablo Aguirre Sala se removía incómodo en la silla del despacho del comisario. La negociación con su abogado había sido ardua, pero un par de amenazas veladas y la constancia por parte del letrado de que la comparecencia era inevitable acabaron por doblegar su soberbia. Andreu cedió en que la entrevista (el abogado se negaba a llamarlo «interrogatorio») tuviera lugar en su despacho de la última planta de la comisaría y no en una de las salas del sótano, pero, por lo demás, procederían con todas las garantías legales habituales, incluida la grabación de la conversación.

La inspectora Pieldelobo dirigiría el interrogatorio, y ni el comisario, que estaría presente, ni el abogado podrían intervenir, como establecía la ley. Andreu le cedió su silla a Marcela y él se acomodó en una que colocó a unos prudentes dos metros de distancia. Una cámara de vídeo instalada sobre un trípode recogería cada palabra y cada movimiento de Pablo Aguirre.

El empresario comprobó dos veces el nudo de su corbata, abrochó y volvió a desabrochar el botón de su impecable americana, cruzó las piernas y las descruzó treinta segundos después. Marcela esperó en silencio. Sabía que el abogado que le acompañaba, un tipo de aspecto corriente pero famoso por el estatus de su clientela, dirigía un bufete centrado en el derecho económico y empresarial. O Aguirre no le había contado de qué iba el caso, o no había tenido tiempo de encontrar un abogado penalista cercano a su círculo.

Presionó el mando a distancia de la cámara y la lucecita roja funcionó como un resorte que puso a todos en tensión, erguidos en sus asientos, serios y con las mandíbulas apretadas. También el comisario, que quedaba fuera del plano, se enderezó aún más en su silla y cruzó los brazos, expectante.

Marcela identificó a los presentes para que quedara constancia en la grabación y apoyó los antebrazos en la mesa con los codos hacia fuera. Quería que Aguirre la sintiera cerca.

—¿Conocía a Victoria García de Eunate? —empezó Marcela.

—En efecto —respondió Pablo Aguirre, muy tranquilo—. Era hija de uno de mis mejores amigos, la conozco…, la conocía —corrigió— desde hace muchos años.

—¿Qué relación mantenía con ella?

Aguirre carraspeó.

—Trabajaba como abogada en AS Corporación, una de las firmas que forman parte de mi grupo empresarial.

La dureza de la mirada de Marcela contrastaba con la leve elevación de la comisura de sus labios.

—Se lo preguntaré de nuevo. ¿Qué relación mantenía con Victoria García de Eunate?

El abogado se removió en su silla, pero siguió en silencio. Sabía que no podía intervenir.

—Ya se lo he dicho. Llevaba varios años trabajando en una de mis empresas, además de ser la hija de Ignacio García de Eunate, un querido amigo.

Marcela endureció el gesto y acercó el cuerpo aún más a la mesa, apoyando el torso en los antebrazos.

—¿Dónde estaba el pasado sábado?

—Como le dije la primera vez que me lo preguntó, estuve en casa. Salí a hacer deporte y luego regresé y ya no me moví de allí.

Echó un rápido vistazo al comisario. La alusión de Aguirre a su anterior conversación no le había pasado desapercibida, y tampoco al abogado, que tomaba notas en su cuaderno a toda velocidad.

—¿Y ayer por la tarde, señor Aguirre? —continuó—. ¿Dónde estaba a las ocho y media de ayer?

—¿Ayer? —Marcela vio la duda en sus ojos, en el ceño fruncido y el giro de cuello en busca del consejo de su abogado, que lo miró a su vez con una cara similar—. A esa hora ya estaba en casa, llegué poco antes de la hora por la que me pregunta.

—¿Hay alguien que pueda corroborarlo?

Aguirre volvió a removerse en su silla.

—No había nadie cuando llegué. Mis hijos estaban fuera y mi mujer juega al pádel tres tardes cada semana. Ayer tenía partido.

—Señor Aguirre —continuó ella, impertérrita—, tenemos constancia de que mantenía una relación íntima con Victoria García de Eunate. Dos personas completamente dignas de crédito afirman que se veían en lugares discretos o en casa de ella.

Aguirre sonrió levemente. Estaba claro que esperaba esa pregunta y tenía la respuesta preparada.

—Esas personas que usted menciona confunden una amistad y una buena relación laboral con algo más. Mentes retorcidas y malpensadas. En cualquier caso —añadió con una mirada aviesa—, debería saber que no era raro que Victoria se citara con compañeros de trabajo fuera del horario laboral. Estaba en su derecho, por supuesto. Estaba soltera y era una mujer muy atractiva.

Marcela enarcó las cejas ante la inesperada estrategia de Aguirre y decidió no permitirle continuar por ese camino. Seguirle en un juego en el que sólo él conocía las reglas habría sido una tontería. Y ella no era ninguna estúpida.

—Las visitas que reconoce haberle hecho…

—Como amigo —la interrumpió él.

—Esas visitas —repitió—, ¿hasta cuándo se prolongaron?

—No lo sé exactamente… Hasta hace no mucho, supongo.

—Entonces, estará al corriente del embarazo de Victoria y del posterior nacimiento de su hijo. Lo llamó Pablo.

—Bueno, yo…

—Si, como dice, la visitó con relativa frecuencia… como amigo, hasta hace no mucho, tuvo que verla embarazada y, después, haber conocido al bebé.

—¿Quiénes son esas personas, sus testigos? Supongo que tengo derecho a conocer sus nombres.

Se giró en busca de la ayuda de su abogado, que escribía sin cesar en su cuaderno.

—Ayer hablé con Ana García de Eunate —siguió Marcela—.

Vino a Pamplona para hacerse cargo del hijo de Victoria, ya que nadie parecía dispuesto a reconocerlo como propio. Fue una conversación oficial, señor Aguirre, que constará en el expediente. Me habló de cuando usted la visitaba en Madrid, del ramo de flores que le envió el día que nació el pequeño Pablo, de sus promesas de una vida juntos y de su decisión de romper con todo y marcharse para empezar una vida nueva.

Aguirre la escuchaba pálido, con los labios levemente separados. Sin embargo, seguía sin perder la compostura.

—Ana pudo mentir, ¿no se le ha ocurrido?

—Claro, todo el mundo puede mentir, ¿verdad? Dígame, ¿cuándo vio por última vez a Ana García de Eunate?

—¿A Ana? —Su cara dibujó un gesto indefinido, a medio camino entre la sorpresa y el miedo—. No lo sé, no lo recuerdo…

—Pero sabía que estaba en Pamplona. Piense antes de responder. —Levantó una mano para enfatizar su advertencia—. Faltar a la verdad pondría en tela de juicio toda su declaración.

—Sí, lo sabía —reconoció con un movimiento desdeñoso de la mano—. Hablé con su padre, como todos los días desde… Desde lo de Victoria. Me dijo que Ana había venido por fin.

—¿Le contó dónde se alojaba?

Aguirre asintió con la cabeza antes de responder.

—Estaba enfadado porque su propia hija había rehusado quedarse en casa y prefirió alojarse en un hotel.

—¿Le dijo en cuál?

—No lo sé…, no lo recuerdo.

—¿Sabía que el niño estaba con ella?

Negó con la cabeza. El abogado carraspeó y Pablo Aguirre enderezó la espalda.

—No veo la importancia…

—¿Tiene un traje de motorista? —El cambio de tema pilló desprevenido al empresario, que frunció el ceño como si no entendiera la pregunta.

—Claro, hay varios en mi casa —reconoció—. Mis hijos y yo

somos aficionados a los deportes de motor, nos gustan los coches y las motos y tenemos varias. ¿Qué tiene eso que ver con...?

—Se lo pregunto por última vez —le cortó Marcela—. ¿Dónde estaba ayer a las ocho y media de la tarde?

—Ya se lo he dicho —bufó, aunque las palabras temblaron levemente al abandonar su boca—, estaba en casa. Estuve solo hasta casi las diez de la noche. ¿Por qué me pregunta por Ana? ¿Tiene algo que ver con la muerte de Victoria?

Marcela clavó sus ojos en él y aguardó hasta que se supo dueña de toda su atención. Pablo Aguirre contenía el aliento. Pieldelobo miró al comisario y esperó hasta que su superior asintió levemente.

—Señor Aguirre —empezó Marcela, despacio—, a las ocho y media de ayer alguien acabó con la vida de Ana García de Eunate en la habitación del hotel en el que se hospedaba.

El bolígrafo del abogado quedó suspendido a varios centímetros del papel, inmóvil como la mano que lo manejaba. Pablo Aguirre abrió la boca como si quisiera decir algo, pero volvió a cerrarla. Su garganta generó un sonido quedo, corto, algo a medio camino entre el quejido y la exclamación.

¿Qué había en su mirada? Marcela vio miedo, pero ¿de qué?

Entonces, el empresario la miró fijamente con los ojos brillantes y las cejas arqueadas en una pregunta muda.

Muy despacio, Marcela negó con la cabeza.

El comisario había recuperado su silla y ella ocupaba la que había dejado libre el abogado de Aguirre. Los dos hombres abandonaron el edificio en silencio, el empresario con el rictus contraído y el letrado hablando en susurros por teléfono. Aguirre no se derrumbó ni siquiera después de enterarse del asesinato de su hijo. Sus respuestas a las siguientes preguntas resultaron vagas, y un par de veces pidió que se las repitieran, pero no se contradijo y mantuvo hasta el final su versión de los hechos: Victoria y él sólo eran amigos, fue a Madrid preocupado por lo que estaba pasando, desconocía la paternidad del pequeño y a las ocho y media de la tarde anterior estaba en su casa, solo.

César Andreu la observaba con el ceño fruncido.

—Le prohibí expresamente que se acercara a ese hombre sin una orden judicial. Le ordené con meridiana claridad que me informara directamente a mí de todos sus pasos antes de darlos, ¡antes! —gritó—. Y de pronto, en medio de un interrogatorio y delante de un abogado, me entero de que no es la primera vez que hablan. ¿Cuántas veces, Pieldelobo? ¿Cuántas veces ha contravenido mis órdenes?

Marcela tragó saliva y lo miró de frente.

—Me personé en casa de Aguirre hace dos días, antes de que encontraran el cadáver de Victoria García de Eunate.

—Lo que me pregunto, inspectora, es qué la llevó hasta allí. Si no me ha mentido, cosa de la que ya no puedo estar seguro, todavía no había hablado con la secretaria de la primera víctima ni con su hermana, así que no tenía modo de saber que ambos mantenían una relación.

Marcela guardó silencio. Se sentía en el filo de la navaja y sabía que se iba a cortar.

—Recibí una información en ese sentido —dijo al fin.

—¿Una información de quién?

—Es confidencial, lo siento.

—¿Se le ha olvidado con quién está hablando? —bramó— Soy su superior, su puto superior, y me está faltando el respeto a mí y a toda la institución. ¡Pone en peligro cualquier hallazgo que realicemos a partir de esas informaciones supuestamente confidenciales! —El comisario se levantó de la silla y se paseó arriba y abajo por el despacho—. La creía mejor, Pieldelobo. Más profesional, más seria, pero creo que me he equivocado.

—Jefe, quizá me precipité y di un paso en falso, pero era necesario para poder alcanzar el objetivo.

—Habríamos llegado al objetivo tarde o temprano, siempre lo hacemos.

—No, no siempre —masculló.

—¿Tiene algo que decirme, inspectora?

La olla a presión en la que se había convertido su cabeza explotó sin remedio y no pudo controlar la dispersión de lo que se cocía en su interior.

—¿Por qué no se detuvo al padre de Saray Delgado cuando la encontramos medio muerta, con la mitad de los huesos de su cuerpo rotos o astillados? Lo habían detenido un millón de veces por agresión, por conducir borracho, por injurias y amenazas. Todo el mundo sabía que había sido él, pero no hicieron nada.

—No había pruebas.

—¡El cuerpo de la joven era una prueba! Ella denunció, hizo lo que tenía que hacer y, a pesar de todo, salió libre.

—No está libre, está a la espera de juicio.

—Del que se irá de rositas o con una condena menor.

—Eso no le da derecho a hacer lo que ha hecho. Se ha saltado la ley, ha abordado a un ciudadano presuntamente inocente y se ha valido de su autoridad como policía para conseguir información que podría ser perjudicial para él. Si su abogado es un poco listo, anulará cualquier prueba o requisitoria que presentemos, incluido este interrogatorio.

—Las cosas no sucedieron como dice...

—¡Me da igual! —le cortó—. Tengo las manos atadas. Si conozco un poco a esta gente, dentro de pocas horas se presentarán en mi despacho pidiendo su cabeza. No se la daré —añadió muy serio—, porque no va a estar aquí. La suspendo de empleo y sueldo durante una semana. El subinspector Bonachera se unirá al equipo del inspector Solé para continuar con la investigación. —El comisario la miró largamente, esperando alguna reacción, pero Marcela le sostuvo la mirada impasible—. Si tiene más información que pueda ser relevante para el caso, le sugiero que me lo diga ahora y yo decidiré si se puede o no se puede utilizar.

Marcela se levantó, lista para marcharse. No tenía sentido discutir una decisión ya tomada y que sabía inamovible. Economía de medios, ahorro de palabras y energía.

241

—Pieldelobo —la llamó el comisario, que había regresado a su mesa—. Si le gusta jugar sola, este no es su sitio. Le recomiendo que reflexione al respecto durante estos días. Otro en mi lugar no habría dudado en expulsarla del cuerpo, pero no quiero olvidar que es un momento duro para usted.

Si Andreu esperaba un agradecimiento por parte de Marcela, se quedó con las ganas. La inspectora salió del despacho sin mirar atrás. Cinco minutos después había recogido el bolso y el abrigo de su despacho y cruzaba la puerta de comisaría.

—Mierda —masculló—. Mierda, mierda, mierda.

21

El agua. Se recordó una vez más que debía beber agua, pero el camarero la ignoraba cada vez que le pedía un vaso. Al parecer, pensaba que le estaba tomando el pelo y se limitaba a llevarle el chupito de Jäger o la cerveza. O las dos cosas.

Agua.

—Soy una puta ola que acaba de estrellarse contra las rocas —farfulló apoyada en la barra. El camarero la miró y, una vez más, se dio media vuelta sin responder. Marcela cogió el vaso y se dirigió a la mesa que había ocupado hacía más de una hora.

El camarero no sólo no servía en las mesas, sino que tampoco las limpiaba. Empujó los botellines vacíos hacia atrás e intentó formar una fila con los vasos de chupito para hacer sitio a la bebida fresca.

El impulso fue un poco más fuerte de lo que pretendía y un par de botellas y unos cuantos vasos cayeron al suelo, donde se hicieron añicos con un estrépito apenas amortiguado por la música que atronaba en esos momentos.

—Vaya…

El camarero salió de la barra y se dirigió hacia su mesa con sorprendente rapidez.

—Te has pasado, colega —gruñó mientras contemplaba el

estropicio. Un mosaico de cristal roto alfombraba el pasillo del garito—. Me parece que esta ola se tiene que largar a otra playa.

Marcela soltó una carcajada. Rio tanto que a punto estuvo de ahogarse. Se sujetó el estómago y se dobló sobre sí misma sin dejar de reír. Cabreado, el camarero dio media vuelta y se perdió en el interior del bar, de donde volvió a salir poco después armado con una escoba.

—Lárgate, tía —insistió mientras recogía los cristales.

—Me tomo la última y me voy. —Le mostró el Jäger sin tocar. El camarero se cruzó de brazos delante de ella y la miró sin decir palabra. Marcela levantó las manos y luego cogió el vasito y apuró su contenido de un solo trago. Después buscó la cartera en el caótico interior de su bolso y, cuando la encontró, dejó un billete de cincuenta euros sobre la mesa—. ¿Llega con esto? —preguntó.

—Pírate ya.

—Qué tío tan simpático —farfulló mientras se levantaba. Le estaba empezando a doler la cabeza. La mesa se movió hacia un lado y tuvo que apoyarse para no caerse. El camarero cogió al vuelo un botellín que se balanceaba en el borde.

Recuperó la chaqueta y el bolso y dio media vuelta en dirección a la puerta. La música estaba demasiado alta, el suelo demasiado mojado y su cabeza, demasiado espesa. Dio cuatro pasos y se apoyó en la barra. Le temblaban las piernas y el bolso insistía en deslizarse desde su hombro.

Una figura oscura se colocó delante de ella, impidiéndole avanzar. Frunció el ceño y enfocó la vista.

—¡Miguel! —exclamó cuando reconoció al inspector Bonachera—. Me alegro de verte. ¿Quieres una cerveza? Aunque tendremos que ir a otro sitio, el camarero se ha puesto bastante borde. Ya me iba…

—Genial —respondió Miguel—. Te acompaño a casa.

Recogió el bolso de su jefa del suelo y le pasó un brazo por la cintura. Ambos agradecieron el aire fresco que los recibió al cruzar la puerta.

—Este garito es un tugurio de mierda —farfulló Marcela—.

No creo que vuelva. ¿Dónde te apetece ir? —Se giró hacia Bonachera y le dio una palmada en el hombro.

—¿Vas a contarme qué ha pasado? —preguntó el subinspector. La había apoyado contra la pared y la miraba muy serio.

—Luego —se negó ella—. No tengo ganas de hablar. Si quieres charlar, tendrás que irte a otro sitio. ¡Todos tenemos que irnos a otro sitio!

Marcela se ladeó peligrosamente y Miguel se apresuró a sujetarla.

—Me duele la cabeza. Tienen la música muy alta. Deberían venir los municipales a medir los decibelios...

Mientras ella parloteaba frases sin sentido e ininteligibles la mayor parte del tiempo, Miguel volvió a asirla de la cintura y tiró de ella calle abajo. Llevaba su bolso colgado del hombro, así que no le costó encontrar las llaves y abrir el portal cuando llegaron.

—No quiero ir a casa —protestó Marcela. Intentó dar media vuelta, pero un latigazo de dolor le nubló la visión y se detuvo—. La jaqueca es lo peor del Jäger, pero la culpa es del camarero, que no me sirvió un vaso de agua.

Subir hasta su apartamento fue más complicado. Los viejos edificios de esa parte de la ciudad no tenían ascensor, así que enfilaron las estrechas escaleras hasta el segundo piso intentando mantener el equilibrio y no chocar con las paredes.

Miguel avanzaba concentrado en ignorar la proximidad del cuerpo de Marcela, la firmeza de su cintura, el contoneo involuntario de sus caderas. Olía a cerveza y a humo de tabaco, pero, aun así, su cercanía le resultaba tan excitante que tuvo miedo de delatarse.

Cuando llegaron, Marcela tenía el rostro empapado en sudor y el contenido de su estómago pugnaba por subir hasta su boca. Miguel la llevó hasta el baño y cerró la puerta después de que ella lo echara a empujones y le asegurara que podía vomitar sola.

Cuando salió, diez minutos más tarde, la esperaba con una enorme taza de café y una jarra de agua junto a un vaso.

—Gracias, papi —intentó bromear.

—No son ni las ocho de la tarde y no te tienes en pie —le echó en cara él.

Marcela no respondió. Apretó los labios y llenó el vaso con agua de la jarra. Buena parte del líquido cayó sobre la mesa, pero Miguel no intentó ayudarla. Se lo bebió de un trago, lo rellenó y dio varios pequeños sorbos del segundo vaso. Luego cogió el café y simuló un brindis hacia Miguel.

—Gracias.

Él negó con la cabeza y se sirvió el café restante antes de sentarse en el sofá, a una distancia prudente de Marcela.

—Apestas, compañera —le dijo.

—Lo sé, lo siento.

—Te vendrá bien una semana libre —añadió tras unos minutos de silencio.

—No tengo una semana libre —protestó ella—, Andreu me ha echado.

—Te ha suspendido para evitar males mayores.

Marcela bufó y dejó el café sobre la mesa.

—Vamos, que en tu opinión debería darle las gracias.

Miguel se puso de pie y llevó su taza al fregadero.

—¿Sabes aquello de que una retirada a tiempo…?

—Es una victoria —terminó Marcela por él—. Lo dijo Napoleón Bonaparte, pero hay un refrán que dice lo mismo, y no se sabe quién lo inventó, si el populacho sabio o el emperador chiflado.

Se recostó en los cojines del sofá y contempló al subinspector.

—¿Estás bien? —preguntó este.

—¡Claro! ¿No me ves? —Intentó enderezar la postura, pero se rindió y volvió a recostarse—. En cuanto se me pase el mareo me daré una ducha, cenaré algo y me iré a dormir. Ve con Dios —añadió con el brazo extendido y una mueca en la cara.

—Te llamaré mañana —se despidió Miguel sin sonreír—. Tenemos que hablar.

—Claro. Y gracias otra vez —añadió, esta vez seria—. Eres un amigo.

—Lo que quiero es seguir siendo un compañero, así que ten cuidado y no hagas el imbécil.

—¡Oye! —protestó—, que sigo siendo tu jefa.

—No, me temo que de momento no.

Las líneas blancas del teclado de su ordenador dibujaban extrañas ondas ante sus ojos. Subían, bajaban y desaparecían. Sólo quería consultar la última actualización de los periódicos locales, pero no encontraba la puñetera «d». Cerró la tapa del portátil de un golpe y se dejó caer en el sofá. Un taladro le martilleaba las sienes y sentía cómo su estómago subía y bajaba como una montaña rusa. Debería comer algo, beber más agua, tomarse un analgésico…

Se levantó a duras penas y se dirigió a la cocina, separada sólo por una barra que hacía las veces de mesa, abrió la nevera y sacó lo que más le apetecía de entre la escasa oferta que tenía ante sus ojos: queso y cerveza.

Volvió al sofá y mordió la cuña sin molestarse en trocearla. Al fin y al cabo, nadie más que ella comería de ese queso. Nadie la vería morderlo como si su madre no le hubiera inculcado modales. Nadie le reprocharía la marca de los dientes que quedaría en la pasta blanquecina.

—Soy una gota solitaria —dijo en voz alta mientras brindaba con el botellín de cerveza—, jamás seré una ola.

El fuerte sabor del queso fue más de lo que pudo soportar y tuvo que correr hasta el baño. Se sujetó a las paredes del pasillo para no caerse y logró contenerse hasta casi meter la cabeza en el inodoro.

Cuando terminó, se puso en pie a duras penas y se contempló en el espejo. Parecía mayor, una vieja borracha y ajada, una estúpida acabada, una enferma decrépita. Se lavó la cara y se humedeció la nuca. Intentó meterse el cepillo de dientes en la boca, pero una nueva arcada la obligó a volver a agacharse en el váter. Después, vacía y exhausta, se desnudó y abrió el grifo de la ducha.

El timbre de la puerta casi le provocó un infarto. Maldijo por lo bajo, pero no se movió. Un nuevo timbrazo, acompañado por un insistente golpeteo en la madera, la puso de tan mal humor que acabó por ponerse el albornoz y dirigirse furiosa hacia la puerta. Al menos esa vez no tuvo que apoyarse en las paredes para caminar más o menos recto.

Miró por la mirilla y suspiró. En el rellano, Damen Andueza esperaba a que abriera.

—¿Habíamos quedado? —preguntó cuando por fin lo hizo.

—No, pero quería verte. ¿Te parece mal?

—Me parece raro.

Se hizo a un lado para dejarle entrar. Aspiró su aroma cuando pasó a su lado. ¿Cómo se las arreglaba ese hombre para oler siempre tan bien? Lo siguió hasta el salón y lo observó mientras giraba sobre sí mismo, estudiándolo todo.

—No te enfades, pero aquí apesta —dijo.

Marcela torció el gesto y abrió la ventana doble del salón. Una ráfaga de aire frío le golpeó en la cara. Sujetó las solapas del albornoz para protegerse el cuello y se volvió hacia él, que seguía de pie.

—No eres el primero que me lo dice hoy. Cambiaré de ambientador.

—Me he enterado de que no has tenido un buen día.

—Cierto —reconoció encogiendo los hombros—. Llevo una mala racha. Y, por cierto, Bonachera es un chismoso.

—Está preocupado por ti.

—Está preocupado por su culo —replicó en voz demasiado alta—. Lo que de verdad le inquieta es que la mierda le salpique. A estas alturas ya debería saber que puede estar tranquilo.

—No estás siendo justa con él —le recriminó Damen—. ¿Cuántas veces te ha cubierto?

Marcela no tenía que esforzarse para responder a esa pregunta. Muchas. Miguel la había tapado en infinidad de ocasiones. Suspiró con fuerza y se dirigió a la nevera.

—¿Una cerveza? —le ofreció.

—No, gracias.

Ella se encogió de hombros, cogió su botellín de la encimera y le dio un largo trago. Estaba asqueroso. Torció el gesto y lo dejó donde estaba antes de regresar al salón.

—¿Qué ha pasado? —preguntó Damen en el tono neutro que se utilizaba al inicio de los interrogatorios.

—Hacía mi trabajo —se defendió ella.

—¿Tu trabajo?

—Buscaba a una mujer desaparecida, lo lógico es hablar con todas las personas de su círculo más cercano, incluido su amante.

—El problema es cómo llegaste a esa conclusión, cómo supiste que ese tipo era el amante de la persona desaparecida, algo que, por cierto, creo que él ha negado en todo momento.

Marcela masticó las palabras de Damen. Estaba subiendo el tono, alargando las frases. Acusando.

—Confidencial —repitió una vez más.

—Ya… Y con esa información de dudosa procedencia te presentaste en casa de uno de los hombres más influyentes no sólo de Navarra, sino de todo el país, sin una orden y saltándote la prohibición expresa de tu superior.

Marcela se encogió de hombros una vez más.

—Si hubieras esperado sólo un poco… —continuó Damen—. Cuando apareció el cadáver, todas las puertas se abrieron legalmente. Un testigo te habría conducido a otro y no la habrías cagado como la has cagado.

—¿No se te ha ocurrido pensar en la posibilidad de que estuviera viva? —gritó, cansada de tanta acusación. Le dolía la cabeza, le ardía la garganta y sólo quería meterse en la cama y dormir durante días.

—Lo que hiciste no estuvo bien…

—Imagina por un momento que hubiera sobrevivido al accidente. —Se dejó caer en el sofá. Estaba tan cansada…—. Nadie había denunciado su desaparición y había personas muy interesadas en retrasar la investigación. ¡El jefe me exigió que todo pasara por su mesa! Eso alargaría los trámites durante días. ¡Podía estar viva!

—repitió—. Tenía que entrar en su casa, saber qué había pasado. Podía estar allí, herida o muerta…

—Dios mío… —Damen se pasó las manos por la cara—. No me imagino en qué estabas pensando. ¿Te volviste loca? Podrías haber arruinado tu carrera.

—¡Mi carrera me importa una mierda! No estoy aquí para hacer carrera, ¿tú sí? —lanzó con desdén—. Soy policía, no funcionaria.

—Si te echan, nunca más serás policía. Tú elegiste esta vida, estudiaste para ser policía, conoces las normas, las leyes, y juraste cumplirlas.

—Juré defender al débil y al inocente, y en eso estaba —aclaró en voz baja.

—Sabías lo que había cuando te metiste en esto —siguió él, impertérrito—. ¿Qué ha cambiado? ¿Ya no quieres ser policía?

—¿Qué habrías hecho tú? —gritó de pronto. Se levantó del sofá y avanzó hacia él hasta situarse a medio metro de su cuerpo. Alzó la cara y le miró directamente a los ojos—. Estás tan concentrado en cumplir las normas que no te das cuenta de que a veces hay que dar un paso adelante y actuar. Pero no —levantó las manos por encima de su cabeza, desesperada—, hay que rellenar los formularios, sin que falte ni una sola casilla. Como en un puto juego de la oca. Un papel, un permiso, un requerimiento… ¡De oca a oca! A veces hay que actuar, Damen, dar un paso al frente. ¡Hacen falta respuestas!

—¡Sólo piensas en ti y en tus necesidades! Tus preguntas, tus absurdas respuestas. Has sido una egoísta al actuar como lo has hecho, has arruinado el caso.

Marcela gimió y se revolvió, dándole la espalda. La cabeza estaba a punto de estallarle, el dolor era casi insoportable. Damen se acercó a ella y puso una mano sobre su hombro. Marcela sintió el peso no sólo de su brazo, sino de todo lo que acababa de decirle. Volvía a tener ganas de vomitar.

—¿Esperas que me disculpe? —le preguntó—, o quizá todos preferíáis que presente mi dimisión… Sí, esa sería una buena idea, la solución perfecta. Muerto el perro…

Furiosa, se revolvió para librarse del contacto de Damen.

—No te hagas la víctima —respondió él—, no te pega. Sólo pretendo ayudarte, que veas lo sucedido desde un punto de vista que no sea el tuyo. Las cosas no son como tu obtusa mente se empeña en repetir.

—Entendido. Y ahora, lárgate.

—Marcela, por favor…

—Que te largues, no me obligues a echarte.

—No creo que quieras… —empezó Damen.

—¡Lo único que quiero es que te vayas! ¿Tan difícil es de entender?

Esquivó su cuerpo y se dirigió hacia la puerta. La abrió y esperó unos interminables segundos con la vista clavada en él. Mantuvo los ojos secos y la cabeza alta, aguantando el insoportable martilleo en las sienes. Por fin, Damen hundió las manos en los bolsillos del abrigo y se dirigió a la salida. Se volvió en el descansillo para decir algo, pero lo único que encontró fue una puerta cerrada tras un sonoro portazo.

Sentada en la bañera, pegó las rodillas al pecho y se rodeó las piernas con los brazos. Una caricia cálida se deslizaba desde la cabeza por su dolorida espalda. Quería ser agua. Quería formar parte del mar. Pero nunca sería una ola, fuerte, poderosa. Sólo era agua, una gota apenas visible, apenas importante. Una gota cálida al principio que se enfriaba mientras recorría su camino. Una gota que podía caer y desaparecer sin dejar huella, sin tocar la piel de nadie, sin acariciar una playa.

Abrió los ojos y observó el agua. Ella era esa gota, la que caía desde la ducha, golpeaba la bañera y desaparecía en el desagüe. Nada. Ella no era nada. Ni siquiera agua.

Damen bajó las escaleras con rapidez, golpeando cada peldaño como si pateara la dura mollera de Marcela. Terca, inconsciente, ciega a la verdad y sorda ante cualquier razonamiento diferente al suyo. Obstinada y estúpida.

Gruñó y maldijo mientras cruzaba el portal y salía a la calle. Por suerte, no había nadie que pudiera ser testigo de su frustración, de sus bufidos malhumorados y de la fuerza con la que apretaba los puños a ambos lados de su cuerpo. Cabezota inconsciente...

Jamás, en toda su vida, y había cumplido ya los cuarenta años, había conocido a nadie capaz de sacarlo de sus casillas como lo hacía esa mujer. Él era un hombre tranquilo, sosegado. Le gustaba pensar las cosas dos veces y actuar cuando estaba convencido de tomar el camino correcto. Que fuera cerebral no lo convertía en una persona fría. Simplemente, había chocado contra demasiadas paredes como para no andarse con cuidado. Y, sin embargo, ahí estaba, dándose cabezazos contra Marcela Pieldelobo, la mujer más difícil con la que se había cruzado.

Acababa de echarlo de su casa, pero su enfado inicial se había diluido como un azucarillo en un vaso de agua. Ahora sólo estaba preocupado, aunque el mayor de sus problemas era que la entendía. Mierda, la comprendía a la perfección. En el fondo eran iguales, solo que él había encontrado el filtro con el que tamizar todos sus sentimientos y ella simplemente se dejaba llevar.

Respiró hondo y se obligó a calmarse. Luego caminó despacio hacia su casa, pensando en lo que había ocurrido, en lo que se habían dicho. Las normas eran su vida. Su madre solía decirle en broma cuando era un adolescente que había nacido para policía, y no se equivocaba, a pesar de que entonces su vocación clara era la de convertirse en médico. Sólo necesitó un curso en la universidad para comprender que lo suyo no era ayudar a las personas enfermas, sino a las heridas por la vida. Cambió Medicina por Psicología y luego se concentró en aprobar las oposiciones para policía foral. Lo logró a la primera.

Cuando hablaba con Marcela, cuando la veía actuar, no podía evitar preguntarse si lo suyo era verdadera vocación o una simple fachada, la necesidad de sentirse bien con uno mismo a través de la ayuda a los demás. El placer de saberse necesario, superior a los débiles, un salvador. Marcela era policía. Sólo quería ayudar, prevenir el delito, detener al culpable, restañar las heridas. Impartir justicia. Se involucraba demasiado, pero eso no la convertía en una mala policía, sino al contrario.

Tenía razón, él no era más que un funcionario, un tipo de uniforme concentrado en rellenar todas las casillas del formulario.

Sacó el móvil y marcó su número, pero Marcela no contestó.

¿Qué le había hecho esa mujer? Cuando una posible candidata a convertirse en su compañera, incluso en su esposa, manifestaba rechazo o duda hacia alguno de los pilares de su vida, simplemente se alejaba poco a poco hasta olvidarla. Marcela no cumplía ni uno de los preceptos que había grabado a fuego en su biblia personal y sin embargo ahí estaba, preocupado por ella, suspirando por volver a verla después de la bronca que acababan de tener.

A él le gustaba la montaña, caminar por el bosque y comprobar hasta dónde alcanzaba la vista cuando coronaba la cima. Amaba el esfuerzo físico y la recompensa de llegar a la meta. Marcela fumaba y bebía, iba en coche a todos los sitios y ni siquiera tenía bicicleta.

Damen anhelaba ser padre, formar una familia, pero un solo «no» por parte de Marcela bastó para colocar su deseo en segundo plano. No le satisfacía conformarse con tanta facilidad, pero intuía que una vida con Marcela sería una vida plena por sí misma. De momento, la experiencia estaba valiendo la pena. No había renunciado por completo a su instinto paternal, pero hacía mucho que no pensaba en chiquillos correteando a su alrededor.

Suspiró y apretó el paso. El aire frío se convirtió en un bálsamo para su mal humor. Necesitaba seguir viviendo más allá de Marcela. Debía hacerlo. Y sin embargo…

—Mierda —masculló una vez más.

22

Para Marcela, el trayecto hasta Zugarramurdi era un viaje curioso. La carretera se iba haciendo cada vez más estrecha, parcheada una y otra vez con irregulares capas de brea que se agrietaban cada año para formar similares agujeros. De una carretera nacional a una secundaria; después, una comarcal y, por fin, varios kilómetros sin arcenes ni líneas pintadas, a través de tramos boscosos y junto a extensos pastizales. Sin embargo, conforme la carretera se estrechaba, su corazón latía más despacio, se ralentizaba su respiración y, a pesar de tener que poner toda su atención en la conducción, se sentía cada vez más relajada.

Eso, al menos, era lo que ocurría el resto de las ocasiones. Esa mañana tuvo que detenerse dos veces en la cuneta para vomitar, y ni en los tramos rectos y despejados superó los setenta kilómetros por hora. Suponía que sus niveles de alcohol en sangre ya estarían en el rango de la legalidad, pero sentía los reflejos lentos y abotargados y era consciente de que parpadeaba demasiado despacio.

La primera vez que sintió el estómago en la boca tuvo el tiempo justo para echarse al arcén, abrir la puerta del coche y vomitar sobre el asfalto. Dos vehículos hicieron sonar sus bocinas ante el escatológico espectáculo. Confiaba en que ninguno hubiera anotado la matrícula con intención de denunciarla. Era lo que le faltaba.

La segunda vez lo vio venir, sintió la arcada subir por su esófago y pudo maniobrar en el acceso a un campo de labranza, bajarse del coche y desahogarse junto a unos matorrales. Se limpió con un pañuelo de papel, echó un buen trago de agua de la botella que se había acordado de llevar y se quedó de pie junto al vallado, con la vista perdida en el horizonte, las manos lasas a lo largo del cuerpo y la mente llena de reproches. El comisario se había comportado como un burócrata asustado ante el poder de las élites, Miguel no se había puesto de su lado y Damen… Bueno, lo de Damen era harina de otro costal.

Esa mañana se había despertado mareada y con un terrible dolor de cabeza. Abrió todas las ventanas de la casa mientras guardaba algo de ropa y unas botas de montaña en la mochila y fue en busca de su coche. Antes de abandonar la ciudad se detuvo en un supermercado y llenó el maletero con alimentos de supervivencia. Estaba a punto de marcharse cuando dio media vuelta y echó a la cesta seis latas de comida para perros y bolsitas para recoger las heces del animal. La primera arcada del día le sobrevino al pensar en coger con la mano la mierda de su perro, aunque hubiera una bolsa de plástico de por medio. Anotó mentalmente informarse de si esa regla también era aplicable cuando el animal hacía sus cosas en mitad del campo.

Con el depósito y el maletero lleno, buscó la ruta de salida de la ciudad.

El último tramo antes de llegar a Zugarramurdi transcurrió con relativa normalidad. Con el estómago vacío y la cabeza algo más despejada, disfrutó del cálido sol otoñal que iluminaba la mañana y sonrió al pensar en lo primero que haría al llegar a casa: estrenar la tumbona de jardín que compró el verano pasado y relajarse al sol hasta que su cabeza fuera capaz de centrarse en un libro, y entonces leer hasta que hiciera demasiado frío para permanecer fuera y tuviera que entrar y encender la chimenea.

Como tantas veces en los últimos días, sus planes y la realidad no convergieron en absoluto.

No le había dado tiempo ni de quitarse el abrigo cuando alguien llamó a la puerta. Decidió ignorarlo, pero quien estuviera ahí fuera no parecía dispuesto a rendirse. El timbre se convirtió en una campana furibunda, acompañada por el impetuoso golpeteo en la madera. Miró la puerta con el ceño fruncido. Entonces, un ladrido se unió al estruendo hasta convertirlo en insoportable.

—¡Basta! —gritó—. ¡Ya voy!

Antón la observaba malhumorado desde la calle. Llevaba puesto su uniforme de barrendero y el perro bailoteaba contento alrededor del carro de la basura, al que estaba sujeto con una larga correa.

—Me prometiste que abrirías si llamaba a la puerta —le recordó, enfadado—. ¡No puedo dar la vuelta con Azti, y tampoco puedo dejarlo solo, se pone nervioso!

—Acabo de llegar —se defendió ella—. ¿Qué hace el perro atado al carro?

—Mi jefe me ha dejado —le aseguró—. Así no se tiene que quedar toda la mañana solo en el *txoko*. A mi madre le pareció buena idea, siempre que cumpla con mi trabajo, y eso hago. Ahora que estás aquí, que se quede contigo, ¿vale? Vendré esta tarde e iremos a por setas. Te lo prometí, y yo sí que cumplo mi palabra.

El perro se acercó a ella moviendo la cola con ímpetu. Le olisqueó los pies y cerró los ojos complacido cuando Marcela se agachó para palmearle la cabeza y el lomo. Antón se puso en cuclillas junto al animal y soltó la correa.

—Te quedas con Marcela —le dijo. El perro le miró, atento a sus palabras—. Pórtate bien, no muerdas nada y no te cagues en casa.

Luego se levantó, dio un paso adelante y abrazó rápidamente a Marcela.

—Espero que estés bien —añadió Antón mientras salía—. Volveré luego.

Aferró el asidero metálico del carrito y lo empujó calle adelante, hasta la siguiente zona que tuviera que limpiar.

Marcela lo vio alejarse unos segundos. Su embotado cerebro

apenas había tenido tiempo de asimilar todo lo que había sucedido en menos de cinco minutos. Cerró la puerta y miró a Azti, que olisqueaba inquieto las bolsas con comida que había dejado en el suelo.

—Ni se te ocurra meter el morro ahí —exclamó—. Da una vuelta por el jardín mientras me preparo un café. Y no te cagues por los rincones —añadió mientras abría el ventanal.

El aire era fresco, vivificante, limpio. Azti trotó de un lado a otro del jardín. Saltó, olisqueó, jugó con su sombra y escarbó en la hierba crecida.

No había forma de medir cuánto había cambiado su vida en sólo diez días. Su madre había muerto, y aunque se esforzaba por suturar esa herida, la carne abierta le sangraba cada día, a cada momento. La veía a ella en sus propios gestos, en los lunares que coloreaban sus brazos, en sus fuertes piernas «de gente de montaña», como le decía cuando se quejaba de niña por tener lo que le parecían las pantorrillas más gruesas del mundo. Recordaba su voz con total nitidez, aunque sabía que poco a poco se iría diluyendo en el olvido, y le carcomía la duda de si, la última vez que hablaron por teléfono, el mismo día de su muerte, la oyó decirle que la quería.

Y ahora, su padre pretendía volver. El hombre que apuñaló a su madre, que la golpeó innumerables veces, que la convirtió en una mentirosa consumada, una soberbia actriz. En el fondo, confiaba en que el viejo no se atreviera a poner un pie en Biescas. Juan le había dejado claro que no era bienvenido, que no querían saber nada de él. Ahora sólo podían esperar. Tenía su número de DNI en el teléfono, en un rato intentaría rastrear su historial en las bases de datos.

El dolor era más llevadero cuando tenía un trabajo en el que ocupar las eternas horas que formaban cada día, pero ahora se abría ante ella un vacío inmenso que amenazaba con tragársela entera. No era la primera vez que la sancionaban, pero nunca con tanta dureza. Una semana en blanco. Un caso perdido. Un asesino libre, seguramente disfrutando en casa de su habilidad para salirse con la suya.

Dos mujeres y un bebé habían muerto para salvaguardar el prestigio de un cerdo hijo de puta. Recordó los gorjeos del niño en el regazo de su tía, sus dedos gordezuelos agarrándole el índice, su sonrisa cuando Ana le hacía cosquillas en la barriga.

La pregunta que Damen le había hecho unas horas antes todavía martilleaba en sus oídos. «¿Para qué te hiciste policía?». No dijo nada, pero ella conocía la respuesta. Para aprender a ver. Para no volver a estar ciega ante el dolor de los inocentes, ante las injusticias. Para saber leer en el rostro de una víctima que calla avergonzada; para aprender a hacerles ver que no es suya la vergüenza, sino del otro. Pero también para castigar, para que la justicia dejara de ser intangible y se convirtiera en algo real y palpable, para que cada delito tuviera su respuesta y que cada víctima pudiera disfrutar de su momento de revancha.

No quería seguir siendo una ciega, necesitaba abrir los ojos y entender, traducir, descifrar, saber ver.

Por eso se hizo policía. Por su madre. Por su padre, que a punto estuvo de matarla. Y, sobre todo, por ella misma. Pero eso Damen nunca lo entendería. A él le iba toda esa parafernalia ortodoxa, la disciplina, la burocracia, las normas y las leyes. Leyes cambiantes que no siempre buscaban el beneficio y la protección del más débil, sino la mayor gloria del gobernante de turno.

Se hizo policía para aprender a ver, pero lo que había visto hasta ese momento era bastante descorazonador. A pesar de todo, seguía adelante. De nuevo por su padre, por su madre y por ella misma.

Se preparó un café capaz de poner en órbita un cohete y lo acompañó con un bocadillo de jamón. El pan se había descongelado mal en el microondas y la miga estaba dura y helada, pero, como decía su madre, a buen hambre no hay pan duro. Cuando terminó de almorzar, cogió una cerveza de la nevera y se sentó en el jardín. Azti acudió en el acto a su lado y se tumbó a la sombra.

—Pan frío y cerveza caliente —masculló cuando dio el primer trago—. Mi vida es una mierda.

Cerró los ojos y se regodeó en la cálida caricia del sol en la cara.

Detrás de sus párpados se formaron irregulares formas brillantes, círculos que crecían y explotaban para crear un universo de nuevos círculos que crecían y explotaban.

Buscó a tientas la cerveza y la apuró de un trago. Estaba asquerosa. Como todo últimamente.

No fue consciente de que se había dormido hasta que un zarandeo la despertó.

—¡Mierda, Antón! —exclamó, asustada—. Jamás vuelvas a hacer esto. ¡Me has dado un susto de muerte! ¡Podría haberte pegado un tiro!

—¿Un tiro? Como si tuvieras una pistola… —se mofó el joven.

—¡Soy policía, joder!

Antón se enderezó poco a poco y la miró con la boca abierta. Marcela se arrepintió en el acto de sus palabras. Una cosa más que iba a cambiar en menos de diez días…

—¿Eres policía? —preguntó muy despacio—. ¿No me estás tomando el pelo?

Marcela se levantó y se recolocó la ropa. Estaba un poco mareada y el estómago le daba vueltas, aunque esta vez no sintió la necesidad de echar a correr.

—Sí, soy policía. Inspectora, para ser más exactos.

—Vaya…

La cara de Antón era indescifrable para ella. La boca abierta, los ojos entrecerrados, el ceño fruncido, las cejas formando una curiosa curva en dirección a su nariz… Tanto podía estar asustado como enfadado, o simplemente sorprendido.

—Vaya… —repitió. Luego frunció aún más el ceño y la miró de medio lado—. Y ¿llevas pistola?

—Ahora no la llevo encima. Nunca la llevo cuando estoy en casa, pero tengo una.

—¿Aquí también?

—Aquí también —confirmó.

—Pero no ahora.

—No, en estos momentos voy desarmada.

—Entonces malamente ibas a pegarme un tiro, por mucho que te hayas asustado. No haces más que mentirme…

Marcela lo miró y sonrió despacio.

—¿No te importa que sea policía? —le preguntó—. Hay gente a la que algunas profesiones no les gustan. Como la mía, por ejemplo.

Antón la miró un largo rato antes de volver a hablar. No se acostumbraba a sus silencios.

—¿A ti te molesta que yo sea barrendero?

—No, claro que no, qué tontería.

—Vale. A mí no me molesta que seas policía mientras no vayas con la pistola por ahí.

—Ya te he dicho que sólo la llevo cuando trabajo.

—Vale —repitió por enésima vez.

—No hace falta que se lo cuentes a todo el mundo —añadió Marcela con cautela—. Ya te he dicho que hay gente a la que no le gusta mi profesión.

—Lo sé, conozco a unos cuantos, pero conmigo no vas a tener problemas, te lo aseguro. Y tampoco se lo diré a nadie. Pero prométeme que nunca llevarás pistola cuando vayamos de paseo —insistió.

—Por supuesto, prometido.

—Vale. ¿Vamos a por setas?

Marcela sonrió. Ojalá las cosas fueran siempre así de sencillas.

—Dame un minuto para que me cambie de ropa y me ponga las botas.

No habían recorrido ni cien metros cuando empezó a arrepentirse de haber aceptado dar ese paseo. Sentía un intenso hormigueo en las piernas, le dolía la cabeza y las náuseas no acababan de desaparecer. Se había tomado un café frío antes de salir de casa que ahora le bailaba peligrosamente en el estómago.

El perro correteaba y saltaba de un lado a otro, acercándose a ellos y alejándose al instante tanto como le permitía la larga correa con la que lo sujetaba Antón. El sol había comenzado su retirada y las sombras se iban alargando cada vez más, a pesar de que apenas eran las cinco de la tarde. En poco más de una hora habría anochecido. Teniendo en cuenta ese condicionante, decidieron pasear por una amplia explanada cercana al pueblo en la que, según Antón, todavía podrían encontrar alguna seta, aunque los vecinos del pueblo llevaban desde finales de agosto visitando el lugar para aprovisionar sus despensas.

Dejaron a un lado las cuevas y avanzaron siguiendo el río, que bajaba caudaloso a pesar de la sequía estival. Las primeras lluvias del otoño lo habían alimentado hasta convertirlo en un riachuelo claro, cantarín, rápido y vibrante.

Antón parloteó sobre su trabajo, sobre lo que encontraba en el suelo y en las papeleras («Alucinarías con lo que tira la gente, es increíble», decía), gruñó porque apenas dieron con media docena de setas («¡Es que los domingueros arrasan con todo»!) y se negó a soltar a Azti de la correa, alegando que acababan de conocerse y si echaba a correr y los perdía de vista, cabía la posibilidad de que no supiera encontrar el camino de vuelta.

Marcela lo escuchaba en silencio, sonreía e intentaba estar atenta, pero su mente volaba una y otra vez hasta Pamplona. No sabía qué estaría ocurriendo allí, cómo habrían afrontado la investigación del asesinato de Ana García de Eunate y el pequeño Pablo, si Aguirre habría recurrido su interrogatorio para anularlo, si las cámaras de calles y comercios habrían arrojado algún resultado positivo sobre la identidad del motorista.

Regresaron dos horas después, con la noche ya sobre sus cabezas y las temperaturas en descenso, aunque no lo bastante como para obligarla a encender la calefacción. Bastaría con un par de troncos en la chimenea.

El estómago y la cabeza habían recuperado su estado habitual. Al final, el paseo había sido una buena idea. Llenó los cuencos de Azti con comida y agua y se obligó a prepararse algo decente para cenar. Decidió abrir una de las botellas de vino que dormían en la despensa.

Venían con la casa, estaban allí cuando se mudó. Los anteriores dueños habían instalado un precioso botellero de madera que sus herederos decidieron dejar tras la venta de la casa, al igual que buena parte del mobiliario. Tampoco quisieron las botellas, y Marcela no tuvo valor para tirarlas, sobre todo después de abrir una a modo de prueba y comprobar que se trataba de un vino excelente.

Encendió la chimenea, preparó la cena, abrió el vino y puso la mesa. El perro se acomodó a su lado en el sofá. Ella lo empujó al suelo y él, quizá pensando que se trataba de un juego divertido, volvió a subir de un salto y esperó un nuevo empujón para seguir jugando. Marcela se rindió y se limitó a empujarlo hasta el cojín más lejano. No quería que la comida se le llenara de pelos.

Comió sin apenas hacer caso al runrún del televisor, que había encendido más por costumbre que porque le apeteciera ver algún programa. Sin embargo, mientras masticaba no podía evitar mirar constantemente de reojo el móvil que había dejado sobre la mesa. No había llamadas. Damen no había llamado.

Si lo pensaba bien, eso era lo lógico. Al fin y al cabo, lo había echado de su casa. Hasta donde lo conocía, sabía que Damen no se arrastraría para acercarse a ella. Era terco y orgulloso. Por eso le gustaba. También era muy paciente. No tenía más remedio que reconocer que ella, en su lugar, no habría aguantado ni la mitad de lo que Damen había tolerado por ella. No estaba pensando sólo en cuando se pasaba con el alcohol. Sabía que no le gustaba verla tambalearse o balbucear, pero la aceptaba con sus debilidades y comprendía su dolor, aunque no estuviera de acuerdo con el modo en el que ella intentaba pasar página.

No, no era sólo eso. Damen también había aguantado sus silencios, que a veces se prolongaban durante días, y sus desplantes cuando tenía un mal día. Había demostrado ser un amigo, además de un amante, y ella se lo pagaba echándolo de su casa.

—Bien por mí —brindó en voz alta. Azti abrió los ojos durante un segundo y volvió a dormirse en el acto. No parecían importarle mucho las preocupaciones de su humana.

Apuró la copa, apagó la tele y cogió el teléfono. Leyó el par de wasaps que le había enviado su hermano, abrió la foto de sus sobrinos, que sujetaban una hamburguesa más grande que sus manos, y sonrió al comprobar que, por fin, el pequeño Aitor recibiría la visita del ratoncito Pérez. Antes de cerrar la aplicación, subió por la lista de sus comunicaciones más recientes hasta encontrar el nombre que buscaba. Pulsó sólo para leer los últimos mensajes que intercambiaron, una cita para cenar. Damen, igual que ella, ocultaba los datos de su última conexión y había anulado la función de los *tics* azules que mostraban al emisor que el receptor había leído el mensaje. La imagen que Damen utilizaba en WhatsApp era un sencillo *eguzki-lore*, una flor de sol. De pronto, los recuerdos de cuando le explicó el significado de esta flor la asaltaron con tanta nitidez que por un momento sintió los dedos de Damen paseándose por las ramas desnudas del árbol de su espalda.

—La leyenda dice que la Madre Tierra creó la luna y el sol para proteger a la humanidad. —Damen hablaba en voz baja, en un susurro áspero que tenía la capacidad de abrir los poros de su piel y colarse debajo—. Cuando se dio cuenta de que la luz de la luna era insuficiente para alejar a las criaturas que acechaban de noche creó el *eguzki-lore*. Tiene forma de sol, y colgado de las puertas simula su brillo y aleja la maldad. Tiene otros significados más prosaicos, ¿quieres que te los cuente?

—No —respondió ella—, esta historia me gusta.

Sin embargo, al día siguiente buscó el resto de las acepciones de la curiosa palabra y se enteró de que tenía propiedades medicinales y de que los pastores la utilizaban a modo de barómetro, ya que sus hojas se abrían o cerraban en función de la humedad del ambiente. Leyó sobre su significado católico y se enteró de que, al parecer, no era tan ancestral como se pensaba. De todos modos, prefirió recordar la explicación de Damen. Le gustaba la magia. Y le gustaba su voz narrando historias.

Pulsó en su nombre y tecleó despacio, dudando sobre si sería buena idea.

Hola.

Un *tic*, dos *tics*, y luego nada.

De pronto, debajo de su nombre aparecieron dos palabras. *En línea.* Y luego: *escribiendo.*

Hola.

El corazón le dio un vuelco. Siguió tecleando.

¿Todo bien?

Todo ok, ¿y tú?

¿Qué podía responder ahora? ¿Que no se arrepentía de nada de lo que le dijo? ¿Que volvería a hacer lo mismo una y mil veces? ¿Que creía que el sistema había fallado en este caso? ¿Que le daban ganas de vomitar al recordar cómo sus superiores se plegaban a las decisiones de quienes manejaban los hilos? ¿Que recordar el rostro de Ana García de Eunate y la risa inocente del pequeño Pablo le producía dolor de estómago?

Tengo perro, respondió, sin embargo.

El timbre del teléfono, veinte segundos después, le dio un susto de muerte.

—¿Tienes perro? —preguntó Damen—, ¿en serio?

—Sí, un chucho negro de un año más o menos, según la veterinaria.

—¿Eres Marcela? —siguió, medio en broma, medio en serio.

—Claro que soy yo, inspector. Qué rápido has olvidado mi voz.

—¿De dónde has sacado ese perro? Perdona, pero es que era lo último que me esperaba.

—Se me cruzó en una rotonda. Paré para comprobar si le había hecho daño y otro conductor me ayudó a meterlo en el maletero y traerlo a casa. No podía dejarlo suelto, el siguiente coche podría haberlo atropellado.

—¿No tiene dueño?

—No lo sé, no tiene chip ni collar identificativo, así que he llegado a un acuerdo con mi vecino y lo cuidamos entre los dos. Él se ocupa de Azti cuando tengo que trabajar y yo lo recojo cuando vuelvo.

—¿Estás en Zugarramurdi? —preguntó.

—Sí, en casa. Tengo la chimenea encendida y una botella de un tinto extraordinario. —Él suspiró. Marcela sintió su aliento en el oído—. Siento haberte echado —dijo por fin. Las palabras le quemaban en la lengua desde hacía rato.

—Y yo siento haberte hablado así. Estaba preocupado.

—Lo sé. Yo también estaba preocupada, aunque por diferentes motivos, y me temo que gestioné muy mal la sanción de Andreu.

—Tienes que…

—No, por favor —le cortó Marcela—. Si empiezas a darme lecciones otra vez, terminaremos discutiendo. Somos diferentes, vemos las cosas de distinta forma, pero si te das cuenta, los dos perseguimos lo mismo.

—Supongo que tienes razón. No soy nadie para darte lecciones. —El silencio se extendió entre ambos como un pesado e incómodo manto. Por fin, Damen suspiró y volvió a hablar—: ¿Cómo has dicho que se llama el perro?

—Azti, significa «mago». Fue idea de Antón, mi vecino. Dice que un mago es mejor que un brujo. Me gusta el nombre y, además, creo que le pega. Es tan negro que parece que se ha envuelto en una capa de ilusionista.

—Y lo alimentas, lo sacas a pasear…

—Sí, hoy durante casi dos horas. Me duelen las piernas.

—No te reconozco, Pieldelobo.

El sonido de su risa a través del teléfono fue como un bálsamo para sus heridas.

—Tengo unas cuantas botellas más de ese vino tan bueno en la bodega —susurró.

—¿Me estás invitando a comer?

—Te invito a una copa, o a las que quieras. Comerás si traes algo, tengo la nevera pelada. Bueno, en realidad he hecho la compra esta mañana, pero nada digno de tu paladar.

—Ahora vuelves a ser tú.

De nuevo su risa franca, tranquilizadora. Marcela también sonreía.

Le habló un poco más sobre su perro, de lo mal que olía el pienso, le contó un par de anécdotas sobre su primer paseo cargada con bolsitas para recoger las cacas y disfrutó de las carcajadas de Damen al imaginársela aguantando las ganas de vomitar.

Se despidieron después de que él prometiera hacer todo lo que estuviera en su mano por escaparse al día siguiente y pasar al menos unas horas con ella.

—Si no voy —le dijo—, eres capaz de acabar tú sola con toda la bodega.

—Estoy en ello —reconoció entre risas—, así que date prisa.

Cuando colgó, su humor había mejorado considerablemente. Acarició a Azti, alimentó la chimenea y se sirvió una nueva copa de vino. No era en absoluto una enóloga, y le aburrían las espesas explicaciones de los sumilleres en los restaurantes, pero tenía que reconocer que ese vino estaba delicioso. Suave pero intenso, nada áspero, como otros tintos que había probado. Cálido, aromático… Cerró los ojos y se llenó la boca de vino para que el líquido alcanzara hasta el último rincón. Tragó poco a poco. Se sentía bien.

Recuperó el móvil de encima de la mesa y buscó un nuevo número. Pulsó la tecla verde y esperó. Miguel tardó unos cuantos tonos en contestar, y cuando lo hizo su voz le llegó amortiguada por el ruido de una música demasiado alta.

—¿Te has ido de juerga sin mí? —preguntó cuando el subinspector la saludó.

—Eso nunca. Sólo un par de cervezas con una amiga. De hecho, estaba a punto de retirarme. Mañana tengo que madrugar. ¿Qué tal estás?

—Bien, bien… —El ruido de fondo apenas les permitía entenderse—. ¿Puedes llamarme cuando llegues a casa? Si vuelves solo, claro. No me gustaría molestar…

—De acuerdo, te llamo en media hora. Tú nunca molestas, jefa.

—¡No me llames jefa! —gritó con una sonrisa, pero Bonachera ya había colgado.

No estaba siendo un buen día para Miguel. Esa tarde había

perdido casi tres mil euros en una mala mano contra uno de sus contrincantes habituales y al que se jactaba de conocer a fondo. Craso error. Desplumado, conservó al menos el buen criterio de retirarse de la partida a tiempo. Apagó el ordenador y se dirigió a uno de los *pubs* que frecuentaba cuando necesitaba compañía, pero tampoco en eso había tenido suerte. La única mujer disponible en ese momento era demasiado cariñosa, casi empalagosa, y estaba empezando a darle grima.

Marcela llamó justo en ese momento y le ofreció la excusa perfecta para salir de allí sin quedar como un cabrón.

—Trabajo —dijo sin más. Le lanzó un beso con la punta de los dedos y corrió hacia la puerta.

Ya en casa, se acomodó en el sofá y tecleó un rápido mensaje antes de hacer la prometida llamada.

¿En media hora?

Un minuto después, su móvil lanzó un excitante «bip».

Ahí estaré.

Azti parecía haberse reactivado y la miraba desde el suelo con su enorme lengua rosa asomando entre los dientes. Movía la cola a un lado y a otro sin levantarla y daba pequeños pasos hacia atrás. Hacia la puerta.

—Son las diez de la noche —se quejó Marcela—, ¿de verdad no aguantas hasta mañana?

El perro respondió con un pequeño salto. Puso sus patas delanteras sobre la pierna de Marcela y adelantó la cabeza en busca de una caricia. Ella le pasó la mano entre las orejas, disfrutando de la suavidad de su pelaje azabache.

—Una vuelta corta, haces tus cosas rápido y volvemos.

Se puso la chaqueta, ató la correa al perro y salió a la calle. Zugarramurdi era un pueblo tranquilo, sereno y silencioso casi siempre. El aire frío, heraldo del invierno, le trajo el olor del campo y del ganado. Azti estiraba al máximo la correa para olisquear cada rincón y marcarlo con su propio olor. Caminó siguiendo los caprichos del perro a un lado y a otro de la calle, hasta que encontró un rincón de su gusto en el que agacharse. Marcela se dio la vuelta para darle un poco de intimidad y se resignó a recoger el regalito del chucho antes de volver a casa. Nunca se acostumbraría a eso, jamás.

El teléfono vibró en su bolsillo mientras regresaba con Azti caminando tranquilo a su lado. Tardó unos segundos en cambiarse la correa de mano, sacar el móvil y descolgar.

—La has despachado muy deprisa —bromeó—, ¿la muchacha no estaba a la altura?

—Era una compañera —mintió Miguel Bonachera—, y ya sabes eso que dicen, «Donde tengas la olla…».

—Como si alguna vez te hubieran importado los refranes.

—No, la verdad, pero viene muy bien citarlo cuando la compañera en cuestión no es lo que esperabas. Queda educado y profesional.

—Eres un cabrón sin corazón —le acusó Marcela.

—Eso no es verdad. Lo que ocurre es que, en este caso, la muchacha, como tú la llamas, aspiraba a ser mi jefa, y con una me basta y me sobra. ¿Dónde estás, por cierto? Me ha parecido oír pájaros. ¿Has salido? —Se levantó del sofá y se dirigió hacia la caja fuerte.

—Estoy paseando al perro.

La risotada que siguió la obligó a alejarse el teléfono de la oreja durante unos segundos. Lo dejó reírse hasta que se cansó.

—Así que has huido al monte —dijo Bonachera cuando pudo seguir hablando—. ¿Desde cuándo tienes perro?

—Desde hace un par de días. Lo estoy adiestrando para ahuyentar a los idiotas, así que tendrás que ir con cuidado.

—No sé ni dónde vives, jefa, así que no creo que me muerda. —Abrió la caja, sacó la pequeña arqueta metálica y se dirigió con ella de vuelta al salón. Tres mil euros no iban a amargarle la velada.

Marcela se tragó la bien merecida pulla y rebuscó en el bolsillo las llaves de su casa. Le pidió a Miguel que esperara mientras entraba, soltaba al perro y se quitaba el abrigo. Luego se sentó en el sofá y recuperó el teléfono.

—¿Hay algo? —preguntó sin más. Ambos sabían a qué se refería.

—Estamos dando vueltas y más vueltas sin conseguir nada, vamos como pollos sin cabeza. El informe de la Reinona es desolador. Ni huellas, ni rastros biológicos, ni un pelo del motorista. Nada en las cámaras de tráfico ni en las de los comercios. Desapareció. —Dejó el móvil sobre la mesa y conectó el altavoz. Necesitaba las dos manos libres para preparar las rayas.

—Desde ese punto, lo más sencillo para evitar ser visto es entrar en el Bosquecillo y, de ahí, a la Taconera. Si por el camino te libras de lo que te identifica, cuando vuelve a enfocarte una cámara pareces otra persona.

—Es muy probable que pasara como dices —reconoció Miguel, concentrado en el polvo blanco.

—¿Pablo Aguirre ha…?

—Por supuesto. Su abogado ha presentado una solicitud ante el juez para que se anule la entrevista de ayer y cualquier actuación que pudiera derivarse del interrogatorio ilegal del que te acusa.

—No lo interrogué —se defendió Marcela—, primero le hice las preguntas habituales cuando investigas una desaparición y luego le pregunté qué hacía en el domicilio de Victoria, por qué tenía llave y qué hacía su ropa en el armario de ella. Entré detrás de él, él abrió la puerta, no yo. —Obvió decirle que ella se había colado en la casa antes, pero Miguel, por supuesto, ya lo sabía.

—Nada de eso nos servirá si el juez accede, y accederá. Es de su cuerda.

—Mierda —masculló.

—Sí, mierda. Puede alegar que todo lo que encontremos en su contra procede de tu conversación con él. Sería tu palabra contra la suya, y tu credibilidad no está pasando por un buen momento.

—Sabes que jamás mentiría en algo así.

—Lo sé, y seguro que Andreu también lo sabe, pero el juez no te conoce a ti, conoce a Aguirre y, además, se llevan bien. Punto para él. —Echó un vistazo a su reloj. Faltaban diez minutos para que su cita llamara a la puerta.

—¿Qué me dices de los García de Eunate?

Miguel guardó silencio unos segundos. Lo oyó respirar al otro lado del teléfono y beber algo.

—Fue horrible. Están destrozados. Esto es más de lo que cualquier familia puede soportar. Están rotos, realmente hundidos.

—No hablarán contra Aguirre.

—No creo que puedan hablar contra nadie, al menos en una buena temporada. Y, de todas formas, salvo que demostremos lo contrario, ellos defenderán su inocencia. Es un amigo de toda la vida, además de socio en los negocios.

—Pero le hizo un bombo a su hija de lo más indecoroso —le recordó.

—Ni siquiera estoy seguro de que lo supieran. Quizá Victoria sólo se lo confesara a su hermana pequeña.

Marcela tuvo que reconocer que ella también había sopesado esa posibilidad y la idea le parecía bastante verosímil. Cerró los ojos y se tragó el sapo que le impedía hablar.

—La he cagado a base de bien, ¿verdad?

Escuchó a Miguel suspirar.

—No voy a decirte que no. Tu actuación ha comprometido la investigación, pero no ha acabado con ella. No vamos a tirar la toalla. Domínguez sigue buscando indicios en los restos del accidente. Sabemos, por ejemplo, que la pintura transferida al vehículo que conducía la víctima corresponde a un BMW deportivo rojo. Varios modelos utilizan el mismo tono. Ahora nos toca rastrear los matriculados en Navarra y comprobar su estado. No son pocos.

—Y, además, pudo venir de cualquier sitio.

—Eso es verdad. Va a ser imposible verificar todos los coches de esa marca y color, pero estamos en ello. ¡Bueno! —exclamó, comprobando una vez más la hora en su reloj—. Te dejo tranquila. Es tarde, y la gente decente mañana trabajamos.

—De acuerdo, mañana hablamos.

Miguel cortó la llamada y puso el móvil en silencio justo cuando el timbre lanzaba su discreto aviso. Puntual como siempre. Esa era una de las cosas que le fascinaba de ella. Pensar en el resto le provocaba un excitante escalofrío.

De pronto, a Marcela el vino ya no le pareció tan bueno. El último trago le dejó en la garganta un desagradable regusto amargo. Sacó de la nevera la botella de Jäger, cogió un vaso, se puso el forro polar que colgaba del perchero del salón y salió al jardín con el tabaco en la mano. No se molestó en encender la luz exterior, la iluminación procedente del salón era suficiente para encontrar la silla y acomodarse bajo la luna.

La noche estaba plagada de estrellas. Como siempre que miraba al cielo nocturno, intentó localizar la Estación Espacial Internacional, pero su rastreo del firmamento fue infructuoso. No era complicado encontrar la ISS. La estación y sus astronautas daban dieciséis vueltas a la Tierra cada día y, además, el satélite era el tercer objeto más brillante del espacio después del Sol y la Luna, pero esa noche no hubo suerte. Ni esta noche, ni este día, ni esta semana, ni en toda mi vida, pensó.

Se sirvió un trago largo, lo apuró con un solo movimiento de cabeza hacia atrás y se recostó en la silla. Si fuera músico o poeta podría emborracharse y escribir canciones o versos en los que diluir su dolor. Buscaría consuelo en las palabras, en las notas, en las melodías. Convertiría su angustia en algo bello.

Pero Marcela había nacido sin asomo de dote artística alguna. No sabía cantar, ni tocar ningún instrumento, ni componer canciones. No era capaz de escribir nada parecido a un poema, una novela o un cuento. A duras penas terminaba las redacciones en el instituto. Leía, absorbía las palabras de otro. Escuchaba música, se dejaba transportar por un buen tema de *jazz*, pero era incapaz de reproducir algo tan bello.

No. Lo suyo era destrozarlo todo. Abrir la vida en canal para ver qué había dentro. Hacerse preguntas, perseguir las respuestas. Dudar. Y echarlo todo a perder. Todo. En esos momentos, después de tres tragos de Jäger, cuando se sentía más lúcida que en ningún otro momento de los últimos días, era incapaz de recordar una buena decisión que hubiera tomado en algún momento de su vida.

Error tras error, caída tras caída. Su vida estaba plagada de traspiés y descensos al infierno. Levantó el vaso y brindó por ella misma, porque cada vez que se había hundido había sido capaz al menos de volver a sacar la cabeza. Sucia y magullada, pero seguía adelante. Sin embargo, el hoyo en el que acababa de meter el pie amenazaba con engullirla para siempre, masticándola antes despacio y dolorosamente. Se sabía en medio de un pantano de arenas movedizas, pero de momento lo único que se le ocurría hacer era rellenar de nuevo su vaso con el dorado líquido germano y brindar por la Estación Espacial Internacional.

23

Azti era un perro inmisericorde. A las siete en punto de la mañana, apenas cinco horas después de que Marcela consiguiera llegar hasta su cuarto, se coló en su habitación y se subió a la cama de un salto. Luego comenzó a dar vueltas alrededor del cuerpo inmóvil cubierto por el edredón hasta que encontró la cabeza. A dos centímetros de su oreja, los gemidos del perro sonaban atronadores, aunque lo que de verdad terminó de despertarla fueron los húmedos y tibios lengüetazos que le repartió por toda la cara.

—¡Aparta! —masculló. Tenía la boca pastosa y su cabeza era como la caja de resonancia de un tambor. Calanda entera estaba en su interior. El perro no se dio por aludido y, animado por el hecho de que su humana parecía reaccionar a su presencia, reactivó su paseo sobre la cama sin tener en cuenta lo que había bajo sus patas.

Harta de recibir pisotones y lametones, Marcela apartó el edredón, empujó al perro y se levantó. La pared, el suelo y el armario se movieron peligrosamente hacia un lado. Volvió a sentarse y apoyó la mano sobre el lomo de Azti, que se había colocado a su lado y la miraba expectante. El mareo se diluyó poco a poco hasta sumarse a la jaqueca que la maltrataba desde que abrió los ojos. Estiró el brazo y se sujetó a la cómoda antes de volver a ponerse de pie. Luego, dos pasitos cortos la llevaron hasta la puerta del baño. Evitó mirarse al espejo y fue directa a la taza, de ahí a la ducha y, por fin, al lavabo.

El agua caliente, el jabón arrancándole el alcohol de la piel, el cepillo de dientes devolviéndole su grosor natural y su flexibilidad a la lengua y aplicarse crema hidratante le permitieron volver a sentirse persona, aunque cuando por fin se miró en el espejo le asustó el tamaño de las bolsas bajo sus ojos y el extraño rictus descendente que dibujaba su boca.

—Vamos, chico —animó a Azti, que seguía dando vueltas por la habitación—. Haz tus cosas en el jardín mientras preparo el desayuno para los dos.

El perro cruzó el ventanal en cuanto Marcela abrió una rendija. Se escurrió entre sus piernas y se lanzó sobre el césped descuidado, saltando y rodando sobre sí mismo como si aquello fuera lo mejor de la vida. Y quizá tuviera razón. Quizá todo fuera mejor si, en lugar de darle vueltas a cada pensamiento hasta retorcerlo y convertirlo en un problema, nos conformáramos con lo que la vida nos da, las cosas sencillas de cada día que, cuando te permites detenerte un minuto y disfrutarlas, se convierten en un increíble placer.

Sacudió la cabeza para alejar tan estúpido pensamiento. La vida era tan complicada, tan retorcida, cruel e implacable que hacía falta luchar cada día con uñas y dientes para sobrevivir, literal y metafóricamente.

Desayunó de pie en la barra de la cocina, contemplando cómo el perro corría, saltaba, husmeaba y rascaba la tierra con sus patas. Se bebió la cafetera entera junto con dos ibuprofenos. La cabeza dejó poco a poco de darle vueltas, aunque su estómago se negaba a asentarse del todo.

Tuvo que salir al jardín para buscar su tabaco. Lo encontró en el suelo, junto a la silla en la que permaneció hasta bien entrada la noche. La cajetilla estaba húmeda, pero los cigarrillos habían aguantado la rosada matinal sin mojarse. Le quedaban tres. Tendría que salir a comprar. No pudo evitar que la voz de su madre llenara su cabeza con sus reiteradas advertencias sobre los efectos malignos del tabaco.

«Eres capaz de quedarte en casa sin nada decente que comer, pero en cuanto te falta el tabaco te lanzas a la calle estés como estés y haga el tiempo que haga. Eres una esclava —la acusaba, señalándola con el dedo—, tú que vas de libre e independiente, eres una esclava de la nicotina».

Sabía que tenía razón, que era una esclava de la nicotina y de las miles de sustancias químicas que generaba su combustión. Arsénico, plomo, amoniaco, benceno e incluso materiales radiactivos. Ella siempre le contestaba lo mismo, que lo dejó una vez y volvería a hacerlo, pero no ahora, no en ese momento, cuando necesitaba toda su fuerza de voluntad para seguir viva, para pelear contra la ola que amenazaba con arrastrarla al mismo abismo en el que se hundía Héctor.

Las cosas no habían cambiado demasiado desde entonces. En algunos aspectos estaban incluso peor, así que no podía distraerse dedicando su entereza a dejar de fumar o el día menos pensado decidiría no levantarse de la cama nunca más.

Encendió el pitillo sentada en uno de los taburetes de la cocina. Mordisqueó una rebanada de pan de molde sobre la que había extendido una loncha de jamón cocido y le rogó a su estómago que se quedase quieto de una vez. Cada una de las sensaciones que estaba viviendo era conocida y recurrente, pero no por eso dejaban de molestarle.

El pan de molde se convirtió en una plasta en su boca que tuvo que pasar con un trago de agua que cayó a plomo en su estómago vacío. Tiró el resto a la basura y subió a vestirse. Cuando bajó, Azti se había cansado de corretear por el jardín y husmeaba sus cuencos vacíos.

—Perdona, lo olvidé.

El perro la miró y movió la cola. Le rellenó un plato con pienso y el otro con agua fresca y lo dejó comer tranquilo. Salió al jardín, encendió un nuevo cigarrillo y observó el cielo. Las nubes todavía no habían conseguido adueñarse de todo el espacio y el azul seguía siendo el color predominante. El viento era suave pero fresco, procedente de las montañas. Desde que compró la casa le rondaba la idea de seguir un día la ruta de los contrabandistas y cruzar andando los Pirineos en una travesía de montaña que prometía ser increíble, pero una cosa por otra, un día por otro, de nuevo se le estaba echando encima el invierno y el sueño seguía siendo eso, sólo un sueño, una meta inalcanzada.

Dócil, Azti se dejó poner el collar y la correa y esperó paciente junto a la puerta mientras ella buscaba su chaqueta. Era un perro precioso. Su pelaje brillaba como el ónix. Era de un negro compacto, casi sólido.

Salieron a la calle tranquilos, ella para no provocar a los tambores de Calanda, que parecían haberse aplacado bastante, y él porque ya se había desahogado en el jardín. Pasearon hasta el estanco, donde se aprovisionó de tabaco suficiente para el resto de la semana, y de ahí a la venta[1] para abastecerse de comida. Las reservas que trajo de Pamplona eran tan escasas como poco apetecibles.

El perro se quedó en la puerta y se desgañitó con sus ladridos mientras ella compraba lo más deprisa que podía, pero el carnicero llevaba su ritmo y ningún animal vivo haría que le temblara el pulso. El timbre del teléfono en su bolsillo se sumó al escándalo.

—Póngame el resto del pedido mientras atiendo la llamada, por favor —le rogó al carnicero, que la miró desde detrás de sus gafas como si fuera la primera vez que la veía.

—*Trankil, segidan paratuko datzut guzia.*

—Te ha dicho que tranquila, que te lo prepara en un momento —le tradujo la anciana que esperaba su turno sentada en uno de los taburetes pegados a la pared. Marcela le sonrió agradecida, salió a la

---

[1] En Navarra, las ventas son casas ubicadas en un camino, normalmente en zonas despobladas, que tenían permiso para hospedar viajeros. Con el tiempo se convirtieron en hoteles rurales y, sobre todo, en restaurantes, pero hay muchas en pequeñas localidades del norte de la provincia que cuentan con un pequeño colmado en el que abastecen a la población de carne, pan y productos básicos de alimentación. (N. de la A.).

calle y se situó junto al perro, que dejó de ladrar y aullar en cuanto la vio.

—¿Sí? —Ni siquiera había comprobado quién la llamaba a esas horas de la mañana.

—He aparcado a la entrada del pueblo porque no tengo ni idea de dónde vives —dijo Damen. No sonaba molesto o enfadado, sino más bien divertido.

—¿Estás en Zugarramurdi? —Era lo último que se esperaba.

—Te lo acabo de decir. Me invitaste ayer, ¿recuerdas?

—Sí, claro, pero pensé que vendrías un poco más tarde.

—Y yo pensé que estaría bien aprovechar el día. He tenido que pedir unos cuantos favores que sospecho que me saldrán muy caros, así que espero que merezca la pena.

Marcela sonrió.

—Haré lo que pueda para estar a la altura.

Le dio la dirección de su casa y corrió a recoger la compra. Cuando llegó, el coche de Damen ya estaba aparcado junto al suyo en la entrada.

—Pues resulta que es verdad que tienes perro —saludó con una sonrisa.

—Azti, te presentó al foral más buenorro de toda Navarra.

Damen se agachó y acarició al perro, que bailoteó alrededor de sus piernas para darle la bienvenida.

—Tu dueña tiene un sentido del humor muy peculiar, ya te acostumbrarás —respondió él—. ¿Qué haces levantada y en la calle a estas horas? Pensé que aprovecharías para descansar.

—Mi nuevo amigo tenía una urgencia a las siete de la mañana, y para hacérmelo saber se subió en mi cama, me pateó el estómago y luego me lamió toda la cara. El otro día se meó en el pasillo, así que sé de lo que es capaz.

Damen estalló en una sonora carcajada y volvió a acariciarle entre las orejas. Luego se dirigió al maletero de su coche y sacó las bolsas que había llevado. Reconoció el nombre de un conocido supermercado y de una pequeña tienda de productos *gourmet*.

—¿Qué celebramos? —preguntó Marcela mientras lo guardaba todo en la nevera.

—Que estoy aquí, que me has invitado a venir.

Se acercó a ella, la cogió de los hombros para colocarla frente a él y la besó en la boca despacio y profundamente. Su estómago, que llevaba un rato sin hacerse notar, se encogió y volvió a estirarse mientras su mente se llenaba con una sola idea: deseaba a ese hombre, y de qué manera.

Marcela sólo tuvo tiempo de sacar al perro al jardín y cerrar la puerta antes de prácticamente abalanzarse sobre Damen, que la rodeó con sus brazos y se dejó conducir hasta el sofá.

No entendía por qué, pero mientras Damen la desnudaba a toda prisa sin dejar de besarla, acariciaba sus pechos, su vientre y atraía sus caderas hacia su boca para regalarle el mayor de los placeres, ella tenía ganas de llorar. Quizá fuera porque los vapores alcohólicos de la borrachera del día anterior seguían actuando en su organismo, o porque de pronto fue consciente de que su actitud brusca y chulesca había estado a punto de echar a perder lo único bueno que quedaba en su vida. Damen nunca pedía nada, no esperaba nada. Parecía satisfecho con su extraña relación. Y ella, estúpida egoísta malhablada, lo había echado de su casa sólo porque la había obligado a ver la otra cara de la verdad. Seguía sin estar de acuerdo con él, pero tenía que reconocer que se comportó como una niñata consentida, una mujer inmadura incapaz de aceptar una crítica.

«Deja de pensar», se ordenó. Y eso hizo. Se concentró en Damen y en ella misma, se acomodó a su cuerpo, lo recorrió con sus manos, con la boca, con las piernas, y dejó que las pesadillas se evaporaran definitivamente. El calor del sol en la espalda, el terciopelo del sofá, el olor de Damen, el sabor de su boca, el sonido de sus gemidos, de los de ambos. Se sintió llena, completa. Y se dejó llevar.

***

—Tu árbol tiene nuevos habitantes.

Damen recorrió una vez más los trazos negros de la espalda de Marcela hasta detenerse en las dos pequeñas aves cubiertas por un apósito transparente. El día anterior había olvidado limpiarse el tatuaje, y ni siquiera avisó a Cristina de que no iría. De un modo u otro, siempre acababa quedando mal con alguien.

—Un cuervo y un rálido de Aldabra —le explicó. Damen asintió, como si la sucinta aclaración fuera suficiente.

—Nunca he terminado de entender tu fijación por los cuervos. Son unos pájaros de mal agüero. Y el que te has tatuado al lado del nuevo tampoco es ninguna maravilla.

Marcela se giró sobre sí misma, se acomodó en el hueco del brazo de Damen, bien pegada a su cuerpo, y le miró muy seria. Seguían en el sofá, desnudos, relajados.

—El cuervo no es un pájaro de mal agüero —protestó—. En las antiguas culturas nórdicas, estas aves eran las encargadas de llevar las almas de los difuntos al paraíso.

—¿Al Valhalla? —la interrumpió Damen.

—Al Valhalla, sí. En los ritos funerarios se soltaban cuervos para que guiaran el alma liberada del cuerpo. Sin un cuervo, no había garantía de que el difunto lograra encontrar el camino.

Damen le acarició la cara y luego deslizó el dedo hasta las ramas oscuras que bordeaban sus pechos. Sin detenerse, dibujó el breve recorrido de la rama que se combaba hacia su vientre, hacia el pequeño cuervo posado en ella.

—Este no ha alzado el vuelo —susurró cuando llegó.

Marcela puso su mano sobre la de Damen para detenerle y después la subió hasta su cintura.

—No —respondió sin más.

—Entiendo —siguió Damen, concentrado ahora en acariciarle el interior del brazo—. ¿El nuevo cuervo lleva el alma de tu madre?

—Así es, lo hice por ella.

—¿Y el pájaro rojo que está al lado?

—No es rojo. Cuando la costra se caiga será marrón. Es un rálido

279

de Aldabra, el único ser vivo del que se tiene noticia de que ha reaparecido sobre la faz de la Tierra miles de años después de haberse extinguido.

—Como si fuera una…

—Resurrección —terminó Marcela—. Sé que puede sonar estúpido…

—No —le cortó Damen—. No suena estúpido en absoluto. Es un homenaje precioso, una forma increíble de llevar contigo a las personas que amas.

—O que he amado —matizó.

Damen se incorporó en el sofá, obligándola a ella también a sentarse. La cogió suavemente por los hombros y la giró hasta que la espalda de Marcela quedó de frente ante él, como un lienzo que quisiera analizar.

Había recorrido innumerables veces el árbol seco con sus dedos, conocía de memoria cada rama, cada curva, cada astilla y, sin embargo, lo estaba mirando como si fuera la primera vez que lo veía.

Deslizó la mano por el grueso tronco hasta llegar a la altura del primero de los cuervos, que ascendían paralelos a su columna vertebral.

—¿Qué alma lleva este?

Marcela cerró los ojos y respiró profundamente. Ese no era un recuerdo doloroso, pero sí lejano.

—Mi hermano Juan debería haber tenido un gemelo —empezó—. Murió en el parto. Ni siquiera llegué a verlo, sólo mi madre pudo echarle un rápido vistazo en el paritorio y lanzarle un beso con la punta de los dedos antes de que se lo llevaran a toda prisa, pero su sombra me persiguió durante muchos años. Soñaba con él, imaginaba cómo sería, cómo sonaría su voz, a qué le gustaría jugar. Mis padres bautizaron su cadáver para tener un nombre que poner en la lápida. El cura de Biescas se oponía, pero al final accedió. Roció la cajita blanca con agua bendita y luego lo enterraron en el cementerio municipal, muy cerca de donde ahora descansa mi madre.

La nariz se le inundó del olor de la tierra fresca, de los cipreses sacudidos por el viento, del aire cargado de nieve.

Damen la abrazó desde atrás y ella se apoyó en su pecho. Sintió su piel caliente contra el árbol negro y se recreó en la agradable sensación. Las cosas buenas solían durar muy poco.

—Debió de ser traumático para ti… —susurró cerca de su oído.

—No, no. Yo era muy pequeña. Mis recuerdos están provocados por lo que mi madre me contó. El resto lo fabricó mi mente infantil, pero lo cierto es que desde que me tatué ese cuervo pensando en Luis no he vuelto a soñar con él.

El dedo de Damen subió hasta la siguiente silueta oscura.

—¿Y este? —preguntó.

—Es por Héctor —respondió con sequedad.

Damen detuvo en seco su paseo por la espalda de Marcela.

—Tu exmarido no está muerto.

—Para mí, sí.

—Me parece muy drástico, pero puedo entenderlo —reconoció por fin—. Lo que no comprendo es por qué, después de todo el daño que te hizo, te tatúas la espalda en su memoria.

Marcela suspiró y cerró los ojos. Pensó en Héctor, en la primera vez que lo vio y en la última, en la cama del hospital. Supuso que ya habría regresado a su celda. No lo sabía, y no quería saberlo.

—No quiero odiarle —le explicó en voz baja, todavía de espaldas a él. Se giró despacio hasta colocarse frente a él y le besó en los labios—. No quiero odiar a nadie, pero cada día me cuesta más.

Damen la miró serio y reflexivo, con el ceño levemente fruncido y los labios apretados en un gesto que repetía sin darse cuenta. Luego, el mohín se transformó en una sonrisa, y la sonrisa, en un largo y cálido beso.

—¿Qué me dices de este?

Marcela estaba tan centrada en los labios y la lengua de Damen que no se había dado cuenta de que sus manos se habían deslizado de nuevo desde su espalda hasta su vientre y ahora su dedo acariciaba la rama rota junto al ombligo y al pequeño cuervo posado en ella. Contuvo unos segundos la respiración y se levantó de un salto del sofá.

—Me muero de hambre —exclamó mientras buscaba su ropa y se vestía a toda prisa.

Antes de que Damen pudiera objetar o decir nada, Marcela corrió descalza hacia la despensa en busca del vino prometido. Damen solo pudo verla alejarse, confuso y sorprendido, aunque contento en el fondo por la insólita intimidad que habían compartido.

Había viajado hasta Zugarramurdi consciente de que Marcela podía haber cambiado de opinión y echarlo de nuevo. Por eso madrugó, hizo la compra pensando sólo en los gustos de ella y no la llamó hasta que estuvo en el pueblo. De ese modo no tendría tiempo de pensar una excusa, una más, con la que alejarse de él.

El corazón y el alma de Marcela guardaban más misterios que las famosas cuevas, pero quizá por eso le gustaba, porque cada día a su lado suponía el reto de correr un nuevo velo, abrir una puerta hasta entonces clausurada y asomarse despacio para ver qué había dentro.

Decidieron poner la mesa en el jardín, aprovechando los últimos rayos de sol del día. Azti correteó de un lado a otro mientras ellos entraban y salían de la casa con los platos, las copas, el vino y la comida.

—Este jardín pide a gritos un asador en aquel rincón —dijo Damen, señalando el muro de piedra que delimitaba el fondo del terreno. Los otros dos lados estaban cercados simplemente por setos, altos y frondosos a la derecha y más bajos a la izquierda, en la parte que daba a la calle. Sin embargo, eran lo bastante altos como para que los escasos viandantes que pasaban por la calle no pudieran ver dentro a menos que utilizaran una escalera.

—Lo tengo en la lista de pendientes —respondió Marcela con la boca llena—. Quizá para las próximas vacaciones encargue uno.

—Puedes aprovechar ahora, tienes tiempo —propuso él.

Marcela tragó lo que tenía en la boca y dejó los cubiertos en la mesa.

—Estoy suspendida, no de vacaciones. Me han apartado del

servicio y del caso. Lo último que me apetece es meterme en el Leroy Merlin a comprar una barbacoa.

Damen siguió comiendo en silencio, con la mirada fija en ella. Estaba serio, pero no enfadado. Y volvía a tener los labios apretados.

—¿Sabes? —empezó cuando terminó con su filete—. Yo conocía a Victoria García de Eunate. La conocí de crío. Entonces no vivían en Zizur, sino en Pamplona, muy cerca de mi casa. Salíamos a jugar a la misma plaza, ella con sus hermanos y yo con los míos, junto con un montón de chavales más. Teníamos más o menos la misma edad. También conocía a Ana, claro, pero al ser más pequeña apenas nos relacionábamos; ella tenía su propio grupo de amigas.

Marcela recordó el cadáver lívido de la mujer rodeado de basura y cubierto de profundas heridas. El pelo sucio y enmarañado, los ojos vacíos, la boca semiabierta, las manos agarrotadas, las piernas en una posición imposible por culpa de las fracturas. No podía imaginársela viva, y mucho menos como una niña jugando en el parque.

—¿Cómo era? —preguntó por fin.

—Alegre, divertida y muy activa, no paraba quieta ni un minuto. Corría, saltaba, se lanzaba por el tobogán y al instante ya estaba arriba otra vez. Más de un día llegaba a la plaza llorando porque su madre no le permitía quitarse el uniforme escolar y ponerse pantalones, aunque fuera el chándal del colegio. Siempre llevaba esa horrible falda a cuadros escoceses, camisa blanca, una corbatita oscura, no sé si azul o negra, y chaqueta también oscura con un enorme escudo bordado en la pechera. Pero ella era muy lista —siguió—. En cuanto su madre se descuidaba, cogía la aguja de la falda, se cruzaba la parte de atrás entre las piernas y la enganchaba adelante. Parecía uno de esos pantalones hindúes. Entonces le veíamos las rodillas. —Rio. Sonreía como si estuviera viéndola en ese momento. Y quizá fuera así, quizá Victoria estuviera detrás de sus ojos.

—Creo que me habría llevado bien con ella —intervino Marcela.

—Estoy seguro de que sí.

—¿Manteníais la relación en la actualidad?

—No. —Lo dijo como si lo lamentara—. Un año..., no sé, creo que cuando cumplimos trece o catorce años, al volver de las vacaciones de verano ya no era la misma, había cambiado. Ya no jugaba con nosotros, sino que se sentaba en un banco con otras chicas de su edad y se pasaban la tarde cuchicheando y riéndose a carcajadas. Al principio nos saludaba al llegar; luego fue un simple movimiento de cabeza y al final sólo una mirada de reconocimiento y nada más. Un par de años después se mudaron a Zizur, empezamos el instituto, la universidad... Nuestras vidas dejaron de cruzarse. La veía muy de vez en cuando. De hecho, creo que hará al menos dos o tres años que no me encontraba con ella.

Marcela asintió. Conocía esas relaciones, tan intensas en la niñez y la adolescencia, humo en la edad adulta casi siempre. Recuerdos en viejas fotografías, anécdotas que rememorar de vez en cuando, la conciencia de conocer a alguien que te acabas de cruzar por la calle, pero a quien no has saludado ni te ha saludado. La vida, que pasa y va dejando sombras a su paso.

Se acomodaron en el sofá para tomar el café, aunque dejaron el ventanal abierto. Estaban debatiendo sobre la conveniencia de salir a dar un paseo o dejarse llevar por la pereza cuando Azti cruzó como una flecha el salón y salió al jardín ladrando y moviendo la cola.

—*Kaixo laguna, zer moduz zaude? Faltan bota zaitut!*

Una figura se había materializado en un rincón del terreno, donde los setos eran menos frondosos y muy bajos.

Damen se levantó de un salto, alerta, pero Marcela le puso una mano en el brazo para tranquilizarlo y detenerlo. Antón, ajeno a su presencia, se había arrodillado en la hierba e intentaba acariciar al perro, que no dejaba de saltar y dar vueltas a su alrededor.

—¿No habíamos quedado en que ibas a llamar a la puerta? —le dijo Marcela.

—¿Te acuerdas de que ayer casi no me abres? —respondió él con retintín. Entonces levantó la vista y descubrió a Damen plantado junto a Marcela. Se puso de pie despacio, estudiándolo de arriba abajo sin pizca de disimulo.

Damen frunció el ceño y esperó.

—¿Este también es policía? —preguntó Antón por fin.

Damen la miró, atónito y sin palabras.

—Sí, pero no es de los míos. Es foral —explicó Marcela.

—Vale. ¿Tiene pistola?

—Aquí no, está de visita.

—Vale. Menos peligro de que alguien me pegue un tiro.

—Nadie te va a pegar un tiro —bufó Marcela—. Eres muy pesado cuando quieres.

—Ah, ¿no? ¿Qué me dijiste tú ayer mismo? ¡Que me ibas a pegar un tiro!

Damen observaba el intercambio incrédulo, pero cada vez más divertido.

—¡Sólo te pedí que no me dieras esos sustos! ¡Llama a la puerta!

—¡Pues ábreme!

Marcela se cruzó de brazos y el muchacho la imitó. El perro, asustado por las voces, se había parapetado detrás de Damen, el único que parecía mantener la calma. Pasados unos segundos, el recién llegado abandonó la postura defensiva, bajó los hombros, hundió las manos en los bolsillos de los vaqueros y miró a Marcela con el arrepentimiento dibujado en la cara.

—¿Me voy? —preguntó en voz baja.

—No, claro que no —respondió Marcela más calmada—. Siento haberte gritado. Te presento a Damen, es un amigo mío de Pamplona.

—Y poli —añadió él, como si fuera un dato de vital importancia.

—Foral —aclaró ella de nuevo—. Damen, este es Antón. Te he hablado de él. Me ayuda a cuidar de Azti cuando yo no estoy. —Damen sonrió y alargó la mano. Antón la miró un instante y dudó antes de extender el brazo y aceptar el saludo—. También me lleva a buscar setas, aunque últimamente no hemos tenido mucho éxito.

—Ese es un plan fantástico —reconoció Damen—. Avisadme la próxima vez que salgáis e intentaré unirme a vosotros.

—Mi padre me ha hablado de otro buen lugar, pero dice que

285

tenemos que esperar unos días, a que haga más humedad por la noche, para que podamos encontrar algo que merezca la pena.

—No tengo prisa, pero me encantan las setas y los hongos. Guisadas, a la parrilla, con huevo...

—¡Y con carne! —añadió el joven—. Mi abuela y mi padre siempre discuten sobre a quién le salen mejor, pero si mi abuela le ha enseñado a él, es normal que las que cocina mi *amona* estén mejor.

—La experiencia es importante —reconoció Marcela, dándole la razón—, pero nunca se te ocurra meterte en medio de una disputa entre los dos.

—¡Ni loco! Eso mismo dice mi madre, que nosotros no debemos tomar partido. Dices muchas cosas como mi madre —ratificó divertido—, os parecéis mucho.

Damen la observó sin poder disimular cuánto estaba disfrutando. Marcela bufó y se dirigió al perchero para coger su chaqueta y la correa del perro.

—Hora del paseo. Si os apetece venir, estáis invitados.

—¿Puedo llevarlo? —preguntó Antón, ansioso.

—Claro. —Marcela le pasó la correa—. La mitad del perro es tuya. No lo olvides cuando se cague en la calle.

24

Podría acostumbrarse a vivir así. Tranquila, con la mente despejada, sin nadie a quien perseguir, sin preguntas que responder.

Damen y Antón charlaban a dos pasos de ella. El muchacho se esforzaba por obligar al perro a mantenerse en el camino en lugar de correr detrás de él cada vez que quería olfatear algún rincón. Les contó que su madre le había dado una serie de indicaciones para educar a Azti, pero que el animal parecía empeñado en hacer lo que le daba la gana.

—Como tú —susurró Damen a su oído—. Por algo dicen que los perros se parecen a los dueños…

Marcela le lanzó un codazo que no llegó a alcanzarle y se fingió ofendida.

Definitivamente, podría acostumbrarse a vivir así.

Paseaban un tanto alejados el uno del otro, manteniendo las distancias que guardarían dos amigos. No es que les preocupara lo que dijera la gente en un pueblo en el que nadie los conoce. Era por ellos. Caminar de la mano supondría un paso más en su relación y, de momento, eso quedaba descartado. Ya era un gran avance que Damen estuviera en Zugarramurdi. Ninguno de los dos deseaba tensar la cuerda.

Volvieron cuando el aire empezó a ser demasiado frío y las farolas sustituyeron al sol. Se despidieron de Antón y entraron en casa. Marcela encendió la chimenea del salón y la calefacción del piso superior. Damen no había manifestado su intención de marcharse, por lo que dedujo que pensaba quedarse a pasar la noche. No tenía nada que objetar a eso.

Preparó una cena ligera con lo que había comprado en la venta y sacó otra botella de vino de la bodega. Cenaron en un silencio cómodo, roto apenas por las alabanzas a la comida o comentarios sobre la casa y el pueblo.

—Todavía no te he enseñado la parte de arriba —dijo Marcela cuando terminaron el café y recogieron la mesa—. Vamos.

Damen la siguió en silencio, subió las escaleras detrás de ella y se quedó en el umbral cuando llegaron a su habitación.

—Vamos, pasa —le instó ella—. A no ser que prefieras dormir en el sofá o conducir hasta Pamplona a estas horas y con media botella de vino en el cuerpo.

—Esperaba una invitación oficial, no quiero ser una de esas visitas que no ve la hora de marcharse.

—Como quieras. —Se acercó a él y le cogió por la cintura—. Inspector Damen Andueza, está usted oficialmente invitado a pasar la noche en mi casa, en mi habitación. En mí.

Marcela fumaba desnuda, apoyada en la ventana abierta lo justo para dejar escapar el humo. La noche era fría y por la rendija se colaba el gélido viento pirenaico, pero a Damen, tumbado sobre la cama igual de desnudo que ella, no parecía importarle. La miraba en silencio. El rostro iluminado por la luna y las farolas de la calle, sus piernas largas, los brazos delgados, delineados. Las sombras en su espalda, bajo su pecho, sobre sus hombros. Intuía que esas mismas sombras vivían con ella, formaban parte de su respiración, pero en ese momento parecía tranquila, relajada, y eso le gustaba.

Apagó el pitillo en el cenicero que había dejado sobre el alféizar, apuró la copa de vino que habían subido del salón y se acomodó junto a Damen en la cama.

—Me encanta el *dolce far niente* —susurró él contra su pelo.

—No está mal de vez en cuando —reconoció ella—, pero te aburrirías enseguida.

—No lo creo —le aseguró Damen.

Marcela se incorporó en la cama y se apoyó sobre un codo de cara a él. Pasó la mano libre por el contorno de su rostro y la deslizó hasta los fuertes músculos del cuello.

—Somos gente de acción —dijo Marcela—. La inactividad nos volvería locos.

—Seguramente tengas razón…

—La tengo —insistió ella.

—… pero aun así, me gusta estar tranquilo y no tener que preocuparme de nada. —Le pasó la mano por la cintura y la deslizó hasta su espalda. Sus dedos toparon con las irregularidades del apósito que cubría el nuevo tatuaje—. Te limpiaré esto —dijo—. Tú sola no puedes.

Marcela dudó y estuvo a punto de negarse, pero al final asintió. Trajo del baño todo lo necesario y se sentó en la silla que había junto a la cómoda. Damen se levantó, colocó sobre el mueble el antiséptico, la pomada antibiótica y los apósitos limpios y acarició la espalda de Marcela antes de retirar con cuidado el plástico que protegía el tatuaje. Tanteó la piel alrededor de la tinta. No percibió hinchazón ni Marcela sintió ningún dolor. Todo iba bien. Luego, con sumo cuidado, limpió la zona, extendió la pomada y la cubrió de nuevo.

—El rálido sigue rojo —dijo cuando terminó.

—En un mes será pardo, ya lo verás.

Damen se inclinó y la besó en la nuca.

—Eso espero.

Marcela cerró los ojos y calló. Le oyó suspirar y, después, recogió el apósito sucio y lo que había utilizado en la cura para llevarlo de vuelta al baño.

Era más de medianoche, pero ninguno de los dos tenía sueño. Tumbados de costado, uno frente a otro, se miraron en silencio.

—¿Te escuece? —preguntó Damen por fin.

—En absoluto —respondió ella con una sonrisa—. Eres un enfermero estupendo.

—Y esa es sólo una más de mis cualidades… —Se acercó a ella y la besó en los labios. A pesar de que ella respondió al beso, Damen se retiró y la miró fijamente a los ojos—. ¿Estás bien? —preguntó sin más.

—Claro —respondió ella. Parpadeó al darse cuenta de a qué se refería. Mierda, pensó—. No vas a echarme un discursito, ¿verdad?

—No. Sólo me preocupo por ti.

—Estoy bien.

Damen asintió despacio sin dejar de mirarla. Si estaba buscando algún signo de arrepentimiento, podía esperar sentado. Marcela compuso su rostro de esfinge y Damen sintió cómo su cuerpo se envaraba debajo de su mano. Fue un movimiento imperceptible, pero cada uno de los músculos de Marcela se tensó bajo las sábanas. Incluidas sus mandíbulas. Las apretaba con tanta fuerza que se le marcaron contra la piel.

—Tienes derecho a estar cabreada —se aventuró él.

—Lo estoy.

Marcela se levantó de la cama y se dirigió a la ventana. Volvió a abrir una rendija y encendió otro cigarrillo. Expulsó con fuerza el humo hacia la calle, pero con él no salió el incipiente dolor que se estaba apoderando de su estómago.

—Hice lo que tenía que hacer —dijo por fin. Le miraba con los ojos entrecerrados y los puños apretados.

—Sabes que no estoy de acuerdo —respondió él. Se había levantado y la observaba desde el borde de la cama.

—Pues entonces será mejor que dejemos el tema. —Aplastó el cigarrillo, cerró la ventana y entró en el baño.

Damen escuchó el grifo del lavabo y la cisterna del baño, todo a la vez. Luego le llegó un golpe sordo y, después, nada.

Marcela tardó casi diez minutos en salir del baño. Se había puesto una camiseta que apenas le cubría las caderas, pero suficiente para marcar distancias. Se plantó en medio de la habitación y cruzó los brazos por delante del pecho.

—Hice lo que tenía que hacer —repitió— y volvería a hacerlo. No había otro camino. ¡Han muerto dos mujeres y un bebé! —Avanzó un par de pasos y al instante retrocedió. Se acercó de nuevo a la ventana, aunque esta vez no llegó a abrirla. Se quedó mirando la calle, las farolas, la oscuridad a pocos metros—. ¿Han publicado algo en la prensa? —preguntó sin mirarle.

—Sí, claro. Ha sido portada en todos los periódicos.

—¿Y sobre Victoria?

Damen tardó unos segundos en contestar.

—No. Nada sobre Victoria. Se pasó a los medios una nota sobre un accidente de tráfico con una víctima mortal y la noticia no fue más allá.

—No fue un accidente.

—Lo sé.

Marcela se acercó a él.

—¿Lo sabes? —gritó, furiosa—. ¿Lo sabes? ¡Todos lo saben! Pero nadie hace nada.

—Eso no es cierto. Tus compañeros siguen investigando, nosotros colaboramos, pero hay pruebas que no podrán utilizarse.

Marcela aceptó la pulla con una sonrisa ladeada.

—Volvería a hacerlo —susurró.

—Y volverías a equivocarte. Vivimos en un estado de derecho.

—¿De derecho para quién? No puedes estar tan ciego…

—Y tú no puedes hacer lo que te dé la gana. Hay consecuencias.

—Eso es lo más gracioso de todo —dijo. Se acercó a la cama hasta que sus rodillas rozaron las de Damen y lo miró fijamente—, que haya consecuencias para mí y no para quien ha matado a esas tres personas.

Dio la vuelta a la cama y se acostó. Damen hizo lo mismo, estiró el edredón sobre sus cuerpos y se colocó de lado para poder observar el perfil de Marcela, que se había tumbado bocarriba. Tenía los ojos cerrados, pero podía ver cómo se movían debajo de los párpados. No estaba en absoluto tan relajada como pretendía aparentar.

—¿Estás bien? —Como si quisiera volver a empezar, Damen repitió la pregunta.

—Claro —respondió Marcela unos segundos después.

Seguía rígida, con los músculos tensos y el rictus amohinado. Respiraba deprisa y la carótida le palpitaba con fuerza. Damen se acercó un poco a ella y colocó despacio la mano sobre su vientre. Marcela contuvo el aliento un instante, pero no se movió. Tampoco lo alejó ni le pidió que la dejara en paz.

Damen deslizó la mano hacia arriba, apartando la tela de la camiseta a su paso. Le cubrió el pecho con la mano. Sentía su corazón en la palma, fuerte, rápido, contundente. Dibujó círculos concéntricos hasta llegar al pezón. Marcela seguía sin moverse ni abrir la boca, pero su respiración era ahora un poco más acelerada, con inhalaciones breves y rápidas. Levantó un poco el pecho en un movimiento apenas perceptible, pero suficiente. Damen sonrió y sustituyó su mano por su boca.

—Eres un cabrón —gruñó Marcela, que se contoneó despacio y dejó que sus manos se perdieran en el pelo corto y suave de Damen.

—Intento disculparme —susurró él sobre su pecho.

Aunque no lo vio, intuyó que ella sonreía.

Se levantaron temprano. Damen tenía que volver a Pamplona, y aunque insistió para que ella se quedara en la cama, Marcela se levantó con él y preparó café. Se habían dormido muy tarde, pero el sueño fue reconfortante. Se sentía descansada, despierta. Y no tenía la lengua pegada al paladar.

Abrió la puerta del jardín para que Azti campara a sus anchas un rato y disfrutó del café y las tostadas. Damen tenía una semana complicada, así que no contaba con poder llamarla antes del fin de semana. Ella tenía todavía por delante cinco días de suspensión.

—¿Volverás a Pamplona o piensas quedarte aquí? —preguntó Damen mientras se ponía la chaqueta y se dirigía a la puerta.

—No lo sé —reconoció ella—. No tengo nada que hacer ni aquí ni allí.

—Bueno, aquí tienes compañía. —Se agachó para acariciar el negro pelaje de Azti, que iba y venía de ellos a sus cuencos—. Creo que quiere decirte algo.

—Es un perro muy pesado —masculló Marcela.

Se despidieron en la puerta con un beso rápido y ella volvió a entrar para ocuparse del animal. Mientras comía, se dio una ducha y se preparó para salir.

La mañana había amanecido brumosa, húmeda. No le gustaba la niebla. De hecho, odiaba la niebla. La odiaba y la temía casi de la misma manera. Niebla, del latín *nebula*. Pequeñas gotas de agua en suspensión; nubes bajas, a veces a nivel del suelo, que dificultan la visión. Para que aparezca, es indispensable alcanzar el punto de rocío, además de la presencia de motas de polvo o partículas de humo que ayuden a sostener la humedad. La niebla desorienta a los caminantes, desdibuja la realidad y oculta los cadáveres putrefactos cuando se extiende sobre el agua. No se le ocurría ni un solo argumento a favor de ese fenómeno meteorológico en concreto.

Sacudió la cabeza y se sirvió más café. Era patética. Sin embargo, a pesar de todo el raciocinio que intentara convocar, la sensación de la niebla pegándose a su cuerpo, la falta de visibilidad y el hecho de sentir las nubes lamiendo el suelo en lugar de flotando sobre su cabeza siempre la intranquilizaba.

Dio un rápido paseo y volvió a casa en cuanto Azti hizo sus cosas. Antón la saludó a lo lejos. Empujaba su carro de barrendero y se afanaba por recoger las hojas acumuladas en un rincón de la plaza. Le devolvió el saludo y cerró la puerta.

El silencio del interior la sobresaltó. Había estado a punto de saludar en voz alta, pero lo único que se oía eran las uñas del perro arañando la madera mientras buscaba un lugar en el que tumbarse.

Se sentó en el sofá y se recostó en los cojines. Azti subió de un salto y apoyó la cabeza sobre su pierna. Estiró la mano y hundió los dedos en el denso pelaje del perro.

La sensación de paz apenas duró unos minutos. Se levantó y miró a su alrededor. ¿Qué hacía allí? Estaba perdiendo el tiempo. ¿Cómo podía tumbarse en el sofá a las diez de la mañana y dedicarse a escuchar su propia respiración y a acariciar al perro?

Paseó nerviosa por el salón. Al principio, Azti la miró desde el sofá, pero luego empezó a seguirla sacudiendo el rabo. Después de tropezarse dos veces con él, abrió la puerta del jardín y lo sacó fuera. Cerró el ventanal para que la niebla no se colara en casa, si es que eso era posible. Observó cómo el animal iba de un lado a otro con la nariz pegada al suelo. Igual que ella, pensó, solo que a él nadie le sancionaba si escarbaba la tierra para pasar por debajo de la valla en lugar de esperar delante de la puerta cerrada.

Tenía las respuestas. Estaba convencida de ello. La única pregunta que no lograba contestar era cómo demostrarlo. Sabía quién e intuía el cómo. Pablo Aguirre tenía los medios y la motivación para cometer los asesinatos. Victoria estaba dispuesta a dejarlo, a marcharse con el hijo de ambos. Vivían muy cerca, eran casi vecinos. Pudo haberla visto salir con el coche alquilado, incluso era posible que estuviera con ella cuando se marchó, que discutieran antes. Él la siguió con su coche y la sacó de la carretera. Cuando se dio cuenta de que no había muerto y de que el niño no estaba allí, decidió acabar con ella en otro sitio, quizá para intentar sonsacarle dónde había dejado al bebé. El porqué de esta acción podía achacarse a la desesperación, al miedo, a la improvisación.

Marcela dio una vuelta tras otra en el salón. Encendió un cigarrillo y lo apuró en unas pocas caladas. Estaba tan claro…

La altura y la constitución física del motorista coincidían con las de Pablo Aguirre. Una acción desesperada, temeraria, pero inevitable para alguien que quería mantenerse a salvo a toda costa. Porque quizá no todo fuera amor. ¿Qué pasaría si se conociera su relación con Victoria García de Eunate? ¿Y si se hiciera pública su paternidad?

Podía perder a su familia, verse abandonado por su mujer y alejado de sus hijos, aunque estos ya eran adultos.

Sin embargo, supuso que el daño mayor se concentraría en sus finanzas. Sus iguales le perdonarían un desliz privado, discreto; de hecho, seguramente muchos de ellos cojeaban de la misma pierna, pero un escándalo de ese calibre los obligaría a alejarse del infractor, al menos en público y durante una buena temporada. Aunque conservara la relación empresarial con ellos, a buen seguro que su nivel de negocio se reduciría considerablemente.

Al final, todo se reducía a lo mismo: dinero, sexo, codicia.

Miró hacia el jardín. La niebla había levantado un poco, lo justo para permitirle distinguir los confines de su casa y a Azti mirándola fijamente con el morro pegado al cristal. Con cada respiración creaba un círculo alrededor de su húmeda nariz. Abrió la puerta y el perro entró como una exhalación. Tenía el pelo brillante y frío por la humedad. Metió un par de troncos en la chimenea y la encendió. Ella también tenía frío. Por dentro y por fuera.

Dejó a Azti tumbado frente a la chimenea y se dirigió a la cocina con el móvil en la mano. Bonachera demostró una vez más que su teléfono nunca estaba demasiado lejos de su mano.

—Ey, jefa, ¿qué tal va todo?

—Bien, ¿y vosotros? ¿Novedades?

Marcela abrió la nevera, estudió su contenido y la volvió a cerrar. Luego abrió la puerta del jardín y salió al césped mojado. La niebla se había convertido en un cielo encapotado que amenazaba lluvia. Los bosques frondosos y los pastos verdes tenían un precio.

—Nada reseñable —suspiró—. Una cámara del Rincón de la Aduana captó a un tipo con casco que podría ser nuestro motorista, lo que significaría que, aunque giró a la derecha al salir del hotel, dio la vuelta al edificio para dirigirse al casco viejo. Eso si es él. Los técnicos no lo tienen claro.

—Y no hay testigo que pueda identificarlo con un casco integral puesto —apostilló Marcela.

—Cierto. Un tío listo, o con mucha suerte.

—No creo que se tratara de suerte, sino de una buena planifica-ción. ¿Y qué me dices de Victoria García de Eunate?

—Bueno, aquí sí hay novedades, pero no te van a gustar. —Es-cuchó el suspiro de la inspectora al otro lado de la línea—. El juez autorizó el registro de su casa en busca de indicios de algún tipo. Ni rastro de la ropa de hombre.

—Te lo dije.

—Lo sé. Lo único que hemos conseguido es unir las tres muertes en un solo caso. Solé está al mando. Se supone que estoy en su equipo, pero evita encomendarme tareas de calle. Me tiene revisando informes y comprobando datos. Sé que le ha sugerido al inspector jefe que me destine a otras labores, pero no ha llegado a decírmelo.

—Supondrán que eres un topo.

—Suponen bien —rio Miguel—, aunque me has dejado sin argumentos para defenderte.

—Deduzco que me están poniendo verde.

—Bueno, digamos que no son alabanzas precisamente lo que te dedican.

—Mamones… Tenemos que hablar con el entorno de Aguirre, establecer vigilancia en su casa y delante de su oficina. Seguro que Victoria y Ana comentaron la situación con más gente, con alguna amiga, quizá en Madrid. Tenemos que…

—No tenemos que nada —le cortó Miguel—. Tú estás fuera y yo casi. El caso está agonizando. Andreu esperará un par de semanas más, a que lleguen los últimos análisis, y luego lo dejará en segundo plano por si surge algo mientras nos dedicamos a los nuevos casos. *Game over*, jefa. El caso se ha ido a la mierda.

—¿Estás insinuando que la culpa es sólo mía? Sin los miramien-tos del comisario se habría resuelto antes de que hubiera habido nue-vas muertes.

—Yo no insinúo nada. Analizo los hechos —ladró Bonachera.

—No me arrepiento de nada de lo que hice. Jamás en mi vida me he arrepentido de nada.

—Pues quizá sea el momento de que empieces a hacerlo.

Marcela colgó sin despedirse. Su rabia superaba con creces su buena educación.

Estrelló los puños contra el muro del jardín. La piedra le arañó la piel y le provocó un estremecimiento de dolor, insuficiente para anestesiar su cólera. Escuchó el teléfono sonar, pero no lo cogió. Sabía que era Bonachera.

El arrepentimiento era una tortura, enloquecer dándole vueltas a algo que no tenía remedio. Arrepentirse era aovillarse en el suelo y esperar la muerte. A la vida se la espera de cara, con los errores detrás, nunca encima.

25

No creía en los fantasmas. A pesar de los muchos que había visto en medio de la niebla alcohólica, sabía que esas figuras indefinidas que le hacían muecas grotescas se evaporarían en cuanto cambiara el Jäger por el agua y se diera una buena ducha. Los fantasmas no eran reales, ni siquiera aunque aceptara la existencia del alma, que no era el caso. Sin embargo, en esos momentos habría dado cualquier cosa por ver a su madre, por sentir sus manos irreales acariciándole la cabeza mientras lloraba apoyada en su pecho y abrazada a su cintura, ella sentada en una silla y su madre de pie frente a ella, pegada a su cuerpo para impedir que se derrumbara. Entonces, como ahora, necesitaba su contacto tranquilizador, su consuelo en forma de susurros contra su pelo, su voz asegurándole que en esta vida todo tenía solución, salvo la muerte. En aquel momento la broma le hizo sonreír con la cara hundida en el vientre de su madre, pero ahora la idea no le hizo ninguna gracia.

Le hormigueaban las manos hasta la punta de los dedos, y a duras penas podía controlar las rápidas sacudidas de su pierna. El talón descalzo golpeteaba rítmicamente el suelo de madera, que vibraba bajo su ímpetu. Soltó la mandíbula y sintió cómo volvía a tensarse un segundo después. Se había sentado en el sofá para intentar relajarse después de pasar un buen rato dando vueltas por el jardín como un león enjaulado, o más bien como un ratón en un laberinto.

El perro, harto de seguirla, la observaba desde un rincón seguro, cerca del muro. Le echó un rápido vistazo y envidió el instinto de los animales, capaces de comprender el estado de ánimo de las personas y ponerse a salvo con rapidez. No como ella, empeñada en lanzarse una y otra vez a las fauces de los cocodrilos.

Intentó convocar el tacto de su madre, su voz, el olor de su ropa, pero no pudo. Su recuerdo había comenzado a diluirse entre sus retorcidos pensamientos y no sabía cómo evitarlo. Ahora, cuando pensaba en su madre su nariz se llenaba del olor de los cipreses y la tierra húmeda. Se arrepintió una vez más de haber ido al funeral. Junto al ataúd, había enterrado en la fosa sus recuerdos más preciados.

Se levantó de un salto y subió las escaleras a la carrera. Empaquetó las pocas cosas que había llevado, se puso las botas y el abrigo y buscó las llaves en el fondo del bolso. No pensó en vaciar la nevera ni en sacar la basura. No sabía cuándo volvería, pero supuso que lo haría en algún momento antes de que se reintegrara a su puesto. Y si no, ya ventilaría, limpiaría y desinfectaría la próxima vez.

Llamó a Antón desde el coche para decirle que debía ocuparse de Azti de nuevo. El muchacho intentó disimular su alegría con palabras de pesar por su marcha, pero a esas alturas Marcela ya sabía distinguir sus diferentes tonos de voz. Antón era transparente, pero agradeció su esfuerzo por hacerle creer que le apenaba su marcha.

Respiró hondo, encendió el motor y salió a la carretera. Su mente trazó un plan claro, con un objetivo bien definido. Escuchó la cancioncilla de su móvil sonando en el fondo de su bolso. Sólo tres toques. Luego, silencio. Bonachera la conocía bien. Había probado suerte dos veces y ahora la dejaría en paz. Perfecto.

Condujo intentando no pensar en nada, concentrada en las líneas blancas de la calzada, pero las mismas imágenes se reproducían una y otra vez detrás de sus ojos. Victoria hundida en la basura. Ana desangrada en el suelo. El pequeño Pablo asfixiado en su cuna. El hombre oculto bajo el casco de motorista saliendo tranquilamente del hotel y perdiéndose en las calles de la ciudad, volviéndose invisible entre la gente.

Cuando llegó a Pamplona, tomó el desvío hacia Artica en la ronda de circunvalación y subió despacio la empinada cuesta. Decidió no aparcar en el picadero, desierto a esas horas del día, y se detuvo unos metros más arriba de la puerta principal de la finca de los Aguirre. Apagó el motor, bajó del coche y cerró la puerta de un golpe.

La casa parecía tranquila. No distinguió luces encendidas ni movimientos tras las ventanas. Ningún sonido turbaba el estruendo de las aves, que interrumpieron sus trinos apenas un instante cuando apareció Marcela. Se separó un poco del coche y ascendió unos metros más por la cuesta, hasta el punto desde el que podía ver la casa con más claridad por encima del muro de setos y cipreses.

Entonces lo vio. Camisa blanca, corbata oscura, pantalón negro y los brazos cruzados delante del pecho. Pablo Aguirre la observaba desde una de las ventanas del piso superior. No se movió, y ella tampoco. Estaba segura de que era él. Unos segundos después, otra figura apareció a su lado. Aguirre se giró hacia el segundo hombre, apenas distinguible en la distancia. Le pareció más joven por la espalda erguida y la camisa azul ligeramente arremangada, pero no tuvo tiempo de discernir sus rasgos. El segundo hombre la miró desde la ventana un instante y acto seguido bajó la persiana.

No se molestó en llamar a la puerta. Sabía que nadie abriría y que, además, si lo hacía le caería encima toda la maquinaria institucional como una rueda de molino lista para aplastarla como un simple grano de trigo.

Dio media vuelta y enfiló a pie la empinada cuesta. Menos de cinco minutos después llegaba ante la casa de Victoria García de Eunate. La verja estaba cerrada y habían bajado todas las persianas. Supuso que su familia por fin se habría pasado por allí para poner orden en los restos de su hija. Una casa, un montón de objetos que no tendrían ningún significado para los extraños, secretos desvelados sin ningún pudor al abrir un cajón, cosas que se enfrentarían a la fría mirada escrutadora de una persona que ni siquiera tenía que conocer al antiguo propietario y cuya única misión sería decidir qué hacer con cada una de las piezas que se exponían ante él, calcular su precio y decidir un posible destinatario. Una vida reducida a un valor. Un recuerdo convertido en dinero o basura.

No intentó entrar. Lo que quedara en el interior no le interesaba en absoluto. Volvió sobre sus pasos y se sentó en el coche. Bajó la ventanilla y encendió un cigarrillo. No arrancó el motor, no encendió la radio ni conectó un CD. Se quedó allí, fumando con la mirada fija en la puerta de la finca. Dándole vueltas una y otra vez a la misma cuestión: ¿qué era tan importante para Pablo Aguirre como para llevarle a cometer tres asesinatos con tal de conservarlo? O para seguir escondiéndolo.

Su pensamiento derivó a otro, una duda que llegó envuelta en el humo del segundo cigarrillo. Ella podía entender que una persona, en un momento determinado, acabara con la vida de otro ser humano. Miedo, odio, amor mal entendido, venganza, avaricia, incluso por encargo. La idea de matar a alguien había pasado alguna vez por su cabeza, pero ¿cómo podía un padre matar a su propio hijo indefenso, un bebé absolutamente inocente? ¿Qué clase de mente debía tener alguien capaz de hacer algo así? ¿Qué albergaría en su pecho? Ella tenía mucho que callar a ese respecto, y por eso le costaba entender incluso que siguiera vivo, respirando, anudándose la corbata cada mañana. Pablo Aguirre no era una persona, ni siquiera un animal.

Recordó una adivinanza que aprendió de niña: «Cada día me estiro y me encojo, me ensancho y me estrecho, no soy persona ni animal, ¿qué soy?».

Una sombra, eso era Pablo Aguirre. Una sombra alargada, inmensa, tridimensional, fluctuante. Y peligrosa.

—Mierda —masculló cuando un chasquido inesperado hizo que el pitillo que sujetaba entre los dedos se le escapara y cayera sobre la alfombrilla. Lo recogió a toda prisa, aplastó con el pie las ascuas encendidas y lanzó la colilla por la ventana. Levantó la cabeza justo a tiempo para ver cómo el todoterreno oscuro cruzaba la verja metálica antes de que terminara de abrirse. El coche se detuvo y la ventanilla se deslizó hacia abajo. Aguirre la miró un segundo antes de concentrarse en el giro que tenía que hacer para enfilar la carretera hacia la autovía. Serio, con el rictus apretado, las mejillas perfectamente rasuradas y el pelo peinado y brillante. Se había puesto una americana oscura sobre la camisa blanca. A su lado, el segundo hombre que había vislumbrado en la ventana continuaba siendo una figura anónima para ella.

Calculó que el comisario tardaría menos de media hora en llamarla. Sacó el móvil del bolso, lo apagó y lo guardó en la guantera. Esperó unos minutos más, hasta estar segura de que Aguirre se habría perdido en el tumulto del tráfico. Entonces encendió el motor y bajó ella también.

—Ha vuelto a aparecer por aquí. Pensé que estaba acabada, que ese tema estaba solucionado...

Rosa Urrutia se paseaba de un lado al otro de la buhardilla de su casa con el teléfono pegado a la oreja. Escuchaba atenta la respuesta de su interlocutor, aunque sus palabras no estaban sirviendo para calmarla en absoluto.

—La he visto desde la ventana —siguió poco después—. Ha aparcado en la carretera, pero no creas que ha intentado esconderse... Nos observaba, espiaba por encima de la valla... —Un nuevo silencio—. Lo sé, lo sé. La han apartado del caso, es un cero a la izquierda, está loca..., pero es peligrosa. ¿Qué hacía hoy aquí, si no? Busca la forma de arruinarnos. Yo no..., yo...

Detuvo su paseo frente al enorme ventanal triangular. Sólo ella subía a aquella habitación. Era su refugio, allí pintaba pequeñas acuarelas, bordaba paños que luego decoraban la iglesia, rezaba, meditaba, se mortificaba... Y miraba por la ventana. Desde allí podía ver la entrada de la casa de Victoria. Desde allí le había visto cruzar la verja muchas veces, abrazarla en la puerta y entrar agarrado a su cintura; le había visto salir horas después y volver a casa relajado y sonriente. Había sido testigo de cómo su marido cambiaba, se alejaba de ella y de todo lo que hasta entonces era su vida. Pero Pablo no era consciente de que sus vidas estaban irremediablemente unidas. Si él se hundía, los arrastraría a todos en su caída. Y ella no iba a tolerarlo. Dios le pediría cuentas por sus pecados cuando llegara ante Él. Mientras tanto, ella se ocuparía de que las aguas volvieran a su cauce.

Respiró hondo y volvió a prestar atención a la voz del teléfono.

—¿Qué hacemos? —preguntó sin más.

—Un bocadillo de tortilla de gambas, dos croquetas de hongos y un par de cervezas frescas. Me lo preparas para llevar, y ponme una cerveza mientras espero.

La camarera terminó de anotar el pedido, lo llevó a la cocina y le sirvió la cerveza. Marcela caminó hasta el fondo de la barra y se apoyó en la pared mientras esperaba su comida. La ventaja de vivir en el centro de la ciudad era que abundaban los bares con buena cocina en los que se podía pedir algo rápido para llevar que no fuera una hamburguesa de cartón. Lo malo era que había tenido que dejar el coche en el aparcamiento privado y que la broma no le saldría por menos de diez euros. Pensó una vez más que necesitaba alquilar una plaza de *parking*, o al menos molestarse en ir al Ayuntamiento y pedir una identificación que le permitiera dejar el coche en las plazas habilitadas para los vecinos. Lo anotó mentalmente como pendiente para los próximos días y se concentró en la cerveza. La cocinera, eficaz como siempre, le entregó su pedido justo cuando apuraba el último trago.

Tuvo una extraña sensación al abrir la puerta de casa. Por primera vez en su vida echó de menos un saludo, un recibimiento, aunque fuera breve e indolente. Le molestó darse cuenta de que echaba de menos a Damen y que, además, se había acostumbrado muy deprisa al cariño incondicional de Azti, a su alegría cuando volvía y a la forma en que movía la cola y saltaba sobre sus piernas en busca de una caricia.

Le habría gustado llamar a Antón, ya habría terminado de trabajar y estaría en casa, con el perro, pero su móvil seguía en la guantera del coche. Había decidido aplicarse la máxima de que lo que no ves, no oyes y no conoces, no existe. Sólo por si acaso.

Comió sentada en el suelo, con la comida y la lata de cerveza sobre la bolsa de plástico y el papel de aluminio en los que la había llevado. No encendió la televisión ni la radio. No puso música ni conectó el ordenador. Necesitaba pensar, y sólo el silencio le permitía hilvanar pensamientos provechosos. Fijó la mirada en las lamas de la persiana del balcón y masticó sin hacer ruido mientras daba espacio a su cerebro para deslizarse por los recovecos del caso.

Terminó el bocadillo, apuró la primera cerveza, abrió la segunda y mordió una de las croquetas. Se había quedado fría y el empanado que rodeaba la masa estaba grasiento y gomoso. Escupió el pedazo y se limpió la boca con la cerveza. La nauseabunda textura la había sacado de sus pensamientos, aunque tenía que reconocer que no había conseguido ser en absoluto productiva. Lo único positivo era que se le había ocurrido algo que dejaría de mantenerla incomunicada. Recordó una pequeña tienda que veía casi a diario y en la que nunca había reparado hasta entonces. Su cerebro se la mostró justo antes de morder la croqueta.

El reloj marcaba las cinco de la tarde. Remató la segunda cerveza, recogió los restos de la comida, se calzó y salió a la calle.

La tienda en cuestión ofrecía el servicio completo de telefonía: vendía móviles de todas las marcas y precios y daba de alta un nuevo número en cualquiera de las operadoras existentes. Posiblemente, el joven dependiente que la atendió con una sonrisa nunca había tenido un cliente más fácil de complacer.

—Necesito un *smartphone* con pantalla de seis pulgadas —le explicó Marcela—, con buena capacidad de almacenamiento, una RAM potente, un procesador Octa-Core y una cámara decente.

Batería extraíble de cuatro mil como mínimo y carga rápida. Lo quiero con NFC y doble SIM.

—¿Android o Apple? —preguntó él.

—Android. Y luego quiero que me des de alta una línea. Tarifa plana de llamadas e Internet. Que incluya también SMS —añadió.

—¿Compañía?

—La más barata de las que me permitan salir de aquí con el móvil funcionando.

—Ahora mismo.

Media hora más tarde cruzaba la puerta de la tienda con un móvil mucho más caro de lo que había calculado y un contrato casi tirado de precio. Le encantaba el libre mercado y la competencia. El dependiente le advirtió que la batería le duraría apenas un par de horas con la carga de fábrica, pero que podría recargarla hasta el sesenta por ciento en media hora y que con eso funcionaría un día entero. Suficiente.

Se sentó en un banco de la plaza de San Francisco y se concentró en configurar el móvil. Utilizó una de las varias identidades falsas que había creado en Google para descargar sus contactos de la nube. No quería que su nombre o la imagen que utilizaba en su perfil «legal» apareciera ni en primer ni en segundo plano cuando llamara o enviara un mensaje. Activó las aplicaciones que necesitaba y dedicó unos minutos a desentrañar los secretos del funcionamiento de su nuevo móvil. Sencillo y eficaz. Ojalá todo en la vida fuera así.

Satisfecha, se colgó el bolso del hombro, encendió un cigarrillo y puso rumbo al corazón de la ciudad. Su cuerpo había vuelto a calentarse, la sangre circulaba de nuevo por sus venas, cálida, cargada de energía que ella sabía exactamente cómo utilizar.

Hay cosas que nunca cambian. La misma gente en el mismo lugar, el mismo olor, la misma música, la misma porquería en los rincones. Eran sitios predecibles, pero no por ello confiables, sobre todo si entre la clientela del antro en cuestión se encontraban la mitad de los camellos de la ciudad y un número significativo de yonquis bastante pasados de rosca.

También existía una especie de jerarquía en cuanto a los lugares que ocupaba cada uno dentro del bar. Había asientos de primera clase: los más alejados de la puerta y la única ventana, pegados a la pared del fondo, desde los que se tenía una perspectiva perfecta de la entrada y de toda la sala, y asientos de segunda y tercera en función de la proximidad de la barra y los urinarios respectivamente. Los primeros tenían que aguantar el constante trasiego de gente que iba y venía de la barra a las mesas, y los segundos, la apestosa mezcla de olores que se escapaba por debajo de una puerta que nunca había encajado bien.

Por último, aquellos que no pertenecían a ninguno de los clanes, o que preferían mantenerse al margen por diversos motivos, pasaban el tiempo apoyados en la barra, observando y siendo observados, aguantando los empujones y los gritos sobre sus cabezas de quienes se acercaban a pedir una ronda.

Saray formaba parte de este último grupo. Sobrevivía gracias a esa gente, pero no formaba parte de ninguna «familia». Marcela la encontró en el mismo lugar de siempre: sentada en un taburete junto a la barra, casi al fondo del local, jugando al *Candy Crash* con su móvil. La musiquilla del juego no era competencia para el atronador *hard rock* que escupían los altavoces, pero, aun así, cada vez que una fila desaparecía llegaba hasta sus oídos un alegre e inapropiado soniquete.

—Un día te van a pillar —dijo la inexpresiva joven a modo de saludo—. Si alguien se entera…

—Si tú no se lo dices, no hay peligro. —Marcela ocupó el asiento libre a su lado y le hizo una seña al camarero para que les sirviera dos cervezas—. De uniforme cambio mucho —bromeó.

—Cállate, joder. No es que te machaquen a ti, es que también me machacarán a mí por hablar contigo.

—Vamos a otro sitio —sugirió.

—No merece la pena. Y, además, ya has pedido una ronda. A tu salud —brindó con la botella en la mano.

Marcela imitó el gesto y se llevó el gollete a los labios. El día que decidiera dejar de beber echaría de menos el placer del primer trago de una cerveza bien fría. Hoy no era ese día, así que empinó el botellín y bebió antes de que se calentara.

—Hace un calor de muerte —comentó en voz alta.

—Es un truco del dueño —respondió Saray con una sonrisa—. Cree que si hace calor y la gente suda, beberán más.

—No le falta razón. En este antro sudan hasta las paredes.

Las dos levantaron a la vez la botella y se regalaron un largo trago.

—¿Buscas algo? —preguntó la joven por fin.

—A alguien —matizó Marcela—. Hace unos días un conductor sacó a una mujer de la carretera y luego la remató. Alguien que sabe manejar un coche, a juzgar por las señales en el asfalto. ¿Te suena el tema?

—No, en absoluto —negó Saray.

—Mierda. —Se le estaban acabando los cartuchos.

—Y antes de que me lo pidas, no voy a preguntar por ahí. Si oigo algo, te lo diré, pero no voy a meter las narices donde no me llaman.

—No, por supuesto que no. Y nunca te pediría algo así, me ofende que lo pienses.

—Tranquila, sólo te lo advierto.

Marcela levantó la mano y pidió otras dos. Se prometió que serían las últimas por hoy. Cuando se giró para echar un vistazo a los parroquianos de esa tarde descubrió a un grupo de veinteañeros apretujados alrededor de una de las mesas del fondo. Apretados todos excepto uno de ellos, al que los demás rodeaban sin llegar a tocarle y que disfrutaba de un lujo poco frecuente allí: espacio.

Volvió a colocarse de frente a la barra y estrenó la nueva cerveza.

—¿Quiénes son los del fondo? El de barbitas del centro no nos quita ojo.

Saray no tuvo que volverse para comprender a quién se refería.

—Un hijo de puta de primera, un tipejo con mucha pasta y

muy mal carácter —respondió—. Va cambiando de colegas, excepto dos o tres, que son siempre los mismos. Se meten de todo y rara es la noche que no terminan a palos con alguien. ¿De verdad nos está mirando? —preguntó. Marcela percibió un tono nuevo en su voz, uno que no había escuchado hasta ese momento. Saray tenía miedo.

—Sí, desde hace un rato. Ahora no lo sé, todavía no me han salido ojos en la nuca.

Sacó su nuevo móvil y encendió la cámara. Se aseguró de que el *flash* estaba apagado, lo puso en modo selfi, lo movió un poco hacia su derecha y disparó. Seleccionó la foto y amplió la imagen a su espalda. En efecto, el tipo de la barba recortada seguía con la mirada fija en su espalda.

Pamplona tenía menos de trescientos mil habitantes, cabía la posibilidad de que sus caminos se hubieran cruzado en cualquier momento. Nunca se es demasiado joven para acabar en el calabozo de la policía. Bastaba una reyerta callejera, una borrachera demasiado estruendosa o un poco de hierba en el bolsillo.

—¿Sabes cómo se llama? —insistió Marcela. Odiaba que la miraran como si fuera un trozo de carne.

—Es un mal tipo —repitió Saray—, un hijoputa muy peligroso.

—¿Más que yo? —bromeó.

—No le ibas a durar ni un asalto, Pieldelobo. Ni uno. Y ni siquiera ibas a ver venir las hostias.

—Me mira como si supiera que soy policía —murmuró.

—Mierda, joder —masculló Saray—. Eres la peste, tía. Eres lo peor, lo puto peor.

La joven se levantó de un salto, cogió el bolso y la chaqueta que había dejado encima de la barra y salió del bar sin mirar atrás.

Marcela no intentó detenerla ni seguirla. Eso sólo empeoraría las cosas. Se giró despacio en el taburete y encaró la mirada impertérrita del tipo del fondo. Para ella, era un perfecto desconocido. Quizá con alguna cerveza menos y sin la música golpeándole el cerebro consiguiera recordar si lo había visto antes, pero, en ese momento, nada. Dio por sentado que el mal bicho había pasado por jefatura al menos una vez y se habrían cruzado en algún momento. Desde luego, no fue un caso de su competencia. Recordaba todos los delitos en los que había trabajado. Quizá no todos los nombres o los detalles, pero nunca olvidaba la cara de un delincuente.

El chulo apretaba los labios debajo del perfecto bigote, y sus ojos oscuros ni siquiera pestañeaban mientras la miraba con la barbilla baja y las cejas muy juntas. Le vibraban las aletas de la nariz, pero aparte de ese movimiento apenas perceptible, el resto de su cuerpo permanecía inmóvil, casi relajado. Sin embargo, su pose rezumaba tanta violencia que los que le rodeaban acabaron por alarmarse y empezaron a buscar la amenaza por la sala. Si no espabilaba, en pocos minutos todo el mundo en el bar sabría que era una poli.

Marcela bajó despacio del taburete, sin romper el contacto visual, se colgó el bolso del hombro e hizo un leve movimiento ascendente con la cabeza en señal de despedida. Luego salió a la calle y buscó a Saray con la mirada. Ni rastro de la joven. Mejor así, pensó. Lamentó sinceramente haberla comprometido y confió en que el hecho de sentarse a su lado no tuviera consecuencias para ella, aunque supuso que no le quedaría más remedio que vigilar sus espaldas durante un tiempo y buscar un nuevo antro en el que trapichear para ganarse la vida.

—Mierda —bufó.

¿Qué más podía echar a perder?

Se alejó con paso decidido. Necesitaba un cigarro y un trago, pero no podía detenerse allí. Recorrió un par de calles más, atravesó una plaza y entró en una de las zonas más concurridas de la ciudad, dos calles llenas de bares, de música y de gente entre la que pasar desapercibida. Entró en el primero que encontró y se hizo un hueco en la barra.

—Una cerveza y un Jäger —pidió.

—¿En vaso helado o con hielo?

Marcela sonrió. Ese era un buen garito.

—Lo primero.

Saray cerró la puerta de su casa tan rápido como pudo. Compartía el piso con otras seis personas, y su habitación y su vida con Aitana, la mujer que la acogió, la mimó, la cuidó y la ayudó a levantarse en los peores momentos de su vida.

Cuando entró, Aitana trabajaba en uno de los diseños de páginas web con los que se ganaba la vida. No había más sillas que la que ocupaba la joven frente al ordenador, así que Saray se sentó en la cama y escondió la cabeza entre las manos. Aitana se levantó al instante y se arrodilló frente a ella. Le cogió las manos y se las separó de la cara. Estaba llorando.

—¿Qué ha ocurrido? —le preguntó con la urgencia grabada en su voz.

Saray no contestó de inmediato. Siguió llorando en silencio, temblando de pies a cabeza y con el corazón acelerado.

—Por favor —insistió Aitana—, no podré ayudarte si no sé qué ha pasado.

Saray asintió en silencio y realizó un par de inspiraciones profundas. Sus manos dejaron de temblar lo suficiente como para secarse las lágrimas de la cara. Se acercó a la mujer que amaba más que a su vida y la besó brevemente en los labios.

—Lo siento, no quería asustarte —se disculpó con un susurro de voz.

—Pues lo has hecho. Y ahora, cuéntame qué te pasa. ¿Tu padre otra vez?

Saray negó con la cabeza.

—Ojalá fuera mi padre. Es un hijo de puta, pero también es un imbécil descerebrado y predecible.

—¿Entonces? —insistió Aitana ante el nuevo silencio de la joven. Le retiró el pelo de la cara y estudió sus inquietos ojos oscuros. El maquillaje negro que los rodeaba convertía su mirada en un mar

310

oscuro y profundo, casi insondable salvo para quienes sabían bucear en aguas abisales.

—Tengo un problema, me he metido en un lío de los gordos. —Hizo ademán de cubrirse de nuevo la cara, pero Aitana le sujetó las manos con decisión e impidió que se ocultara. Llevaban menos de un año juntas y ella era seis años mayor que la joven que temblaba sobre su cama, pero intuía que era la mujer de su vida. Y ahora estaba preocupada y asustada por ella.

—Vamos… —la animó una vez más.

Un nuevo suspiro entrecortado precedió al torrente de palabras.

—Te he hablado de Pieldelobo, la poli que me ayudó cuando lo de mi padre… —Esperó un segundo hasta comprobar que Aitana asentía—. Hoy ha venido al bar para preguntarme por un asunto que está investigando.

—Esa tía es idiota…

—Eso mismo pienso yo, pero se lo debo.

—¡No le debes nada! Es su trabajo.

Saray negó en silencio y la miró a los ojos.

—No era su trabajo, se jugó el puesto al defenderme, se enfrentó a sus compañeros y ahora le planta cara a mi padre cada vez que aparece por allí.

—¿Todavía…? —Aitana abrió mucho los ojos, incrédula. Saray asintió.

—Se presentó en comisaría hace poco. Ella le mandó a la mierda y vino a avisarme.

—¿Te ha encontrado?

—No, no es eso. Me estaba tomando una cerveza con ella cuando se ha dado cuenta de que alguien nos miraba. Era ese cabrón del que te he hablado. Siempre va con un grupo de matones, unos de aquí y otros búlgaros que dan mucho miedo, aunque supongo que para eso los lleva… —Se detuvo un momento para tomar aire. Aitana no se movió. Esperó, mirándola a los ojos—. Me he ido. Me he asustado y me he largado, la he dejado sola allí.

—Has hecho bien…

—Sí, lo sé…, pero me han seguido. Dos de sus hombres me han alcanzado y me han retenido en un portal hasta que ha llegado su jefe.

—Dios mío… ¿Te ha hecho algo?

—Me ha pedido… No —negó con ímpetu—, me ha ordenado que haga algo. Si no lo hago, me matará.

26

Había sido un día tórrido, pero a esa hora de la tarde la brisa procedente del mar le refrescaba la piel y evaporaba los últimos rastros de sudor de su cara. Los turistas estaban recogiendo sus cosas. Marcela pronto estaría sola. Le gustaba esa pequeña cala de arena dorada oculta entre los altos riscos de piedra oscura. El esfuerzo que suponía acceder hasta la playa retraía a muchos, lo que la convertía en el lugar perfecto para una asocial como ella.

No tenía prisa, podía quedarse un poco más. Mientras pudiera ver el camino de vuelta, no habría problema. Se levantó de la toalla y caminó hacia la orilla hasta que sintió la lengua húmeda del mar lamiéndole los pies. Cerró los ojos y disfrutó de la caricia del viento, del agua, del sol. Estaba en paz. Ni siquiera sentía la necesidad de fumar. Inspiró profundamente y sonrió mientras expulsaba el aire.

Escuchó un graznido a su espalda, poco más que un silbido corto y estridente. Se giró cuando volvió a oírlo. Sobre su toalla, un pequeño pájaro negro brincaba y agitaba enloquecido las alas, intentando al parecer emprender el vuelo.

Levantó la vista y buscó a su madre. Sobre su cabeza, una sombra oscura y brillante daba vueltas y más vueltas mientras lanzaba desesperados graznidos. El corvato saltaba, piaba y agitaba las alas sin conseguir separar las patas del suelo.

Marcela se acercó despacio a la toalla, intentando no asustarlo más. Se agachó y extendió la mano. El pequeño cuervo cesó en sus graznidos y empezó a piar muy bajo mientras se aproximaba a pequeños saltos hacia su mano. Un saltito, y otro, hasta que su pico, tan negro como el suave y erizado plumaje que cubría su cuerpo, rozó sus dedos.

—Eres muy bonito, chiquitín. ¿Te has perdido? ¿Te has caído del nido? —El corvato movía la cabeza de un lado a otro y piaba—. Tu mamá no está lejos, vendrá a por ti en cuanto yo me vaya.

Sin embargo, no se le ocurría ninguna manera en que la hembra pudiera recuperar a su polluelo. No creía que fuera capaz de alzar el vuelo con él entre las patas, y dudaba de que se molestara en alimentarlo una vez fuera del nido. Su naturaleza la haría renunciar a él, olvidarlo, dejarlo morir. Graznaría cada vez más despacio, más quedo, hasta quedarse sin fuerzas. ¿Cuánto duraría su agonía? ¿Horas? ¿Días?

Marcela puso la mano con la palma hacia arriba y la acercó al corvato. Tras un momento de duda, la cría subió de un pequeño salto y se acurrucó en el hueco. Sonrió al comprender que la había convertido en su nido. Se lo llevaría a casa y lo alimentaría hasta que fuera capaz de levantar el vuelo. Entonces, volvería a esa playa y lo dejaría volar.

Una ráfaga de aire frío hizo que el cuervo se estremeciera. Acercó la mano a su abdomen para resguardarlo del viento y darle calor. Al momento, el animal dio un salto y se aferró con sus puntiagudas garras a la piel de su estómago. Marcela intentó volverlo a poner en su mano, pero las uñas ya habían atravesado la piel y ahora el corvato había empezado también a picotear en la incipiente herida.

Incrédula, Marcela observó la sangre que se deslizaba desde su vientre, corría por sus piernas y teñía la arena hasta entonces dorada. No sentía dolor. A pesar de los picotazos y de los constantes zarpazos, no le dolía. Pero no podía controlar la hemorragia. Cada vez sangraba más. El cuervo ya había metido la cabeza en su cuerpo. ¿Qué podía hacer? Intentó detenerlo, cogerlo por las patas, pero estaba empapado de sangre y se le escurría entre los dedos. Sólo pudo mirar con los ojos muy abiertos cómo el ave se colaba en sus entrañas.

Entonces llegó el dolor, un dolor agudo, pulsante y eléctrico que le bajaba por las piernas y le impedía moverse. Un dolor que le rodeaba la cintura y ascendía por su pecho, dejándola sin respiración. Y mientras tanto, la sangre seguía brotando del enorme agujero de su vientre.

Un zumbido. No, un ronroneo. Una salmodia gutural.

Intentó moverse, pero un latigazo le atravesó la cabeza de lado a lado. Las náuseas se apoderaron de su garganta, sintió la bilis ascender por su esófago y apostarse al fondo de la boca.

Un zumbido. El teléfono. Frunció el ceño y recibió una nueva sacudida. Pensar dolía, pero comprendió que eso no tenía sentido. Nadie tenía su nuevo número. Una visión la sacudió al mismo tiempo que el teléfono comenzó a vibrar en algún lugar del salón. Se vio a sí misma al volante de su coche, dentro del garaje, decidiendo qué hacer a continuación. Debió coger el móvil de la guantera y encenderlo, aunque no lo recordaba con exactitud.

Se llevó la mano al estómago y lo notó seco y caliente.

El zumbido había cesado. No. Un segundo después, el móvil volvió a cobrar vida.

¿Cuántos chupitos se había tomado? No merecía la pena molestarse en intentar recordarlo. Se sentó despacio en la cama y puso los pies en el suelo. Esperó un instante, hasta que el baile terminó dentro de su cabeza y pudo ponerse de pie. A partir de ahí todo sería más fácil. El móvil volvía a sonar. Se dirigió despacio hacia el salón y se concentró en localizar el zumbido. No le costó demasiado. Los dos móviles estaban encima de la mesa, uno volviéndose loco y el otro apagado, seguramente sin batería.

Entrecerró los ojos para distinguir el nombre de quien la había despertado. Era Antón. ¿Qué podía querer a esas horas? Consultó el reloj y cerró los ojos, aturdida. Era casi la una del mediodía. Había perdido toda la mañana. Pulsó el icono verde y accionó el altavoz. No quería que el móvil se le cayera de las manos si intentaba sostenerlo.

—¡Marcela! —gritó el muchacho en cuanto se dio cuenta de que por fin había descolgado—. Azti se ha escapado, no sé dónde está. ¡Tienes que venir a buscarlo!

—Cálmate —suplicó— y cuéntame qué ha pasado.

—Mi abuelo se dejó la puerta del *txoko* abierta, no se acordaba de que Azti estaba dentro. ¡Nunca se acuerda de nada! He venido a casa para almorzar y se había escapado. Lo estoy buscando, pero no lo veo. Tienes que venir…

—Tranquilo, seguro que lo encuentras.

—¡No lo voy a encontrar! Por favor, es tu perro, tienes que venir —insistió entre lágrimas.

Marcela lo oyó sonarse los mocos y seguir llorando.

—Tardaré un par de horas —accedió por fin—. Te avisaré cuando esté allí e iré a tu encuentro. Relájate y sigue buscando, ¿de acuerdo? No estará lejos.

—De acuerdo. Ven pronto, ¿vale?

—Vale.

Necesitó un café, un analgésico, ropa limpia y cepillarse dos veces los dientes antes de poder salir de casa. Cogió los teléfonos y una botella de agua y fue a buscar su coche. Antes de arrancar comprobó las llamadas perdidas y los mensajes recibidos. Para su sorpresa, el único que había intentado contactar con ella había sido Damen. Ni Bonachera ni el comisario la habían llamado o escrito. Al parecer, Aguirre era demasiado orgulloso como para quejarse por su presencia ante su casa, aunque estaba segura de que no lo dejaría pasar una segunda vez.

No le devolvió las llamadas a Damen. Él sabría al instante que se había pasado la noche bebiendo y no tenía ganas ni cuerpo para aguantar sermones. Salió del aparcamiento y dejó atrás la ciudad, los malos sueños, la resaca y los pensamientos funestos. Necesitaba concentrarse en encontrar a Azti, aunque en su fuero interno intuía que el perro habría huido en busca de su antiguo hogar, o quizá era que simplemente le gustaba la libertad.

La lluvia le golpeó la cabeza descubierta cuando se bajó del coche en Zugarramurdi. Abrió rápidamente la puerta de su casa y descolgó el grueso chubasquero que colgaba del perchero de la entrada. Luego se cambió las deportivas por unas botas de agua y salió de nuevo a la calle. No fue necesario llamar a Antón. Oyó los gritos del muchacho desde antes incluso de abandonar el resguardo del alféizar. Siguió las voces y lo llamó cuando lo tuvo a la vista. Antón se detuvo en seco, se giró y corrió a su encuentro. Se abrazó a ella como un niño perdido.

Bajo el impresionante aguacero, con el agua sacudiéndole la capucha y resonando en su cabeza como en el interior de una cueva y los pies casi sumergidos en el río que la pendiente había formado, Antón se aferró a su cuerpo en busca de consuelo. Sin pensarlo, Marcela sacó las manos de los bolsillos y le acarició la espalda. El muchacho lloraba e hipaba, aunque poco a poco empezó a respirar más tranquilo.

Tardó un minuto eterno en soltarla. Cuando lo hizo, Marcela intentó secarle con la mano los ojos hinchados, pero la lluvia racheada no se lo ponía fácil.

—Hace mucho rato que se ha marchado —dijo por fin.

—Es un perro listo —respondió Marcela—. Supongo que estará intentando volver a su antigua casa, de donde se escapó o se perdió antes de que yo lo encontrara.

—Esta noche hará mucho frío —insistió Antón—. Si está mojado, se morirá.

—Los animales son mucho más resistentes que las personas —le aseguró—. Vamos a seguir buscando.

Antón asintió y reanudó el camino llamando a gritos al perro. El estruendo de la lluvia y el siseo del viento amortiguaba su voz, así que se colocó las manos en forma de altavoz, estiró el torso y el cuello y gritó aún más alto.

—Hace pocos días que se llama así —le dijo Marcela. Necesitaba que dejara de gritar. Su cerebro se sacudía en un espasmo de dolor con cada alarido—. Es posible que no lo reconozca aunque nos oiga.

—Sabe que se llama Azti —la contradijo—. Levanta las orejas cuando lo llamo.

—Reconocerá tu voz.

—Pues entonces, será mejor que la oiga.

Reanudó la llamada y el camino. Marcela se recolocó la capucha y avanzó a su lado, atenta a las posibles manchas negras que pudieran aparecer entre el verde de los prados y el gris que los rodeaba. Aunque intentaba disimularlo, estaba preocupada por Azti. Le había cogido cariño al perro, y le gustaba sobre todo la relación que había establecido con Antón. Le atormentaba la idea de que estuviera herido o enfermo, desorientado, hambriento y asustado.

—Quizá se haya refugiado en la arboleda —sugirió.

A su derecha arrancaba una extensa masa boscosa que empezaba con una zona de árboles dispersos y agradables claros muy concurridos en verano y que poco a poco se iba espesando hasta convertirse en un monte de árboles altos y apretados, sin apenas senderos definidos aparte de los cortafuegos en el recorrido de las líneas de alta tensión. Giraron hacia allí y vocearon entre los troncos y las zarzas. Las púas les arañaban las piernas y les laceraban la piel incluso por encima de los pantalones.

—Azti es muy listo como para haberse metido aquí —aseguró Antón—. Volvamos. Seguro que ha hecho algún amigo en las granjas y está jugando por ahí.

Salieron a duras penas de entre los matorrales y enfilaron la estrecha calle que se alejaba del pueblo. Las granjas de vacas y ovejas se extendían durante kilómetros, hasta la frontera con Francia por un lado y ladera abajo por el otro. En todas había al menos un perro, así que la idea de Antón no era en absoluto descabellada. Azti era juguetón y confiado, podría haber entrado en cualquiera de esos recintos y no ser capaz ahora de encontrar el camino de vuelta.

La tarde avanzaba con rapidez. La lluvia no les había dado ni un minuto de tregua y los dos estaban empapados, ateridos y exhaustos. Marcela no había comido nada desde el día anterior y notaba que las fuerzas empezaban a flaquear.

—Seguiremos mañana. —Puso una mano en el brazo de Antón y le obligó a detenerse. Estaban al menos a tres kilómetros del centro del pueblo y todavía tenían que volver. Sería noche cerrada cuando llegaran.

El joven asintió y dio media vuelta. La tristeza y la preocupación dibujaron una máscara sobre su habitual semblante, siempre sonriente y afable. Caminó cabizbajo y silencioso, y rehusó la invitación de Marcela de entrar en su casa para calentarse con un café.

—El café no me sienta bien —se excusó.

—A todo el mundo le sienta bien el café —protestó Marcela, intentando animarlo.

Antón se detuvo un momento y la miró fijamente antes de responder.

—Me gustaría mucho ser como tú —le dijo muy serio—. Siempre sabes lo que hay que hacer. Yo casi nunca sé si acertaré con lo que hago, pero lo hago de todas formas, y cuando me equivoco tengo que pedir disculpas un montón de veces. Tú nunca pides disculpas y siempre sabes lo que te conviene. Creo que empezaré a tomar café.

—Te aseguro que yo meto la pata muchas más veces que tú —repuso Marcela tras unos segundos de silencio—, y cuando me equivoco, hay personas que salen muy perjudicadas.

—¿Porque les pegas un tiro?

Marcela rio.

—No, para nada. Quítate esa idea de la cabeza, yo no voy por ahí pegando tiros a la gente. Lo que te quiero decir es que todos nos equivocamos, y que hay errores que se pagan caros. Seguro que tus fallos apenas tienen importancia.

—Menos cuando pierdo las llaves de casa, se me olvida que

tengo que ir al médico, no cierro la puerta del almacén municipal o no hago la compra que le he prometido a mi madre…

—Tienes razón —aceptó Marcela con una sonrisa a la que Antón no correspondió—, todo eso es grave. Y no hace falta que tomes café. Compraré cacao para la próxima vez que nos calemos hasta los huesos.

Acompañó a Antón hasta su casa y se despidieron con un breve abrazo después de quedar para la mañana siguiente. Lo buscarían al menos durante un día más. Luego, ella tendría que volver a Pamplona.

Estaba congelada, cansada y muerta de hambre. No sabía qué necesidad atender primero. Se quitó la ropa mojada y se puso un chándal y unos calcetines gruesos. Sonrió al recordar lo que siempre decía su madre: pies fríos, cuerpo frío. Luego encendió la calefacción y rebuscó en la nevera. Tenía comida de sobra gracias a la visita de Damen.

Encendió la televisión y se sentó en el sofá con un sándwich relleno de todo lo que era convertible en bocadillo y un vaso de agua. Seca, sobria, caliente y saciada, Marcela pudo por fin dejar que su mente se centrara en lo importante.

Conectó su nuevo móvil a la red y lo encendió. Su teléfono habitual seguía mudo. Damen no había vuelto a intentar ponerse en contacto con ella, y no lo culpaba. De todas formas, no le gustaría tanto si se comportara como un perrito faldero.

Entró en Google y tecleó el nombre de Pablo Aguirre. El buscador le ofreció más de cien mil resultados en menos de medio segundo. Le decepcionó un poco comprobar que no tenía presencia en ninguna red social. Facebook, Twitter e Instagram eran una fuente inagotable de información. Sin embargo, no se desanimó. Leyó lo que ofrecía sobre él la web de su corporación empresarial. Emprendedor, visionario, centrado en su familia, con importantes inversiones en la región y en el estado, pero también con presencia en varios países de los cinco continentes, un pilar de la comunidad y de la sociedad, creador de miles de puestos de trabajo...

Navegó sin rumbo un rato más, hasta que decidió cambiar de la pestaña general a la que ofrecía sólo noticias. Leyó titulares referidos a entregas de premios empresariales que Pablo Aguirre había recibido o entregado, informaciones sobre cotizaciones bursátiles e inauguraciones de oficinas o edificios. Cambió a la pestaña de las imágenes y frunció el ceño ante la repetición de hombres trajeados y sonrientes que aparecían en todas las fotos. No distinguió a Victoria García de Eunate en ninguna de ellas. Anotó mentalmente que ella sería su siguiente búsqueda.

Una foto le llamó la atención, una que destacaba de las demás por su colorido, muy alejado del azul, gris y negro de las demás instantáneas. En esa foto, Pablo Aguirre aparecía especialmente sonriente, vestido con un mono de piloto, con un casco en el brazo y casi pegado al morro de un precioso Fórmula 1. Clicó en el enlace para acceder a la noticia y leyó su contenido:

Pablo Aguirre Sala, presidente y fundador de AS Corporación, ha visitado hoy las instalaciones del circuito de velocidad de Los Arcos, empresa de la que Aguirre acaba de convertirse en máximo accionista tras firmar una inyección económica de ocho millones de euros. El circuito, abocado al cierre hasta hace pocas semanas, ha pasado ahora a formar parte de la corporación empresarial y multinacional que dirige Aguirre Sala, quien ha confesado ser un apasionado de los coches, las motos y de la velocidad, motivo último de esta decisión. El empresario confía en revitalizar el circuito con carreras que atraigan al mayor número posible de público. Preguntado sobre si cree que un día Los Arcos podría acoger un Gran Premio, respondió entre risas que en esta vida todo es posible.

Más tarde, Pablo Aguirre tuvo ocasión de demostrar su pericia al volante dando unas cuantas vueltas al circuito. Aguirre reconoció que es propietario de varios coches deportivos y motos de gran cilindrada y que, por suerte para él, comparte esta afición con sus tres hijos.

Marcela recuperó el bocadillo y masticó pensativa. Pablo Aguirre era un conductor experto al que le gustaba la velocidad y, además, poseía varios coches deportivos, como él mismo reconocía en el reportaje. Quizá alguno fuera un BMW rojo como el que sacó a Victoria de la carretera.

Guardó la dirección de la página en la lista de marcadores y tecleó una nueva búsqueda. Victoria García de Eunate. Parpadeó sorprendida al descubrir que, a pesar de su juventud y de pertenecer a la generación digital, Victoria tampoco tenía perfiles en las principales redes sociales. O, al menos, en ese momento no eran accesibles.

Salió de Google y del sistema operativo convencional y ejecutó el Backtrack, un programa de hackeo que le había sido muy útil en multitud de ocasiones. Una vez dentro de la red de manera segura y anónima, tecleó la dirección de un rastreador de páginas web y repitió la búsqueda que hacía un momento había resultado infructuosa. Seleccionó cualquier fecha anterior al día del accidente y esperó. El sistema apenas tardó unos segundos en ofrecerle los resultados. Como imaginaba, Victoria había tenido un perfil en Facebook y una cuenta en Twitter que, simplemente, habían sido dadas de baja tras su muerte. Tecleó hasta acceder a su rastro digital. No le costó encontrar algunas fotografías, *post* y tuits.

Victoria no había sido especialmente activa en las redes sociales y apenas había entradas o imágenes interesantes, excepto una, correspondiente a una cena de empresa en AS Corporación, en la que la joven abogada posaba sonriente junto a su jefe, un ufano Pablo Aguirre. No estaba segura, pero daba la impresión de que él tenía la mano en la espalda de Victoria. Lo que era evidente para cualquiera que supiera mirar era que el vientre de la joven estaba ligeramente abombado. Un jersey demasiado apretado y el indiscreto juego de luces y sombras no dejaba lugar a dudas. Marcela supuso que no habría tardado demasiado en pedir la baja después de ese día.

Desde luego, nada de lo que había encontrado podía convertirse en una prueba que sustituyera las perdidas, pero desde su punto de vista corroboraba la hipótesis que venía defendiendo desde el principio.

El calor y la comida empezaron a hacer efecto sobre Marcela. Por un momento estuvo tentada de acurrucarse en el sofá y simplemente dejarse llevar, pero consiguió reunir las fuerzas necesarias para subir las escaleras y deslizarse debajo del edredón. Una sensación cercana a la felicidad la sumió en segundos en un profundo sueño.

No sabía cuánto tiempo llevaba dormida ni cuánto había tardado en despertarse. Al principio pensó que lo que oía formaba parte de un sueño. Algo que raspaba y gemía, un sonido lejano, reconocible si se esforzaba, pero su mente se negaba a colaborar. ¡Un ladrido! Completamente despierta de pronto, se sentó en la cama y se concentró en distinguir si lo había soñado o si de verdad…

Bajó las escaleras a la carrera, encendió la luz del salón y abrió la puerta de la calle. Azti saltó sobre ella, le lamió las manos, bailó alrededor de sus piernas y siguió gimiendo con el rabo entre las piernas. Estaba sucio y empapado, cada uno de sus pelos soltaba gruesas gotas de agua que estaban formando un charco en el recibidor.

—¡Lo vas a poner todo perdido! —protestó con una sonrisa mientras le acariciaba la cabeza. Luego lo soltó y corrió al baño de la planta baja, cogió una toalla y se agachó para empezar a secarlo. Azti se sentó y apoyó la cabeza en sus rodillas—. Te vendría bien una buena ducha, pero de momento es más urgente secarte para que entres en calor.

El perro estornudó y se encogió en la toalla. Necesitó otra más hasta que estuvo lo bastante seco como para llevarlo hasta sus cuencos y servirle una buena ración de pienso y agua. El animal se lanzó desesperado sobre la comida. Marcela aprovechó para ir a por su móvil y hacerle una foto.

Ha vuelto, escribió en el mensaje que le envió a Antón junto con la foto. Eran casi las dos de la madrugada, pero el joven apenas tardó unos segundos en contestar.

¿Puedo ir?

No, mañana hablamos.

Antón respondió con un pulgar hacia arriba y un *emoji* sonriente.

Marcela se sentó en el sofá mientras Azti terminaba su comida. Todavía estaba húmedo, pero al menos ya no chorreaba.

—Vamos, ven —dijo cuando se separó del cuenco—. Sólo por hoy, no te acostumbres.

El perro la siguió escaleras arriba y esperó paciente en el umbral mientras Marcela colocaba una manta doblada junto al radiador. Le hizo un gesto con la mano y Azti avanzó hasta su nueva cama, la rodeó un par de veces y por fin se tumbó.

Satisfecha, volvió a meterse bajo el edredón y se tapó hasta la barbilla.

—Tú estarás caliente —musitó casi dormida—, pero yo me he quedado helada.

27

Antón madrugó mucho, demasiado en realidad. A las siete de la mañana aporreaba la puerta de Marcela. Ella tardó en reaccionar, pero Azti saltó de su cama y se lanzó escaleras abajo. Cuando Marcela consiguió sacudirse el sueño y bajar, ambos estaban montando tal alboroto que apenas era capaz de oír sus propios pensamientos. A un lado de la puerta, en la calle, Antón le hablaba a voces al perro, lo llamaba y le gritaba frases cariñosas. Al otro lado, dentro de casa, Azti ladraba, saltaba, giraba sobre sí mismo y se ponía de pie contra la puerta. Marcela lo empujó a un lado y abrió.

—Es ilegal visitar a la gente a estas horas —masculló.

—¿En serio? —Antón la miró con los ojos muy abiertos. Se había arrodillado y acariciaba y besaba al perro, que saltaba sobre él.

Marcela suspiró.

—No, pero debería serlo.

—Quería venir antes de irme a trabajar. Hoy tengo que ir a la parte baja del pueblo y no sé si podré almorzar en casa. ¿Quieres que me lo lleve a pasear? Ahora no llueve, y así tú puedes desayunar tranquila…

La sonrisa beatífica de Antón disipó su mal humor y despertó su necesidad de cafeína.

—Idos de aquí los dos.

Antón cogió la correa que colgaba del perchero, le puso el arnés al perro y los dos desaparecieron en la brumosa mañana antes de que ella pudiera decir nada más. Se le escapó una sonrisa. Allí todo volvía a estar en orden. Ahora podría concentrarse en lo que de verdad importaba.

Una hora después, con el perro ya de vuelta, la cabeza despejada y la segunda taza de café en la mano, colocó el portátil sobre la mesa de la cocina y se conectó a la intranet de la policía. Consultó primero su correo interno y descargó el informe de Domínguez sobre la escena del crimen en el hotel. Lo leyó por encima mientras se encendía un cigarrillo, sin detenerse en los detalles. Según la Reinona, Ana García de Eunate había recibido un puñetazo que seguramente la aturdió lo bastante como para impedirle esquivar la puñalada que la mató. No había heridas defensivas ni más cortes o golpes. En cuanto al bebé, las diminutas fibras encontradas en la boca y las fosas nasales confirmaban que había sido asfixiado con su propia almohada.

Le ardía la cabeza. Se levantó y abrió la puerta del jardín. El suelo estaba empapado y había empezado a llover de nuevo, una lluvia fina pero heladora. Respiró profundamente desde la puerta y dejó que el aire frío le despejara la mente antes de regresar a la mesa.

Revisó el resto de sus mensajes y cerró la aplicación. Luego abrió de nuevo la intranet, pero esta vez utilizó un usuario de administrador falso que había creado hacía un par de años y que utilizaba sólo en casos excepcionales. Como ese. Tecleó con rapidez y sonrió satisfecha cuando estuvo segura de que, a ojos de cualquiera, quien se movía por el sistema era un agente debidamente identificado que, además, se encontraba en el interior de la comisaría.

Accedió al ordenador del inspector Solé y utilizó el control remoto para descargarse en su propio portátil el contenido de las carpetas de su disco duro. Era más seguro que consultarlas *online*. La operación se prolongó durante dos interminables minutos. Cuando terminó, se aseguró de borrar su rastro del historial de descargas y salió por la puerta de atrás.

Se levantó para rellenarse la taza de café, cogió de paso un poco de pan duro y una loncha de jamón y volvió a sentarse ante el ordenador. Abrió una a una todas las carpetas que Solé guardaba en su ordenador. El inspector era un hombre metódico. Los archivos estaban almacenados según su fecha y, después, por el nombre que le habían otorgado al caso y que casi siempre coincidía con el de la víctima, a no ser que se diera alguna circunstancia especial. La carpeta dedicada a la muerte de Victoria, Ana y el pequeño Pablo estaba etiquetada como *García de Eunate*. El inspector se había quedado con una copia del interrogatorio a Pablo Aguirre a pesar de que había sido invalidado como prueba. Encontró también el vídeo, aunque archivado bajo otro nombre. Muy listo...

Repasó los documentos uno a uno con atención. Su humor empeoraba con cada línea que leía. No tenían nada, no se había producido ningún avance, los resultados forenses no aportaban ningún dato clave y Solé no parecía haber encontrado ningún hilo del que tirar. La investigación había llegado a una vía muerta antes incluso de lo que Bonachera vaticinó.

Se recostó en la silla y encendió un cigarro. Azti se había acomodado a su lado, cerca de la calefacción. El pobre seguía con el frío en los huesos después de su aventura del día anterior. Inhaló una profunda calada y exhaló el humo hacia el techo.

Las vías muertas no existen, ni los callejones sin salida, pensó. Se trataba de simples obstáculos, más o menos dificultosos, pero siempre salvables. Añadir nuevos raíles, asfaltar la carretera, excavar un túnel, dinamitar una montaña, derribar una pared... Siempre había al menos una posibilidad de seguir adelante, aunque para lograrlo fuera necesario encontrar una puerta trasera, realizar un último truco de magia o convertirse en un topo excavador e invisible.

En ese momento era incapaz de ver el hilo del que tirar, pero sabía que lo encontraría, simplemente porque ese hilo existía. Apuró el café, ya frío en la taza, y aplastó el cigarrillo en el cenicero. La vida estaba ahí delante, pero a veces había que echar la vista atrás para comprobar si el camino recorrido era el correcto.

Tiempo y decisión. Esos eran los ingredientes necesarios para solucionar cualquier problema, y en ese momento Marcela andaba sobrada de ambos.

A media mañana salió a pasear con Azti. La inacción y la acumulación de ideas en la cabeza iban a volverla loca. Eligió los caminos que rodeaban el pueblo, callejeando unas veces y al borde de los extensos pastos otras, evitando las zonas concurridas y siempre con las montañas como telón de fondo.

Respirar y mirar al horizonte no le sirvió de nada. Las técnicas de relajación y *mindfulness* no funcionaban con ella. El punto blanco y brillante que se supone que debía visualizar terminaba siempre convertido en una espiral roja, a veces naranja, pero nunca blanca, ni azul, ni verde. No conseguía acallar su propia voz, y sus pensamientos le recriminaban la pérdida de tiempo. «Hay mucho que hacer, Pieldelobo». Al final, la terapia terminaba cinco minutos después de haber empezado y siempre necesitaba un pitillo para calmarse.

No tuvo que llamar a Antón. El joven se presentó en su casa en cuanto terminó su turno, sin ni siquiera cambiarse de ropa. Fiel a su costumbre, golpeteó en la ventana y luego corrió hasta la puerta. Dejó las botas embarradas en la calle y entró deslizándose con los calcetines.

—Escúchame —le pidió pasados unos minutos. Tanta euforia la estaba poniendo aún más nerviosa—. Tengo que volver a Pamplona, cosas del trabajo. Intentaré volver en un par de días. —Antón asintió, esforzándose de nuevo por no sonreír—. He pensado que quizá sea mejor que el perro se quede aquí y que tú vengas a sacarlo cuando puedas. Esta casa es su referencia. ¿Tienes las llaves que te di?

—Claro —respondió él.

—Podrás venir cuando quieras, siempre que no te dediques a husmear por ahí ni a revolver entre mis cosas, ¿de acuerdo?

Antón se levantó y la miró muy serio.

—Yo nunca haría eso. No soy un crío, aunque a veces no te des cuenta. Mi madre me enseñó a respetar las cosas de los demás. Nunca abro un cajón que no sea mío ni meto la mano en su bolso ni para buscar las llaves. Ella lo llama «espacio personal», y cada uno tenemos el nuestro. Este es el tuyo, y yo jamás abriría uno de tus cajones.

—Vale, lo siento, no te enfades —masculló Marcela. Se había convertido en una experta en ofender a la gente.

—Vale —rezongó él, cabizbajo—. ¿Cuándo te vas? —preguntó por fin.

—Ahora.

Antón sacudió la cabeza de arriba abajo, pensativo.

—Será mejor que me vaya a casa a comer. Vendré después de recoger la cocina y, si no llueve, Azti y yo daremos un buen paseo. —La miró un momento con el ceño fruncido—. Si llueve, ¿puedo venir a ver la tele? Para que no esté solo toda la tarde… Me iré a la hora de cenar.

—Por supuesto, para eso son las llaves. Cierra bien cuando salgas —le instó sin poder evitarlo.

—Tranquila, lo haré.

La despedida fue rápida y breve. Antón acarició al perro y le prometió que volvería pronto. Después, Marcela subió al piso de arriba, comprobó que todas las ventanas estaban cerradas e hizo lo mismo en el piso de abajo. Luego llenó los cuencos de Azti, le acarició entre las orejas y se marchó.

Había empezado a llover de nuevo, grandes y violentas gotas que rebotaban contra el parabrisas y formaban inmensos charcos sobre el asfalto. Las nubes bajas y oscuras la obligaron a encender las luces. Cada vez que se cruzaba con un coche el agua que salía despedida la cegaba durante un instante. Aferró el volante con fuerza y se concentró en seguir las líneas blancas.

La lluvia le dio un respiro cuando comenzó a ascender el puerto de Otsondo. Los camiones renqueaban en las curvas y no era fácil adelantarlos. Marcela consiguió dejar atrás a un par de enormes tráilers, pero el tercero la dejó clavada y la obligó a reducir la velocidad considerablemente. Se asomó un par de veces para intentar pasar, pero cuando no venía otro coche de frente, tenía línea continua en el suelo, así que se relajó y encendió la radio.

Trasteó con los botones buscando algo de música, pero todas las emisoras le respondieron con una desagradable estática.

Volvía a llover. Suspiró y conectó los limpiaparabrisas. El camión avanzaba a cuarenta kilómetros por hora y la visibilidad se había reducido aún más. Frenó un poco para intentar separarse de las ruedas del tráiler, que le lanzaban furiosos chorros de agua, pero el coche que la seguía estaba casi pegado a ella.

—Imbécil —le insultó. Tocó la bocina y pisó brevemente el freno varias veces para que se diera cuenta de sus intenciones, pero el morro del coche seguía demasiado cerca de su parachoques trasero.

El camionero le devolvió el bocinazo, convencido a buen seguro de que se trataba de un conductor impaciente y muy impertinente. Marcela levantó las manos un instante y volvió a coger el volante.

Después, todo sucedió muy rápido. Un impacto desde atrás la propulsó contra el camión. No tuvo tiempo de pisar el freno. Marcela gritó y soltó el volante mientras una lluvia de chispas brillantes cubría la luna delantera. El cinturón impidió que saliera despedida hacia delante a la vez que el airbag estallaba y la golpeaba en plena cara. El coche se llenó de olor a pólvora y de un humo blanquecino que provocó que le lloraran los ojos. O quizá fuera por el intenso dolor que la sacudió justo antes de que su nariz empezara a sangrar profusamente.

El coche comenzó a producir un chirrido metálico, denteroso y aterrador. Frenó por instinto, pero el camión hizo lo mismo al sentir el impacto y el coche de atrás volvió a golpearla. El impacto sonó como un estallido. La parte trasera coleó ligeramente y volvió a aferrar el volante para intentar enderezar el rumbo, pero no consiguió moverlo ni un centímetro. El bamboleo se detuvo unos segundos después.

Con el tercer embate sintió un crujido en el cuello cuando su cabeza se lanzó hacia delante, ya sin la protección del airbag. Olía a goma quemada y a gasolina, y el camión seguía lanzando hacia ella furiosas ascuas que a sus ojos parecían bolas de fuego.

Se esforzó por respirar, pero el cinturón la tenía aprisionada. Mareada y sin apenas visibilidad, intentó frenar sin éxito. El morro de su coche se había quedado enganchado bajo la zona de carga del tráiler, y por algún motivo no podía mover las piernas. Bajar la cabeza y mover el brazo le provocó un estremecimiento de dolor. El camión se detuvo poco a poco, y ella con él.

Fijó la vista en el retrovisor para intentar comprender qué había pasado. Detrás ya no había nadie, sólo la carretera desierta, empapada y oscura. El coche que la había embestido se había esfumado.

Apoyó la cabeza en el asiento y se soltó el cinturón de seguridad. Fue un alivio volver a respirar, aunque el oxígeno la hizo más consciente de su lamentable estado y de la suerte que había tenido a pesar de todo. Suerte de haberse quedado enganchada al camión. Un empujón más podría haberla sacado de la carretera, y en esa zona abundaban los profundos desniveles, los barrancos y los ríos de montaña.

El motor se había detenido, pero aun así giró la llave en el contacto y la sacó. La sangre de la nariz le llenaba la boca de un desagradable regusto dulzón y metálico. La sentía bajar por su cara, cálida y espesa, y gotear desde la barbilla hasta su pecho. No pudo mirar. Mover el cuello le producía un dolor insoportable. Abrió y cerró las manos e intentó mover las piernas. Tenía el pie izquierdo atrapado entre el metal aplastado. Le dolía muchísimo, pero supuso que eso era buena señal, ya que al menos lo sentía. Además, la espalda y los hombros habían comenzado a producir un dolor pulsante que se unió al del cuello y la cara y pronto compitió en intensidad con el procedente de sus extremidades. Era incapaz de moverse. Estaba atrapada y sentía que su mente iba y venía, recreando sin control la lluvia de chispas y el intenso humo blanquecino.

El camionero abrió la puerta y se llevó las manos a la cabeza. Ella lo miró e intentó decirle que estaba bien, pero cuando giró la mirada para enfocarla en el hombre un destello blanco inundó sus ojos y apagó su consciencia.

***

Si hubiera podido hablar, le habría pedido al conductor que desconectara la maldita sirena. No iba a morirse, aunque quizá lo hiciera si ese sonido atronador no dejaba de taladrarle la cabeza. El sanitario que la acompañaba en la parte trasera de la ambulancia dijo algo, pero no lo entendió. ¿De verdad no era posible apagarla?

No podía moverse. Supuso que la habrían atado a la camilla para el viaje y que le habrían colocado un collarín. El médico acercó una luz a sus pupilas. El dolor en el fondo de su cabeza casi la destrozó. Gimió y cerró los ojos.

—La jaqueca le durará unos días —le dijo el sanitario, que se guardó la linterna en el bolsillo del chaleco reflectante—. Llevo aquí sus cosas —añadió, levantando una bolsa de plástico negro. El conductor del camión las recogió y se las dio a los forales. Ellos se ocuparán de su coche, no se preocupe.

Lo último que le preocupaba en ese momento era precisamente el coche. No dejaba de darle vueltas a la insidiosa idea que se había instalado en su tumefacta cabeza y que le repetía como un molesto soniquete que aquello no había sido un accidente.

Una serie de pitidos inundó la ambulancia. Sin dudarlo, el médico abrió uno de los compartimentos y pocos segundos después le clavó una aguja en el brazo.

—No podemos dejar que te pongas así antes de hacerte un escáner cerebral. Es importante controlar la tensión. Duerme un rato, llegaremos enseguida.

Cerró los ojos y aflojó la barbilla. El dolor desapareció al instante. Benditas drogas, pensó.

28

La piel es un órgano curioso. Actúa como un faro, un centinela siempre alerta ante las posibles amenazas, advirtiendo de las tormentas que se avecinan. Dolor, presión, temperatura. A la primera señal de alarma, lanza un mensaje instantáneo al cerebro. ¡Peligro! Y el cuerpo se pone en marcha. Suda para controlar la temperatura, comunica dónde está el origen del daño o insta a evitar el peligro percibido, como huir del fuego o aflojar la dolorosa presión. Millones de transmisores nerviosos dedicados casi exclusivamente a velar por la integridad del ser humano. Casi, porque la segunda función primordial de la piel es transmitir. Amor, empatía, seguridad, afecto, tranquilidad o un sencillo «estoy aquí».

Marcela no podía abrir los ojos, pero su piel llevaba un buen rato contándole lo que estaba pasando, lo que ni siquiera sus oídos eran capaces de captar.

Por encima del calor casi insoportable, del dolor pulsátil en las piernas y constante en la cabeza y en la cara, por encima de la incomodidad de la posición en la que estaba postrada y de la aguja fijada a la sangradura de su codo, su piel le transmitía la presencia de Damen, que paseaba la yema de sus dedos arriba y abajo por su antebrazo, que le retiraba el pelo de la cara y le acariciaba la mejilla cuando ella gemía de dolor.

De vez en cuando le llegaban voces difusas, y cuando lograba abrir los ojos era capaz de distinguir varias siluetas blancas a su alrededor. Al fondo, borrosa como un fantasma, una sombra más oscura esperaba inmóvil a que terminara la tortura para acercarse de nuevo y retomar la comunicación con ella a través de su piel.

Se concentró en el tacto de sus dedos, en el largo y lento camino desde la muñeca hasta el hombro. Se esforzó en sentir el placer de sus caricias y colocar esa sensación por encima del dolor, de la quemazón, de las pesadillas y del miedo.

Arriba, despacio, leve como el aleteo de una mariposa. Abajo, suave como la brisa de verano. Arriba… y abajo otra vez. La piel se convirtió en su corazón, en su cerebro, en todo su ser.

Dos sombras permanecían muy juntas a los pies de su cama. Apenas se movían, pero se dio cuenta de que emitían sonidos apagados. Voces, apenas susurros. Figuras espigadas y ropa oscura. Sonrió cuando comprendió quiénes eran. Tragó saliva, pero le costó despegar la lengua de los dientes. La notaba pastosa, sucia, gruesa.

—Los dos hombres de mi vida, por fin juntos —consiguió decir—, que empiece la fiesta.

Su voz le sonó extraña, más ronca de lo normal, y las palabras le provocaron un profundo escozor en la garganta. Las dos sombras se acercaron a ella, una a cada lado de la cama, hasta que consiguió enfocarlos.

—No hables demasiado —le indicó Damen—, acaban de extubarte y tienes la garganta irritada.

—¿Quieres un poco de agua? —le ofreció Bonachera.

—¿No tienes nada mejor? —bromeó ella, pero aceptó de buen grado el vaso que le acercó su compañero. Bebió un par de sorbos cortos ayudada por una pajita y agradeció que el frescor del líquido apagara las ascuas de su garganta—. Gracias —dijo después, con la mirada fija en Damen, que se ruborizó y hundió las manos en los bolsillos del pantalón.

—¿A qué viene eso?

—Gracias por estar aquí, conmigo.

Damen frunció el ceño, confundido.

—Estabas sedada, te han tenido dos días en una especie de coma inducido para dejar descansar a tu cerebro. No podías saber…

—Tus manos —respondió ella simplemente—, tus dedos.

Entonces él comprendió, y sonrió también.

—Será mejor que os deje solos —intervino Miguel, consciente de que se habían olvidado de él.

—No te vayas, por favor —intervino Marcela con rapidez—, tenemos mucho de lo que hablar.

—Hay tiempo… —empezó Bonachera.

—No, no lo hay. ¿Qué tenéis? —añadió, directa al grano—. Me refiero al… accidente.

Damen la miró de nuevo con el ceño fruncido.

—Estoy de acuerdo con Miguel, no es el momento.

—Vaya, veo que en mi ausencia os habéis conchabado. —La garganta volvía a dolerle. Bajó el tono de voz y habló más despacio—. El tiempo que pasa es tiempo perdido.

—Como quieras —accedió Damen por fin. Miguel asintió desde el otro lado de la cama—. Estamos buscando el coche que te embistió, pero apenas tenemos datos. En principio, vamos tras un modelo sin determinar, grande, quizá un SUV o un monovolumen, de color oscuro. El camionero no aportó demasiados datos, la verdad. Ha declarado que tocaste el claxon para que te dejara pasar, pero que la visibilidad era muy mala y que tuviste que quedarte detrás, demasiado cerca de su carga. —Marcela cerró los ojos un momento y recreó en su cabeza el momento del impacto. Luego se obligó a concentrarse en el relato de Damen—. Cree que te despistaste, que ibas demasiado rápido y no pudiste evitar chocar con él. No recuerda si frenó o no en ese preciso instante, lo estaba haciendo casi a cada momento. Suponemos que el coche que te seguía se vio sorprendido por la situación y acabó por golpearte.

Marcela suspiró. Recordaba cada segundo de lo ocurrido, cada instante. Lo tenía grabado a fuego en su memoria. Podía oler la pólvora al estallar el airbag, veía las chispas metálicas rodeando su coche, sentía el volante entre sus manos. Abrió y cerró los dedos para asegurarse de que ya no estaba allí.

—No fue un accidente —empezó—. Toqué el claxon para pedirle al coche que me seguía que me dejara espacio y así poder separarme del camión. Lo llevaba pegado al culo y, supongo que por inercia, aceleré para alejarme y me situé demasiado cerca del tráiler, eso es cierto. Le pegué un bocinazo para que frenara. Supongo que el camionero interpretó que era por él, pero no fue así. —Damen y Miguel la escuchaban en silencio, concentrados en sus palabras. Tragó saliva y siguió—. Un momento después, el coche que me seguía me golpeó y me lanzó hacia delante. El airbag se disparó y todo se llenó de humo. Creo que me rompí la nariz…

—Has tenido suerte —intervino Miguel—, no está rota, pero tienes la cara hecha un cristo.

Marcela bufó y alejó el impulso de palparse el rostro.

—No sé si fue entonces cuando me quedé encajada debajo de la carga o si fue con el segundo impacto —prosiguió.

—¿Te golpeó dos veces? —preguntó Miguel, incrédulo.

—Tres, me golpeó tres veces. Todo se llenó de humo y de chispas metálicas. Tenía los pies atrapados y me costaba respirar. Puse punto muerto y esperé a que el camión frenara. Por suerte paró enseguida, y yo con él. El resto ya lo conocéis.

—El coche que te seguía… —empezó Damen.

—Era grande y oscuro —corroboró—. No recuerdo la marca ni el modelo, pero de lo que sí estoy segura es de que no fue un accidente, eso os lo puedo jurar. Me embistió y me empotró contra el camión, lo que, si lo pienso bien, quizá haya sido una suerte. Si consigue sacarme de la carretera podría haber caído sin control por un barranco. Es posible que esa fuera su intención, o quizá provocar un accidente mucho más grave de lo que ha acabado siendo. Al fin y al cabo, sigo viva. —Se recostó en la almohada y cerró los ojos.

Había empezado a dolerle la cabeza y volvía a escocerle la garganta—. ¿Me das un poco más de agua, por favor?

Miguel hizo lo que le pedía y le acercó la pajita a la boca.

—¿Tienes idea de quién era el conductor? —preguntó Damen.

Marcela tragó despacio y calibró sus opciones. Podía confesar que el coche que la seguía era sospechosamente parecido al que vio salir de la casa de Aguirre, y tener que explicar entonces qué hacía allí a pesar de estar suspendida de servicio, o podía negarlo y ocuparse ella misma del asunto. Ni siquiera tenía la certeza de que se tratara de Aguirre, había decenas de miles de monovolúmenes oscuros circulando por ahí. Sin embargo…

Se le erizó la piel. Marcela lo interpretó como una señal. Vigilante, siempre alerta, transmisora y receptora, su piel acababa de indicarle el camino.

—¿Podéis olvidaros de la placa durante un rato? —les preguntó mientras los observaba alternativamente. Dos ceños fruncidos adelantaron la respuesta.

—No bromees, Marcela —respondió Damen—. Ya hemos tenido antes esta conversación, y seguro que Miguel piensa como yo.

—Para mí no es una broma —respondió ella demasiado alto. La garganta y la cabeza le recordaron al mismo tiempo que debía tener cuidado—. Soy yo la que está en la cama de un hospital. Me duele cada centímetro del cuerpo. No es la primera vez que alguien intenta matarme —siguió—, pero sé que es la vez que más cerca han estado de conseguirlo. Olvidad lo que he dicho —añadió en un susurro. Cerró los ojos y ladeó la cabeza. Le habría encantado dormir y pasar página, pero sabía que no podría hacerlo hasta que tuviera todas las respuestas. Quién, por qué, hasta cuándo.

—¿Crees que ha sido algo personal? —aventuró Miguel.

—Si es así —intervino Damen—, si es por una venganza o algo por el estilo, puede volver a intentarlo cuando se entere de que estás viva, si es que no lo sabe ya.

Marcela asintió.

Por supuesto que aquello era algo personal, y estaba convencida de que, si no se adelantaba ella, el asesino la esperaría agazapado en cualquier rincón.

—De acuerdo —accedió Miguel.

—¿Sin placa? —insistió Marcela. Damen asintió y volvió a guardarse las manos en los bolsillos. La tela del pantalón se erigió como una frontera entre ellos—. ¿Cuántos días llevo aquí? —preguntó antes de empezar.

—Dos —respondió Damen.

—Bien. —Se aclaró la garganta y se lanzó de cabeza a la piscina. Cuando sus pies perdieran contacto con la tierra, no habría vuelta atrás—. Hace cuatro días vi salir a Pablo Aguirre de su casa al volante de un todoterreno negro. Tenía los cristales tintados, pero bajó la ventanilla y me miró durante unos segundos. —Levantó la mano cuando vio que los dos hombres abrían la boca al mismo tiempo—. Sin placa —les recordó.

—Marcela... —Damen la miraba muy serio, con la barbilla baja y los puños apretados a ambos lados de su cuerpo. Ella giró la cabeza y fijó la vista en el techo.

—No distinguí al conductor que me embistió, y cuando todo pasó, ya no estaba detrás, debió adelantarme o tomar alguno de los pequeños desvíos que llevan a las fincas de los alrededores. Deberíais confirmar el estado del coche, es sencillo. Además, tampoco es difícil acceder a su GPS. Eso nos sacaría de dudas.

—Ningún juez lo autorizaría —la cortó Damen.

—Veo que has vuelto a colgarte la placa —masculló Marcela.

—¿De qué te sirve comprobar si el coche está abollado o si ha pasado por determinada carretera si luego no puedes utilizarlo como prueba? Tienes una memoria muy frágil...

Marcela cerró los ojos. Sabía que Damen tenía razón, pero no podía evitar una profunda y desasosegante sensación de impotencia y fracaso.

—Me fastidia darle la razón al foral —intervino Miguel—, pero no me queda más remedio que hacerlo.

Estaba a punto de mandarlos a paseo cuando la puerta de su

habitación se abrió y dejó pasar a la última persona que esperaba ver allí. Su hermano Juan dio unos pasos apresurados hasta la cama, se colocó junto a la almohada y se agachó para besarla en la frente. Marcela sintió que las lágrimas le ardían en los ojos.

—¡Juan! —Intentó levantar los brazos para abrazarlo, pero le dolían terriblemente y, además, uno de ellos seguía unido a una bolsa a través de un largo tubo transparente y una aguja.

Su hermano le acarició el pelo y volvió a besarla.

—Llevo aquí desde ayer —le explicó—. Me he instalado en tu casa, espero que no te moleste… —Marcela sonrió para tranquilizarlo—. Me has dado un susto de muerte.

—¿Por qué no me habíais dicho que mi hermano estaba en Pamplona? —preguntó.

—Estábamos muy ocupados poniéndonos y quitándonos la placa —bromeó Miguel—. Lo siento, me emocioné tanto al verte despierta que se me olvidó.

—Iba a decírtelo justo cuando ha llegado —se justificó Damen, de nuevo relajado.

Juan sonreía, aunque la preocupación era visible en sus ojos. Parecía muy mayor en esos momentos. Un adulto cargado de responsabilidades, incluida una hermana impredecible que acababa de estamparse contra un camión.

—Por favor, contadle que no fue culpa mía —les rogó a Miguel y Damen. Se sentía incapaz de repetir toda la historia desde el principio.

Damen le hizo un resumen de lo ocurrido. Juan iba abriendo más y más los ojos y la boca conforme la narración avanzaba. Cuando terminó, la miró muy serio y le apretó el brazo con la mano.

—Estás en peligro —afirmó.

—No lo creo —negó—. Si se trataba de un conductor temerario, un kamikaze o algo por el estilo, no vendrá a rematarme. Y si era alguien que me conoce… Bueno, soy policía, estoy entrenada para enfrentarme al peligro. Y como me recuerda Antón siempre que puede, tengo un arma.

—¿Antón? —preguntó Juan, mirando a Damen. Marcela supuso que en el tiempo que llevaba allí se había enterado de la relación que nos unía.

—Cuida de mi perro cuando estoy en Pamplona.

—¿Tienes perro? —Juan no daba crédito. Cada pregunta terminaba con una respuesta aún más insólita.

—Otro día te lo cuento, pero sí, es un chucho de un año que se llama Azti. Está en Zugarramurdi. A tus hijos les encantará —le aseguró con una sonrisa.

Cerró los ojos. La cabeza le palpitaba terriblemente y la presión en las piernas se había ido incrementando poco a poco. El dolor se extendía por la espalda, el cuello y los hombros.

—Voy a llamar a la enfermera —se ofreció Damen, atento a sus gestos.

Marcela asintió en silencio. Un par de minutos después, una diligente sanitaria estaba añadiendo el contenido de una jeringa al suero que la mantenía hidratada.

—Benditas drogas —suspiró por segunda vez en dos días.

Escuchó la charla de los tres hombres, que parecían conocerse de toda la vida, y se despidió con un beso de Miguel y Damen. En la mejilla al primero, en los labios al segundo. Juan se negó a marcharse. Pensaba pasar la noche con ella.

—Tu amigo no me ha dejado quedarme hasta ahora —confesó—. Ha estado aquí de guardia casi dos días enteros. Lo tienes bien pillado —bromeó.

Marcela sonrió y no se molestó en llevarle la contraria. Conocía el sentido de la lealtad de Damen, y estaba convencida de que habría hecho lo mismo por un compañero, o por cualquiera que él creyera que era su responsabilidad. No dudaba de que sentía algo por ella, pero estaba convencida de que distaba mucho de estar «pillado».

Lo que fuera que le habían inyectado tuvo un efecto letárgico en ella. Sintió que su cuerpo se hundía cada vez más en el colchón, su mente dejaba de divagar y la invadía una placidez química. Sonrió a su hermano una vez más y cerró los ojos.

***

Portazos, voces en el pasillo, timbres furiosos, ruedas chirriantes sobre las baldosas del suelo… La noche en el hospital fue de todo menos tranquila o reparadora. Una vez superado el primer sueño provocado por los sedantes, Marcela se despertó infinidad de veces, casi siempre sobresaltada por ruidos bruscos e inesperados.

Estaba de un humor de perros. Su hermano optó por bajar a la cafetería a desayunar mientras las enfermeras se enfrentaban a ella. Cuando volvió, la encontró sentada en una silla, sin gotero ni vendas en la cabeza y con las heridas de las piernas al aire.

—Me voy a casa —dijo en cuanto Juan entró.

—¿Ha pasado el médico? —preguntó sorprendido.

—No.

Juan levantó una ceja y puso los brazos en jarras.

—No vas a marcharte cuando a ti te dé la gana, sino cuando el médico diga que estás lo bastante bien como para volver a casa.

—Lo dirá en cuanto aparezca —insistió ella, tozuda.

—No voy a discutir contigo, no merece la pena.

Juan se sentó en el borde de la cama y cogió el libro que había dejado sobre la mesilla. Sin mirarla, lo abrió y empezó a leer. Marcela se removió inquieta, pero no dijo nada. Con la decisión tomada, sólo tenía que esperar.

El médico apareció dos horas después. La encontró de pie junto a la ventana, apenas apoyada en el respaldo de la silla para no cargar todo su peso sobre la pierna izquierda, la que más le molestaba. Se tumbó para que la examinara y accedió a someterse a un escáner a cambio de que, si todo estaba bien, pudiera irse a casa esa misma tarde.

—No tenemos por costumbre retener a quien no quiere estar aquí —respondió el médico, visiblemente molesto—. Si usted quiere, puede pedir el alta voluntaria ahora mismo y abandonar el hospital en el acto. Mi recomendación es que pase por el escáner para comprobar que todo está bien en su cabeza. El resto de su cuerpo sólo necesita tiempo y reposo, y eso puede hacerlo donde le plazca.

Tres horas después, vestida con la ropa limpia que su hermano le había llevado y los resultados del escáner en la mano, subieron a un taxi rumbo a casa.

Marcela empezaba a pensar que su hermano era peor que el médico. La obligó a sentarse y poner las piernas en alto, se negó a darle una cerveza, hizo sopa para cenar y pretendía que se acostara cuando todavía no eran ni las nueve de la noche.

—Relájate, Juan. Estoy bien —repitió por enésima vez.

—Sí, no hay más que verte —bufó él mientras se sentaba a su lado.

Había insistido en ducharse en cuanto llegó a casa. Apestaba a hospital, a yodo y a desinfectante, pero, además, todavía tenía pegado a la piel y al pelo el olor a pólvora, a sudor frío, a miedo. Incluso la ropa que había traído en una bolsa de plástico olía como lo haría alguien que durante un instante tuvo la certeza de que iba a morir.

Desnudarse en el baño y enfrentarse a la imagen que le devolvía el espejo supuso un reto para el que no estaba preparada. Había visto las lesiones de sus piernas: una herida que necesitó quince puntos de sutura, otras que habían unido con puntos de papel e incontables arañazos, magulladuras y hematomas en diversas fases de maduración; era consciente de que las heridas y morados tardarían en desaparecer de su pecho y abdomen, pero no estaba preparada para mirarse a la cara. Sabía que no tenía rota la nariz, pero esta casi había duplicado su tamaño y estaba tumefacta y de un color extraño, a medias entre el rojo de la sangre y el ámbar del yodo que le habían repartido con generosidad por la zona. La hinchazón alcanzaba los ojos, que además ya no eran blancos, sino carmesí. Tenía rasguños en las mejillas y en la frente, y un largo corte recorría sinuoso su barbilla.

Daba miedo.

El médico le había asegurado que en menos de una semana la

mitad de esas heridas y contusiones serían historia, y que el resto habrían mejorado considerablemente, pero en ese momento la visión de su estado tuvo dos efectos inmediatos: primero, fue consciente una vez más de la fragilidad del ser humano, poseedor de un caparazón quebradizo apenas capaz de protegerle de las agresiones o las enfermedades. Y segundo, sus ganas de atrapar a Pablo Aguirre se habían multiplicado por mil. Estaba decidida a acabar con él, y le daba igual cómo.

29

Su hermano la miraba desde el borde del sofá. Había hecho la maleta y estaba listo para volver a Biescas. Llevaba cuatro días en Pamplona, tantos como le permitía la empresa para la que trabajaba. Debía incorporarse al día siguiente si no quería tener problemas.

Marcela conocía esa postura. Su trasero apenas se apoyaba en el asiento mientras movía compulsivamente una pierna y sacudía el suelo con el tacón de su zapato. Se había arrancado las pieles de todos los dedos y fruncía los labios en un mohín un tanto neurótico.

—¿Te encuentras bien? —preguntó ante el mutismo de Juan. Él la miró un instante y vació los pulmones antes de contestar.

—Sí, claro. Listo para marcharme. —Se puso de pie y buscó su abrigo con la mirada.

Compartía con su hermana una escasa tendencia al orden, y durante esos días juntos el piso de Marcela había terminado por convertirse en un caos de ropas, medicinas, bolsos y mochilas. De hecho, la ropa que trajo del hospital seguía metida en una bolsa de plástico a los pies de la lavadora.

Marcela se acercó a él y se sentó en el sofá del que Juan se acaba de levantar. No hizo falta que dijera nada. Juan la miró y se dejó caer a su lado.

—Mi vida es una mierda —confesó en voz baja, un susurro que

atravesó el corazón de Marcela, consciente de que lo había dejado solo, que huyó sin mirar atrás hacía muchos años y que ahora ya era tarde para volver o intentar siquiera remediar el daño.

—Lo siento. —Fue lo único que se le ocurrió decir.

Juan la miró y sonrió con amargura. Luego se levantó, se puso el abrigo y la abrazó.

—Recuerda que tienes que ir al médico mañana —le dijo cuando la soltó. Luego miró a su alrededor y sonrió abiertamente—. Te dejo con este desastre. Así no te aburrirás.

—Muy gracioso —bufó ella con fingido mal humor. Luego le besó y lo acompañó hasta la puerta—. Conduce con cuidado y llámame cuando llegues.

—Me debes una visita —le recordó.

—Iré, prometido.

Cerró la puerta y se giró para mirar a su alrededor. La casa estaba hecha un desastre. Había ropa limpia mezclada con la usada, papeles, libros y carpetas sobre la mesa y las sillas y un montón de gasas, vendas, botes de yodo y diversos analgésicos esparcidos sobre la barra de la cocina. Suspiró y comenzó a recoger la ropa tirada. Decidió lavarla toda, no merecía la pena olisquear cada prenda para determinar su estado. Lo que no estaba sucio, apestaba a tabaco y a cerrado. Porque a pesar de las protestas y advertencias de su hermano, no había conseguido disminuir la cantidad de cigarrillos que consumía cada día. Si lo pensaba bien, posiblemente había aumentado.

Puso lavadoras, ventiló las habitaciones, cargó el lavavajillas dos veces, ordenó los papeles, guardó los medicamentos en una caja, quitó las sábanas de la cama que había ocupado su hermano y cambió las de la suya, vació ceniceros e hizo la lista de la compra. Necesitó menos de dos horas para dejar la casa limpia y ordenada, pero estaba agotada. Ir de un lado a otro le requería todavía un enorme esfuerzo. Tenía los músculos y ligamentos de las piernas magullados, sobre todo los de la pantorrilla izquierda, y caminar le suponía una larga sesión de punzadas y dolorosos calambres. Le habían recetado antiinflamatorios, pastillas para el dolor y una pomada para reducir los hematomas que repartía con generosidad por todo su cuerpo.

Oficialmente ya no estaba suspendida, sino de baja médica, como le había comunicado el propio comisario Andreu en una breve llamada telefónica en la que ni siquiera le preguntó qué había sucedido. Marcela supuso que había leído el informe oficial y no creía necesario recabar más información, ni siquiera de la principal implicada.

Se acomodó en el sofá y se masajeó las doloridas piernas. Lo cierto era que el progreso era sorprendente. En cinco días había pasado de estar en coma a casi valerse por sí misma. Los mareos y el dolor más agudo habían desaparecido, dejando en su lugar una colección de molestias a lo largo y ancho de todo su cuerpo. Sabía que debería sentirse afortunada, pero en lo único que era capaz de pensar era en el coche que la embistió y luego desapareció después de encajarla debajo de un camión.

Podía haber muerto. Sonrió al pensar que nadie la echaría de menos. Su hermano la lloraría un tiempo, no demasiado, y recordaría con cariño y nostalgia sus juegos infantiles y sus peleas de adolescentes. A partir de ahí, sus caminos se separaron y apenas se habían cruzado desde entonces. Era probable que ni siquiera supiera qué hacer con sus restos. Juan sabía que no le gustaba el pueblo y que odiaba los cementerios, pero tampoco se sentía de Pamplona, así que, ¿qué hacer con su extraña hermana?

¿Y Damen? ¿Qué sentiría Damen? Tan sólido, tan inexpugnable. Sin duda, seguiría adelante muy pronto. En poco tiempo, Marcela se convertiría en un recuerdo. Al menos, quizá él sí supiera qué hacer con ella. Había visto los cuervos, conocía su significado.

Decidió que tenía que hacerles saber que había firmado un testamento vital con sus últimas voluntades. Lo único que faltaba por determinar era el lugar en el que quería que reposaran sus cenizas.

Imaginó a Miguel preparándose para ser inspector y así no tener que aguantar a nadie más como ella, y a Antón acariciando a Azti, que desde entonces sería sólo suyo.

Zugarramurdi. Eso era. El día que muriera, quería que esparcieran sus cenizas desde un alto en Zugarramurdi y que un cuervo las acompañara y aventara con sus alas. Si tenía un alma, el córvido la recogería y la conduciría hasta el paraíso de los incrédulos.

Pensó que debería dejarlo también por escrito, para que supieran qué hacer con ella cuando ya no fuera más que un recuerdo, un nombre, una imagen en un papel, una voz que se iba deslavazando en la memoria de los vivos.

Cogió el teléfono y la lista de la compra y llamó al supermercado. Añadió un paquete de cervezas y una botella de Jäger al pedido y esperó a que llegara el repartidor. Tenía un par de horas por delante.

Decidió que todavía no estaba muerta, que el dolor que sentía dentro y fuera era un signo inequívoco de vida, así que ahuyentó la autocompasión, encendió el ordenador y se puso en marcha. Trabajar genera endorfinas, pensó, el mejor analgésico que existe.

La habían sacado de la investigación, así que no era sorprendente que la bandeja de entrada de su correo electrónico tuviera el mismo número de mensajes que la semana anterior. Si quería enterarse de las novedades y de los avances en el caso tendría que colarse por la rendija de siempre.

Conocía de memoria el camino hasta el ordenador de Domínguez. Navegar por las redes policiales era muy sencillo si contabas con un usuario «legal» como el suyo. La Reinona era un ser desconfiado por naturaleza y guardaba bajo contraseña todas sus carpetas, pero las series de números y letras eran tan sencillas que Marcela apenas tardaba unos segundos en desencriptarlas.

El análisis de lo recogido en el vertedero de Aranguren alrededor del cuerpo de Victoria García de Eunate era descorazonador. La colección de rastros de ADN era casi infinita, y enviarlos todos al laboratorio lo colapsaría durante meses. Además, si una vez decodificado, el dueño del ADN no estaba fichado, sería inútil tenerlo. El inspector jefe había decidido conservar las pruebas y enviarlas al laboratorio sólo en el caso de que fuera imprescindible. Es decir, nunca.

Ninguno de los objetos clasificados ofrecía la menor pista sobre el posible asesino. Por supuesto, si los criminales fueran tan estúpidos como para olvidar sus enseres personales en la escena del crimen su trabajo perdería buena parte de su atractivo.

No pudo evitar sonreír al recordar a Paco, Pakito, como le gustaba que le llamaran. Un yonqui desgraciado al que la droga convirtió en un ladrón de medio pelo que seguía amenazando con una jeringuilla a sus víctimas, como en los ochenta. La heroína y el hachís también le habían frito el cerebro, de ahí que un día, cuando una de sus víctimas quiso seguir la teoría televisiva de intentar hablar con el agresor para ablandarle y le preguntó su nombre después de presentarse, él contestara «Me llamo Pakito Fernández García. Ya sé que no lo parece, pero soy de Pamplona de toda la vida». Media hora después ocupaba uno de los calabozos de los sótanos de jefatura, una celda por la que pasó más de treinta veces antes de que un mal chute lo mandara al otro barrio.

Los documentos relacionados con Ana García de Eunate y el pequeño Pablo eran igual de descorazonadores. Ni rastro del hombre del casco, ni un testigo en el hotel o en los alrededores, nada en las cámaras…

Nada, cero. Seguían en la casilla de salida.

El timbre de la puerta la sobresaltó. Cerró el ordenador y se levantó a duras penas. El repartidor del supermercado le llevó las bolsas hasta la cocina y ella se lo agradeció con un billete de cinco euros. Metió las cervezas en la nevera y el Jäger en el congelador y regresó al sofá. Abrió WhatsApp y escribió un mensaje:

Te invito a una cerveza.

Como esperaba, Bonachera tardó menos de un minuto en responder.

¿Y esa generosidad?

Me aburro. También tengo patatas fritas.

¿Juan?, preguntó.

Se ha ido hace un rato. Se ha hartado de mí.

¡No me sorprende! Dame una hora.

Lo justo para que se enfríe la cerveza.

Terminó de rastrear el contenido de las carpetas de Domínguez, volvió a examinar las fotos y se descargó los informes sobre el tipo de pintura transferida al coche de Victoria y las marcas de rodadas en la carretera. Luego cerró la aplicación, salió del servidor y dedicó un rato a borrar sus huellas.

Cuando Miguel llamó a la puerta ya había guardado el portátil y, en su lugar, había colocado sobre la mesa un par de cuencos con patatas fritas y galletitas saladas con forma de pez. Le encantaban esos *snacks*, podía devorar un bote entero y seguir apeteciéndole.

—Qué saludable todo —bromeó Miguel mientras sacaba dos cervezas de la nevera.

—La próxima vez que vengas te pondré tortitas de arroz sin sal y almendras crudas.

—Déjalo, me año con esto. Añadiré un par de kilómetros a la carrera de mañana.

—Apestas a salud —bufó Marcela.

—Por la tuya —brindó Bonachera alzando su botellín.

Marcela brindó con él y bebió un largo trago, el primero desde hacía casi una semana. Fresca, agradablemente amarga… y mareante. La abstinencia, la dieta hospitalaria y la medicación habían disminuido de manera alarmante su tolerancia al alcohol. Se sentó en el sofá para que Miguel no se diera cuenta de su estado y dejó la cerveza en la mesita.

—¿Sabes eso de que el perro acaba pareciéndose al dueño? —preguntó Miguel con la boca llena de patatas fritas.

—¿Qué tonterías estás diciendo? Creo que ya te habías tomado unas cuantas cervezas antes de venir.

—No, para nada. Lo peor de todo es que estoy completamente sobrio y orgulloso de mí mismo.

—Explícate. —Marcela cogió la cerveza y se la llevó a los labios. En esta ocasión todo ocurrió como era debido, sin mareos ni agobios. Un pasito más hacia su completo restablecimiento.

—Ya he comprobado el estado del coche de Pablo Aguirre.

—Bonachera bajó la voz para confesar su fechoría, pero no pudo disimular el brillo de sus ojos ni la picardía de su sonrisa.

—¿Que has hecho qué? —exclamó Marcela, que a punto estuvo de atragantarse con las galletitas.

—Primero entré en la base de Tráfico y comprobé que nadie había dado de baja un todoterreno recientemente. Después, investigué dónde aparcan sus coches los empleados de AS Corporación. El edificio central se construyó cuando muy poca gente tenía coche y, al estar en el centro de la ciudad, no consideraron oportuno excavar un *parking* subterráneo propio. Además, en principio fue un bloque de viviendas, AS Corporación se hizo con él a principios de los noventa y lo remodeló por completo. Bien, pues resulta que tienen cincuenta plazas en propiedad en el aparcamiento de Baluarte, convenientemente señalizadas y con acceso restringido. Para entrar a esa zona necesitas una tarjeta para que se levante la barrera, pero no hay problema para acceder a pie... —A Bonachera no le cabía la sonrisa en la cara, era como un niño mostrándole a su madre el trofeo ganado, o como un sabueso colocando la presa cobrada a los pies del cazador.

—He creado un monstruo —murmuró Marcela.

—Tonterías —zanjó Miguel—. Puro trabajo policial. Fuera de horas, pero investigación de manual.

—¿Y bien? —Ya que habían llegado hasta allí, se moría por conocer la respuesta a una de las preguntas que la torturaba desde hacía varios días.

—Una de las plazas tenía una placa en la pared con el nombre de Pablo Aguirre grabado. —No pudo evitar hacer una pausa dramática. Estaba disfrutando haciendo sudar a su jefa—. Y allí había un SUV gris oscuro nuevecito, sin un solo rasguño.

—Yo...

Miguel levantó la mano para hacerla callar.

—Las siguientes tres plazas también tenían placas en la pared, una por cada hijo de Aguirre. Pues bien, dos de ellos también tienen un monovolumen oscuro, y el tercero, un flamante deportivo rojo.

Marcela sacudió la cabeza y se levantó a por otras dos cervezas.

Sacó la botella de Jäger del congelador y cogió dos vasos de la alacena. Lo dispuso todo sobre la mesa en silencio, calibrando lo que acababa de ocurrir. El sabueso tenía una buena pieza, pero al cazador no le servía para nada. Absolutamente para nada.

—Mierda —masculló Pieldelobo—. Yo...

El timbre del teléfono cortó el hilo de sus pensamientos. Era Juan.

—Hola —saludó con la mayor tranquilidad que le fue posible fingir—, ¿ya estás en casa?

—Marcela... —Algo pasaba; su hermano sonaba entrecortado, atemorizado—. Cuando he llegado...

—¿Qué pasa? —le urgió.

—Papá ha vuelto. Está aquí, se ha instalado en casa de mamá.

—¡No puede hacer eso! —gritó.

—Dice que sí, que es suya, que siempre ha sido suya y que no podemos echarle.

—Mierda...

Colgó el teléfono y miró enloquecida a su alrededor hasta que sus ojos se detuvieron en Miguel.

—Tienes que llevarme a Biescas. Ahora mismo —añadió.

30

Marcela regresó al coche de Miguel después de dar dos vueltas a la casa. Comprobó que la chimenea humeaba y había luz en dos ventanas de la primera planta.

Habían tardado menos de hora y media en recorrer los ciento cuarenta kilómetros que separaban Pamplona de Biescas. Bonachera pisó el acelerador mientras escuchaba la historia que Marcela le iba contando. Le alarmó la ira que transmitía su voz, pero no dijo nada. Cuando la miró de reojo mientras ella rememoraba uno de los episodios de su vida, fue consciente de que en realidad no estaba hablando con él, sino consigo misma. De ahí los repentinos silencios, las imprecaciones en mitad de una frase y los constantes bufidos.

—¿Has llamado a tu hermano? —le preguntó Miguel cuando estuvo a su lado. La esperaba apoyado en el coche, con el cuello del abrigo subido y los brazos cruzados con fuerza por delante del pecho. Habían salido de Pamplona con lo puesto y echaba de menos su pelliza de piel, el gorro y unos buenos guantes. Marcela, sin embargo, parecía inmune al frío.

—No —respondió simplemente.

—Deberías avisarle de que estás aquí.

—Más tarde. Lo haré después.

—¿Después de qué?

Marcela no respondió. Deslizó hacia abajo la cremallera de su abrigo, sacó el arma reglamentaria de la cartuchera y la guardó en el bolsillo delantero del pantalón, de modo que la culata quedara bien visible. Miguel sabía que eso era más una bravuconada que una técnica de disuasión efectiva, además de ser peligroso en caso de una confrontación cuerpo a cuerpo, así que abrió su propio abrigo y liberó el cierre de su pistolera, aunque sin llegar a sacarla.

—Espérame aquí —ordenó.

—De eso nada.

Miguel se colocó a su lado y avanzó con ella hacia la puerta. Al llegar, se situó a un lado del umbral mientras ella pulsaba el timbre, un timbrazo largo y sostenido en el que volcó toda su furia. Tuvo que llamar otras dos veces antes de escuchar unos pasos que se acercaban sin prisas. Cuando por fin se abrió la puerta encontró al otro lado a un hombre entrado en años y en carnes, casi calvo y mal afeitado, pero erguido y firme sobre sus piernas, que mantenía separadas.

La observó largamente, sin disimulo, en silencio. Estaba claro que sabía quién era la mujer que le devolvía la mirada con fiereza, había fotos suyas en la casa en diferentes etapas de su vida. Del interior le llegó un tufo a puros y a grasa. Aquel ya no era su hogar, no con ese olor. No con ese hombre en el umbral.

—Esto sí que no me lo esperaba —dijo él. No la invitó a pasar, aunque a Marcela le habría costado poco apartarlo de un golpe. Sin embargo, prefirió quedarse donde estaba.

—¿Qué estás haciendo aquí? —escupió ella.

—Vivo aquí. —Se encogió de hombros e hizo una mueca con los labios—. Tu madre y yo nunca nos divorciamos, así que la mitad siempre ha sido mía, y ahora que ella nos ha dejado…

—¿Dónde estabas? —siguió ella—. ¿Cómo te has enterado de su muerte?

—Eso no importa. Ahora estoy aquí, terminando de instalarme.

—La maltratabas… Estuviste a punto de matarla…

Marcela recordó a su madre tiñendo las sábanas con su propia sangre, las tijeras tiradas en el suelo, las huellas en las escaleras, el olor metálico que tardó días en desaparecer. Y el odio que durante años se había mantenido agazapado en su interior, adormecido ante la idea infantil de que su padre estaba muerto, resurgió con una energía inesperada y brutal.

Dio un paso adelante y empujó con fuerza al hombre que un día fue su padre. Sorprendido, perdió el equilibrio y cayó sentado en el suelo. Marcela cruzó el umbral y cerró la puerta a su espalda antes de que Bonachera pudiera impedirlo. Escuchó los golpes en la madera, pero no le costó demasiado ignorarlos. Estaba concentrada disfrutando del gesto de dolor y miedo que acababa de dibujarse en la cara de Ricardo Pieldelobo.

Miró a su alrededor mientras su padre, prácticamente un anciano, se levantaba despacio del suelo. No quedaba ni rastro de arrogancia en su pose cuando estuvo de nuevo frente a ella. Marcela echó un vistazo a su alrededor. En el vestíbulo había varias maletas, cajas de cartón y bolsas de plástico con el nombre de un supermercado impreso.

—Veo que todavía no has terminado de instalarte —dijo Marcela conteniendo su ira. Tenía que hacerse oír por encima del timbre. Bonachera no parecía dispuesto a rendirse—. Mejor, así tardarás menos en recogerlo todo y largarte por donde has venido.

Ricardo Pieldelobo se situó frente a ella, a una distancia prudencial, y volvió a mirarla. Sus ojos se detuvieron en la culata negra apoyada en su cadera y de ahí subieron hasta los ojos de su hija.

—No voy a irme a ningún sitio. Esta es mi casa. He permitido que tu madre y vosotros disfrutarais de ella todos estos años sin decir ni una palabra, pero ahora he venido para quedarme. Tengo las escrituras, los recibos... Todo está a mi nombre. Denúnciame si quieres, te será fácil. —Sonrió con una mueca burlona—. Sé que eres policía. Fue una sorpresa enterarme, la verdad. Nunca pensé que fueras tan lista como para terminar una carrera universitaria, y mucho menos para llegar a inspectora. Aunque supongo que hoy en día ser mujer da puntos.

—No juegues conmigo —bramó Marcela, avanzando hacia él. Su padre reculó hasta topar con la pared. Ella eliminó despacio la distancia que los separaba. El viejo olía a tabaco, a sudor, a colonia barata y a frituras. Estudió las bolsas bajo sus ojos, las venillas rojas que se rompían en sus mejillas, la sequedad de sus labios, blanquecinos y cuarteados, y entonces lo supo—. Yo soy policía, y tú un borracho de mierda. Ya lo eras entonces, cuando apuñalaste a mi madre. Venías borracho cada noche y la golpeabas. Le pegabas, pero ella nunca gritaba. Eres un pedazo de mierda, eso es lo que eres —bufó entre dientes—, y vas a salir de esta casa hoy mismo, ahora mismo. Quita tu cara de alcohólico de mi vista, desaparece y no vuelvas nunca más. Te has equivocado al venir. ¡Largo!

—No —respondió él en voz baja.

—¿Cómo?

—No me voy. Es mi casa.

Intentó enderezar la espalda, erguirse para reafirmar sus palabras, pero Marcela le agarró con fuerza de un brazo y él volvió a encogerse de miedo y de dolor. Emitió un gemido ahogado cuando miró hacia abajo y comprobó que tenía el cañón de un arma apoyado contra su enorme barriga.

Escuchó un ruido detrás de ella, el sonido metálico de unas llaves girando en la cerradura.

—¡Marcela!

Su hermano Juan llegó hasta ella como una exhalación. Un instante después, Bonachera se colocaba junto a su mano armada. Marcela apretó los dientes y la guardó en la pistolera.

—Marcela… —repitió su hermano—. No merece la pena. Es basura…

Ricardo Pieldelobo corrió hacia a las escaleras lo más deprisa que pudo. Había empezado a subir cuando la voz calmada de Marcela le hizo detenerse.

—Esto es lo que va a ocurrir —empezó—. Mañana, Juan y yo iremos al Registro de la Propiedad, al Ayuntamiento, a Hacienda y a cualquier otro lugar que se nos ocurra. Luego contrataremos un abogado que dará con la forma de sacarte de aquí. Y mientras, avisaré a mis compañeros de Huesca para que no te pierdan de vista.

—Clavó la mirada en su padre, que respiraba agitado en mitad de la escalinata—. También tengo amigos en la Guardia Civil de Biescas, muy buenos amigos. Hablaré con ellos hoy mismo, ahora mismo, de hecho. Les contaremos quién eres y qué has hecho. Les explicaremos qué le hiciste a nuestra madre. La tía Esperanza corroborará lo que les cuente.

—Eso fue hace muchos años…

—El delito no ha prescrito —le cortó mientras avanzaba despacio hacia las escaleras—. Aunque ella no te denunciara en su día, podemos hacerlo nosotros. Buscarán tus antecedentes. Seguro que el sistema se vuelve loco cuando tecleen tu nombre. Y, además —añadió, con el pie en el primer escalón—, no olvides que la mitad de esta casa es nuestra, de Juan y mía. Si pretendes quedarte, tendrás que pagarnos por nuestra parte. ¿Cómo vas de efectivo, papi? Porque esta casa cuesta una pasta…

—Yo no…

—¡Lárgate! —gritó de nuevo. Sintió a Juan a su lado, y supo que Miguel también estaba cerca. Miró a su padre un segundo más y dio media vuelta en dirección a la puerta.

—Estás loca, igual que tu madre…

Ni Juan ni Miguel llegaron a tiempo de detenerla. Alcanzó al viejo en dos zancadas, lo agarró de la pechera de la camisa y lo colocó a la distancia precisa para que recibiera el impacto de sus nudillos en la cara. Antes de que se derrumbara le lanzó un nuevo golpe al estómago que vació sus pulmones de aire. Lo sujetó para que no cayera de cabeza por las escaleras y lo impulsó hacia atrás con fuerza. Su padre cayó como un guiñapo sobre los escalones, tiñendo de sangre la madera polvorienta. Más sangre en los escalones, pero esta vez no era de un ser querido ni sería ella la encargada de limpiarla.

—Muérete —escupió—. Haznos un favor y muérete.

***

356

El hielo tintineaba dentro del vaso que Juan sostenía a duras penas en la mano. Estaba pálido y no había dicho ni una palabra desde que salieron de la casa. Caminaron hasta un bar del centro y ocuparon una de las mesas del fondo. Sin preguntar, Marcela pidió tres *whiskies* con hielo, se sentó y dio un largo trago a su bebida. Varios parroquianos se giraron al verla, aunque supuso que no era porque la reconocieran, sino por la impresión que todavía causaba su cara tumefacta. El corazón le palpitaba con fuerza y le dolían las mandíbulas. Bebió otro trago y suspiró. Se masajeó los brazos doloridos. Desaparecido el subidón de adrenalina, su cuerpo empezaba a cobrarse el peaje del sobreesfuerzo realizado.

—Mañana se habrá ido —dijo, más para ella misma que para los demás.

Su hermano la miró un momento y luego se llevó el vaso a los labios. Frunció el gesto cuando el *whisky* alcanzó su garganta. Miguel había colocado su silla unos centímetros más atrás que la de los hermanos Pieldelobo y los observaba en silencio, consciente de ser sólo un invitado necesario.

—Has sacado el arma —murmuró su hermano—. Le has apuntado con la pistola.

—No pensaba disparar —le aseguró ella—, ni siquiera le había quitado el seguro.

Juan movió la cabeza de un lado a otro y bebió un poco más.

—¿Qué hacemos? —preguntó por fin—. No puede quedarse aquí, le vería todos los días, y mis hijos…

—No se quedará —afirmó Marcela—, estoy segura de que en estos momentos está volviendo a meter toda su mierda en las cajas. ¿Conoces al sargento de la comandancia? —preguntó. Su hermano negó con la cabeza—. No importa. Voy a llamar ahora mismo. Les diremos quién es y qué ha hecho. Y si es necesario, volveré mañana.

—¿Te vas? —Juan parecía sorprendido—. Pensé que te quedarías… que os quedaríais los dos —rectificó.

—Se supone que estoy de servicio —le explicó Miguel—, y

también mañana. Tu hermana necesitaba un chófer y yo estaba ahí en ese momento, pero tengo que volver.

—Yo también —añadió Marcela—, no he traído ropa, ni las medicinas, ni siquiera un abrigo en condiciones. Me estoy pelando de frío.

Juan asintió. El alcohol estaba empezando a hacer efecto y el color había vuelto a su rostro. Ya no le temblaban las manos e incluso sonrió ante la falta de previsión de Marcela.

—Te estás ablandando —bromeó—. Entonces, ¿qué se supone que tengo que hacer yo?

—Nada, no hagas nada —respondió Miguel. Marcela movió afirmativamente la cabeza—. Nosotros nos ocuparemos de todo lo que pueda hacerse ahora. Nos pondremos en contacto con la Guardia Civil y veremos si hay alguna posibilidad de interponer una denuncia. Como ha dicho tu hermana, la mitad de la casa es vuestra.

Se despidieron una hora después. El pequeño de los Pieldelobo sonreía de nuevo. Abrazó a su hermana, le dio las gracias a Miguel y se dirigió a su casa.

—Me cae bien tu hermano —sonrió Miguel.

—A mí también —susurró Marcela.

Mientras Miguel conducía de regreso a Pamplona, Marcela cumplió con su promesa y contactó con la comandancia de la Guardia Civil de Biescas. El sargento al mando resultó ser un viejo conocido que, recién ascendido, no dejó pasar la oportunidad de dirigir el destacamento cuando el anterior responsable pidió el traslado.

Accedió a ocuparse del asunto a título personal y a indagar en el pasado y presente de Ricardo Pieldelobo. Lo tendrían vigilado, suficiente de momento. Marcela le pidió que la mantuviera al tanto de todo lo que ocurriera y él le aseguró que se pondrían con ello de inmediato. Cuando colgó, se recreó durante unos instantes con la imagen de una patrulla de la Benemérita llamando a la puerta de la casa de su madre. Siempre sería la casa de su madre. A pesar del olor a puros y a aceite rancio, de la sangre en las escaleras y las maletas en el vestíbulo, esa casona de piedra siempre sería su hogar, y volvería a serlo cuando el cabrón de su padre desapareciera de sus vidas para siempre.

Llamó después a su tía Esperanza. Se alegró de oírla, aunque guardó un completo silencio mientras Marcela la ponía al día de los últimos sucesos. Después, la sobria enfermera que seguía siendo a pesar de su edad dejó paso a la furiosa mujer que tantas veces había tenido que socorrer a su hermana, que había cuidado sus lesiones y suturado sus heridas, la que le había sostenido la mano durante sus últimos instantes de vida, le retiraba con cariño el pelo de la cara y le secaba la frente cuando la fiebre se la perlaba de sudor. Bramó, insultó y amenazó sin descanso durante varios minutos en los que fue Marcela la que guardó silencio. Por último, manifestó su intención de acudir a la comandancia para interponer la denuncia que debió presentar hacía más de veinte años. Marcela la convenció de la inutilidad de esa decisión. A pesar de la bravata que había lanzado hacía un rato, el delito había prescrito y el testigo principal, su madre, había muerto. Sin embargo, le pidió que tuviera cuidado, que estuviera alerta por si a su padre se le ocurría acercarse a ella.

—Sé cuidar de mí misma —le aseguró su tía.

—Lo sé —respondió Marcela—, pero Ricardo es un hombre violento, además de un alcohólico, por lo que he podido deducir de su aspecto. Nunca iría de frente, no le verías venir, y eso lo hace más peligroso.

—Descuida, chiqueta —accedió Esperanza por fin—, andaré con mil ojos. Hasta que esto se solucione, iré a trabajar en coche en lugar de caminando.

—Eso es genial. Y si lo ves merodeando cerca de ti, no dudes en llamar a la Guardia Civil. Ya he hablado con el sargento.

—No te preocupes, lo haré.

El día se había convertido en noche, aunque Marcela no sabría decir en qué momento había comenzado la jornada. Cada una de las últimas horas le había parecido una eternidad. ¿Cuánto tiempo había pasado desde que Juan la llamó? Hacía un momento charlaba con su hermano en el salón de su casa y, un instante más tarde, estaba volviendo de Biescas después de colocar un arma en el estómago de su padre. Un instante que le parecía toda una vida. El cansancio y el dolor, cada vez más intenso, le estaba jugando una mala pasada a su cabeza.

—Te invito a cenar —le dijo a Miguel—, es lo mínimo que puedo hacer para devolverte el favor de hoy.

—Estoy de acuerdo, me debes al menos una cena. Gracias, pero no. Necesitas descansar, tienes una cara horrible.

—Vaya, ¿nadie te ha dicho que la sinceridad está sobrevalorada?

Miguel rio y enfiló el último tramo que los separaba de Pamplona. Marcela cerró los ojos y se dejó acunar por el suave vaivén del coche. El coche...

—El todoterreno... —empezó.

Bonachera la miró de reojo y suspiró. El sabueso seguía con su presa entre los dientes y no había forma de arrancársela.

—El vehículo aparcado en la plaza de Pablo Aguirre no tenía ni un rasguño —le repitió una vez más—, y es imposible reparar en dos días un destrozo como el que tuvo que hacerse al colisionar contigo con tanta fuerza como para empotrarte debajo de un camión. Sólo la pintura necesita un montón de horas de secado, eso sin contar el trabajo de chapa, mecánica... Los forales están buscando por los talleres un tipo de coche que coincida con la descripción, pero no están teniendo mucha suerte de momento —añadió—. Es un trabajo ingente. De todos modos, creo que deberías dejar a un lado tu fijación con Aguirre. Es un cabrón, en eso estamos de acuerdo, pero de ahí a pensar que es un asesino reincidente va un trecho.

Marcela asintió, convencida de que intentar convencerlo de lo contrario no serviría de nada. Además, esas mismas dudas estaban empezando a asaltarla a ella. Su mente estaba tan llena de preguntas que se sentía incapaz de razonar.

—Quizá debería plantearme si de verdad sirvo para esto —comentó Marcela con la voz estrangulada—. La vocación no lo es todo. Hay que valer, y yo no hago más que cagarla. Estoy convencida de que Aguirre es culpable, y en lugar de meterlo en chirona, me cargo las pruebas en su contra. Deberían haberme expulsado. Soy un desastre.

—No digas tonterías —protestó Miguel—. Los analgésicos te están derritiendo el cerebro. Sólo necesitas poner distancia entre tú y este caso. Te has implicado demasiado, y eso nunca es bueno. Distancia para ver el conjunto. Si estás metida en el ojo del huracán, sólo puedes ver lo que tienes a tu alrededor, no lo que hay más allá, y así nunca encontrarás la salida.

—El hombre metáfora ha hablado. Serías un estupendo mesías —bromeó.

—No seas blasfema y hazme caso. Descansa, recupérate del todo y pon distancia.

—Lo intentaré, palabrita del niño Jesús.

Cruzó los dedos índices, se los llevó a los labios y los besó por ambos lados, como hacía de pequeña para rubricar una promesa solemne.

Una hora después, su cama la abrazó como un amante solícito. Se acunó entre las sábanas frescas, mecida por el sopor de los analgésicos. Había llamado a Juan en cuanto llegó. Todo parecía en orden de momento. El sargento le había telefoneado y le explicó que, si realmente sus padres nunca llegaron a divorciarse, la mitad de la casa pertenecía en efecto al ahora viudo, aunque tendría que formalizar un buen montón de papeles y pagar los correspondientes impuestos. Marcela y Juan, además, también tendrían algo que decir como herederos y, por tanto, copropietarios.

Marcela le recordó la necesidad de cerrar bien puertas y ventanas y prestar atención cuando estuvieran en la calle.

—¿Le crees capaz de hacer daño a sus propios nietos? A nosotros nunca nos pegó.

—Es cierto, y en realidad no creo que llegue tan lejos, pero si se siente acorralado o perseguido puede tener una mala reacción, ir a tu encuentro y buscar pelea.

—Bien —respondió Juan muy serio—. La encontrará.

—No debes hacer nada que pueda volverse en tu contra —le cortó Marcela—. Si le agredes y te denuncia las cosas se complicarán.

—Yo no le he apuntado con un arma…

—Yo tampoco —zanjó ella.

Juan guardó silencio unos segundos antes de contestar.

—De acuerdo —accedió por fin—. Nadie ha sacado un arma.

—Por supuesto que no, ¿por quién me tomas?

Se despidieron con la promesa de mantenerse en constante contacto.

Las imágenes de su infancia la persiguieron de camino a la cama. Su padre apenas aparecía en ellas, tenía que esforzarse para conjurar recuerdos en los que él participara. Su madre consiguió que los dos tuvieran una infancia feliz. Nunca le dio las gracias, y ahora ya era tarde.

Por suerte, las pastillas diluyeron el dolor y la sumergieron en un plácido duermevela lleno de colores que se disiparon poco a poco, deslizándose perezosos por las paredes de su mente hasta fundirse en negro.

31

—Inspector —saludó Marcela con una sonrisa.

—Inspectora —respondió Damen Andueza, traspasando el umbral—. Te veo bien.

—Gracias, me encuentro bastante mejor. ¿Un café?

—Siempre.

Damen se dirigió hacia los taburetes colocados junto a la barra de la cocina mientras Marcela conectaba la cafetera y preparaba dos *espressos*. Negros, cortos y con espuma. El ordenador portátil abierto sobre la encimera mostraba una colorida colección de turismos de segunda mano.

—¿Buscas coche? —preguntó Damen.

—Necesito coche —enfatizó ella—. No puedo depender de los demás para que me lleven o me traigan.

Le resumió el viaje relámpago que el día anterior había hecho a Biescas y le contó la inesperada presencia de su padre en la casa familiar. Luego tuvo que ponerle al día de lo ocurrido veinte años atrás y de lo que para ellos suponía el regreso a sus vidas de ese hombre.

—No podemos tolerar que se quede, maltrató a mi madre durante años y estuvo a punto de matarla. No sé dónde ha estado ni de qué ha vivido, pero no puede quedarse en Biescas, en la casa de mi madre.

—Habéis hecho lo que teníais que hacer. Seguro que todo se soluciona pronto.

Por supuesto, Marcela obvió la parte del enfrentamiento, del puñetazo y del arma en su estómago. Estaba de buen humor y el café olía de maravilla. Todo iba bien por una vez y no quería estropearlo con la verdad.

—¿A qué hora tienes que ir al médico? —le preguntó Damen con la taza ya en la mano.

Marcela frunció el ceño.

—Y tú ¿cómo sabes que hoy tengo que ir al médico?

—Lo sé, déjalo ahí. He venido para llevarte.

—Me estoy cansando un poco de que me controléis de este modo —protestó ella—. Soy perfectamente capaz de ir al médico sola.

—Sé que puedes ir sola. De hecho, soy consciente de que no me necesitas para nada, ni a mí, ni a nadie, pero me gustaría ayudarte, simplemente estar, por si sales dolorida de la consulta y necesitas un brazo en el que apoyarte. Nada más —le aseguró levantando las manos—, lo haría por cualquier amigo.

—Vale, lo siento —se disculpó Marcela—, pero odio que me traten como a una inválida.

—No ha nacido el ser que se atreva a tratarte así —bromeó Damen.

—Eso espero.

Como Damen había vaticinado, el médico del hospital le retorció las extremidades, le apretó el abdomen, le oprimió las heridas y los hematomas para comprobar su cicatrización y le provocó una oleada de dolor tras otra. Cuando salió, pálida y cojeando más que al entrar, agradeció sinceramente la presencia de Damen. Por supuesto, se esforzó por mantener la verticalidad y la dignidad, pero conforme se acercaban a la puerta se fue apoyando en él cada vez más. Damen la sujetaba por la cintura, la mantenía pegada a él y cargaba con su peso sin dificultad.

Cuando se sentó en el coche le dolía cada centímetro del cuerpo. Gimió y apretó los dientes.

—¿Te encuentras bien? —le preguntó Damen.

—Sobreviviré —susurró—, aunque quizá ese médico no tenga tanta suerte.

—Esa es mi dulce chica —rio Damen—. Te llevaré a casa.

Marcela se giró en el asiento y le miró un instante.

—¿Tienes el día libre? —dijo por fin.

—Sí, y mañana también.

—¿Te apetecería venir a Zugarramurdi conmigo? Me ahogo en el piso de Pamplona.

Damen se volvió para mirarla de frente.

—¿De verdad quieres que vaya y pase tiempo contigo, o sólo necesitas un chófer?

—Quiero que vengas conmigo, y que te quedes.

Damen sonrió y movió afirmativamente la cabeza.

—De acuerdo —aceptó.

—Y de paso, me puedes ayudar a comprar un coche.

Dos horas después, Damen llamó a su puerta cargado con una pequeña mochila y unos pocos víveres en la nevera portátil. Marcela había aprovechado la espera para tomarse un analgésico y darse una ducha caliente que le templara los músculos y eliminara el olor a yodo y hospital. Metió algo de ropa en una bolsa de viaje, guardó en un neceser todas las pastillas, pomadas, vendas y antisépticos que todavía necesitaba y sonrió al hombre que aguardaba solícito.

Llovió durante casi todo el camino. Damen redujo la velocidad cuando llegaron al lugar del accidente. Marcela sintió cómo, sin poder evitarlo, se le aceleraba el pulso y la respiración. Sintió un sudor frío recorriéndole la espalda y casi habría podido jurar que volvía a tener el volante entre las manos. Un calambre le sacudió la pierna que quedó atrapada bajo la chapa, y se acarició el pecho para calmar el ardor de los morados provocados por el airbag y el cinturón de seguridad.

—Debió ser horrible. —Damen rompió el silencio cuando por fin dejaron atrás ese tramo de carretera.

—No consigo recordar la secuencia completa de los hechos —reconoció Marcela—. Me llegan *flashes*, fogonazos, imágenes muy vívidas, pero hay otros momentos que siguen a oscuras.

—Quizá sea mejor así…

—No soy de sombras, ya lo sabes.

Marcela tuvo que llamar dos veces a la puerta de su propia casa antes de que Antón abriera. Le había llamado de camino para pedirle que conectara la calefacción y los esperara allí. Había olvidado las llaves en Pamplona.

—¿Dónde estabas? —gruñó cuando por fin abrió. Azti saltó sobre ella moviendo el rabo con fuerza.

—Aquí mismo —sonrió él con la picardía desbordando su mirada—. Quería que supieras cómo me siento cuando llamo y no me abres.

—Eres un rencoroso…

Antón estrechó la mano que Damen le ofrecía y los ayudó a meter las bolsas dentro. Azti los siguió sin dejar de saltar y gemir, exigiendo atención.

—¿Qué te ha pasado en la cara? —preguntó Antón, señalando sin pudor los hematomas amarillentos de Marcela—. ¿Te han pegado? Pues no sé para qué quieres la pistola.

—Tuve un accidente de tráfico hace unos días. El airbag casi me rompe la nariz.

—Vaya… ¿Te duele?

—Un poco, cada día menos. Es más aparatoso que grave, así que no te preocupes. Vamos a salir a comer fuera —añadió Marcela—. Ven con nosotros.

—No he traído la cartera…

—Invito yo, por supuesto. Y a cambio, mañana puedes llevarnos a buscar setas.

—¡Vale! Estupendo, genial.

La comida transcurrió en medio del constante parloteo de Antón, apenas interrumpido durante los escasos segundos que necesitaba para masticar. Damen sonreía, divertido, y metía baza cuando le dejaba. Hablaron de setas, de fútbol y de senderos de montaña. Después, los acompañó hasta su casa y se despidió en la puerta.

—Tanta vitalidad me agota —farfulló Marcela cuando cerró la puerta tras de sí.

—Estaba contento de verte.

—Y yo de verle a él, pero es que no tiene filtro.

Damen se acercó a ella y la abrazó por la cintura.

—¿Necesitas descansar? ¿Una siesta?

Marcela sonrió y le rodeó con sus brazos.

—Creo que eso es justo lo que necesito.

Un segundo después sintió la boca de Damen en su cuello, su aliento cálido extendiéndose como un halo por todo su cuerpo. Desaparecieron el dolor y las heridas. Se esfumó el reloj y, con él, el tiempo. Olvidó a su padre, a Aguirre y al comisario Andreu. Olvidó incluso quién era ella, la siempre malhumorada inspectora Pieldelobo, y se concentró en convertirse en una más de las terminaciones nerviosas que acababan de iniciar un baile desordenado que acabaría cuando todas se movieran al mismo compás, en un culmen que esperaba que fuera memorable.

No sabría decir cuánto tiempo había transcurrido desde que subieron las escaleras casi desnudos. Abajo quedaron sus móviles y sus relojes, junto con sus prisas o su intención de hacer cualquier otra cosa que no fuera descansar y disfrutar el uno del otro.

—Eres un tío raro —afirmó Marcela. Tenía la cabeza acurrucada en el hombro de Damen y jugueteaba con el vello de su pecho mientras él recorría su espalda con la yema de sus dedos.

—¿Raro? ¿A qué viene eso?

—Todos los tíos que conozco, y de los que he oído hablar, se quedan fritos después de echar un polvo, y aquí estás tú, lozano como una lechuga y charlando sin bostezar.

Damen soltó una carcajada que resonó directamente en la cabeza y el pecho de Marcela.

—Debería ofenderme el hecho de que estés pensando en otros tíos mientras estás en la cama conmigo.

—No echo de menos a ninguno, eso te lo puedo asegurar.

—Lo sé. —Damen reanudó sus caricias y Marcela gimió de placer—. A estas alturas ya deberías saber que estoy fuera de catálogo.

—Claro, único y especial.

—Tú lo has dicho.

Sólo se vistieron y bajaron a la cocina cuando el hambre y la sed fueron más acuciantes que el placer que les proporcionaba seguir tumbados, desnudos y regalándose caricias.

Azti dormitaba junto a las ascuas de la chimenea, pero se levantó de un salto en cuanto los vio aparecer y comenzó a exigir su ración de atención y caricias.

—Te has portado bien —le felicitó Marcela—. No has subido ni una sola vez.

—Bueno, lo cierto es que ha entrado en la habitación un par de veces, pero ha acabado por irse al comprobar que no le hacíamos caso —la desdijo Damen.

—¡No me he enterado!

—Lo sé. —Damen sonrió una vez más, travieso—. Estabas a otra cosa.

Marcela avivó el fuego de la chimenea mientras Damen revisaba el contenido de la nevera en busca de algo para cenar. Transformó media docena de huevos y una bolsa de verdura congelada en una fantástica tortilla campesina que acompañaron con pan tostado y una nueva botella de vino de la bodega de Marcela.

Antes de volver a acostarse, Damen salió con Azti a dar un breve paseo y Marcela se concentró en masajear sus doloridos músculos y extremidades con una pomada de árnica que le había recomendado su hermano, un experto en caídas, golpes y hematomas gracias a los tres pequeños salvajes que intentaba convertir en hombres de provecho.

Pensar en su hermano la llevó a recordar a su padre. Confiaba en que el muy cabrón no se hubiera atrevido a acercarse a casa de Juan, y mucho menos a los niños. De hecho, esperaba que a esas alturas Ricardo Pieldelobo fuera de nuevo una sombra, un nombre que nadie mencionaría jamás en cuanto se hubiera vuelto por donde había venido.

Se sentó en el sofá y buscó en el móvil el contacto de Juan.

¿Todo ok?, escribió.

Su hermano respondió casi al instante.

Todo bien, tranquila. He estado en la Guardia Civil. Vamos a ver qué podemos hacer.

¿Se ha ido?

No hacía falta que especificara a quién se refería. Juan lo entendería sin problemas.

Creo que sigue aquí, pero no lo he visto. No me he acercado a la casa, el sargento me pidió que los dejara a ellos.

Buen consejo, hazle caso.

Ok, respondió, *¿cuándo vienes?*

Marcela dudó un instante, calibrando sus opciones con el teléfono en la mano.

En cuanto me compre un coche, pero iré de inmediato si ocurre algo o si me necesitas. Damen o Miguel me llevarán. O cogeré un taxi.

No creo que haga falta, todo está tranquilo.

Bien. Te llamaré mañana. Por cierto, la pomada de árnica es genial. Besos.

¡Te lo dije! Haces bien en confiar en un experto.

Unas caritas sonrientes acompañaron a un corazón rojo.

Besos, se despidió Marcela.

Damen la encontró acurrucada en el sofá, con la mirada perdida en el fuego. Las llamas vibraban y crepitaban alimentadas por los gruesos leños que Marcela había añadido a las ascuas. Se quitó las botas y el abrigo, secó al perro y le puso agua en el cuenco.

—¿En qué piensas? —le preguntó cuando se acomodó junto a ella.

—No querrás saberlo —murmuró ella.

—En realidad, sí quiero.

—Pero no te gustará, así que mejor lo dejamos. —Se incorporó en el sofá y alcanzó el portátil que había dejado sobre la mesa—. ¿Me ayudas a comprarme un coche?

Damen suspiró y se rindió. Con ella siempre era igual, un eterno juego de medias palabras y silencios que todavía no había aprendido a interpretar, y que dudaba que llegara a entender algún día.

—Bien —accedió. Se puso el ordenador en el regazo y tecleó en el buscador—. ¿Qué necesitas?

—Un coche que funcione, que no consuma mucho y que no cueste más de diez mil euros, doce mil si es una maravilla. Blanco o rojo, son los colores más seguros. Nada de negro, gris, azul o verde. Y antes de que lo preguntes, odio el amarillo y el naranja.

—Vaya —rio Damen—, no me dejas muchas opciones.

—Al contrario, creo que lo que he hecho ha sido acotar la búsqueda con unos ítems muy específicos, por lo que será muy fácil encontrar lo que quiero.

—De acuerdo, lo haremos a tu manera.

Seleccionaron veinte turismos en una primera criba, que Marcela fue eliminando uno a uno por los más peregrinos motivos. El ganador fue un Toyota gasolina de ocho años, rojo, ciento dieciséis caballos, llantas nuevas y con la tapicería impecable, al menos en las fotos. El propietario pedía nueve mil quinientos euros, aunque Damen estaba convencido de que les rebajaría el pico de quinientos que seguramente habría inflado para poder negociar y que el comprador se marchara con la sensación de haber vencido en el combate del regateo.

Contactaron por correo electrónico con el vendedor y después Damen le llamó al número que le dio. El tipo vivía en Pamplona, de modo que acordaron verse al día siguiente por la tarde para comprobar *in situ* el supuesto buen estado del vehículo.

Satisfecha, Marcela apagó el ordenador y volvió a acomodarse en el sofá. Gruñó de placer cuando Damen le permitió meter los pies debajo de sus piernas. Siempre tenía los pies fríos, invierno y verano.

En eso era igual que su madre. El resto de sus características físicas y, sobre todo, su personalidad, prefería no pararse a pensar de quién las había heredado.

—Hablando de coches… —empezó Marcela.

—No puedes desconectar ni un día, ¿verdad? —suspiró él.

—¡Casi me mata! Sólo quiero saber si tenéis algo, si vuestra base de datos ha ofrecido algún resultado.

Damen movió la cabeza de un lado a otro.

—Nada, lo siento —reconoció—. Desde la unidad de Tráfico han enviado patrullas a todos los talleres de Navarra, pero hasta ahora el resultado está siendo negativo. Nadie ha reparado un todo-terreno oscuro. Además, tendría que haberlo hecho en un tiempo récord…

—Lo sé, Bonachera me comentó lo mismo —refunfuñó Marcela.

—No nos rendimos, pero es como buscar una aguja en un pajar —reconoció Damen—. No te hagas ilusiones.

—No me las hago, tranquilo. Últimamente no ando sobrada de ilusiones.

En otras circunstancias, con otro tipo de mujer, Damen habría bromeado sobre esta afirmación y se habría esforzado por conseguir que volviera a sonreír, o se habría interesado por el motivo de su desazón, pero sabía que eso no funcionaría con Marcela, que sólo conseguiría enfadarla y que se encerrara aún más en su caparazón. Se había acostumbrado a colarse entre las rendijas de la coraza y a disfrutar de lo poco que encontraba al otro lado. El resto del tiempo hacía lo que estaba haciendo en ese momento: esperar una señal que nunca llegaba.

La mañana amaneció clara y luminosa, sin rastro de las nubes ni de la lluvia que los recibió el día anterior. Marcela no recordaba cuándo fue la última vez que durmió así de bien sin ayuda química. Desde luego, ni una sola noche desde que la sacaron de la carretera, y antes de eso podía contar con los dedos de las manos las veces que había logrado conciliar el sueño sin pastillas y/o alcohol en su organismo. Damen, entre otras muchas cualidades, parecía funcionar como un sedante perfecto.

Antón tamborileó en el cristal de la ventana cuando aún estaban recogiendo los restos del desayuno. Marcela bufó, Damen sonrió y Azti comenzó a ladrar y a saltar como un loco. Le hizo un gesto al muchacho para que diera la vuelta a la casa y abrió la puerta.

—Llama —dijo simplemente.

—Claro, mañana —respondió él, irónico. Entró y se agachó junto a Azti, que movía la cola con increíble energía—. Las setas no esperan —les advirtió cuando se levantó. Fue a buscar la correa del perro y se la puso—. Estaré aquí fuera, daos prisa.

—Tendréis que ir si mí —se excusó Marcela—. Me temo que me duelen demasiado las piernas como para andar por esos caminos de cabras.

—Lo prometiste —le recordó Antón—, pero la verdad es que tienes mala pinta. Vale —accedió por fin—. Tú quédate, que Damen y yo traeremos las setas.

—A cambio, te invito a comer —ofreció Marcela de nuevo. Antón dudó un instante, pero luego asintió con un rápido cabeceo y una sonrisa.

Volvieron a mediodía con una cesta de hongos y una bolsa de la carnicería. Marcela los observó moverse por la estrecha cocina. Chocaron varias veces, pero consiguieron tenerlo todo preparado a tiempo. Y no estaba nada mal.

—Voy a dejar el trabajo —comentó Antón como si nada cuando apenas habían empezado a comer.

—¿Ha pasado algo? —preguntó Marcela, preocupada. Conocía los problemas a los que se enfrentaban las personas «especiales» y le habría dolido que Antón hubiera sido discriminado o menospreciado de alguna forma.

—No es eso. Me tratan bien, el trabajo me gusta y gano dinero para mis cosas y para ahorrar un poco, pero he decidido cambiar de aires. Voy a estudiar para poder trabajar con mi madre en la consulta —anunció por fin con una sonrisa de oreja a oreja.

—¡Eso es fantástico! —le animó Marcela—. Tienes una mano increíble con los animales, seguro que serás un estupendo ayudante.

—Mis padres también lo creen, por eso han insistido en que me matricule en un grado de Formación Profesional para sacarme el diploma de auxiliar de veterinaria. Han prometido ayudarme con la teoría, explicarme lo que no entienda, así que... ¡allá voy!

—Lo celebraremos cuando te gradúes —le aseguró Damen.

—Ya, bueno. Primero tengo que aprobar el examen de ingreso. Me cuesta bastante quedarme con las cosas, ¿sabes? A veces pongo cara de entender, pero en el fondo no me estoy enterando de nada. Lo que pasa es que no quiero que me tomen por tonto.

—No eres tonto —enfatizó Marcela—, pero no todo el mundo aprende al mismo ritmo.

—Hablas como mi madre —sonrió Antón—. Ya te dije que os parecéis mucho.

Damen no pudo evitar reírse ante el gesto torcido de Marcela, una mueca que Antón fingió no ver para no tener que enfadarse con ella.

A media tarde se despidieron del joven, que volvió a hacerse cargo de Azti, y se prepararon para marcharse.

Conversaron durante casi todo el camino de vuelta. Más bien, Damen preguntaba o iniciaba una charla banal y ella respondía con un par de frases como máximo. Sin embargo, su semblante volvió a nublarse cuando descubrió en el asfalto las marcas de sus ruedas y las líneas pintadas en la calzada por la policía.

—Tienes que superar esto —dijo Damen—, o no podrás venir a Zugarramurdi.

—Dalo por superado —respondió ella—. Nada me gusta más que volver a casa.

32

El Toyota no era tan perfecto como lo pintaban en el anuncio, pero tampoco estaba mal, así que Marcela le ofreció ocho mil quinientos euros al vendedor, que se mostró dispuesto a aceptar nueve mil, tal como Damen había vaticinado. El coche tenía el seguro en vigor y la inspección técnica actualizada, así que le hizo una transferencia *online* de dos mil euros a modo de señal y pudieron llevarse el coche en ese mismo instante. Al día siguiente realizaría todos los trámites para que su nombre figurara en la documentación del Toyota lo antes posible, y entonces le pagaría el resto del importe.

Marcela esperó hasta que el vendedor se marchó y después entró en el coche y arrancó los tres ambientadores que hacían irrespirable el aire del interior. Revisó todos los rincones con la linterna, levantó las alfombrillas, metió la mano entre los asientos y vació el maletero, incluida la rueda de repuesto. Satisfecha, colocó los retrovisores a su altura y arrancó.

Damen metió el equipaje de Marcela en el maletero del Toyota y se despidió con un beso. Tenía informes que revisar antes de volver al trabajo al día siguiente. No acordaron una fecha para volver a verse ni se prometieron estar en contacto. Como siempre, su relación fluía de manera natural o no fluía.

Marcela salió a la ronda de circunvalación. Quería probar el coche, hacerse con las marchas y los pedales, con el tiempo que necesitaba para acelerar y su respuesta en las frenadas y las salidas. Condujo sin prisa, estudiando la adherencia de las ruedas en las rotondas y el alcance de las luces cuando anocheció. Le gustaba aquel coche. El volante se movía con suavidad y las marchas entraban sin apenas necesidad de empujar la palanca. Una vuelta más y volvería a casa.

Casi sin darse cuenta, como un acto reflejo, accionó el intermitente para salir en la siguiente rotonda. Giró a la derecha y redujo la velocidad cuando entró en el casco urbano de Artica. Subió la empinada cuesta y aparcó en el picadero habitual, bastante más concurrido en ese momento de lo que había estado hasta entonces. Cristales empañados y música variopinta, arrítmica y desagradable cuando se escuchaba en conjunto desde fuera.

Hacía frío. El cielo hasta entonces despejado se había cubierto de nubarrones grises cargados de agua. El aire olía a humedad y al aroma de los árboles que se agitaban en la ladera del monte.

Caminó despacio, atenta a los guijarros sueltos y a los charcos diseminados por la carretera y el estrecho arcén. La escasa luz que iluminaba la zona procedía de los faroles instalados en las puertas de las grandes casas, separadas entre sí por casi un centenar de metros. Cuando el haz anaranjado se extinguía, debía caminar casi a ciegas hasta llegar al siguiente claro. La única propiedad completamente a oscuras era la de Victoria García de Eunate.

Se detuvo frente a la verja cerrada. La casa estaba silenciosa. En medio de la oscuridad lo único que podía distinguir eran los marcos blancos de las ventanas, convertidos entonces en breves líneas grisáceas que flotaban en la negrura. Una casa muerta, sin espíritu. Como su dueña.

Un ruido a su espalda le hizo dar un respingo. Se llevó la mano a la pistola mientras giraba rápidamente en busca del origen del sonido. Lo reconoció cuando volvió a oírlo: era el repiqueteo del vidrio sobre una superficie dura. Con el acceso al arma despejado y el seguro de la pistolera suelto, sacó el móvil del bolsillo del abrigo y encendió la linterna. Apuntó el foco hacia el origen del ruido que la había sobresaltado. Nunca, ni en el más loco de sus sueños, se habría imaginado algo así.

Volvió a asegurar la pistola y avanzó despacio hasta el otro lado de la acera. Junto a la casa de enfrente, sentado en el mismo saliente de piedra en el que ella había esperado días atrás, con la espalda apoyada en la pared encalada y ligeramente inclinado hacia un lado, Pablo Aguirre asía una botella de tequila e intentaba que se sostuviera vertical sobre el irregular asiento. La había colocado sobre una falla del terreno, por lo que la botella se balanceaba peligrosamente de un lado a otro. Cuando la vio, Aguirre levantó el tequila con una mano y la extendió hacia ella, Marcela no supo si ofreciéndosela o simulando un estúpido brindis.

—No esperaba volver a verla por aquí —balbuceó Aguirre con la lengua espesa—. De hecho, si le soy sincero, no esperaba volver a verla.

Marcela se plantó frente a él y lo miró detenidamente. La farola que tenía a su espalda dibujaba deformes sombras en la cara de Aguirre, pero sus ojos relucían con el inconfundible brillo de los borrachos.

—¿Celebra algo? —le preguntó.

—Nada especial. —Aguirre se encogió de hombros y se llevó el gollete a los labios.

—Un lugar extraño para sentarse a beber. ¿Conjurando a los fantasmas?

Aguirre no dijo nada. Se quedó mirando la verja cerrada al otro lado de la calzada, las formas casi invisibles de la casa al final del jardín, y siguió bebiendo.

—¿Qué hace aquí, inspectora Pieldelobo? ¿No tiene nada mejor que hacer?

—La verdad es que no. Estoy de baja. Un accidente de tráfico.

Aguirre la miró y cabeceó arriba y abajo.

—¿Fue grave? —preguntó por fin.

—Debería haberse quedado a comprobarlo —respondió ella. Él

sonrió levemente y volvió a beber, un trago largo que atravesó como un rayo su garganta anestesiada.

—La echo de menos —susurró. Dejó la botella en el suelo y se tapó la cara con las manos—. La echo de menos todos los días —añadió desde detrás de sus dedos.

Marcela lo observó impertérrita. No era el primer asesino que se arrepentía al ser consciente de la irrevocabilidad de sus actos.

—¿Y al bebé? ¿También lo echa de menos? —Se dio cuenta de que Aguirre llenaba el pecho de aire y lo expulsaba poco a poco por la boca—. Claro —siguió al cabo de unos segundos—, él era la causa de todos sus problemas. Todo iba bien entre ustedes, y habría seguido así de no haberse quedado embarazada.

Aguirre se removió en su asiento de piedra. Cogió la botella del suelo y se dejó caer hacia atrás hasta que su espalda volvió a estar apoyada en el muro de la casa. Su impecable pelo estaba revuelto y despeinado, llevaba la camisa por fuera de los pantalones y los lustrosos zapatos estaban cubiertos de polvo. Bebió un par de tragos cortos y volvió a ofrecérsela a Marcela. Faltaba la mitad del contenido. Si seguía a ese ritmo no tardaría en desmayarse.

—No tiene ni idea del peso que cargo sobre mis hombros —dijo por fin—. Responsabilidades que antes me colmaban de satisfacción y que hoy son un lastre que me está hundiendo. Todo el mundo espera algo de mí, dependen de mí. Estoy harto.

Brindó al aire y bebió de nuevo.

—¿Pretende conmoverme? ¿Justificarse?

Aguirre negó con la cabeza. La botella escapó de entre sus dedos y rodó cuesta abajo hasta detenerse en el pequeño canal encargado de conducir el agua de lluvia. Ninguno de los dos hizo ademán de recogerla.

Cuando el tintineo cesó, Aguirre se pasó la mano por el pelo e intentó levantarse, pero volvió a caer de culo sobre el asiento.

—Estoy un poco mareado… —Miró a Marcela, que no movió ni un músculo, y volvió a apoyarse en la pared—. Fui yo —farfulló en voz baja—. Murieron por mi culpa. Si pudiera… si fuera posible…

—¿Es eso una confesión? Hablar es un consuelo, ¿verdad?

La voz de Marcela le devolvió a la realidad durante un instante, suficiente para recordar que la mujer que lo contemplaba impertérrita era policía.

—No, inspectora. No estoy confesando nada. Me siento culpable de que ya no estén entre nosotros. Victoria, su hermana Ana, el pequeño...

—Pablo —terminó por él—. Le llamó como usted. Como su padre. Ella le quería, pero dudo de que el sentimiento fuera mutuo.

Él no lo negó. Afirmó en silencio y dejó que las lágrimas que brillaban en sus ojos se deslizaran a través de sus mejillas. Lágrimas de borracho, pensó Marcela. No valían nada.

—Ella...

—¿Cómo tuvo el cuajo de matar a su propio hijo?

—No... Yo no...

—Me da asco. —Escuchó impertérrita el largo gemido que escapó de la garganta del hombre—. Ha dicho que es una pesada carga. —Dio un paso hacia él, hasta casi tocarle las rodillas—. Libérese. Confiese. Venga conmigo y cuente lo que pasó. Así podrá dormir por la noche.

Aguirre enderezó la espalda e intentó levantarse de nuevo. Sus piernas temblorosas le sostuvieron a duras penas.

—¿Duerme usted por la noche, inspectora? ¿Qué ve cuando cierra los ojos? Yo he aprendido a vivir con mis fantasmas. Uno más, uno menos... qué más da. ¡Soy fuerte! ¿Qué es usted, inspectora? Una mosca, eso es lo que es. Una mosca en el parabrisas. ¡Plaf! —La palmada la sobresaltó. Dio un paso hacia atrás y Aguirre soltó una estridente carcajada que resonó en medio del tranquilo barrio—. Le daré un consejo: olvídese de mí, no vuelva por aquí, lárguese a zumbar por otra parte. Hay mierda de sobra para que se reboce en ella. —Levantó un dedo y lo paseó frente a la cara de Marcela—. Si vuelvo a verla, llamaré a la policía. A la de verdad, no a una payasa fanfarrona como usted. —Comenzó a alejarse calle abajo, pero se detuvo de pronto y se volvió hacia ella con una enorme sonrisa en la cara—. ¡Casi se me olvida darle las gracias! Le estoy muy agradecido por haber venido a verme, por haberme seguido hasta aquí, por la charla informal que mantuvimos. Eso nos ha ahorrado a los dos muchos problemas. Créame, a usted más que a mí.

Aguirre se alejó tambaleándose y sin mirar atrás.

Marcela lo observó marcharse. Apretó los puños y por un momento acarició la idea de dispararle por la espalda. Incluso en medio de la oscuridad, sería capaz de atravesarle el corazón con un simple movimiento de su dedo índice sobre el gatillo. En lugar de eso, se agachó para coger la botella de tequila y se sentó en el banco de piedra. Limpió el gollete con el faldón del abrigo y se lo llevó a los labios. El tequila ardió al atravesar su boca. Lo sintió caer por la garganta. Le escocieron las heridas, las de dentro y las de fuera, y maldijo en voz baja. Rebuscó en el bolso hasta encontrar un cigarrillo, iluminó la noche con el mechero e inhaló con ansia. Luego levantó la botella en dirección a la casa enmudecida y brindó.

A Pablo Aguirre no le resultó fácil llegar hasta su casa. Apenas eran doscientos metros, un par de minutos en condiciones normales, pero el tequila y la oscuridad se confabularon contra él y a punto estuvo de perder el equilibrio y caer de bruces al suelo. Tampoco le resultó sencillo encontrar la cerradura y abrir la verja exterior. Cuando lo logró, se acercó haciendo eses hasta la puerta principal y, después de varios intentos, optó por llamar al timbre. Ni siquiera sabía qué hora era, pero sus hijos solían trasnochar delante del ordenador o jugando frente al enorme televisor del sótano. Su mujer, en cambio, se habría acostado a las diez y media de la noche. Nada ni nadie era capaz de interferir en sus costumbres. Cena a las ocho, una hora de lectura, media de meditación y oración, su ritual de aseo y belleza y a la cama. Sola.

Su hijo Alejandro abrió la puerta con rapidez. Encontró a su padre apoyado en el dintel, descamisado, con el pelo revuelto y apestando a alcohol. No se inmutó. De un tiempo a esta parte era frecuente verlo así, o incluso desmayado en el sofá o en el sillón de su despacho con una botella de cualquier licor a su lado. También en eso había cambiado. Su padre solía ser un hombre de gustos caros; no exóticos, pero sí refinados. Ginebras de importación, *bourbon* de al menos quince años, vinos exclusivos y delicados… Ahora, cualquier cosa le servía para emborracharse, incluso una botella de tequila comprada en un supermercado.

—Joder, papá —masculló Alejandro Aguirre. Lo agarró por la cintura y entraron juntos en casa—. Te voy a llevar a la habitación de abajo, no creo que puedas subir las escaleras sin caerte.

—¿No quieres un trago con tu padre? —farfulló con la lengua de trapo.

—No, no quiero un trago. Ya sabes que yo no bebo.

—Sólo uno, ya eres adulto…

Aguirre se dejó conducir con docilidad hasta el dormitorio de la planta baja. Una vez allí, su hijo lo sentó en la cama y le ayudó a quitarse el abrigo.

—¿Puedes desnudarte solo? —le preguntó. Tenía un aspecto lamentable, pero al menos parecía que esta vez podía mantenerse erguido.

—Claro, yo me apaño, tranquilo.

—Voy a hacerte un café —suspiró su hijo.

—No quiero café.

—Pues es lo único que voy a darte.

Alejandro salió de la habitación. Estaba empezando a hartarse de la situación, no reconocía a su padre en ese borracho cobarde. Había faltado a dos juntas importantes y parecía tener siempre la cabeza en otra parte. Si seguía así, acabaría por echarlo todo a perder.

Cuando regresó con el café, su padre se había tumbado en calzoncillos sobre la cama. La ropa estaba amontonada a un lado, en el suelo. Definitivamente, Alejandro no sabía quién era ese hombre. Su padre siempre colgaba la ropa en el galán de noche, sacaba los zapatos para que se los limpiaran por la mañana, se daba una rápida ducha antes de acostarse y se ponía un pijama limpio.

—Tómate el café —le pidió, ayudándole a incorporarse un poco.

Pablo hizo lo que le pedía su hijo y dio un par de sorbos a la bebida caliente. Luego torció el gesto y se negó a seguir bebiendo.

—Está asqueroso —bufó.

—Pues tiene mejor aspecto que tú…

Aguirre asumió la pulla y suspiró largamente.

—Lo sé, lo sé. Es la última vez, te lo prometo.

—La última fue ayer, o eso me dijiste entonces.

—Todo es tan complicado…

—¡No! —exclamó el joven. En ese momento le habría gustado poder abofetear a su padre, pero se contuvo—. Complicado era antes. Todo estaba embrollado y tu futuro, el de todos, pendía de un hilo. Ahora las cosas han vuelto a la normalidad, todo va bien. —Le agarró de los hombros y le obligó a girarse y mirarle a la cara—. Tienes que pasar página, olvidar esta historia y seguir con tu vida. Recuerda todo lo que te juegas.

Pablo Aguirre sintió que los ojos se le llenaban de lágrimas. Alejandro odiaba cuando la borrachera acababa en gritos y lamentos. Estaba harto de todo ese circo. Su padre empezó a beber justo después de la muerte de Victoria. Entonces pensó que sería cuestión de unos pocos días, pero aquello se estaba alargando demasiado. Habían estado en la cuerda floja, pero ahora pisaban de nuevo terreno seguro. Punto final. Todo lo demás, lo que había pasado, era historia. Necesitaba que su padre se recuperara, dejara de beber y volviera a colocarse al frente de la empresa. Él era la cabeza visible, el firme pilar que todos esperaban ver en la cabecera de la mesa.

—Lo haré… —prometió Aguirre con voz ahogada.

—Lo harás por las buenas o por las malas —decidió su hijo, erguido frente a él—. Te acompañaré en todo momento, nunca estarás solo, y si yo no puedo estar a tu lado, irás con una persona de confianza. Se acabó el beber, el negarte a ir a la oficina o ignorar las llamadas de teléfono. Si no puedes levantarte solo, te ayudaré, pero lo harás. Y procura que mamá no te vea en este estado, bastante ha sufrido ya —añadió con voz ronca.

Dejó el café sobre la mesita, dio media vuelta y salió de la habitación, cerrando la puerta tras de sí.

Rosa Urrutia esperó hasta que escuchó cerrarse la puerta de la habitación de su hijo. Entonces se anudó la bata sobre el camisón y bajó en silencio las escaleras. Encontró a su marido peleando con las sábanas, intentando cubrirse las piernas y tumbarse. Se detuvo a un metro de él. Cuando Pablo Aguirre la descubrió, paró en seco sus descoordinados movimientos y se quedó quieto, mirándola con los ojos brillantes y el rictus abatido. Rosa descubrió el rastro del llanto en las mejillas de su marido y dio un paso hacia él, aunque en ningún momento hizo ademán de tocarlo.

—Espero que llores por ti y por mí, que tus lágrimas sean para rogar el perdón de Dios, el mío y el de tu familia.

Aguirre sacudió la cabeza arriba y abajo, sin mirarla de frente. En ese momento, su mujer era su conciencia, su juez y su verdugo. Ella lo sabía culpable y lo contemplaba mientras él mismo se autoinfligía el castigo que merecía. Lo veía empequeñecerse, doblegarse, sufrir... y eso la satisfacía.

—Estaba allí, la he visto, he hablado con ella... —farfulló Aguirre.

—Victoria está muerta —gruñó Rosa con los dientes apretados—. Lo tuyo sólo son fantasías de borracho.

—No —negó él—. Ella no. La policía, la que me sigue. Estaba allí, junto a su casa. La he visto, he hablado con ella y la he mandado a la mierda —añadió ufano—. No puede acercarse a mí, puedo acabar con ella con una simple llamada de teléfono, y lo haré si es necesario. No volverá a acercarse a mí, ya lo verás.

—¿Estaba aquí? —preguntó su mujer—, ¿en nuestra casa?

—No... Arriba.

Rosa entendió.

—No quiero que vuelvas por allí nunca más. Alguien terminará por verte y no tienes forma de dar una explicación válida. Ignacio se enterará, o su mujer... No nos avergüences más, por favor.

—Lo prometo —respondió él—. No tiene nada que hacer —continuó con su barboteo alcohólico—. Ni siquiera puede utilizar las putas fotos, no valen para nada, mi abogado me ha dicho que puedo estar tranquilo, ¡y lo estoy! Estoy tranquilo...

La mujer lo observó en silencio durante unos instantes. En esos momentos, su marido parecía incapaz de solucionar cualquier problema. Seguramente ni siquiera podría huir si se desatara un incendio.

—¿Qué fotos? —preguntó por fin.

Aguirre movió la cabeza y sacudió la mano.

—La muy zorra se coló en casa de Victoria e hizo fotos de unas cosas mías que había allí. También me hizo una foto a mí. Cree que no me di cuenta, pero estoy en todo...

—¿Fotos? —casi gritó Rosa Urrutia.

—Tranquila... Mis cosas ya no están allí, y las fotos las consiguió de manera ilegal, no valen para nada...

Somnoliento, se dejó caer poco a poco hasta apoyar la cabeza en la almohada. No pudo levantar las piernas, que quedaron colgando a un lado de la cama. Rosa lo miró mientras se le cerraban los ojos y se alejó de él sin molestarse en acomodarlo.

En el piso superior todo era silencio. De nuevo en su habitación, buscó el teléfono en su bolso y tecleó un mensaje.

La inspectora ha estado aquí, ha hablado con él. No sé qué le habrá dicho, estaba borracho.

Miró fijamente la pantalla hasta que su interlocutor estuvo en línea. Suspiró y esperó la respuesta, que no tardó en llegar.

¿Cuándo?

Hoy, esta noche. Y tiene unas fotos en el móvil que pueden comprometernos. No tienen valor legal, pero si salen a la luz...

El silencio en la línea se prolongó durante varios minutos, hasta que por fin llegó un nuevo mensaje.

Me ocuparé de una vez por todas. Esa mujer no aprende las lecciones.

Ha tenido mucha suerte hasta ahora, escribió Rosa.

Ya no tendrá más. Yo me ocupo. Duerme tranquila.

Rosa Urrutia sonrió, se acercó el móvil al pecho, como si su interlocutor pudiera recibir su abrazo, y por fin lo guardó de nuevo en el bolso. Aquello tenía que terminar definitivamente. Él lo haría, estaba segura de ello. Se lo había prometido.

Marcela condujo despacio hasta el centro de la ciudad. El tequila le había nublado la vista y los faros de los otros vehículos flotaban frente a sus ojos como brillantes y cadenciosos columpios. Le dolía la cabeza y sufría un calambre en la pierna cada vez que soltaba el embrague. Desistió de buscar un aparcamiento libre y metió el coche en el *parking* subterráneo. Acababa de invertir nueve mil euros en un coche, qué importaban unos cuantos pavos más. Había dado parte del accidente a su seguro, pero el precio del coche siniestrado para la aseguradora no superaba los mil quinientos euros. Su cuenta corriente descendía peligrosamente; tendría que empezar a controlar sus gastos, empezando por limitar el uso de los aparcamientos privados.

Refunfuñó cuando cogió el tique de la máquina expendedora y se lo guardó. Se echó la bolsa de viaje al hombro y salió a la superficie. La ciudad la recibió callada y serena, con el pavimento de piedra titilante bajo la luz de las farolas. Las calles estrechas y los altos edificios le devolvieron el eco de su respiración, el ruido sordo de sus botas sobre el adoquinado, el griterío desordenado de sus pensamientos.

No podía dejar de pensar en Pablo Aguirre. Borracho jactancioso, tan seguro de su impunidad que se permitía el lujo de burlarse de ella en su cara. Estaba convencido de tener todos los cabos bien atados, pero Marcela sabía por experiencia que incluso la red más recia acababa por erosionarse si se insistía en la fricción. Todo hombre tenía un punto débil, y todos los criminales acababan cometiendo un error, y los fanfarrones que se creían intocables, antes que nadie.

Esperar y erosionar la red. Apretar, estrechar el cerco y buscar el error. Cuando lo cometiera, en el momento en el que Pablo Aguirre diera un paso en falso, ella estaría allí para colocarle las esposas.

Dejó la bolsa en el suelo del salón y se dirigió a la cocina. Bebió con avidez dos vasos de agua e hizo un rollo con unas lonchas de jamón cocido que empezaban a ablandarse en su envoltorio de plástico. Se las comió de pie, apoyada en la encimera, mientras dejaba que su mente vagara en libertad. Su cerebro, alimentado e hidratado, buscaba una rendija por la que colarse, una pequeña oportunidad de empezar a cortar la red que sostenía a Aguirre.

Sonrió y masticó más deprisa. El jamón dejaba bastante que desear, estaba baboso y tenía un punto agrio, pero lo último que tenía ganas de hacer en ese momento era cocinar. Tendría que conformarse con eso.

Tragó el último bocado y chequeó su cuerpo. El tequila le había provocado dolor de cabeza, pero el estado del resto de su organismo parecía aceptable. Movió la pierna y levantó los brazos despacio. El dolor era bastante soportable. Luego abrió y cerró las manos, y decidió que sus articulaciones podían intentar pasar una noche sin analgésicos ni antiinflamatorios. Los dejaría en la mesita, por si el dolor aparecía en mitad de la noche.

Se desnudó a los pies de la cama, se tumbó y se tapó hasta la barbilla con el edredón. Cerró los ojos e invitó a su cerebro a seguir trabajando, a buscar la senda buena. Cruzaría los dedos para no toparse con ningún obstáculo por el camino, y buscaría el modo de esquivarlos en caso de encontrar alguno. El hoy subinspector Ribas la aleccionó bien en ese aspecto, y estaba segura de que merecería la pena correr ciertos riesgos a cambio de la recompensa imaginada.

A la red de Pablo Aguirre empezaban a colgarle algunos hilillos sueltos.

33

Las puertas solían ser fáciles de abrir. Bastaba una llave, un código, un empujón... A veces ocurría que ya estaban abiertas, y en ocasiones era necesario volarlas por los aires para poder atravesarlas, pero al final siempre se abrían. Lo mismo ocurría con las puertas virtuales. Códigos, cortafuegos, muros de un lenguaje inescrutable para los profanos. Un juego que exigía conocimientos, intuición, rapidez y una buena dosis de astucia.

Marcela adoraba jugar a abrir puertas. JavaScript, Python, PHP, SQL, Ruby, Steemit, compiladores, enlazadores... Todos esos términos le sonaban a música celestial. Año tras año, gracias a cursos, talleres y su propia intuición, ampliaba y perfeccionaba sus conocimientos tecnológicos, casi siempre, por supuesto, a espaldas de la jerarquía policial. Le gustaba jugar, pero no quería convertir su afición en su profesión, y eso era lo que ocurriría si la destinaban a la Unidad de Delitos Informáticos. No, todo ese conocimiento era exclusivamente para su uso y disfrute. Como en ese momento.

La base de datos de la Dirección General de Tráfico era bastante compleja, básicamente porque sus tripas almacenaban la información de todos los vehículos de cualquier tipo inscritos a lo largo y ancho del país. Millones de matrículas, fechas, modelos, transacciones, altas, bajas… Una enmarañada red en la que no era fácil encontrar lo que se buscaba.

Marcela llevaba media hora trasteando con el ordenador. Entrar fue fácil, y tampoco le costó demasiado camuflar su presencia. Ahora estaba esperando a que el obsoleto sistema le devolviera los resultados de una búsqueda muy concreta que no debería tardar tanto.

Por fin, el monitor le indicó con un leve parpadeo que el rastreo había terminado. Perfecto. Anotó los datos en un papel y salió de la base limpia y rápidamente. Ni siquiera eran las siete de la mañana y ya tenía la primera pieza del rompecabezas. Le encantaba esa palabra. «Rompecabezas». Problema de difícil solución, puzle, juego de mesa en el que hay que combinar diversas piezas hasta formar una imagen. Como tantas otras cosas, los rompecabezas se inventaron por casualidad, cuando un inglés cuyo nombre no recordaba recortó un mapa que había dibujado siguiendo las fronteras de los países. Montarlo le resultó divertido y lo convirtió en un pasatiempo. Para Marcela, completar la imagen que le mostrara el rostro del asesino era una necesidad tan acuciante como respirar.

Llenó un termo de café, envolvió un par de sándwiches en papel de aluminio, comprobó que tenía suficiente tabaco para todo el día y se preparó para salir.

Tuvo que dar un par de vueltas en el aparcamiento hasta encontrar su coche. Recordaba la marca y el color, pero no la matrícula ni dónde lo había aparcado. El tequila nunca le había sentado bien. Lo encontró, pagó los quince euros que le pidió la máquina y salió de allí.

Mientras se dirigía hacia Artica empezó a dudar de que hubiera sido buena idea comprarse un coche rojo. Era visible a kilómetros de distancia, justo lo que quería en cuanto a seguridad se refería, pero del todo inconveniente para tareas de vigilancia. Sin embargo, la suerte se puso por una vez de su parte. Una enorme autocaravana estaba aparcada en el arcén unos cincuenta metros antes de llegar a casa de los Aguirre. Se colocó delante y comprobó que el ángulo del retrovisor cubría la puerta principal y el garaje. Satisfecha, apagó el motor y se dispuso a esperar.

A partir de la ocho y cuarto de la mañana comenzó un desfile de coches en dirección a la autovía que podrían competir en lujo y ostentación con la colección privada de cualquier magnate saudí. BMW, Volvo, Jaguar, Mercedes, Porsche e incluso un exótico Bentley.

La puerta de los Aguirre se abrió poco después de las ocho y media. El brillante todoterreno negro que ya conocía atravesó la verja y esperó unos segundos hasta que esta empezó a cerrarse. Marcela comprobó que había dos hombres a bordo. Uno de ellos era Pablo Aguirre, y el otro, mucho más joven, le resultó vagamente familiar. Dedujo que se trataría de uno de los hijos del empresario. Los conoció el día que se presentó en su puerta, protegiendo a su padre como fieles dóberman. Anotó la matrícula y la cotejó con la que había obtenido en la base de Tráfico. Coincidía.

El informe del inspector Domínguez sobre la muerte de Victoria apuntaba que la pintura transferida al coche de alquiler procedía de un BMW deportivo rojo que todavía no había sido localizado. La web de Tráfico le ofreció una larguísima lista de vehículos de esas características matriculados en Navarra, pero ella sabía que la familia Aguirre tenía uno. Sólo necesitaba confirmarlo. De momento tenía un todoterreno oscuro, aunque como le advirtió Bonachera, estaba impecable, sin un solo rasguño; le faltaba el deportivo rojo para cantar bingo. Al no encontrar el coche matriculado a nombre de ningún Aguirre, dedujo que estaría entre los bienes de la empresa. Era una práctica habitual, perfectamente legal y que ahorraba impuestos.

El trajín de vehículos fue disminuyendo poco a poco. A partir de las nueve y media sólo pasaban por allí los excursionistas que se dirigían a la cima del monte para iniciar alguna ruta o visitar el fuerte. Le tentó la idea de seguirlos. Llevaba una década en Pamplona y todavía no conocía el recinto militar en desuso, aparte, claro, de las terribles fotografías que cubrieron la pared de la sala de reuniones de la comisaría durante la investigación de un caso del inspector Vázquez. Él mismo pasó por una experiencia atroz entre aquellos muros. Pensar en la oscuridad, los portones cerrados y el silencio absoluto la disuadieron una vez más de su intención de visitar el lugar.

Abrió el termo de café, se sirvió un vaso y bajó un poco la ventanilla para dejar salir el humo del tabaco.

A las diez, la verja volvió a abrirse. Un pequeño Audi azul salió disparado hacia abajo. Una mujer de mediana edad se aferraba al volante con los labios apretados. La esposa de Aguirre. La tigresa que vigilaba desde la sombra.

El deportivo seguía sin aparecer. No tenía ni idea de cuántas personas vivían allí. Aunque le atraía la idea, no podía arriesgarse a entrar en la propiedad. Podía haber personal de limpieza, jardineros, asistentes… Además, por supuesto, de los habituales sistemas de seguridad. Colarse no era una opción, ni siquiera alejarse del coche para echar un vistazo. Si la captaba una cámara, estaba acabada.

Terminó el café, se comió uno de los sándwiches, se fumó media docena de cigarrillos, escuchó a los tertulianos que copaban todas las emisoras de radio y decidió darle una oportunidad a una cadena que emitía música *rock* de manera ininterrumpida. No era su estilo favorito, pero al menos la mantendría despierta.

Las doce del mediodía le pareció una hora segura para salir a estirar las piernas. Los senderistas aún no habían empezado a bajar y los dueños de las casas probablemente comerían fuera y, si volvían a casa, lo harían más tarde. Su magullado cuerpo crujió y gruñó como el de una anciana. Se masajeó las piernas y los hombros y caminó unos metros por el arcén.

Acababa de sentarse de nuevo en el coche cuando el móvil comenzó a vibrar en su bolso. No conocía el número, pero la cantidad de dígitos le indicó que se trataba de la extensión de un organismo oficial o de alguna gran empresa. Descolgó y guardó silencio, esperando a que su interlocutor iniciara la conversación. Al fin y al cabo, quien estuviera al otro lado era quien tenía interés en hablar con ella.

—¿Inspectora Pieldelobo? —preguntó un hombre con un acento inconfundible.

—Gerardo, qué sorpresa.

—Pensaba que me había equivocado de número. ¿Qué tal va todo? He oído que tuviste un accidente de tráfico.

Marcela frunció el ceño, sorprendida. Era la primera vez en su vida que el director de la prisión la llamaba para preguntarle por su salud.

—Pudo ser peor —respondió sin más—. ¿Cómo te has enterado?

—La verdad es que ha sido por casualidad. Héctor Urriaga ha pedido reunirse contigo, he llamado a comisaría para comunicártelo y allí me han dicho que estabas de baja por un accidente. Eso es todo.

—¿Y de qué quiere Héctor hablar conmigo? —Era lo último que le faltaba, que su exmarido le pidiera un vis a vis.

—No lo ha dicho, pero puedo imaginármelo. Ha solicitado empezar a disfrutar de algunos beneficios penitenciarios. Dice que le han ofrecido un trabajo y que también quiere realizar algún servicio a la comunidad para intentar rebajar su condena. Supongo que pretenderá que intercedas a su favor, o al menos que no lo hagas en contra.

—No tengo intención de hacer una cosa ni otra —respondió Marcela tajante—. De hecho, puedes decirle que no me reuniré con él ni ahora ni en el futuro, que puede ahorrarse la molestia.

—¡Vaya! —Montiel dejó escapar una estentórea carcajada—. Esta loba es una mujer de armas tomar. ¿Todavía no le has perdonado? Ya sabes que los hombres somos débiles por naturaleza.

Marcela bufó lejos del teléfono para que Gerardo no la oyera.

—No hay perdón que valga. Es un delincuente, está en prisión cumpliendo condena. Si el juez considera que tiene derecho a beneficios penitenciarios, por mí adelante. Y si se lo deniega, perfecto también. Me da igual. Lo que quiero es no volver a saber nada de él. Hazle llegar el mensaje de mi parte, por favor.

—Lo haré. De todos modos, mañana te llevarán la comunicación oficial, bastará con que la rechaces.

Aquello le sonaba cada vez más extraño, más absurdo.

—Si me han enviado un requerimiento desde Instituciones Penitenciarias… ¿para qué me has llamado en realidad?

La risa de Montiel volvió a atronar en su oído. Lo imaginó repantingado en su silla, repeinado e impecable con su traje a medida.

—Me has pillado —dijo por fin—. Desde que hablamos el otro día tras el intento de suicidio de tu ex no dejo de pensar en ti, y me preguntaba si te apetecería salir a cenar o a tomar una copa algún día.

Atónita, Marcela fue incapaz de hablar durante unos segundos.

—Me acabas de dejar sin palabras —reconoció.

—Bien, entonces hablaré yo. ¿El sábado a las ocho? Conozco un sitio donde preparan unos cócteles espectaculares.

—Lo siento, Gerardo, de verdad, pero no puedo aceptar. No me gusta mezclar trabajo y diversión.

—Supongo que el inspector Andueza es en parte el culpable de este rechazo, y de que intentes colarme una mentirijilla… Yo soy perfectamente capaz de pasar toda la velada sin mencionar el trabajo, te lo aseguro. Tengo temas de conversación de sobra.

—Estoy segura de que es así. Gracias, pero no. Tengo que dejarte, me están esperando —mintió. Hacía tiempo que no se sentía tan incómoda como en esos momentos.

—De acuerdo, lobita. Nos vemos.

Montiel colgó sin esperar respuesta. Marcela bufó de nuevo y sacó el segundo sándwich de la bolsa. No le quedaba café, y el agua de la botella estaba caliente. Masticó despacio, intentando producir la suficiente saliva para pasar el engrudo, y procuró no pensar en la absurda proposición que le acababan de hacer y mucho menos en la irracional intención de Héctor. ¿En qué estaría pensando el muy estúpido cuando decidió solicitar un encuentro?

Calculó cuánto tardaría en llegar a la gasolinera del otro lado de la rotonda a por un par de cervezas. El deportivo no había aparecido.

Podía no estar dentro, o simplemente no haber salido. O no existir. Quizá el que estaba aparcado en la plaza de los Aguirre en el *parking* de AS Corporación perteneciera a otra persona. Pero abandonar ahora, aunque sólo fueran quince minutos, significaría tirar todo el día por la borda. Conectó el aire acondicionado a máxima potencia y puso la botella de agua delante del chorro helado.

Bajaron los excursionistas, regresaron algunos de los cochazos y se marcharon varios utilitarios viejos conducidos por mujeres de piel morena. El todoterreno oscuro apareció a las seis de la tarde. Aguirre seguía al volante y el joven, en el asiento del copiloto. Esa cara… Entraron en la finca y la puerta se cerró tras ellos.

El portón de los Aguirre volvió a abrirse a las ocho de la tarde, y entonces sí, por fin apareció el deportivo. El conductor, el mismo que acompañaba a Aguirre en el SUV, hizo rugir el motor y encaró la cuesta hacia la autovía muy por encima de la velocidad permitida.

Marcela arrancó el motor y se incorporó a la calzada. Por suerte, el denso tráfico de esa hora en la circunvalación obligó al coche a ir más despacio y Marcela pudo mantener una distancia prudencial sin perderlo de vista. Lo vio desviarse en la siguiente rotonda y enfilar las primeras calles del barrio de la Rotxapea, en línea recta hacia el centro de la ciudad. Subió despacio la cuesta de Santo Domingo y aparcó en la zona reservada para residentes. Marcela siguió hasta el aparcamiento público, a veinte metros de distancia, y se detuvo detrás de una furgoneta blanca. Maldijo de nuevo el color de su coche, demasiado visible desde cualquier punto de vista.

Salió y avanzó hasta el murete de piedra que impedía que los coches cayeran al aparcamiento privado de abajo. Para cuando sacó su móvil e inició la cámara, el conductor había desaparecido por la trasera del Mercado de Santo Domingo hacia cualquiera de las zonas de bares que había por allí, pero al menos tenía imágenes del vehículo y había podido ponerle cara al dueño del deportivo, aunque fuera de lejos. Ahora sólo necesitaba un nombre.

Satisfecha a pesar de todo, Marcela regresó a su coche y giró alrededor del solar en busca de un hueco libre. Estaba a menos de trescientos metros de su casa y, desde luego, allí no le cobrarían quince euros por aparcar. Si se hubiera molestado en pedir la tarjeta de residente podría utilizar una de las plazas del *parking* de abajo.

Paró en una pequeña tienda regentada por una familia asiática y se aprovisionó con lo básico: pollo asado y cerveza. Había que celebrar el enorme paso dado en la investigación.

Saciada y un poco aturdida por la cerveza caliente, se tumbó en el sofá para aliviar el dolor de espalda. Tantas horas sentada en el coche estaban pasando factura a su maltrecho cuerpo.

El móvil comenzó a vibrar y a moverse sobre la mesita del salón. El número no le resultaba conocido y por un momento pensó en no contestar. Quizá fuera de nuevo Montiel para insistir en pedirle una cita. Si era así, lo mejor era cortar por lo sano de una vez por todas.

Descolgó y, esta vez sí, saludó.

—¿Quién es?

—Dile a la Guardia Civil que me deje en paz —respondió una voz de hombre tras un segundo de silencio.

—¿Quién coño eres? —insistió.

—Tu padre. Quiero que me dejen en paz ya, no te lo voy a repetir.

—¿Me estás amenazando?

—Te estoy advirtiendo de que no me jodas la vida. Voy a quedarme, de eso que no te quepa ninguna duda.

—Te dije que arrastraras tu culo fuera de esa casa —gruñó Marcela—. Te lo dije por las buenas. Ahora nos vamos a ver por las malas, y te juro que te vas a arrepentir de haber vuelto a aparecer. Nadie te echaba de menos, debiste quedarte en el agujero en el que llevaras veinte años escondido.

—No estaba escondido, imbécil. Os he estado viendo, sabía en todo momento qué era de vuestra vida. He sido considerado. Obré mal y me alejé, pero ahora he vuelto a mi casa y no pienso marcharme.

—Eres un cabrón hijo de puta…

—Ya, claro. Y tú una hermanita de la caridad. Le he contado al sargento que me apuntaste con un arma, que me golpeaste y me lanzaste por las escaleras. Le he enseñado los morados que me hiciste. Te denunciaré si no retiras la tuya.

—Haz lo que quieras —bufó Marcela—. No pienso mover un dedo.

—Muy bien. A las malas, entonces. Y no te acerques por mi casa. Ni tú ni tu hermano sois bienvenidos.

Ricardo Pieldelobo cortó la comunicación y Marcela lanzó el teléfono contra el suelo. El cristal templado se hizo añicos, la carcasa se separó y la batería se deslizó hasta colarse debajo del sillón.

—¡Hijo de puta! —gritó.

Estampó los puños contra la encimera de la cocina e ignoró el dolor de sus manos. Más dolor, dentro y fuera de ella. A pesar de todo lo que había pasado, de todo el daño que había sufrido e infligido, seguía sorprendiéndole la fuerza con que la golpeaba.

Apoyó la frente en el gres y se mesó el pelo con las manos pulsantes. El dolor subía desde los dedos hacia el hombro en sistemáticas oleadas.

Qué hacer…, qué hacer… Su pensamiento se desvió entonces hacia su hermano. Si ese cabrón se atrevía a acercarse a él o a los niños, nada la detendría.

Se arrodilló en el suelo y recogió los pedazos de su móvil. Estaba inoperativo. En su dormitorio, sacó de un cajón el teléfono que había comprado, lo encendió y marcó a toda velocidad el número de su hermano.

—¡Juan! —exclamó cuando escuchó su voz en el auricular.

—Veo que también te ha llamado a ti. Pensé que no se atrevería.

—¿Se ha acercado a tu casa? ¿Te ha amenazado?

—No —la tranquilizó Juan—, no le he visto. Sólo me ha llamado para exigirme que le dejemos en paz.

—Me ha dicho lo mismo —le confirmó Marcela.

—Supongo que me recuerda como un niño, no se ha dado

cuenta de que ya no soy un crío. Cuando me ha amenazado, le he respondido en el mismo tono y sé que se ha sorprendido. Sabe que no puede tocarme, y que lo mataré si se acerca a mi familia, incluida tú.

—Eso mismo le he dicho yo.

—Bien.

—Llamaré al sargento y le comentaré estas llamadas. Quizá convenga que hablen con él. Si se repite, pediremos una orden de alejamiento.

—Dice que te ha denunciado…

—Tranquilo, no creo que sea más que una bravuconada, pero, si es verdad, nadie creerá la palabra de un borracho. El sargento sabe que voy armada y que los alcohólicos son propensos a las caídas.

—Bien —suspiró Juan—. Estamos juntos en esto.

—Por supuesto. Debiste avisarme en cuanto te llamó —le reprochó Marcela.

—Lo he intentado, pero tu móvil no daba señal.

Recordó el aparato hecho añicos en el suelo y bufó en voz baja.

—Se me ha roto, he tenido que cambiar de móvil.

—De acuerdo. —De pronto se escuchó una algarabía de fondo, chillonas voces que se acercaban—. Tengo que dejarte, tus sobrinos están desatados.

—Dales un beso de mi parte. Estamos en contacto. Ten cuidado, Juan.

—Tú también.

El teléfono enmudeció, y con él la alegría infantil, las voces de otros seres humanos, la paz de espíritu, la vida.

Volvió al salón y abrió otra cerveza.

Definitivamente, su vida era una mierda.

Recuperó su teléfono destrozado y se concentró en volver a encajar las piezas. La pantalla se había convertido en una tela de araña, pero la batería encajó y el móvil respondió cuando accionó el botón de encendido. Recuperaría la tarjeta SIM y lo tiraría a la basura, no merecía la pena intentar repararlo. Estaba a punto de apagarlo definitivamente cuando una breve vibración le anunció la llegada de un mensaje.

¿Podemos vernos?, preguntaba Saray.

Marcela dio por hecho que la joven estaba en serios problemas, era la primera vez que utilizaba el número que le había dado hacía ya más de un año.

Claro, respondió, *dime dónde y cuándo.*

Te espero en el Caballo Blanco, en el mirador del fondo. Ven pronto.

Estoy de camino, respondió.

Apagó el móvil y lo tiró sobre el sofá. Se puso el abrigo y volvió a salir a la calle.

34

La lluvia era una presencia habitual en Pamplona, tanto que, en opinión de Marcela, deberían contabilizarla entre los habitantes fijos de la ciudad. Al menos, la que la acompañó esa noche por las calles casi desiertas del casco viejo era una lluvia mansa, fina, fría pero indolora.

Aceleró el paso todo lo que pudo en su maltrecho estado. Tuvo que apretar los dientes para aguantar los lacerantes tirones de los músculos de sus piernas, y en las lumbares se había instalado desde hacía rato un dolor fijo e intenso. Parecía una anciana, renqueante, encogida y malhumorada. No le quedó más remedio que aflojar el ritmo y acercarse a la pared para resguardarse de la lluvia y, de paso, poder apoyarse de vez en cuando y recuperar el aliento.

Apenas pasaban unos minutos de las once de la noche, pero las vías peatonales del centro histórico de la ciudad estaban casi desiertas. Los bares y restaurantes se concentraban a pocas calles de distancia, pero ella sólo vio un par de garitos abiertos y un sinfín de persianas bajadas.

El Caballo Blanco era un rincón enclavado en las murallas de Pamplona y rodeado de antiguas construcciones fortificadas. El pequeño edificio de piedra acogía un bar-restaurante que, por supuesto, a esas horas ya estaba cerrado. Sólo en verano ampliaba su horario para que los clientes pudieran disfrutar en su terraza de las magníficas vistas que ofrecía ese peculiar rincón de la ciudad. Lo que pocos sabían era que donde en la actualidad disfrutaban de cervezas frías y tostadas variadas era el lugar en el que se realizaban las ejecuciones en el siglo xiv y durante bastantes años después.

Cruzó la calle Redín y se adentró en el Caballo Blanco. Las mesas y sillas del bar estaban apiladas y encadenadas junto a la fachada de piedra del mesón, y el único sonido que se oía era el repiqueteo de la lluvia y el viento removiendo las hojas caídas. Al fondo, los barrios de la ciudad formaban una alfombra luminosa atravesada de vez en cuando por raudos gusanos blancos y rojos. Ignoró el paisaje y el entorno y se concentró en lo que la había llevado hasta allí a esas horas de la noche.

—¿Saray? —llamó en voz alta. El nombre de la joven se alargó un poco en el espacio vacío hasta desaparecer.

No recibió respuesta. Avanzó hacia el balcón elevado en el que habían quedado. A su derecha, el paseo avanzaba sobre la muralla, envuelto en árboles húmedos y densas sombras. Abajo, la carretera serpenteaba hacia los barrios extramuros siguiendo el sinuoso trazado del río.

—¿Saray? —volvió a llamar.

Escuchó un sonido a su espalda. Pasos apresurados, hojas revueltas, el chapoteo de unos pies sobre los charcos. Al menos dos personas, dedujo Marcela. Se pegó al muro y empezó a bajar la cremallera de la cazadora para tener vía libre a su arma. No le dio tiempo. Las sombras que la rodeaban se volvieron aún más densas cuando dos cuerpos vestidos de negro se abalanzaron sobre ella.

Antes de que sus dedos lograran siquiera rozar la culata de su arma, un poderoso puño colisionó contra su estómago, obligándola a doblarse por la mitad. Cayó de rodillas sobre la piedra del suelo, rodeada de pequeñas luces que atravesaban su cabeza y estallaban dentro de sus ojos. Respiró despacio y levantó la cabeza. Lo que vio le cortó el aliento. Un conejo y un gato. O mejor dicho, dos hombres ocultos tras unas máscaras de conejo y de gato.

—Policía —consiguió decir, como si su condición de agente de la autoridad pudiera disuadirlos de hacer lo que tuvieran intención de hacer—. Largaos ahora mismo y no habrá consecuencias.

—Las habrá para ti, inspectora —respondió una voz amortiguada por la máscara.

Conejo se acercó a ella y le lanzó una patada que la desplazó al menos un metro. Rodó hasta que su espalda topó con la pared que le había servido de parapeto. Sin posibilidad de rehacerse, las manazas de Gato la cogieron por la pechera, obligándola a ponerse de pie. El dolor era insoportable. Le bajó la cremallera de la chaqueta, sacó el arma y la lanzó por encima de la barandilla hasta el fondo del foso, unos quince metros más abajo. A continuación, sin soltarla, estampó los nudillos contra su mejilla. La boca se le llenó en el acto de un espeso sabor a sangre.

Con los pies casi colgando y un dolor atroz recorriendo todo su cuerpo, Marcela se sentía como un muñeco de trapo a merced de esos dos matones.

—¿Qué queréis? —consiguió decir después de escupir un par de veces.

Conejo se acercó a Gato, que seguía sosteniéndola con las dos manos, y pegó la máscara a su cara.

—Poca cosa —susurró desde el otro lado de la naricilla gris y los bigotes negros—. Danos tu móvil y nos iremos.

¿Todo esto por un móvil? Marcela estaba convencida de que había algo más. Había acudido a una llamada de Saray, sabían que era policía, habían ido directos a por su arma y ahora le pedían el móvil… Le parecía una estupidez, pero se llevó la mano al bolsillo y sacó el teléfono. Conejo lo cogió y se lo guardó con rapidez.

Los dos matones se miraron un segundo. Marcela clavó los pies en el suelo, metió las manos entre los brazos de Gato y los separó con todas sus fuerzas. Sorprendido, Gato la soltó y Marcela empezó a alejarse, pero sólo pudo dar un paso antes de que Conejo la agarrase del pelo y volviera a lanzarla al suelo con fuerza. Cayó de costado, y el brazo, que quedó debajo de su cuerpo, produjo un chasquido que llegó acompañado de un nuevo espasmo de dolor.

Marcela gimió y se retorció en el suelo.

—Ya basta, acabad y larguémonos de aquí.

La voz que acababa de escuchar no procedía de detrás de las caretas. Había alguien más allí, una persona oculta entre las sombras, detrás del murete, cerca de la picota de las ejecuciones.

Levantó la cabeza para intentar verle, pero no pudo. El más alto de los enmascarados, Conejo, la cogió en brazos como a una recién casada y se dirigió hacia la barandilla.

—¡No! —gritó Marcela. Se revolvió, pateó y braceó, pero el tipo la tenía bien agarrada.

Levantó la mano y le arrancó la careta de un solo movimiento. Joven, rubio, ojos claros, pómulos altos, labios finos…

—Hija de puta —masculló el matón desenmascarado.

Un instante después, la separó de su cuerpo y la suspendió sobre el vacío. El hombre no sonrió, no pestañeó ni movió un músculo de la cara. A su lado, Gato observaba en silencio. La voz del fondo seguía callada.

Hojas moviéndose con el viento; la lluvia golpeando la piedra, ahora con fuerza; los coches abajo, muy abajo. Demasiado abajo.

Marcela dejó de sentir los brazos del rubio bajo su cuerpo.

«¿Tendré alma?».

Ese fue el último pensamiento que la acompañó antes de volar por encima de la barandilla.

La muralla de Pamplona no siempre es vertical. En ocasiones, se desliza con un ligero ángulo o de ella sobresalen inesperadas terrazas que son, en realidad, la techumbre de las pequeñas construcciones defensivas construidas en las tripas de la ciudad.

En el Caballo Blanco, por ejemplo, los habitantes del siglo XVIII excavaron la tierra para contar con un polvorín en el que guardar las armas, la pólvora e incluso a los animales que necesitarían para repeler al enemigo. No importaba cuál, enemigos era lo que no faltaba. El arsenal estaba bajo tierra y se extendía hasta más allá de las murallas, que en la actualidad contaban en ese punto con una especie de saliente pétreo cubierto de maleza y musgo.

El cuerpo de Marcela yacía sobre esa terraza, cuatro metros por debajo de la barandilla desde la que la habían lanzado. Había caído sobre un grupo de arbustos, unos apretados espinos negros llenos de robustas y lacerantes púas. Desde ahí era invisible para cualquiera que pasara por arriba o por abajo. La noche y la posición de la plataforma la convertían en una sombra más. Si sus atacantes la hubieran arrojado un par de metros más a la derecha, ahora sólo sería un amasijo de carne y huesos en el fondo del foso. Las prisas, el convencimiento de que su muerte sería segura y, sobre todo, la oscuridad, habían sido sus inesperadas aliadas.

Su mente fue consciente poco a poco de que no había muerto. Chequeó despacio su cuerpo. El dolor era intenso, pero podía respirar. No estaba segura del estado de sus huesos, así que intentó moverse muy despacio, esperando la señal de sus terminaciones nerviosas antes de continuar. Consiguió levantar la mano izquierda y bajar un poco la cabeza, lo suficiente como para comprobar la hora en su reloj. Le costó fijar la vista en algo tan pequeño, pero por fin distinguió las manecillas fosforescentes. Eran más de las tres de la madrugada, llevaba allí casi cuatro horas, pero, lo que era peor, faltaban otras tantas antes de que amaneciera y alguien pudiera encontrarla.

La lluvia había cesado, pero todo a su alrededor estaba empapado. Su ropa, su pelo, el suelo, el arbusto que le había salvado la vida. Sobre su cabeza, las nubes se habían disipado y revelaron un cielo precioso, cubierto de estrellas parpadeantes y cuerpos celestes que mostraban su luz con soberbia. Distinguió un círculo brillante que se movía muy despacio, casi imperceptiblemente. La Estación Espacial Internacional daba dieciséis vueltas a la Tierra cada día, y en ese preciso instante estaba sobrevolando su cabeza. Sonrió ante la ironía y cerró los ojos.

***

—¡Sujetad la camilla, que no golpee contra el muro!

El chirrido metálico que siguió al grito le hizo fruncir el ceño. ¿Dónde había quedado el plácido silencio en el que estaba instalada? Voces masculinas, manos que tiraban de ella. Dolor.

Intentó abrir los ojos, pero algo la hirió. Volvió a fruncir el ceño y apretó los párpados. Estaba mareada, todo se movía a su alrededor. Quizá alguien la estuviera acunando…

Abrió y cerró los ojos. Esta vez su conciencia no se desvaneció, permaneció despierta; de hecho, dolorosamente despierta. Una voz la llamaba por su nombre. Un hombre. Esa voz… Abrió de nuevo los ojos. Negro y rojo. Rojo en el hombro, mangas negras. Subió la vista. Le habría gustado poder sonreír.

—Marcela —susurró Damen Andueza—. No intentes moverte, estás atada a la camilla con la que te han subido. La ambulancia va camino del hospital, te pondrás bien.

Damen estaba allí. Estaba viva. Seguiría viva. Y había visto la Estación Espacial Internacional. Todo iba a salir bien.

35

Un helicóptero de la Policía Foral rumbo a la ronda de circunvalación para vigilar el tráfico matinal se convirtió en su inesperado
ángel de la guarda. El agente que miraba aburrido por la ventanilla
obligó al piloto a girar sobre el baluarte de Guadalupe, el que cierra
el Caballo Blanco, convencido de haber visto un cuerpo sobre uno
de los salientes. En aquella zona no eran infrecuentes los saltos al
vacío, voluntarios o accidentales.

El helicóptero dio un par de vueltas más y, en cuanto confirmaron que, en efecto, allí había alguien, dieron la voz de alarma. Los
bomberos fueron los encargados de izarla hasta tierra firme, donde
la esperaba una ambulancia. Los sanitarios encontraron su documentación y la placa policial. Llamaron a jefatura y el agente de recepción avisó al subinspector Bonachera, quien, antes incluso de
informar al comisario, llamó a Damen Andueza.

Cuando Damen llegó al Caballo Blanco, el cuerpo de Marcela
estaba rodeado de sanitarios que se afanaban por estabilizar su estado.
Su consciencia iba y venía y sus constantes vitales parecían haberse
subido en una montaña rusa, mientras la médica los urgía a llevarla
al hospital para que un escáner determinara la existencia o no de
lesiones internas.

La Policía Nacional pidió hacerse cargo de la investigación y comenzó el concienzudo rastreo de la zona, arriba, abajo y sobre el terrado en el que había caído. Un agente encontró el arma de Pieldelobo a media mañana. La incesante lluvia que había caído durante buena parte de la noche había acabado con casi todas las pruebas, pero aun así consiguieron encontrar rastros de sangre aguada. Lo que más les llamó la atención fue la máscara de conejo que Marcela aferraba con fuerza. Cuando lograron quitársela, el inspector Domínguez la embolsó con cuidado y llamó a uno de sus agentes.

—Nada ni nadie está por delante de esto. ADN, fibras, huellas. Todo. Ya.

Pasó tres días en coma en la Unidad de Cuidados Intensivos. Cuando por fin la llevaron a una habitación, con un brazo inmovilizado, medio centenar de puntos de sutura por todo el cuerpo, lesiones y magulladuras en la espalda y en el tórax, además de un ojo morado y una fisura en el pómulo como consecuencia del puñetazo que Gato le asestó después de quitarle el arma, pudo por fin explicar lo que había pasado, cómo había terminado literalmente con sus huesos en el foso de la muralla.

Damen Andueza, Miguel Bonachera y el inspector Solé la escuchaban con atención. Les habló del mensaje de Saray, de la súbita aparición de los dos tipos enmascarados y de la presencia de un tercero en las sombras. Rememoró los golpes, cómo fue incapaz de defenderse y el momento de salir volando por encima de la barandilla.

—¿Qué querían? —le preguntó Solé.

—Sólo me pidieron el móvil. No se llevaron la cartera ni el arma, la tiraron al foso.

—La hemos recuperado, tranquila. ¿Qué hay en tu móvil?

Marcela movió la cabeza de un lado a otro.

—Nada, es nuevo. El otro… —Un relámpago de lucidez le hizo intentar incorporarse. Sometida por el dolor y por el brazo de Damen, habló con la voz convertida en un susurro urgente—. El otro móvil se me rompió, pero está en casa. Hay fotos… Miguel, las fotos.

—Cogeré tus llaves e iré ahora mismo —se ofreció Bonachera—. Me llevaré una patrulla. Es fácil descubrir dónde vives consultando tu cronología de Google Maps. Si buscan algo que creen que está en tu teléfono, y no está, pueden ir a buscarlo.

Los matones habían tenido mucho tiempo para poner su casa patas arriba. Marcela suponía que no debió costarles demasiado dar con el móvil destrozado sobre el sofá, de modo que el estropicio lo habían realizado a propósito, como una especie de mensaje para ella.

Miguel le explicó que había muchas cosas volcadas, que habían roto la televisión y sacado el contenido de todos los armarios y alacenas. Ni Damen ni él encontraron el ordenador portátil ni, por supuesto, el móvil viejo.

El asalto a su casa le dolía incluso más que las heridas que surcaban toda su anatomía. Y si curioseaban en su ordenador, no tardarían en encontrar la documentación de la casa de Zugarramurdi. El portátil estaba protegido por una doble contraseña, y muchas de las carpetas solicitaban también un código para acceder a su contenido, pero ella mejor que nadie sabía que no había puerta infranqueable.

—Tienes que llamar a Antón —le urgió a Damen—. Dile que coja al perro y que no se acerque por mi casa hasta que yo se lo diga. ¡Hazlo! Y necesito un ordenador para borrar de mi nube toda la documentación que guardo allí.

—Yo me ocupo —le aseguró Damen—, pero tranquilízate, por favor.

Su interior era un hervidero; el odio y el deseo de venganza bullían en su sangre, en cada herida, en sus huesos torcidos.

—Esto no va a quedar así —musitó.

Damen, ocupado hablando con Antón, no la escuchó, pero sí lo hizo Miguel, que apoyó una mano sobre su brazo y asintió en silencio.

Sus recuerdos de los días siguientes eran intermitentes e inconexos. Atada a un gotero que anulaba el dolor, se dejó vendar y curar, lavar y pinchar, vestir y desvestir. No comió ni bebió en otras cuarenta y ocho horas. Todo lo que necesitaba llegaba a través de la vía de su brazo, una especie de maravilloso cordón umbilical químico. La vida era mucho más sencilla así, con la mente encharcada en sedantes y el cuerpo atendido por manos ajenas. Sin dolor, sin memoria, sin pensamientos, sin necesidades, sin nada que hacer.

Pero cuando la dosis de analgésicos empezó a menguar y apareció por la puerta un tipo vestido de verde dispuesto a mover cada uno de sus músculos, la consciencia regresó bruscamente, y con ella los recuerdos, la determinación y la urgencia.

Atosigaba a médicos y enfermeros con preguntas sobre cuándo podría salir de allí. La respuesta siempre era la misma: cuando se pueda. Ni siquiera su hermano Juan, que pasó tres días con ella, fue capaz de calmarla y hacerla entrar en razón.

Miguel y Juan se habían encargado de ordenar el piso, dar de baja la línea de móvil, cursar las oportunas denuncias, cambiar la cerradura de su casa e instalar una alarma. Damen hizo lo mismo en Zugarramurdi, donde no encontró ninguna señal de que alguien hubiera intentado forzar la entrada. Aun así, le dejó claro a Antón que, de momento, era mejor no acercarse a la casa. Sereno y adulto, el joven prometió no entrar y permanecer alerta.

La retuvieron en el hospital durante seis largos días más después de salir de la UCI. Al séptimo, la doctora de guardia le llevó una copia del parte de alta y un grueso sobre con las pruebas y revisiones a las que tenía que someterse en los próximos días, la medicación que debía tomar, las indicaciones acerca de su alimentación y hábitos de vida y la cita en el pabellón de rehabilitación a partir del día siguiente.

Accedió a instalarse durante unos días en casa de Damen. Sabía que si volvía a la suya no dejaría de ver a Gato y Conejo revolviendo entre sus cosas. Necesitaba apagar algunos fuegos antes de volver a ser la dueña de su hogar.

—Puedes compartir mi cama o instalarte en la habitación de invitados, lo que prefieras —le ofreció Damen.

—¿Me dejarás fumar? —preguntó. Sabía que Damen fumaba de vez en cuando, sobre todo cuando estaba con ella, pero la casa no olía a humo.

—En la terraza de la cocina. Hay un cenicero en el poyete de la ventana.

Marcela dio una vuelta despacio por la casa. A pesar de que llevaban más de un año viéndose, no había estado allí más de cinco o seis veces. Ella prefería jugar en su terreno y Damen nunca había insistido en lo contrario. Contempló el salón y deseó sentarse en el sofá de color crudo cubierto de cojines ocres. Bajo sus pies, una alfombra de rafia cubría el centro de la habitación y, sobre ella, una mesita baja de madera blanca sobre la que había esparcidas varias revistas de montañismo. Damen se dio cuenta de que las estaba mirando y se apresuró a ordenarlas.

—No te preocupes —sonrió Marcela—, Marie Kondo podría vivir en esta casa sin sufrir un ataque de nervios.

Una estantería llena de libros, varios cuadros enmarcados con fotos tomadas desde la cima de montañas desconocidas para ella y un pequeño mueble modular que acogía la televisión completaban la decoración de la sala.

Marcela sonrió y lo siguió por el pasillo.

—Mi habitación o la de invitados —preguntó Damen de nuevo.

—En mi estado, creo que necesito supervisión constante. La tuya.

—¿Han encontrado a Saray? —preguntó Marcela mientras cenaban en la mesa de la cocina. Su primera comida de verdad desde antes del «incidente».

—No. Miguel me ha contado que su dirección actual no consta en ningún archivo. Han ido a los bares por los que solía moverse, pero ni rastro.

—Es una chica lista, no se acercará por allí en una buena temporada.

—Sí, pero tenemos que hablar con ella.

Marcela masticó despacio. Todavía le costaba tragar, pero el pescado estaba delicioso.

—Creo que puedo encontrarla. Un día me habló del lugar en el que vive. Comparte habitación con una diseñadora de páginas web.

—No debería ser difícil dar con ella, Pamplona es una ciudad pequeña.

—No podemos ahuyentarla. Si se da cuenta de que la buscamos, huirá. Déjame hacerlo a mí.

—Estás de baja… —protestó Damen.

—Lo sé —respondió sin más, y siguió comiendo.

Damen la miró un segundo antes de lanzar su siguiente pregunta:

—Todavía no me has contado qué hay en las fotos que buscaban los que te asaltaron.

Marcela dejó el tenedor en el plato. Tenía la secreta esperanza de que Damen dejara correr ese tema, pero si en algo se parecían los dos era en que ninguno podía vivir con un interrogante en la cabeza.

—Bueno —empezó Marcela—, supongo que tu opinión sobre mí es lamentable después de lo que ha pasado en las últimas semanas, así que es imposible que empeore si te lo cuento.

—Yo no tengo una mala opinión sobre ti —protestó él—. Digamos que discrepo de tus métodos.

Marcela sonrió y le acarició brevemente la mano. Luego se levantó, se dirigió al grifo para llenar su vaso de agua y se quedó junto al fregadero.

—Había fotos que demostraban la relación entre Pablo Aguirre y Victoria García de Eunate.

—¿Qué clase de fotos?

Marcela bebió un trago de agua. Le habría gustado que fuera Jäger, era más fácil tragar los sapos con un poco de alcohol.

—Entré en casa de Victoria días antes de que apareciera su cadáver.

—Entraste…

—Ilegalmente, sí —terminó Marcela por él—. No tenía una orden, el comisario se negaba a cooperar, pero la mujer podía estar viva, herida o retenida contra su voluntad. Decidí entrar, y no me arrepiento. —Damen la observaba en silencio. Marcela era incapaz de deducir lo que estaba pensando, así que continuó—. Entonces descubrí que tenía un hijo del que nadie hablaba. Y en un cajón de su dormitorio —añadió— había ropa y enseres de hombre, incluida una camisa con las siglas P. A. S. bordadas en el bolsillo. Hice fotos de todo.

Damen suspiró. Parecía triste, resignado, quizá incluso decepcionado. Al parecer, su opinión sobre ella sí tenía margen para empeorar.

—¿Quién sabe esto? —preguntó tras un instante.

—Miguel y tú. Y Pablo Aguirre.

—¿Él lo sabe?

—Después de hablar con él, me refiero a la conversación que anuló el interrogatorio posterior, aguardé un rato en la calle. Le había dicho que conocía su lío con Victoria y que era el padre del bebé. Esperaba su reacción. A los pocos minutos salió de su casa y se dirigió a la de Victoria. Tenía llave y conocía la clave de la alarma. Le seguí y me encaré con él cuando estaba metiendo sus cosas en una bolsa de plástico. Se sentó en la cama y empezó a llorar. Le hice una foto en ese momento.

—Dios mío… —Damen se pasó la mano por el pelo. Después se levantó y sacó de la nevera una botella de vino tinto. Sirvió dos vasos, el de Marcela con apenas dos dedos y el suyo más colmado, y volvió a sentarse.

—Andreu me echará si se entera, pero aunque las pruebas sean inservibles, deben saberlo para que centren la investigación en la dirección correcta. En algún momento cometerá un error o daremos con algo que lo comprometa.

Damen movió la cabeza de un lado a otro.

—Aguirre ha logrado solucionar todos sus problemas sin que lo

409

pillen. Ahora es tu palabra contra la suya, y lo siento, Marcela, pero no tienes nada, vas a presentarte ante el comisario con las manos vacías. El único hilo del que quizá se pueda tirar es lo que acaba de ocurrirte. Si la investigación deriva en su dirección, a lo mejor pueden achacarle estar detrás de tu intento de homicidio, pero nunca podrán acusarle de la muerte de Victoria, de Ana o del bebé. Nunca —recalcó antes de llevarse el vaso a los labios y apurarlo de un trago—. Y dime, ¿pensabas contármelo en algún momento?

Marcela movió despacio la cabeza.

—No —reconoció en voz baja—. Tenía la esperanza de que mantuvieras una pizca de confianza en mí, y sabía que si te lo decía... Me gusta estar contigo, pasar tiempo juntos, y no quiero que esto termine, al menos no ahora, no tan pronto.

Damen se acercó a ella y la abrazó en silencio. Luego le acarició la mejilla y la besó con ternura.

—No te has comido el postre —dijo un momento después con una sonrisa en los labios—. Mi madre me ha dejado en la nevera una fuente de arroz con leche.

Marcela se sentó de nuevo a la mesa y lo miró divertida mientras lo veía llenar los cuencos con el cremoso postre.

—¿Tu madre tiene llaves de tu casa?

—Claro —sonrió él.

—Oh, Dios...

Después de cenar, Marcela simplemente se dejó querer. Yodo en las heridas, masaje en los hematomas, gasas limpias sobre los puntos... Luego, se arrebujó en la cama junto a Damen y se durmió mientras le escuchaba contar historias sobre montañas y cimas imposibles, sobre piedras sueltas y nieves eternas, sobre gente muerta y espíritus libres.

Marcela adoraba las redes sociales. Ella no tenía cuenta en ninguna, pero el resto del mundo parecía no poder vivir sin mostrarse en al menos una de ellas. Y si, además, eras una trabajadora autónoma dedicada al diseño de páginas web, tu presencia en Internet era obligada.

Encontró varias empresas que ofrecían estos servicios, pero sólo cinco autónomos y, entre ellos, una sola mujer: Aitana Goñi Salavarría. Fisgoneó en su web corporativa y después se coló en la base del departamento municipal que gestiona el impuesto de actividades económicas. Anotó el domicilio fiscal de la empresa, que supuso que sería el mismo que su domicilio, y valoró sus opciones.

Damen estaba de servicio y no volvería hasta al menos las cinco de la tarde, y Miguel estaba ocupado con el nuevo caso al que le habían asignado. Era una mujer libre, sin niñeras. Llevaba un brazo en cabestrillo, así que no podía conducir, y dudaba de que su cuerpo aguantara una caminata hasta el casco viejo. Se abrigó bien, guardó el arma en la sobaquera y llamó a un taxi.

Veinte minutos más tarde estaba ante el portal en el que suponía que vivía Saray. Consultó el papel en el que había anotado la dirección y pulsó el timbre.

—¿Quién es? —respondió una voz femenina.

—Publicidad, ¿me abre, por favor? —mintió Marcela.

Un breve chasquido le franqueó el paso a un portal antiguo pero reformado, con paneles de madera en las paredes, los buzones todavía brillantes y el suelo de baldosas claras. No había ascensor, pero sólo tenía que subir un piso. Aun así, llegó casi sin resuello y con los músculos de la espalda tensos y doloridos.

Se plantó ante la puerta, sacó el arma de la pistolera y la guardó en el bolsillo del abrigo. No iban a volver a sorprenderla. Llamó al timbre y esperó. Unos segundos después, Saray la miraba atónita desde el otro lado de la puerta. Su primera reacción fue intentar cerrar, pero Marcela se adelantó a sus intenciones y cruzó el umbral sin esperar a ser invitada.

—Creo que me debes una explicación —dijo sin más.

Saray cerró la puerta. Las ojeras que oscurecían su mirada denotaban noches sin dormir, y la palidez de su rostro, muchos días sin ver la luz del sol.

—Me alegro de verte —respondió por fin en un susurro de voz—. Ven.

Saray caminó delante de Marcela por un corto pasillo hasta la puerta de una de las habitaciones. Cuando entraron, la mujer sentada ante un ordenador detuvo su trabajo y se volvió para mirarlas.

—Hola —saludó Marcela escuetamente.

—Aitana, esta es la poli de la que te he hablado —explicó Saray.

—Inspectora Pieldelobo —aclaró.

La mujer se levantó de la silla y se acercó a ella con la mano extendida. Le ofreció un apretón breve y decidido que Marcela le devolvió. Aitana Goñi tenía al menos treinta años, aunque vestía de manera tan informal y descuidada como la propia Saray. Morena, de pelo muy corto y baja estatura, la observaba con el ceño fruncido y los labios apretados.

—¿Quieres sentarte? —preguntó Aitana por fin—. Veo que estás herida.

Marcela miró a Saray, que bajó la cabeza. Aceptó la oferta y se sentó en la silla del ordenador, la única disponible, mientras ellas se acomodaban muy juntas en el borde de la cama.

—¿Cómo me has encontrado? —quiso saber Saray.

—Por ella —repuso Marcela, señalando a Aitana con la cabeza—. Un día me dijiste que vivías con una diseñadora de páginas web. No hay muchas en Pamplona, ha sido fácil dar contigo. —Las dos se removieron inquietas, conscientes de pronto de su vulnerabilidad. Marcela las miró muy seria. No era una visita social, había ido en busca de respuestas—. Recibí tu mensaje, fui a tu encuentro.

—Yo… ¡Lo siento! —se lamentó Saray. Dos gruesas lágrimas asomaron a sus ojos y rodaron raudas por sus mejillas. Al instante, la joven escondió la cara entre las manos y se hundió en un mar de sollozos.

—Amenazaron con matarla —intervino Aitana—, no tenía otra opción. Ella no quería hacerlo, pero yo insistí. Tú vas armada, sabes defenderte. Tenías una oportunidad, y de hecho aquí estás

—insistió con la mano extendida hacia ella—. Saray no tenía ninguna posibilidad de sobrevivir si se enfrentaba a ellos.

—Quería avisarte —le aseguró la joven entre lágrimas—, pero uno de ellos se quedó conmigo hasta que recibió una llamada. Entonces supuse que habías muerto y yo… me quería morir también.

Sentía lástima por la joven, pero no tenía ganas de teatro.

—No voy a denunciarte, no gano nada si te enchironan y no me apetece arruinarte la vida, pero a cambio cuéntame qué pasó, cómo te encontraron y de quién o quiénes estás hablando. Todo.

Saray se secó la cara con la manga del jersey y asintió con la cabeza. Aitana le cogió la mano que seguía sobre el regazo y se la apretó con cariño. Luego, las dos empezaron a hablar, completando una el relato de la otra, hasta el final.

36

El ocio es un amigo incómodo, una de esas compañías que están bien durante un rato, pero que incordia y se vuelve insoportable cuando su presencia se alarga demasiado o es impuesta.

Marcela llevaba tres días prácticamente encerrada en casa de Damen, recuperándose de sus heridas. No tenía queja alguna sobre los cuidados que le dispensaba, pero al final era la única que no había retomado su vida. Damen trabajaba durante turnos eternos, igual que Miguel e incluso Antón, con el que conectaba cada tarde a través de la *webcam*. Ella tenía que quedarse en casa, acudir a rehabilitación, tomarse las pastillas, darse friegas en las piernas y en los brazos para recuperar poco a poco la movilidad. Y mientras tanto, en medio de ese confinamiento indeseado, su cabeza giraba libre, dando vueltas y más vueltas a los mismos temas: dos coches sin rasguños, unas fotos comprometedoras, una paliza, un conejo y un gato, una voz desconocida, su cuerpo volando hacia la muerte... Y esa cara, la del jefe de la banda, el que sabía que era policía y envió a los matones a por ella. ¿Dónde lo había visto antes?

Bendijo el tono del teléfono que la sacó de sus cavilaciones. Damen le había comprado un nuevo móvil y habían conseguido un duplicado de su SIM que le permitió recuperar sus contactos. Conocía el número y la extensión. El corazón le dio un vuelco.

—Pieldelobo —dijo simplemente.

—Buenos días, soy el inspector Domínguez. Me han dicho que se encuentra mejor, y me preguntaba si está lo bastante bien como para reunirse conmigo.

—Por supuesto…

—Iré donde me indique, no se preocupe. Comprendo que no está usted para grandes desplazamientos. Si me dice hora y lugar, allí estaré.

Marcela sopesó sus escasas opciones y tomó una decisión rápida. Le dio la dirección de Damen y le invitó a ir de inmediato. Marcial como siempre, la Reinona aceptó, anotó la calle y prometió estar allí en media hora.

Le envió un mensaje a Damen para informarle sobre la presencia de Domínguez en su hogar y recogió lo que había dejado tirado en el salón. Poco a poco, el caos que siempre la acompañaba había empezado a adueñarse del piso a pesar de los esfuerzos de su dueño por mantener el orden.

La Reinona llegó a la hora acordada, vestido de paisano y con una gruesa carpeta bajo el brazo. Le entregó a Marcela el paraguas y el abrigo, que se quitó en la entrada, y cruzó el umbral después de restregar los zapatos a conciencia en el felpudo. Rehusó el café, la cerveza e incluso el vaso de agua que le ofreció y se limitó a sentarse en el sofá que Marcela le indicó. Acto seguido, abrió la carpeta y sacó un fajo de papeles.

—Me alegro de que se encuentre mejor, inspectora —empezó Domínguez, y siguió hablando sin darle tiempo a Marcela de darle las gracias—. La careta que logró arrancarle a uno de los asaltantes nos ha sido de gran ayuda. Tenemos un resultado positivo: Yasen Beslin, de origen croata, miembro activo de la mafia balcánica. Desconocíamos su presencia en Pamplona, suele moverse por la Costa del Sol, pero supongo que irá donde le paguen. Fichado por delitos relacionados con las drogas, el proxenetismo y, sobre todo, actos violentos. El resto de lo que recogimos en el lugar de los hechos y en su ropa estaba inservible, pero este es un gran comienzo.

Desplegó varios papeles sobre la mesa con los resultados de los análisis y el historial del croata y, como colofón, lanzó encima una fotografía que le cortó la respiración. Joven, rubio, ojos claros, pómulos altos, labios finos. Se le llenó la boca de sabor a sangre y volvió a oír el zumbido que siguió al primer golpe contra el suelo.

—Es él —consiguió decir.

—Lo he deducido por su reacción —reconoció Domínguez—. Es importante que la identificación sea irrefutable.

—¿Lo tienen localizado?

—Todavía no. No tiene domicilio conocido en la ciudad, pero los ambientes delictivos son, por suerte, pocos y muy definidos.

—Sé por dónde pueden empezar. Hay un bar en el casco viejo, un agujero infame. Le anotaré el nombre y la dirección. Lo vi allí en una ocasión. Le acompañaban cuatro o cinco tipos más, todos con el mismo aspecto que él. Había un hombre joven, moreno y de barba recortada cuya cara tampoco me es desconocida, pero no consigo ubicarla.

—Puedo enviarle un archivo con fotografías por correo electrónico —propuso Domínguez.

—Hágalo —aceptó ella—, quizá alguna cara me refresque la memoria. Le llamaré si hay una identificación positiva.

Sin nada más que decir, Domínguez recogió los papeles y los metió en la carpeta. Iba a levantarse cuando Marcela le detuvo.

—¿Puedo quedarme con la foto? —pidió.

Domínguez dudó un instante antes de acceder.

—Por supuesto, es suya.

Sacó la copia, la dejó sobre la mesa y se marchó con la misma rapidez y diligencia con la que había llegado.

Cuando volvió a sentarse en el sofá, con la cara de Conejo frente a ella, Marcela fue consciente de que había contraído los músculos de todo su cuerpo. No era miedo, ni siquiera preocupación. Era la necesidad de actuar, se trataba de un cuerpo exigiendo movimiento.

***

—¿Es él? —preguntó Damen cuando volvió a casa por la tarde.

—Sí, el mismo.

Le hizo un resumen de lo que Domínguez le había contado y dónde creía haberlo visto con anterioridad.

—Conozco ese bar. ¿Tú vas por allí? —Damen no pudo disimular su sorpresa.

—No, entré para hablar con Saray. Ella es la que frecuenta ese antro. O lo frecuentaba. Allí fue donde la vieron conmigo. En ese bar había alguien directa o indirectamente conectado con los Aguirre, alguien que conocía la existencia de esas fotos y que primero decidió sacarme de la carretera y, después, dejarse de tapujos e intentar matarme, no sin antes destruir las únicas pruebas que quedaban.

—¿Estás bien? —preguntó Damen, que seguía estudiando la foto.

—Odio las preguntas sin respuesta, me vuelven loca.

—Tranquila, al final todo acaba por encajar.

Marcela asintió y se tumbó en el sofá mientras Damen preparaba la cena. Las piezas del rompecabezas giraban ante sus ojos. Pablo Aguirre, el tipo de la barbita recortada, el asesino croata, Victoria, el deportivo rojo, la carretera a Zugarramurdi, el todoterreno oscuro…

La mente es juguetona. La llenas de datos pensando que le estás haciendo un favor, que así serás una persona más completa, pero cuando necesitas que te devuelva la información ella se niega, se hace la remolona y no suelta prenda hasta que no le da la gana, que suele ser en el momento más inoportuno, cuando es imposible correr detrás del dato para responder la pregunta.

Esa noche apenas pegó ojo. Dio vueltas de un lado a otro y fingió sentir molestias cuando Damen le preguntó qué le pasaba. Le faltaban piezas, pero ya era capaz de ver lo que el rompecabezas escondía.

Las horas se deslizaron lentamente hacia la madrugada mientras Marcela pergeñaba cada detalle de lo que haría en cuanto estuviera sola. Los secretos no eran una buena base para ninguna relación, pero si le contaba a Damen lo que pensaba hacer sería capaz de atarla a una silla para impedírselo o, lo que era peor, acompañarla.

Se levantó a la vez que él y desayunaron juntos. Se duchó a toda prisa, intentando templar los músculos doloridos que necesitaría en cuanto pusiera un pie en la calle, y se vistió con la ropa más oscura que tenía. Acabó por ponerse un jersey de Damen, negro y de cuello alto, que le tapaba incluso las manos. A las siete y media de la mañana cogió el bolso, las llaves, el abrigo y bajó al garaje. Damen le había cedido su plaza, donde el Toyota rojo llevaba todo ese tiempo aparcado.

Se sentó y puso las manos sobre el volante. Notó cierta tensión en los hombros y en la espalda, pero nada que no pudiera tolerar e incluso ignorar. Colocó luego los pies sobre los pedales. Las sensaciones fueron buenas, aunque sabía que su inesperado bienestar se debía más a la adrenalina que en ese momento recorría su cuerpo que a una auténtica recuperación.

Sacó el móvil del bolso y buscó en Internet el dato que le hacía falta. Lo memorizó, comprobó que llevaba las notas que había tomado de la web de Tráfico días atrás y se puso en marcha. Necesitaba pasar por su casa. Condujo hasta el casco viejo y se coló en la calle Mayor, sólo abierta al tráfico para vehículos de reparto y de emergencia. Se acogería a esta última definición, aunque confiaba en que la suerte, por una vez, estuviera de su parte.

Se detuvo ante su portal, conectó las luces de alerta y subió a su casa lo más rápido que pudo. Cinco minutos después volvía a bajar con lo que necesitaba a buen recaudo en el fondo de su bolso, cuyo peso empezaba a molestarle en el hombro. Lo dejó con cuidado en el asiento del copiloto y salió de allí antes de que aparecieran los municipales.

Por suerte, su siguiente destino estaba a pocos minutos de distancia. Giró hacia la amplia avenida que bordeaba la Ciudadela y entró en el aparcamiento subterráneo de la plaza del Baluarte. Aparcó pegada a la pared, entre una furgoneta verde y un monovolumen igual de rojo que su coche.

No tenía ni idea de dónde estaban las plazas que AS Corporación tenía reservadas, así que caminó deprisa buscando alguna indicación. Ni siquiera estaba segura de que estuvieran en esa planta, pero supuso que la empresa que explotaba el *parking* les habría otorgado espacio lo más cerca posible de la calle. Acertó. Al fondo, cerca de la garita de control, un cartel blanco indicaba con letras impresas en negro que aquella zona era de uso exclusivo de AS Corporación.

Como le había contado Bonachera, la barrera impedía pasar a los coches, pero no a las personas, que podían acceder al reservado sin problemas. Entró e inspeccionó los vehículos que ya habían llegado. Las cuatro primeras plazas estaban vacías, y en las escasas ocupadas no había deportivos ni todoterrenos, sólo algún sedán y varios turismos de gama media.

Si los Aguirre eran fieles a sus costumbres, llegarían alrededor de las nueve de la mañana. Se apostó entre dos coches a casi cincuenta metros de distancia y se agachó hasta ser invisible. Veinte minutos después, el todoterreno oscuro hizo su aparición.

Conectó la cajita negra que guardaba en el bolso y abrió rápidamente la aplicación que necesitaba en el móvil. Orientó el amplificador de señal hacia las plazas reservadas y pulsó el interruptor. El programa de su móvil comenzó a agitarse y a dibujar un mapa de líneas grises y verdes. Pulsó *Start* y esperó. Unos segundos después, el conductor salió del coche, avanzó un par de pasos y se giró para cerrar el coche con la llave a distancia. El todoterreno no se inmutó. El hombre se detuvo, se colocó frente al coche y volvió a pulsar el botón. Marcela envió la señal y los faros parpadearon. El conductor se guardó la llave en el bolsillo del abrigo y se alejó.

Marcela sonrió. Aquel pequeño aparato, un HackRF One, eran los trescientos euros mejor gastados de su vida. Sencillo, rápido, pequeño y eficaz. Aunque su venta era legal y podía adquirirse incluso en Amazon, todo el mundo sabía que ninguno de sus compradores le daría un uso legítimo. Su propio nombre dejaba poco a la imaginación. Interceptar la señal inalámbrica de cualquier llave era tan sencillo que resultaba casi ofensivo.

Esperaba ver a Pablo Aguirre salir del coche, pero, sin embargo, quien había aparcado allí era un hombre más joven del que apenas pudo distinguir las facciones a esa distancia, con la escasa luz del garaje y mientras intentaba no ser descubierta.

Atenta, se colocó en la parte trasera del coche que le servía de parapeto, pegada a la pared, y aguardó diez minutos antes de abandonar su escondite. Cuando se puso de pie, después de tanto tiempo agazapada detrás del vehículo, todas las vértebras de la columna se quejaron al unísono, igual que los músculos de sus piernas y los tendones de su maltrecho pie. Aguantó el tirón, echó los hombros hacia atrás para enderezar la postura y movió el cuello de un lado a otro.

En esos momentos, el desfile de coches que entraban en el aparcamiento era constante, y varios de ellos accedieron a las plazas reservadas de AS Corporación. Marcela regresó a su coche y esperó. Dos horas y cinco cigarrillos después, sobre las once de la mañana, estaba más o menos segura de que no llegaría nadie más. La barrera del *parking* se levantaba ya muy de vez en cuando; esa meseta horaria en la que todo el mundo estaba inmerso en sus ocupaciones era perfecta para ella.

Avanzó con cautela hacia el todoterreno. A esa distancia no necesitaba el amplificador de señal. Volvió a conectar la aplicación del móvil y envió el código. Las barras grises y verdes desfilaron de nuevo ante sus ojos hasta que los faros del coche centellearon y un sonoro chasquido le indicó que estaba abierto.

Había memorizado el esquema interno del vehículo y el croquis de todos los dispositivos, mecanismos y resortes, especialmente la ubicación de la pequeña palanca que liberaba el motor. Abrió la puerta del conductor, tiró de ella y escuchó el clac que separaba el capó de la carrocería. Cerró la puerta y se apresuró a la parte delantera. No se molestó en asegurar el capó. Lo sujetó con el brazo extendido mientras con el otro activaba la cámara del móvil y apuntaba hacia donde suponía que estaría el número de bastidor. El *flash* la cegó durante unos instantes. Rogó para que nadie hubiera visto el fogonazo.

—Mierda —masculló al comprobar la fotografía. No había enfocado lo bastante a la izquierda y sólo tenía una esquina del número troquelado.

El brazo le temblaba por el esfuerzo. Intentó recuperar la posición anterior, movió la mano ligeramente a un lado y volvió a disparar. Dos destellos alertarían a cualquiera que estuviera cerca. Comprobó la foto y sonrió. Bingo. Bajó el capó con cuidado y lo dejó caer cuando estaba a menos de un palmo para amortiguar el ruido. Buscó la aplicación, envió una nueva señal y esperó hasta que los faros del coche le indicaron que estaba perfectamente cerrado.

Se acercó después a los dos deportivos aparcados en las plazas colindantes. Ambos rojos, pero sólo uno era un BMW. Rodeó el coche y pasó la mano por la carrocería. No logró encontrar ni un solo rasguño, ni una abolladura, nada que indicara que había empujado a otro coche hasta sacarlo de la carretera. Volvería en otro momento para repetir la operación, ahora era demasiado arriesgado. Bajó la cabeza, hundió las manos en los bolsillos y se dispuso a marcharse.

Apenas se había alejado una decena de metros cuando tres hombres salieron del ascensor y se dirigieron hacia el espacio reservado. Volver a agacharse entre dos coches para no ser descubierta le provocó un latigazo de dolor que la obligó a cerrar los ojos y apretar los dientes durante unos interminables segundos. Cuando los abrió, lo que vio la dejó helada.

Joven, rubio, ojos claros, pómulos altos, labios finos… Uno de los tres hombres era el tipo que la había lanzado desde lo alto de la muralla. El segundo hombre, el que caminaba en el centro, levemente adelantado, era un joven moreno de barba recortada. El mismo que vio en aquel bar. El que acompañaba a Pablo Aguirre en su coche. No podía estar segura de si el tercer tipo era Gato, pero apostaría cualquier cosa a que así era.

Tenía que reaccionar. Recuperó el móvil del bolso, encendió la cámara, apagó el *flash* y comenzó a pulsar el botón rojo con desesperación, haciendo una foto tras otra. Cuando se subieron al todoterreno oscuro que acababa de forzar, cambió la aplicación para grabar un vídeo y enfocó en su dirección hasta que el enorme coche desapareció en la rampa de salida.

37

No se sentía capaz de volver a casa de Damen. La cabeza le daba vueltas, sentía la boca seca como el esparto y el corazón estaba a punto de romperle una costilla. Damen haría preguntas, querría saber qué le pasaba, qué había ocurrido, y ella sólo podría mentir o arriesgarse a echarlo todo a perder.

Sacó el coche del aparcamiento y condujo sin rumbo durante un buen rato. Una calle, luego otra, y otra. Gente, otros coches, sonidos inconexos. Una moto, bocinazos y más coches. Bicis y patinetes, paseantes, *runners*. Le gustaba la ciudad, la vida que rezumaba, las calles llenas de gente, las conversaciones cazadas al vuelo y todos aquellos ruidos que le impedían escuchar sus propios pensamientos. Sin embargo, tarde o temprano tendría que hacerlo.

Aparcó en el casco viejo y caminó hasta su casa. Era mediodía y los bares de la zona comenzaban a llenarse de clientes en busca del menú del día. No tenía nada en la nevera, pero tampoco tenía hambre ni ganas de entrar en una tienda, así que subió con las manos vacías y un incipiente dolor de cabeza.

Calmada y despejada, se sentó en el sofá y colocó sobre la mesa el papel con los datos de Tráfico. Sacó el móvil y buscó las fotos. La imagen, una vez enfocada y aclarada, no dejaba lugar a dudas. El código del fabricante, la letra correspondiente a la marca y el número que indicaba el año del modelo eran los mismos. El resto, totalmente diferentes. El número de bastidor que constaba en Tráfico y el que había fotografiado en el motor del todoterreno eran distintos, a pesar de que la matrícula indicase lo contrario.

Buscó el móvil en el fondo del bolso y entró en Facebook. Escribió *Aguirre* junto a la lupa y deslizó despacio el dedo por la pantalla, estudiando los resultados. Desechó a quienes no eran de Pamplona, a las mujeres y a quienes no estaban en el rango de edad adecuado y abrió los perfiles que se ajustaban a los parámetros.

Entonces lo vio. Benditas redes sociales. Alejandro Aguirre le sonreía desde la foto enmarcada con su pelo moreno y su barbita recortada. Lucía sus dientes blanquísimos en casi todas las imágenes, la mayoría tomadas junto a coches espectaculares y mujeres aún más exuberantes. En opinión de Marcela, un gilipollas de manual.

Era él, sin duda. Ese joven de veinticuatro años, cinéfilo empedernido, amante de la vida y de la velocidad, ingeniero y emprendedor, como se definía a sí mismo en la biografía de Facebook, era el tipo con el que se había cruzado en el aparcamiento, el mismo al que escoltaba Yasen Beslin, alias Conejo, y muy posiblemente Gato. Y, desde luego, el mismo que la miraba con odio desde la mesa de aquel tugurio.

Cerró la aplicación y abrió el listado de contactos. Bonachera contestó al tercer tono.

—¿Qué haces? —preguntó Marcela a bocajarro.

—Acabo de comer, pensaba descansar un rato antes de volver. Esta tarde toca papeleo.

—¿Te apetece hacerme una visita? Tengo algo que contarte.

—¿Todo bien? —preguntó a modo de respuesta.

—No estoy segura. ¿Puedes venir?

—¿Dónde estás?

Marcela bufó. El interrogatorio parecía no tener fin.

—En mi casa. Voy a estar aquí toda la tarde, ven cuando puedas. Si quieres, claro.

Y colgó.

Miguel llamó a la puerta media hora más tarde. Entró, se quitó el abrigo y dejó una bolsa sobre la mesa de la cocina.

—Te he traído un bocadillo y una lata de Coca-Cola, por si estabas sin comer. Si no lo quieres, lo tiras a la basura.

Marcela se acercó a la bolsa y sacó un paquete alargado envuelto en papel de aluminio. De jamón con tomate, delicioso. Le dio un bocado y luego abrió el refresco y sorbió con cuidado.

—¿No vendían cerveza donde sea que has comprado esto?

—De nada —respondió Miguel sentándose en el sofá. Cogió el papel que todavía estaba sobre la mesa y lo estudió durante unos segundos. Aquella sucesión de letras y números no le decía nada. Se lo mostró a Marcela, que masticaba despacio mientras daba cortos tragos de la lata.

—Ahora te lo explico —le dijo con la boca llena.

—Sería un detalle por tu parte que me contaras para qué me has hecho venir.

—He visto al tipo que me lanzó al foso —soltó a bocajarro.

Miguel se levantó de un salto y se quedó de pie junto a ella.

—¿Dónde? ¿Cuándo? ¿Te ha visto él a ti?

Marcela le contó que Conejo se paseaba por ahí acompañando a uno de los hijos de Aguirre.

—¿Podrías identificarlo? —preguntó Miguel.

—Sin ninguna duda. Y seguro que su ADN coincidirá con el de la careta.

—¿Dónde lo has visto? —insistió Miguel.

—En el aparcamiento de Baluarte —respondió, y esperó a que Bonachera atara cabos por sí mismo.

Unos segundos después, el subinspector la miró con la boca abierta antes de soltar una larga retahíla de palabrotas.

—Veo que, en contra del consejo médico y de cualquier buen criterio, no has podido estarte quietecita en casa a esperar que se curen tus heridas, ¿me equivoco?

—Siempre he sabido que Aguirre está detrás de las tres muertes que investigamos…

—Tú no investigas nada, y yo, muy poco —le recordó Bonachera sin piedad.

—Vete a la mierda. El caso siempre ha sido nuestro. Me da igual que ellos se cuelguen las medallas si lo que tengo sirve para enchironar al culpable. A mí no me caben los galones en la pechera del uniforme de gala —bromeó con una sonrisa amarga.

—Tú dirás, Harry.

—El coche que me sacó de la carretera es el mismo que viste en el aparcamiento, pero no lo es.

Miguel frunció el ceño, confundido.

—O es o no es, no hay más.

—El coche que me empotró debajo del camión era el mismo modelo y tenía la misma matrícula, estoy segura, pero no es el mismo. He comprobado el número de bastidor. Tengo fotos que lo demuestran. Han conseguido un coche igual y le han puesto las placas del siniestrado. Supongo que también habrán falsificado la documentación.

Miguel empezó a dar vueltas por el salón sin mirarla ni una sola vez durante los siguientes dos o tres minutos. Hundía las manos en los bolsillos del pantalón y un segundo después las sacaba y se las llevaba a la cabeza para pasearlas por su pelo. Luego daba media vuelta y Marcela sólo podía ver su espalda y los anchos hombros contraídos en un gesto preocupado.

Marcela esperó en silencio, dando cortos tragos a la Coca-Cola y conteniendo las ganas de fumar. Bonachera abría el balcón en cuanto se encendía un cigarrillo y se estaba quedando helada.

Por fin, Miguel se detuvo al otro extremo del salón, en el punto más alejado de ella, y la miró a los ojos.

—Si tanta prisa tienes por dejar de ser policía, más te valdría dimitir y largarte en lugar de complicar la vida a los demás.

—Yo no le complico la vida a nadie —protestó.

—Ah, ¿no? ¿Y qué hago yo aquí? ¿Qué se supone que debo hacer con la información que me acabas de dar y que no pienso preguntarte cómo has conseguido?

—Encontrar el modo de obtenerla legalmente. —Se levantó y fue a su encuentro. Se detuvo a dos pasos de Miguel—. El menor de los hijos de Aguirre, Alejandro, es un mal bicho, un tipejo que frecuenta los peores tugurios de la ciudad y capitanea un grupo de macarras mafiosos de la peor calaña, entre los que se encuentra mi amigo croata.

—Marcela…

Ella levantó las manos para hacerle callar.

—Intentó matarme en la carretera, y tú sabes que por poco lo consigue, y volvió a intentarlo el otro día. El croata está a sus órdenes. No sé si ya tenía otro todoterreno o lo consiguió rápidamente —siguió—, pero sólo tuvo que cambiar las placas de la matrícula. El número de bastidor demuestra que no es el que consta a su nombre en la base de datos de Tráfico. Está limpiando los trapos sucios de su padre. Recuerda: todo por la familia, la empresa y la excelencia.

—No me jodas… —Miguel se dejó caer en el sofá y volvió a levantarse casi en el acto, como un resorte—. ¡Estás fuera de control! —exclamó—. Llevas años adaptando las normas a tu conveniencia, y hasta ahora siempre te ha salido bien. Pero has pinchado en hueso. Aguirre, sea culpable o no…

—¡Lo es! —gritó ella.

—Sea culpable o no —repitió Miguel—, no se va a quedar de brazos cruzados viendo cómo intentas empapelar a su hijo.

—¡Vamos! —exclamó con las manos en alto—. Padre e hijo están confabulados. Así es como yo lo veo: Pablo Aguirre mató o mandó matar a Victoria porque pretendía abandonarlo para llevar una vida normal con su hijo, salir del armario. No le valía que la joven se trasladara a Madrid con el bebé. Nunca desaparecería, tenían amigos comunes… El niño se llamaba Pablo, ella trabajaba en AS Corporación… No hay que ser muy listo para atar cabos. En el mundo en el que se mueven, eso le acarrearía serios problemas.

Marcela giró sobre sus talones mientras Miguel la miraba perplejo. Nunca la había visto tan fuera de sí.

—Sin embargo —continuó Marcela—, Victoria había dejado a su hijo junto a la depuradora. Cuando Aguirre, o alguno de sus matones, consiguió sacarla de la carretera, bajó y descubrió que no estaba, debió de volverse loco. Supongo que ella seguía viva y se la llevó para intentar sonsacarle dónde estaba el pequeño. Cuando murió, deduzco que sin decir nada útil, simplemente la arrojó a un vertedero. Sólo era basura para él, ¿no te das cuenta? ¡Basura!

—Cálmate, por favor...

Marcela hizo oídos sordos a la súplica de Miguel y siguió hablando desde detrás de la barra de la cocina, con los puños apretados sobre la encimera y el rictus contraído por la ira.

—Encontraron al bebé y acabaron con él. Se llevaron por delante a Ana, seguramente la única persona que estaba al tanto de la paternidad del niño. La secretaria no dirá nada —bufó con un movimiento desdeñoso de su mano—. Y entonces yo me convertí en su principal problema. Pillé a Aguirre en un momento comprometido, confesó que mantenía una relación con Victoria y que el bebé era suyo...

—Confesión ilegal que ningún juez tendrá jamás en cuenta.

—Le hice fotos en casa de Victoria —siguió Marcela, ignorando las protestas del subinspector—, y de la ropa con sus iniciales en el cajón. Entonces vino a por mí, presionó desde la sombra para controlar el caso.

—Estás empezando a ver fantasmas, jefa. Esa fosa la cavaste tú solita, con mi ayuda, es cierto, porque no fui capaz de pararte los pies. No me enorgullezco en absoluto de ello.

Marcela salió de detrás de la barra y empezó a dar vueltas en el salón. Tenía la mirada perdida, concentrada en sus propios pensamientos.

—No sé quién me lanzó contra el camión —reconoció con la mirada fija en la madera del suelo—. Es Alejandro quien conduce el coche, pero su padre pudo cogerlo sin problemas, viven en la misma casa y los dos son conductores expertos, les encanta la velocidad. O también pudo encargárselo a alguno de sus matones.

Miguel movió la cabeza de un lado a otro.

—¿Qué quieres de mí? —preguntó por fin, vencido.

Marcela se sentó a su lado en el sofá.

—Necesitamos registrar el coche de Alejandro Aguirre. Podemos pararlo en un control, pedirle los papeles y comprobar el chasis como si fuera rutina. Después será fácil conseguir que un juez nos escuche y retomar el caso de las hermanas García de Eunate.

—Andreu no consentirá que le tendamos una trampa a alguien que ni siquiera es sospechoso.

—Ha contratado a un asesino de la mafia balcánica, ¿o acaso lo has olvidado? Y, además, ¿quién crees que ordenó que me atacaran para borrar las fotos? No eran adolescentes buscando un móvil nuevo, eran asesinos. No tuve ni una posibilidad de defenderme.

—Iremos a por él, hablaremos con Alejandro Aguirre sobre ese tipo, pero olvídate del coche de momento. Quizá más adelante…

—Mierda, Miguel —bufó Marcela.

Bonachera se dirigió al sofá y se puso el abrigo.

—Me marcho para que puedas descansar —dijo despacio, con voz grave, mientras se dirigía a la puerta—. Te vendrá bien. Organizaré el dispositivo para detener al croata. Te llamaré cuando tenga algo.

Bonachera bajó despacio las escaleras. Una amalgama de sentimientos pugnaba por hacerse con el control de su mente. Enfado por haberlo colocado una vez más en una situación tan comprometida; preocupación ante la deriva mental de la inspectora; una especie de insano orgullo ante el modo en el que le estaba dando forma al caso; frustración por la imposibilidad de impartir justicia.

Porque en su interior sabía que ella tenía razón, que todas las afirmaciones e hipótesis que había expuesto eran ciertas, o al menos se aproximaban mucho a la verdad, pero también era consciente de que no había por dónde agarrar el caso sin confesar las irregularidades que Marcela había cometido para llegar a esas conclusiones.

Sin pruebas legales no tenían nada que hacer. Dudaba incluso de que los Aguirre acabaran en la cárcel aunque lograran demostrar las teorías de Marcela. Tenían un millón de ases en la manga. Sin embargo, algo en él se removía inquieto, susurrándole que no pasaba nada por cruzar la línea, que el bien mayor prevalecería y que, además, siempre estaría en el bando de los buenos, disparara desde el lado que disparase.

Se subió el cuello del abrigo al salir a la calle. Aquellas calles estrechas conducían el viento helado de un lado a otro de la ciudad como un cable eléctrico. No se puso los guantes. En lugar de resguardarse, sacó el móvil del bolsillo y llamó directamente al comisario. Le dijo que había visto al sospechoso por casualidad al pasar por las proximidades del aparcamiento y que juraría que quien le acompañaba era Alejandro Aguirre. Andreu accedió a organizar el dispositivo policial. Pieldelobo iba a salirse con la suya.

38

Marcela sostenía el volante con fuerza, a pesar de que el coche estaba parado y el motor apagado. Miguel la miraba en silencio desde el asiento del copiloto. Lo había recogido junto a la Ciudadela, muy cerca de la comisaría, después de que él le anunciara que tenía malas noticias. No podían hablar por teléfono, así que acordaron reunirse y buscar un lugar tranquilo en el que Miguel pudiera contarle qué había sucedido durante la detención de Yasen Beslin.

Lo que había ocurrido era que no había habido detención. Beslin ya había volado cuando llegaron a su apartamento.

Marcela escuchaba a Miguel cada vez más bajo, más lejos. Miraba al frente, con la vista perdida en el césped del parque de Yamaguchi, donde había aparcado hacía casi media hora. Los niños subían y bajaban de los columpios y los últimos visitantes abandonaban el Planetario.

El relato de lo sucedido fue bastante breve.

—Andreu decidió que Solé dirigiera el operativo, pero esta vez me permitió acompañarle, ya que la información procedía de mí. Bueno, de ti. Nos personamos en el despacho de Alejandro Aguirre, en la sede de AS Corporación. Se mostró sorprendido cuando le preguntamos por Beslin. Dijo que no era un empleado suyo, sino un empresario europeo con el que pensaba hacer negocios. Nos aseguró que no habían llegado a firmar ningún contrato, pero que llevaban un tiempo en conversaciones y que nunca sospechó que pudiera estar relacionado con la mafia. Según él, todo lo que ponía sobre la mesa era absolutamente legal.

»Nos facilitó una dirección en la zona de Mendebaldea. Preparamos el operativo en un tiempo récord y, con la orden en la mano, tiramos la puerta abajo y entramos. El pájaro había volado —añadió Miguel con un suspiro—. Registramos el piso, pero no tenemos nada, ni idea de adónde puede haber ido.

—Alguien con sus contactos no tendrá ningún problema para desaparecer —musitó Marcela.

—Eso me temo. Hemos cursado una orden de búsqueda internacional, no podemos desechar la posibilidad de que haya cruzado la frontera, aunque me juego lo que sea a que ha vuelto a la Costa del Sol.

Marcela apoyó la cabeza en el volante y cerró los ojos. La cara de Conejo apareció detrás de sus párpados. Se reía de ella a carcajadas mientras volvía a sostenerla en alto, sobre el vacío.

—Tienes que dejarlo. —Rosa Urrutia se retorcía las manos mientras hablaba con su hijo. Se habían encontrado en la caseta de la piscina, cerrada a esas alturas del año e invisible desde la casa.

—Demasiado tarde —replicó Alejandro—. No queda más remedio que terminar lo que empezamos o lo que hizo papá no será nada comparado con lo que ocurrirá si nos descubren.

—Dios mío...

—Dios está de vacaciones, mamá. —Le dio una larga calada a su cigarrillo y se giró para expulsar el humo sin molestar a su madre, que había comenzado a dar vueltas en la mano al crucifijo que siempre llevaba colgado—. Pero quizá haya una manera de anularla sin arriesgarnos demasiado.

—Esa mujer tiene más vidas que un gato.

—Y mucha suerte. Es dura. Quizá debería ficharla.

—Tú lo que tienes que hacer es dejar todos tus negocios en B y centrarte en la empresa. Tu futuro está ahí, no en los bares que frecuentas.

—No te preocupes, mamá.

Se acercó a ella y le dio un beso en el pelo. Era mucho más alto que su madre, y físicamente se parecía tanto a su padre que Rosa a veces creía estar viendo una reencarnación de su marido treinta años más joven. Sin embargo, tenía su carácter y su determinación. No dudaba en hacer lo que hiciera falta para seguir el camino trazado.

Su padre era un genio en los negocios, pero un completo inútil en cualquier otro aspecto de la vida. Su lío con Victoria y su paternidad ilícita podía haberles costado muchos millones de euros, pero ese tema estaba solucionado. Ahora sólo tenía que acabar con la poli entrometida y conseguir que su padre se centrara y dejara de hacer el ridículo, pero de eso se encargaría su madre.

—No te preocupes —repitió—, tú concéntrate en enderezar a papá. En unos pocos días todo volverá a ser como antes, te lo prometo.

Se despidió de su madre con un nuevo beso y se dirigió hacia el Lexus plateado que acababa de comprar. Le dolió deshacerse del todoterreno, era un buen coche, pero la intromisión de la inspectora Pieldelobo lo obligó a adoptar medidas desesperadas. El vehículo original, que aguardaba en una nave industrial su turno para convertirse en chatarra, fue pasto de las llamas después de sufrir un accidente en una carretera local. La policía foral cotejó los datos de Tráfico con los del coche, incluido el número de bastidor. Cada letra y cada número coincidían. El segundo coche, el que Pieldelobo había descubierto, había ocupado el lugar del primero en la nave y a estas alturas era poco más que viruta metálica. Una pena, pero necesario.

Fue idea del croata colocar una diminuta cámara de vigilancia en cada uno de sus coches. Cuando alguien tocaba el vehículo, la cámara se activaba y enviaba una alerta al móvil de su dueño, junto con imágenes en directo.

También le dolió despedirse de Yasen, era un activo muy valioso en sus filas, pero tarde o temprano habrían dado con él. El croata tardó quince minutos en desaparecer desde que recibió el aviso, y estaba convencido de que no volvería a verlo jamás. Mejor así.

Sonrió. Un último paso y todo habría acabado. Había durado más de lo previsto. ¿Quién habría pensado que Victoria tendría la sangre fría de esconder a su hijo en un aparcamiento? Nunca lo habría dicho de esa mosquita muerta. Y cómo mantuvo la boca cerrada durante las tres horas que permaneció con vida. Eso lo complicó todo, pero, ahora, las cosas estaban a punto de volver al buen camino.

Marcela repasó una vez más lo que había metido en la bolsa de deporte y cerró la cremallera. La noche anterior le había dicho a Damen que estaba lista para volver a su casa.

—Me encuentro perfectamente —le rebatió cuando él insistió en que se quedara hasta que le dieran el alta médica—. Puedo valerme por mí misma, cocinar, comprar, conducir... Tomaré la medicación e iré a rehabilitación. Necesito recuperar mi vida —insistió mirándole a los ojos.

—Como quieras —accedió Damen por fin—. No me gustaría que te sintieras presionada ni que estés donde no quieres estar.

Marcela soltó todo el aire de los pulmones y volvió a llenarlos. Tenía que tranquilizarse. Enfadarse no serviría de nada, y decir la verdad, tampoco. La huida de Conejo y la aparición del todoterreno «correcto» convenientemente calcinado después de volcar en una carretera secundaria habían socavado la tierra bajo sus pies. Sentía que se estaba hundiendo en arenas movedizas. No podía dormir, Damen la notaba alterada e intuía que le ocultaba algo, pero había cosas que siempre era mejor guardarse para uno mismo. Se pasaba el día dando vueltas, cavilando y mascullando.

Y mientras ella se desmoronaba, su hermano tenía que lidiar él solo con una situación cada vez más complicada. Su padre había contratado un abogado para defender su derecho a ocupar la vivienda de su madre y ellos habían tenido que hacer lo mismo. Su cuenta corriente estaba casi a cero en esos momentos, peligrosamente cerca de los números rojos. Se estaba planteando dejar el piso de Pamplona e instalarse en Zugarramurdi. Un gasto menos, y casi doscientos kilómetros más cada día. Todo era tan complicado que le costaba respirar e incluso comer o tragar saliva.

—Que vuelva a mi casa no significa que no te agradezca de corazón todo lo que has hecho por mí —dijo con la mejor sonrisa que fue capaz de fingir—, y por supuesto que quiero que sigamos viéndonos, si tú quieres, claro. Me temo que en cuanto cruce esa puerta serás consciente de lo feliz que eras antes de conocerme y de lo ordenada que estaba tu casa.

—Lo del orden no te lo voy a negar —sonrió Damen. Luego la besó en los labios y la acompañó hasta la puerta con la bolsa de deporte en la mano—. Tengo el fin de semana libre —añadió.

—Genial, si sobrevivo a la soledad y el abandono, podemos instalarnos en Zugarramurdi. Echo de menos al perro —reconoció. Eso al menos era verdad. Llevaba muchos días viendo a Azti a través de la *webcam*. Más de una vez el chucho había lamido la pantalla intentando saludarla. Antón debía tener el portátil lleno de babas.

Sacó el coche del garaje y condujo hasta el aparcamiento vecinal del casco viejo. Damen también se había ocupado de gestionar su tarjeta de residente y ahora podía aparcar gratis muy cerca de su casa.

Tener tanto que agradecerle a Damen la hacía sentirse incómoda.

Caminó despacio, con la bolsa colgada del hombro, hasta el pequeño supermercado en el que solía avituallarse. La cajera la reconoció, la saludó con una sonrisa y le preguntó si había estado de vacaciones.

—Algo así —respondió Marcela. Luego cogió una cesta y la llenó de los productos imprescindibles. Al día siguiente podría hacer una compra más meditada.

Una vez en casa, encendió la calefacción, sacó la ropa, las medicinas y el neceser de la bolsa y se preparó la comida. Conservó la costumbre recién adquirida en casa de Damen de comer sentada a la mesa, con plato, cubiertos, una servilleta de tela y un vaso. Sabía que tarde o temprano volvería a hacerlo directamente del envase y a beber de la botella, pero de momento disfrutaría siendo una mujer civilizada. Estuvo a punto de prometerse a sí misma no volver a asilvestrarse, pero se conocía lo bastante bien como para saber que no podría evitarlo. Si nadie te mira, si no tienes que complacer a nadie, fingir ser lo que no eres, mantener las apariencias o simplemente parecer una persona normal, es muy fácil dejarse llevar por la desidia y la comodidad y acabar bebiendo a morro, utilizando papel de aluminio como cenicero o cogiendo el pollo con las manos. Luego dejas de hacerte la cama por las mañanas, de cambiar las toallas del lavabo, de sacar la basura cada noche y acabas convirtiéndote en Marcela Pieldelobo.

Recogió la mesa y se dirigió al sofá. La casa seguía fría, así que buscó una manta con la que cubrirse. No la encontró donde se suponía que debería estar. Recorrió la casa buscándola, hasta que dio con ella en una de las baldas del armario de su dormitorio.

Después de la intrusión en busca de su segundo móvil, Damen y Miguel habían recogido y limpiado la casa mientras ella estaba en el hospital y habían guardado las cosas donde su intuición les dijo que debían estar. Con la manta en la mano, doblada con la pulcritud típica de Damen, Marcela revivió los golpes, el sabor de la sangre, el dolor recorriendo cada centímetro de su cuerpo, el miedo… Vio el vaho de su respiración ascendiendo sobre su cara cuando cayó al foso, recordó las estrellas flotando ante sus ojos y la Estación Espacial Internacional deslizándose altiva, ignorando las tragedias que se desarrollaban miles de kilómetros por debajo de ella.

Se sentó en el sofá, abrazó la manta y recreó aquella noche en su cabeza. Cada segundo, cada palabra, cada olor volvieron a aparecer con la nitidez de ese momento. No intentó alejar las imágenes, como había hecho cada vez que le sucedía algo parecido, sino que se convirtió en espectadora de la película que ella misma protagonizaba y miró lo que sucedía. Ni siquiera las lágrimas consiguieron empañar los hechos.

Cuando terminó, con la manta todavía abrazada a su pecho y la cara empapada, sabía que volver a su casa no era lo único que tenía que hacer para seguir viviendo. Dejó la manta sobre el sofá, se sonó la nariz y se volvió a poner el abrigo.

39

El mismo olor a humo, sudor y meados, el mismo ambiente cargado, la misma música ensordecedora, la misma chusma, perdidos y buscones. Casi la misma, pensó Marcela cuando ocupó un taburete en la barra del bar. No estaba Saray, y la mesa del fondo estaba ocupada por gente diferente, de similar calaña, pero entre ellos no estaba Alejandro Aguirre, ni Gato, ni ninguno de los matones que vio la última noche que estuvo allí.

Pidió una cerveza y salió con el botellín a la calle. Toda la mesura y las buenas intenciones de las últimas semanas respecto al tabaco se habían evaporado en cuanto cruzó la puerta de su casa camino del bar. Dejó la cerveza sobre el tonel que hacía las veces de mesa en la acera y se encendió un pitillo. Observó el ir y venir de la gente, buscando algún rostro familiar, alguien que pudiera conducirla hasta su objetivo.

Una hora después volvió a entrar en el bar, pidió otra cerveza y salió de nuevo. Estaba rodeada de gente que bebía, fumaba y hablaba en voz demasiado alta. Las palabras ajenas se entrometían en sus pensamientos, confundiéndola, ofuscándola.

A las once y media de la noche comprendió que Alejandro Aguirre no iba a aparecer. Apagó el cigarro que sostenía entre los dedos, hundió las manos en los bolsillos del abrigo y volvió a casa.

Le dolían las piernas y sentía la espalda como una tabla, tensa, rígida.

Una tarde tras otra, Marcela se ponía el abrigo y se dirigía al mismo bar. Giraba sobre sí misma para echar un vistazo a la clientela, pedía una cerveza y salía a beber, a fumar y a esperar a la calle.

Cinco noches después, cuando entró en el bar, su mirada se encontró directamente con la de Alejandro Aguirre, sentado en el mismo sitio en el que lo vio la primera vez y rodeado por similares gorilas, jóvenes con músculos de gimnasio, ropa de marca y una violenta y peligrosa determinación en la mirada.

Marcela pidió su cerveza, miró de nuevo hacia la mesa y salió a la calle. Se encendió un cigarrillo y esperó. Media hora después entró al bar y pidió otra cerveza. Aguirre no se había movido de su sitio, pero le pareció que la miraba con el ceño fruncido. Salió de nuevo y volvió a ocupar su lugar junto al tonel.

Estaba a punto de encenderse un pitillo cuando una mano enorme la cogió del brazo. Se giró con rapidez, agarró el brazo que la apresaba y lo retorció hacia atrás. Quien había pretendido detenerla era uno de los que acompañaban al joven Aguirre, un fulano alto y fuerte de pelo oscuro y ojos negros. Marroquí, pensó Marcela, o tal vez argelino, o tunecino. Un mal tipo, en cualquier caso. Con la mano que le quedaba libre sacó el arma que llevaba en la sobaquera y se la clavó en la cintura. El sicario dejó de revolverse en el acto.

—¿Me buscabas? —preguntó una voz demasiado cerca de su oreja. Se giró sin soltar al tipo y encaró la mirada de Alejandro Aguirre.

—La verdad es que no. De hecho, ni siquiera me acordaba de ti. ¿Causas el mismo efecto en todas las mujeres? Debe joder bastante.

—Poli de mierda... —La voz se le escapó entre los dientes.

—Esta poli de mierda, además de toda la autoridad de la que tú careces, tiene una pistola en los riñones de tu colega. Tú verás lo que haces. O lo que dices... —Aguirre no se movió, y el marroquí o argelino también seguía como una estatua—. Veo que de casta le viene al galgo. ¿Esto es lo que te enseñan en casa? ¿Tanta pasta y buenos colegios para acabar convertido en un matón de medio pelo? Qué lástima de dinero tirado.

—Aléjate de mi familia —masculló—. No tienes nada, no puedes tocarnos, ni siquiera acercarte a nosotros, y lo sabes. Sin embargo, yo podría acabar con tu carrera con una llamada de teléfono. —Sonrió de medio lado y le guiñó un ojo—. Tengo unas bonitas imágenes tuyas abriendo ilegalmente mi coche. ¿Utilizaste un inhibidor de señal para copiar el código de la llave? Muy ingenioso, pero inútil, como ves. Si envío ese vídeo al delegado del Gobierno, que suele cenar en casa de vez en cuando, te arrancará la placa y te meterá en chirona sin dudarlo. —Dio un paso hacia ella y se plantó a un palmo de su cara—. Vete a la mierda, zorra.

Marcela le soltó el brazo al marroquí y lanzó el puño contra la cara de Aguirre. Los nudillos impactaron en su mejilla. Sorprendido y aturdido por el dolor, dio un salto hacia atrás y levantó los brazos para detener un nuevo golpe que nunca llegó.

—No me llames zorra, cabrón asqueroso. Podría detenerte sólo por eso.

—Y yo saldría antes de que apoyaras el culo en la silla para redactar la denuncia. No tienes ni puta idea de dónde te estás metiendo.

—Claro que lo sé. Apesta como un estercolero. —Empujó al moreno, que se situó junto a su jefe, y guardó el arma—. No te atrevas a tocarme, ni tú ni ninguno de tus colegas. No necesito sentarme en una silla para ponerte en tu sitio. —Cogió la cerveza que seguía sobre el tonel y la apuró de un trago—. Sólo quería verte la cara, que me cuentes qué pasó. Dices que no puedo tocarte, ¿no? Entonces, no te importará ponerme al día. ¿Se ocupó tu padre de su amante y del hijo que tuvieron o fuiste tú? Me da igual quién de vosotros intentara sacarme de la carretera, pero siento curiosidad por saber quién tuvo los huevos de ponerle una almohada en la cara a un bebé.

Aguirre se masajeaba la mejilla con la mano mientras la escuchaba. A su lado, preparados para saltar como pitbulls bien adiestrados, tres tipos apretaban los puños y las mandíbulas mientras la estudiaban con la cabeza baja y la testuz adelantada. El marroquí, o argelino, se había colocado detrás de ella. Estaba rodeada, pero había demasiada gente en la calle, testigos incómodos e incontrolables. Estaba a salvo, al menos de momento.

Marcela mantuvo su arma a mano y esperó. Por fin, Alejandro Aguirre se acercó a ella y se inclinó para hablarle al oído.

—Todo ha terminado —susurró. Sintió su aliento caliente colarse en su organismo, envenenándola por dentro—. Las cosas están bien así, y así se van a quedar. Nada de esto tendría que haber pasado, pero a veces la situación se nos va de las manos. —Se separó unos centímetros para mirarla a los ojos y se acercó a su otro oído—. Voy a olvidarme de ti, y tú vas a pasar página si quieres seguir siendo una poli de mierda. No tienes nada, ni pruebas, ni credibilidad. Fin, inspectora. Se acabó.

Aguirre dio un paso atrás, le dedicó una sonrisa y simuló un saludo militar con la mano en la frente. Luego dio media vuelta y se marchó calle abajo, seguido por todos sus hombres.

Marcela volvió a entrar al bar, pidió un Jäger y una cerveza y bebió con la mirada fija en la barra. El barniz de la madera estaba levantado, astillado y oscurecido por el uso y el maltrato diario. Puso el dedo al inicio de una grieta y siguió su trayectoria hasta la siguiente fisura. Sentía el filo de la madera partida y el hueco de la hendidura en la yema del dedo. «Hendidura», contracción de hender y dura. «Hender», rajar un cuerpo sin llegar a separarlo.

Una idea se coló en su cerebro como un pequeño parásito, anidó en su mente y comenzó a crecer. Al final de la noche, la idea era un plan, una decisión, una necesidad. Sentía la hendidura de su ser, de su alma, si es que la tenía. Era preciso curar la herida, volver a unir los bordes separados antes de que la grieta fuera irreparable.

Tenía las piernas flojas y la vista turbia cuando volvió a salir. Apenas quedaba nadie en la calle. El aire frío la despejó lo suficiente como para ser capaz de escribir un mensaje en el móvil.

Tengo que hablar contigo.

Saray apenas tardó treinta segundos en responder.

Cuando quieras.

Espérame en tu portal, no salgas a la calle. Llego en un minuto.

En su estado, el minuto prometido se convirtió en casi diez. Cuando llegó, Saray abrió una rendija del portal para dejarla pasar. El interior estaba helado y oscuro, pero no necesitaba más luz que la que se colaba por el ventanuco sobre la puerta.

—Necesito que hagas algo por mí. Me lo debes.

Le explicó rápidamente lo que quería. Saray no la interrumpió, escuchó en silencio y asintió cuando Marcela terminó.

—De acuerdo, sé con quién tienes que hablar.

Le dio un nombre, una descripción y una dirección. Luego dio media vuelta y corrió escaleras arriba.

Marcela salió a la calle y respiró profundamente. Ya no sentía las piernas temblorosas, y el parásito de su cerebro sonreía satisfecho.

Conocía al hombre que se sentó junto a ella en el banco del parque de la Medialuna. Había pasado al menos dos veces por prisión, siempre por asuntos relacionados con el tráfico de drogas. Nada demasiado gordo, por eso le sorprendió que fuera él el contacto que Saray le había proporcionado.

—El tipo por el que preguntas es un hijo de la gran puta —dijo. Masticaba las palabras como si le costara hablar, o como si pretendiera enfatizar el mensaje recalcando cada sílaba.

—Lo sé. Por eso estoy aquí.

—He hablado con mi jefe antes de venir y está de acuerdo. No hay problema, el niñato sólo me compra a mí.

—¿Y el precio? —preguntó Marcela, recelosa.

—El jefe se pondrá en contacto contigo y te lo dirá.

Marcela asintió y se levantó. Iba a marcharse cuando se volvió un momento. El tipo había sacado una bolsa de pipas del bolsillo y tenía la primera entre los dientes.

—Cuanto antes —añadió antes de alejarse.

Escuchó el chasquido de las pipas mientras salía del parque, pequeños y ridículos disparos que le taladraban el tímpano. Odiaba a la gente que comía pipas.

Dos días después, el sonido del teléfono la sobresaltó mientras se preparaba para pasar el fin de semana en Zugarramurdi. Acababa de volver de su tercera visita al dentista para arreglar lo que Conejo y Gato habían movido y arrancado y sentía la boca gruesa y punzante mientras desaparecía la anestesia. Damen la recogería en una hora, le quedaba poco tiempo para estar a punto. No le gustaba que la esperaran, como tampoco le gustaba que la hicieran esperar.

—¿Te has enterado? —le preguntó Miguel después de saludarla e interesarse por su salud.

—Depende —farfulló ella lo más claro que pudo—, ¿de qué se supone que estamos hablando?

—Alejandro Aguirre está muerto.

Si eso fuera posible, Marcela habría jurado que el corazón se le había detenido en el pecho.

—No me había enterado.

—Sus colegas lo llevaron a Urgencias la pasada noche. Una sobredosis. Al parecer, compró coca cortada con alguna mierda y el tío esnifó su último viaje. Los médicos no pudieron hacer nada por él. Entró en coma, luego muerte cerebral y en dos horas estaba tieso.

—Una pena —murmuró Marcela—. Tengo que dejarte, me voy a Zugarramurdi y Damen no tardará en venir a buscarme. Gracias por llamar.

Cuando colgó, supo por fin que tenía alma. No era su corazón el que se alegraba, ni su mente. Era su alma la que se regocijaba con una satisfacción agridulce. Aceptar que tenía alma supuso admitir que estaba a punto de perderla. Tener alma acarreaba la certeza de morir dos veces. Una, cuando tu corazón dejaba de latir, pero antes de ese momento definitivo cualquiera puede morir cuando su alma se gangrena, agoniza y por fin perece.

La vida de su alma fue muy corta. Minutos después de saber que la tenía, la sintió pudrirse, ennegrecerse y convertirse en cenizas que se aposentaron en su interior. No había forma de aventarlas, las llevaría dentro hasta el último latido de su corazón.

Le gustó tener alma, saber que la tenía, o que la había tenido. Pensó en el alma de su madre y se sintió mejor. Se preguntó si su hijo nonato tendría alma. Filosofía, ética, teología, un debate interminable sobre el que tendría tiempo de meditar. O eso esperaba.

Respiró hondo y terminó de empaquetar la comida que había comprado para el fin de semana. Poco después, puntual como siempre, Damen llamó al timbre y la saludó con un beso cuando le abrió la puerta.

Se relajó durante el viaje en coche. Contempló el paisaje, disfrutó del colorido de los bosques y sonrió ante la perspectiva de volver a ver a Antón y a Azti.

El teléfono tintineó en su bolso anunciando la llegada de un mensaje. Sacó el móvil y leyó las cuatro palabras que brillaban en la pantalla.

Me debes una, lobita.

Las cenizas de su alma se agitaron en su interior.

PAMPLONA, 9 DE SEPTIEMBRE DE 2020

AGRADECIMIENTOS

Este es el libro más difícil que he escrito. La pandemia y el confinamiento han sido terribles para todos. Escuchar las noticias cada día, el sonido de las ambulancias, los aplausos de las ocho de la tarde… Muy duro. Concentrarme en darle voz a Marcela Pieldelobo ha requerido un esfuerzo personal que jamás había tenido que hacer hasta ahora. Me negaba a que la situación me afectara hasta el punto de que quedara reflejada en estas páginas. Pero ahí estaban ellos, mi familia, mis amigos y amigas, para darme el empujón que necesitaba. Gracias a quienes me arrancaron carcajadas a las siete de la tarde con una caña en la mano desde el otro lado de la pantalla del ordenador, y a vosotros, que cruzasteis la ciudad a pesar de la pandemia para abrazarme cuando más lo necesitaba. Vuestro impulso fue el que movió mis dedos sobre el teclado.

El proceso de redacción ha sido arduo no sólo por la situación que compartimos todo el planeta, sino porque ser veraz y verosímil en cuanto a las habilidades tecnológicas que Marcela posee no iba a ser fácil. Sin embargo, conté con la inestimable ayuda (y la paciencia) del inspector del Cuerpo Nacional de Policía Casimiro Nevado. No dudó en responder a todas mis preguntas de forma clara y sencilla y proporcionarme vídeos y tutoriales. Incluso me invitó a participar en un fantástico máster que prometo terminar algún día.

Las dudas legales me las resolvió Rubén Busto, como siempre dispuesto a echar una mano. Mil gracias, primo.

Una de las cosas que más tranquilidad me aporta a la hora de escribir es saber que tengo detrás a la gran familia de HarperCollins Ibérica. Gracias a todos, del primero al último.

Una vez más (y las que haga falta) quiero hacer patente mi agradecimiento a la agencia literaria que me acogió y me ayudó a convertirme en lo que hoy soy. Gracias a todo el equipo de Sandra Bruna, y un abrazo muy especial para Joan Bruna, convertido desde hace tiempo en uno de mis imprescindibles lectores cero.

Y hablando de lectores cero, qué sería de mí sin la inestimable ayuda de todos y cada uno de ellos. Beatriz Etxeberria, que rastrea cada mínimo error oculto en el manuscrito; María Ángeles Rodríguez, encargada de certificar que la trama sigue una línea lógica; Montse Bretón, mi enfermera de cabecera, responsable de que las heridas estén donde deben estar y sanen como deben sanar en tiempo y forma; Pilar de León, que bucea en la personalidad de cada personaje y determina si es creíble o no; Charo González Herrera, que me hizo ver los puntos débiles de la trama y, gracias a ella, esta historia es mejor; Manuela Sánchez Montoro, que analiza la relación entre los personajes y la evolución de cada uno de ellos a lo largo de las páginas; y Ricardo Bosque, bendito él entre todas las mujeres, que me ha prestado su mirada afilada de lector voraz y experto en novela negra de todos los tiempos para ayudarme a hacer a Marcela más real y a centrar la trama en lo importante.

Y gracias, por supuesto, a todos y cada uno de los lectores y lectoras que me escribís, me animáis y me preguntáis incansables por mi próxima novela. Este libro, por supuesto, es para vosotros, de la primera palabra a la última.

CPSIA information can be obtained
at www.ICGtesting.com
Printed in the USA
BVHW030436161021
618984BV00005B/80